Cloe y su Unicornio

Unicornios contra goblins

Cloe y su Unicornio

Unicornios contra goblins

Dana Simpson

blok

B DE BLOK

INTRODUCCIÓN

CORY: ¿Sabes qué? Deberíamos explicar cómo descubrimos a Cloe y por qué nos gusta tanto.

POESY: Espera, ¿CÓMO FUE que la descubrimos?

CORY: ¿No lo recuerdas? Traje el primer libro a casa, pero como no te gustaba la portada, lo dejé sobre un estante y me olvidé de él y luego...

POESY: Y luego un día lo volvimos a leer, y nos gustó.

CORY: Así lo recuerdo yo también, más o menos. Vine a tu cuarto para recordarte que tenías que cepillarte el pelo antes de ir a la escuela, y tú estabas riéndote porque leías este cómic tan divertido. Te dije que lo dejaras y que te peinaras, y luego volví cinco minutos más tarde y seguías leyendo y riendo.

POESY: En esa oración hay demasiadas «y».

CORY: Así que te lo quité y empecé a leerlo, y entonces yo también empecé a reírme.

POESY: No, mi descripción es mucho mejor.

[Digamos que en este momento Poesy me dijo que quería releer algunas páginas de ese libro y se fue con mi laptop. No pude recuperarla hasta que Alice la distrajo con un poco de guacamole].

CORY: Me gusta cuando Cloe va al campamento musical y Caléndula hace un amigo.

[En este momento, Cory le pidió a Poesy que dibujara a Cloe tocando música y a Caléndula sobre una patineta-cohete].

POESY: Un *hoverboard*, querrás decir.

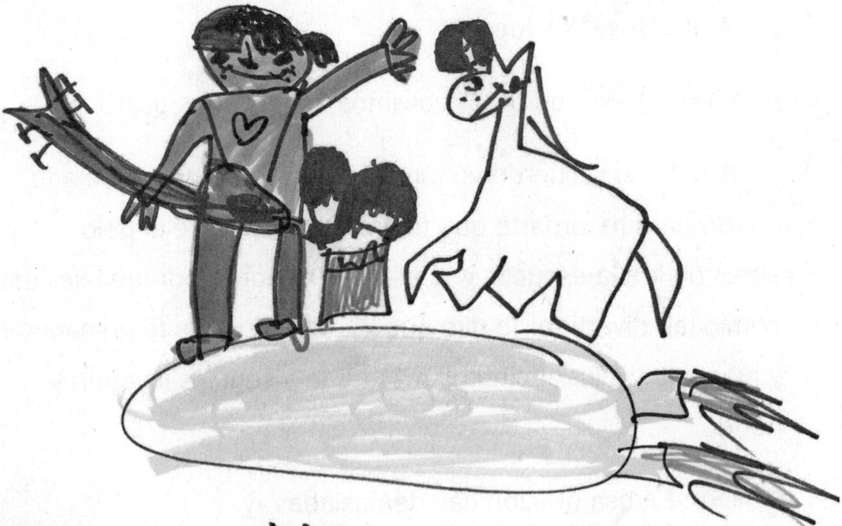

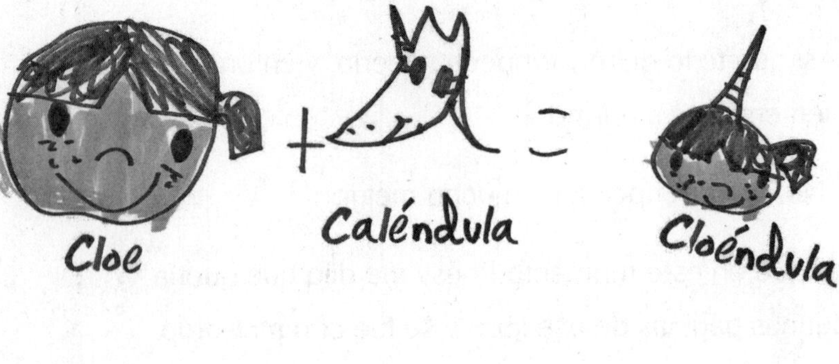
Cloe
Caléndula
Cloéndula

CORY: Resulta fácil comparar a Cloe con Calvin y a Caléndula con Hobbes. Lo hice cuando hablé de ese primer volumen («Si Hobbes fuera un unicornio sarcástico y Calvin una niña genial»), pero Calvin tenía una actitud algo peculiar, sobre todo con las niñas, mientras que Cloe tiene una relación muy equilibrada con los chicos a los que conoce, y sigue siendo divertidísima cuando se cruzan en su camino.

Me encanta con qué habilidad Dana construye la relación entre los padres de Cloe y Caléndula. La madre y el padre de Calvin suspiraban cada vez que éste hablaba con demasiado entusiasmo de su amigo invisible. Pero los padres de Cloe se lo pueden tomar con un poco más de tranquilidad gracias al Escudo del Aburrimiento de Caléndula, que les permite considerarla como una más de las amigas de Cloe, por mucho que tenga cuerno, pezuñas y poderes mágicos.

Pero lo mejor de todo es la propia Caléndula: ¡se llama Nariz Celestial! Repítelo en voz alta conmigo: «Nariz Celestial». ¿No es divertido?

Toda la malicia, el «ello» en estado puro, la deliciosa sociopatía de la juventud se reparte equitativamente entre Cloe y Caléndula, que además de mejores amigas son también peores influencias mutuas.

Cuando *Sesame Street* inició, todo el programa consistía en bromas para niños. No hay más que pensar en el pesado de Barney el Dinosaurio. Para los adultos eso era tan incomible como una fruta de esas de plástico. Por suerte, Jim Henson y el Children's Television Workshop decidieron replantearse el programa y lo transformaron para que contuviera tantas bromas para los adultos como para los más pequeños, de forma que se sentaran juntos ante el televisor. Según su razonamiento, sea cual sea el valor del programa, éste se multiplicaría si padres e hijos compartían juntos una experiencia, si luego tenían algo de lo que hablar.

El mismo principio estuvo en el origen del diseño de Disneyland. Walt Disney estaba harto de sentarse a un lado mientras sus hijas daban vueltas y más vueltas en el carrusel de Griffith Park, así que construyó un parque temático lleno de atracciones a las que los niños podían arrastrar a sus mayores. El resto es historia.

[Poesy ahora está cantando una de las Spice Girls. ¿Dónde la habrá aprendido?]

Hay aquí tanto humor que vuela por encima de las cabezas de los niños y aterriza directamente en sus mayores, tanto que debería convertirse en lectura indispensable para adultos. Y luego también hay una infinidad de material para niños con el que compartir las risas. Me gustan tantas cosas de este libro... Pero lo que más me gusta es que lo leemos juntos.

Poesy Taylor Doctorow (7 años)
Cory Doctorow (44 años)
Burbank, California,
agosto de 2015

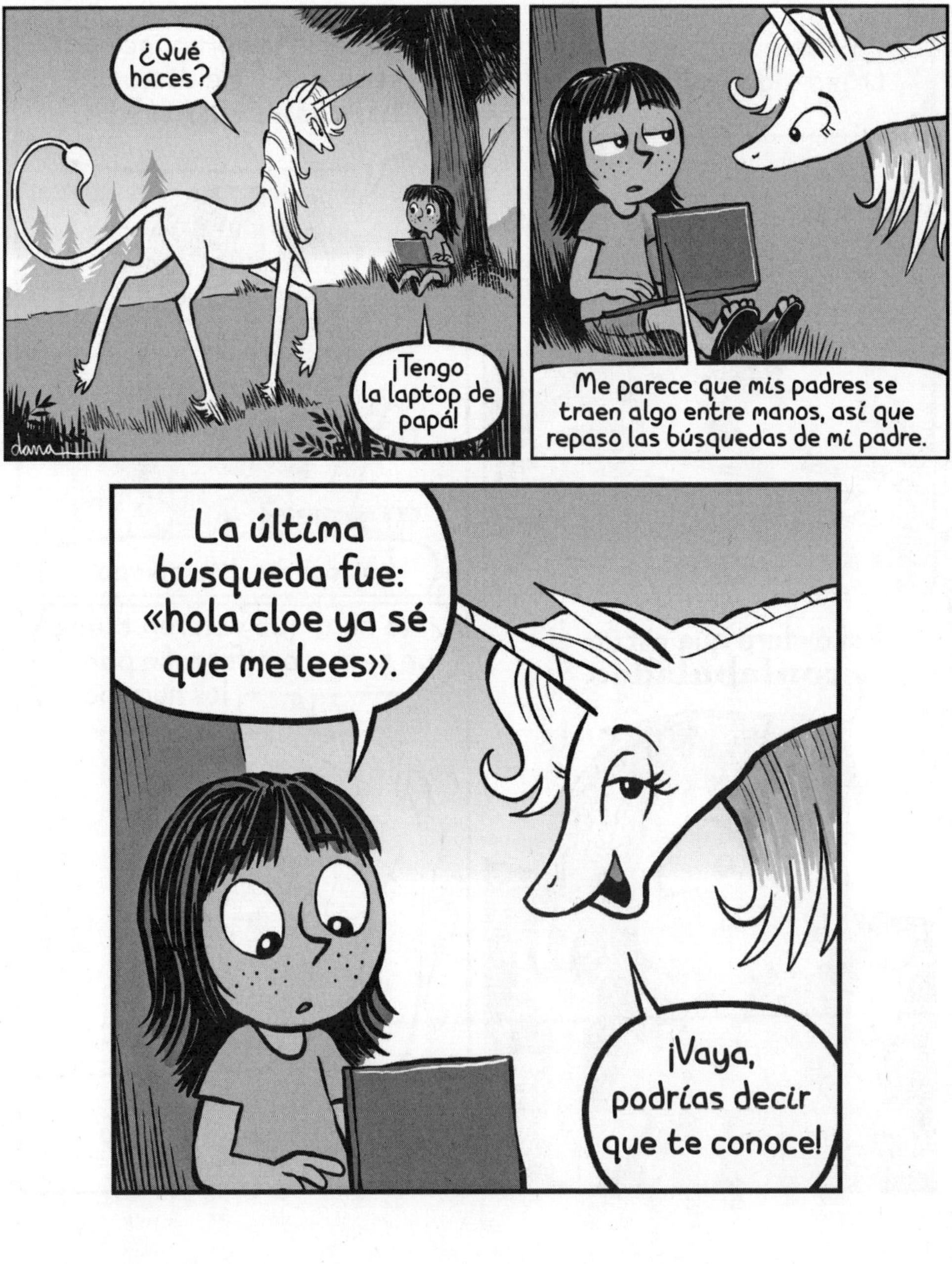
¿Qué haces?
¡Tengo la laptop de papá!
Me parece que mis padres se traen algo entre manos, así que repaso las búsquedas de mi padre.
La última búsqueda fue: «hola cloe ya sé que me lees».
¡Vaya, podrías decir que te conoce!

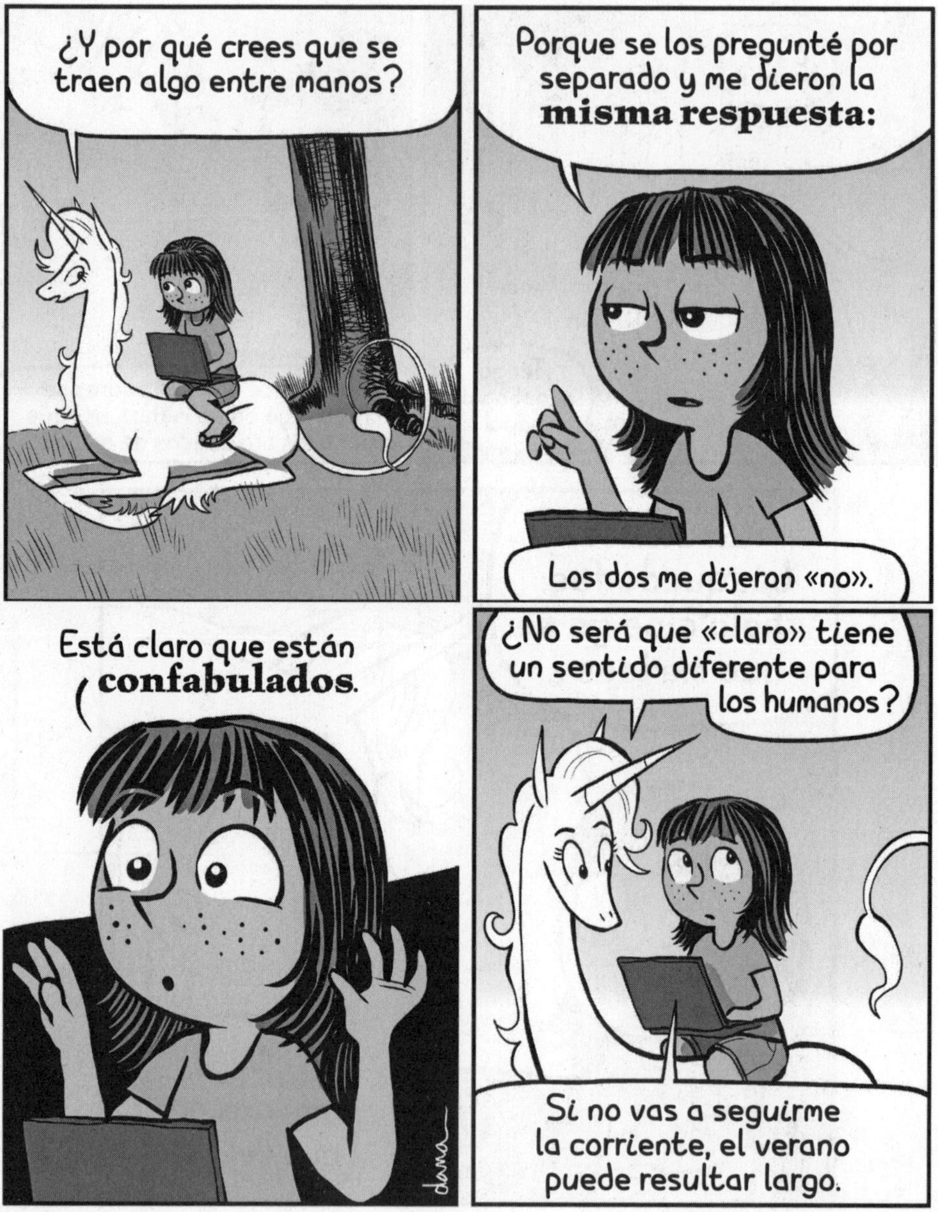
¿Y por qué crees que se traen algo entre manos?
Porque se los pregunté por separado y me dieron la **misma respuesta:**
Los dos me dijeron «no».
Está claro que están **confabulados**.
¿No será que «claro» tiene un sentido diferente para los humanos?
Si no vas a seguirme la corriente, el verano puede resultar largo.

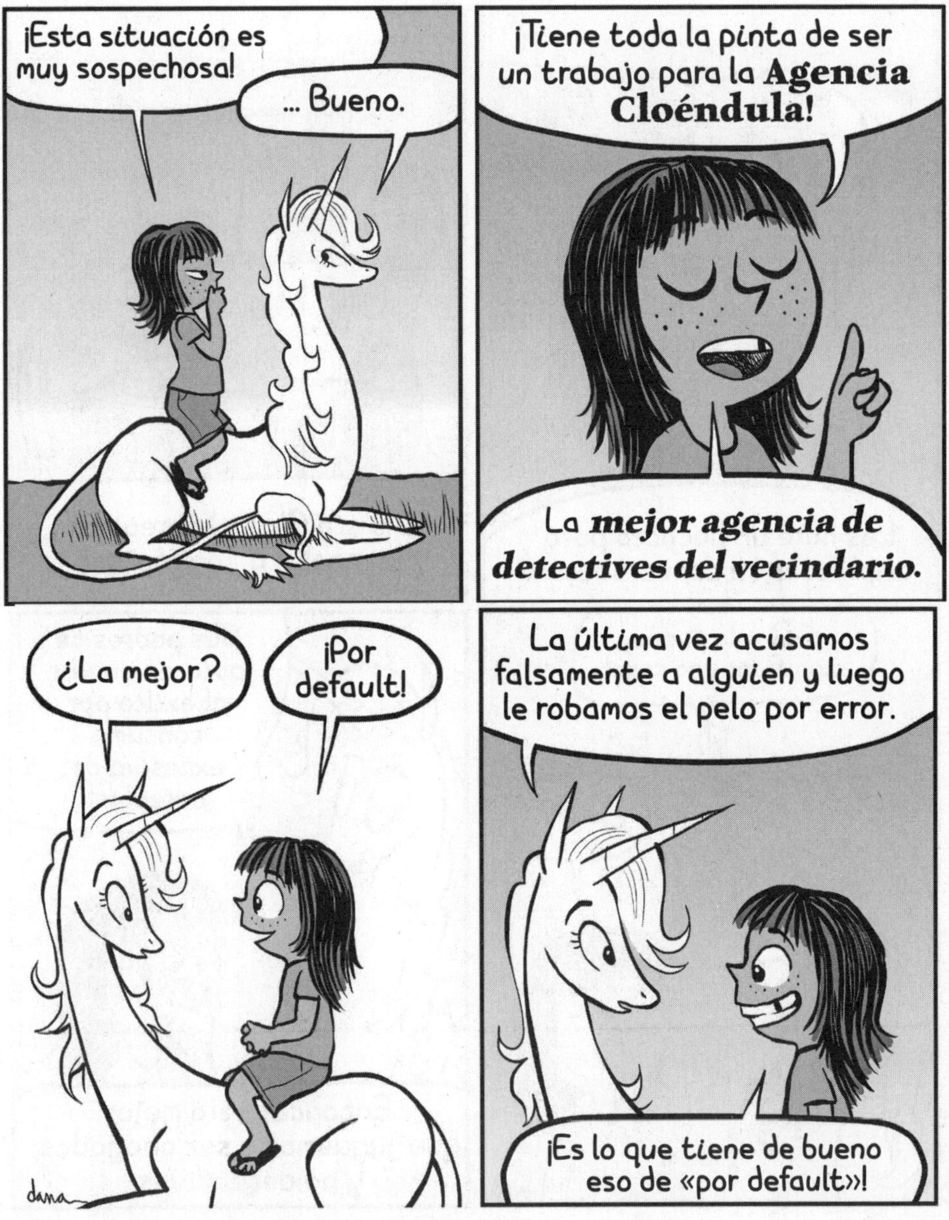
¡Esta situación es muy sospechosa!
... Bueno.
¡Tiene toda la pinta de ser un trabajo para la **Agencia Cloéndula**!
La **mejor agencia de detectives del vecindario.**
¿La mejor?
¡Por default!
La última vez acusamos falsamente a alguien y luego le robamos el pelo por error.
¡Es lo que tiene de bueno eso de «por default»!
dana

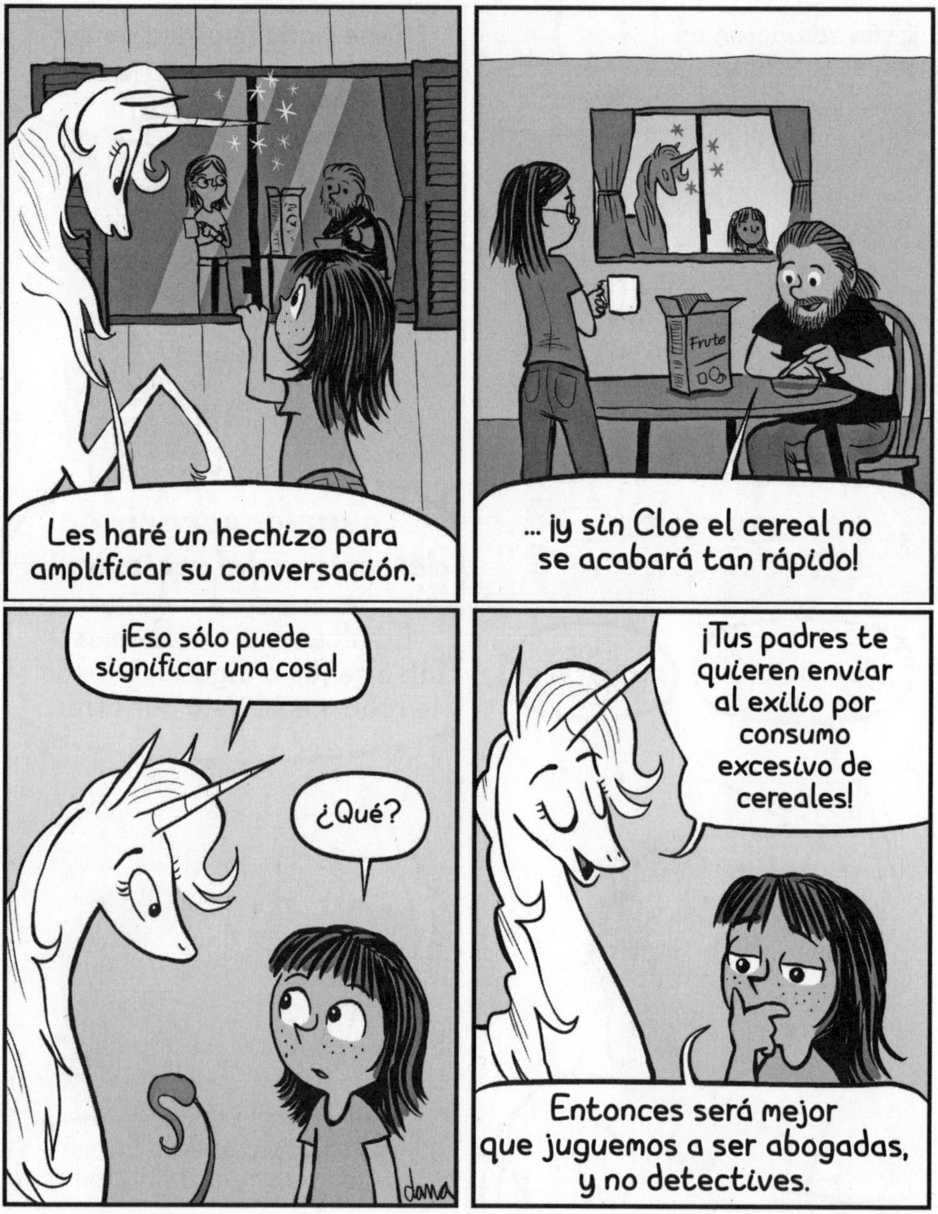
Les haré un hechizo para amplificar su conversación.
... ¡y sin Cloe el cereal no se acabará tan rápido!
Frute
¡Eso sólo puede significar una cosa!
¿Qué?
¡Tus padres te quieren enviar al exilio por consumo excesivo de cereales!
Entonces será mejor que juguemos a ser abogadas, y no detectives.
dana

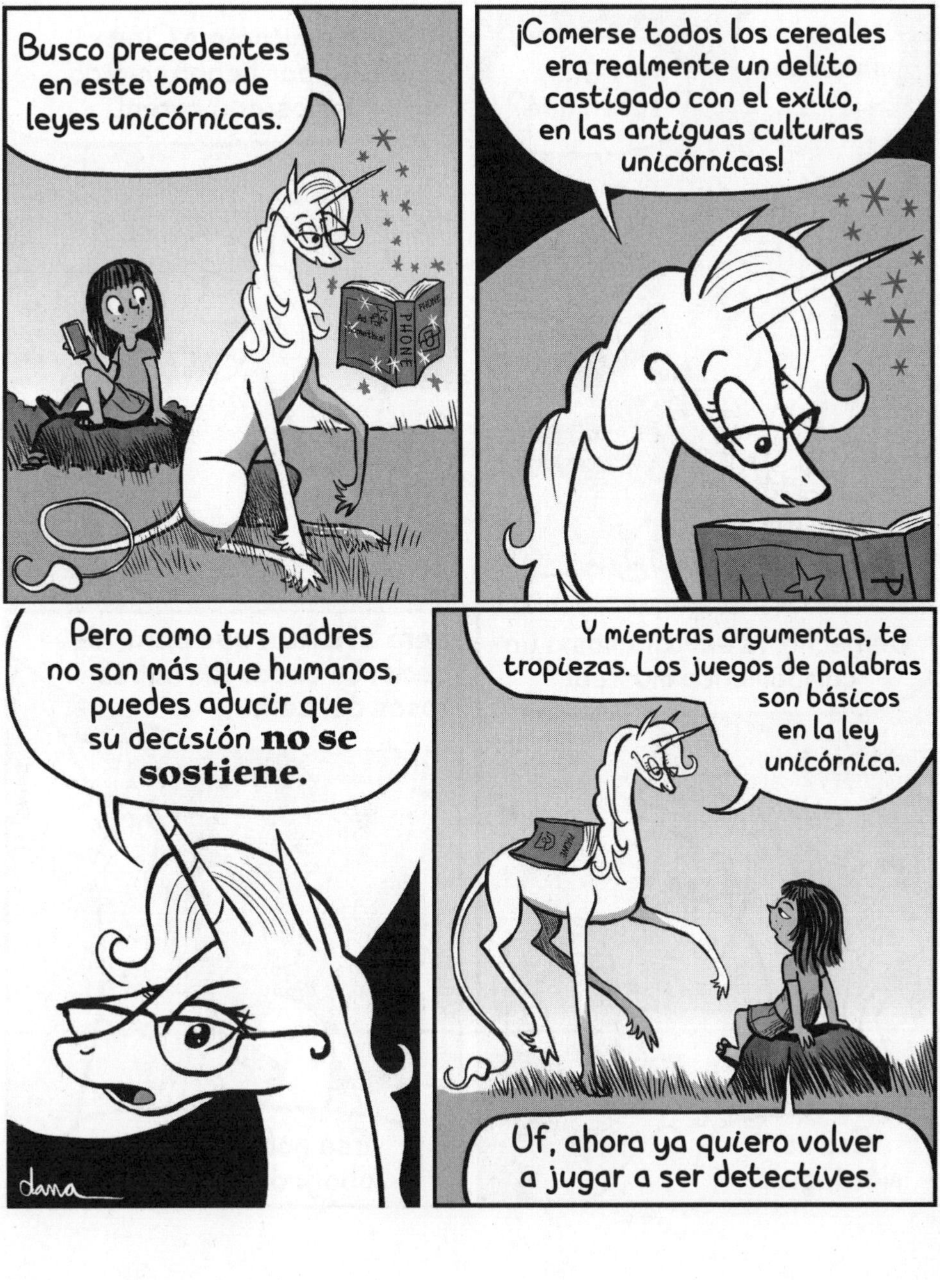
Busco precedentes en este tomo de leyes unicórnicas.
¡Comerse todos los cereales era realmente un delito castigado con el exilio, en las antiguas culturas unicórnicas!
Pero como tus padres no son más que humanos, puedes aducir que su decisión **no se sostiene.**
Y mientras argumentas, te tropiezas. Los juegos de palabras son básicos en la ley unicórnica.
Uf, ahora ya quiero volver a jugar a ser detectives.

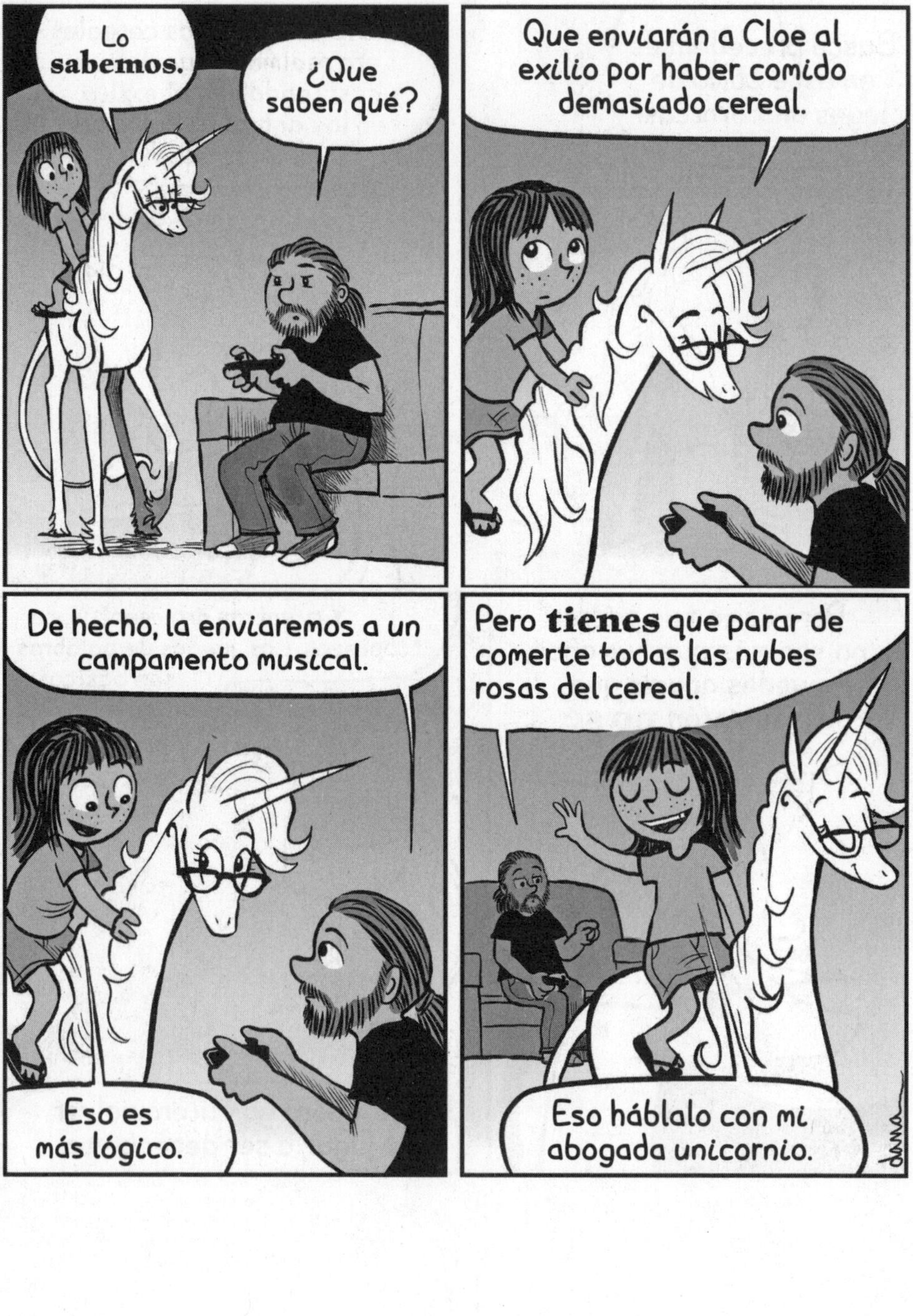
Lo **sabemos.**
¿Que saben qué?
Que enviarán a Cloe al exilio por haber comido demasiado cereal.
De hecho, la enviaremos a un campamento musical.
Eso es más lógico.
Pero **tienes** que parar de comerte todas las nubes rosas del cereal.
Eso háblalo con mi abogada unicornio.
dana

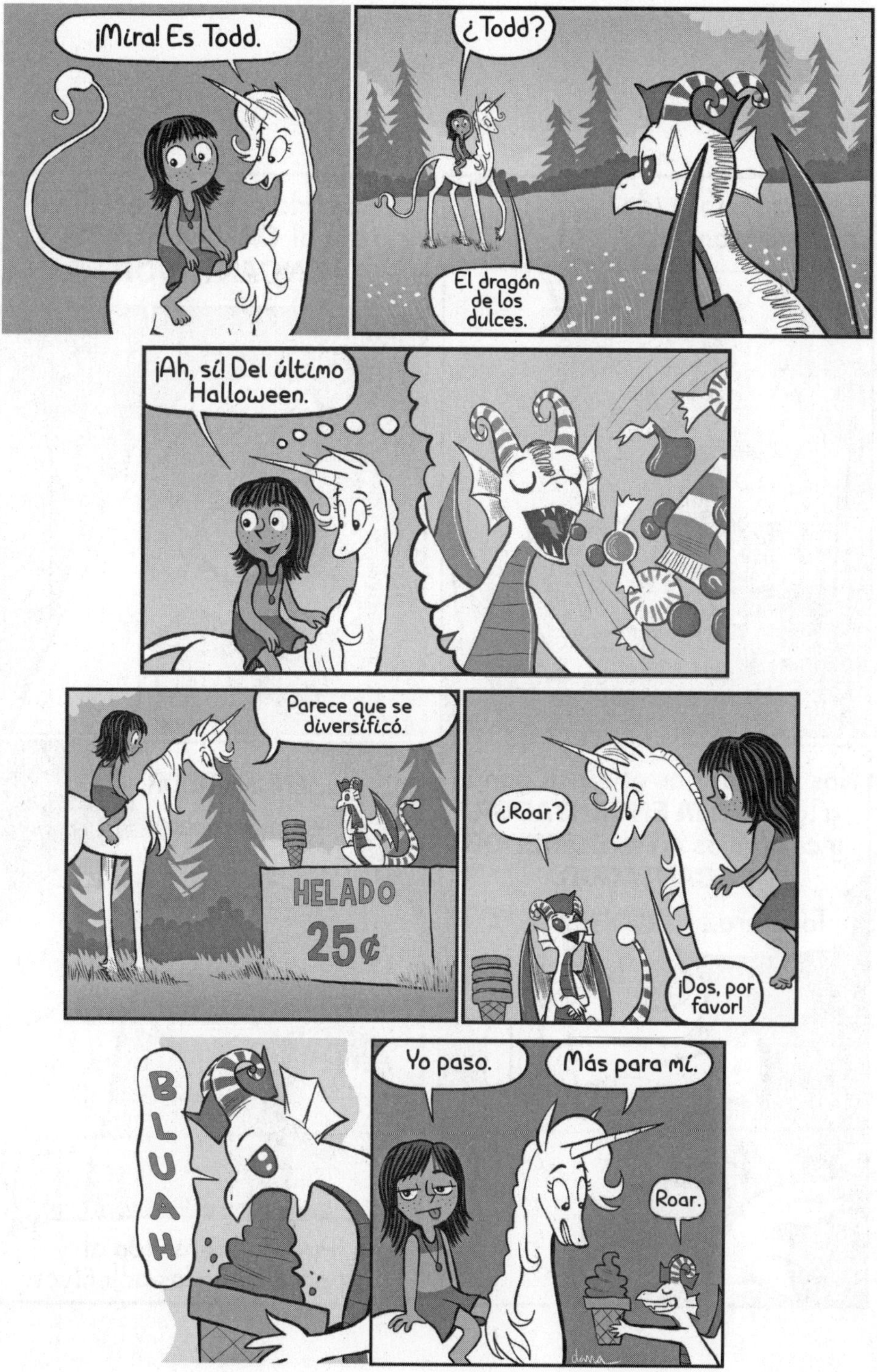
¡Mira! Es Todd.
¿Todd?
El dragón de los dulces.
¡Ah, sí! Del último Halloween.
Parece que se diversificó.
HELADO
25¢
¿Roar?
¡Dos, por favor!
BLUAH
Yo paso.
Más para mí.
Roar.

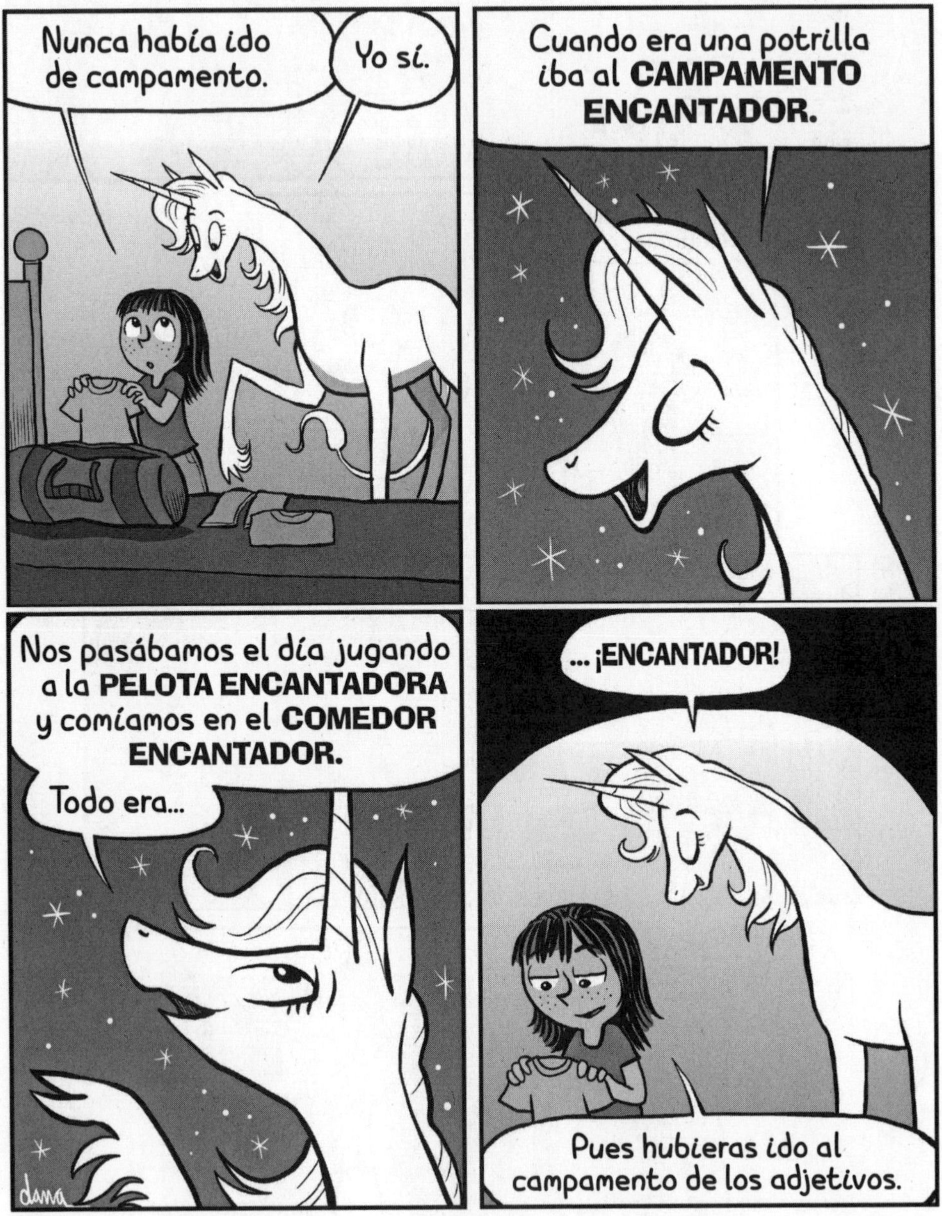
Nunca había ido de campamento.
Yo sí.
Cuando era una potrilla iba al **CAMPAMENTO ENCANTADOR.**
Nos pasábamos el día jugando a la **PELOTA ENCANTADORA** y comíamos en el **COMEDOR ENCANTADOR.**
Todo era...
... ¡ENCANTADOR!
Pues hubieras ido al campamento de los adjetivos.
dana

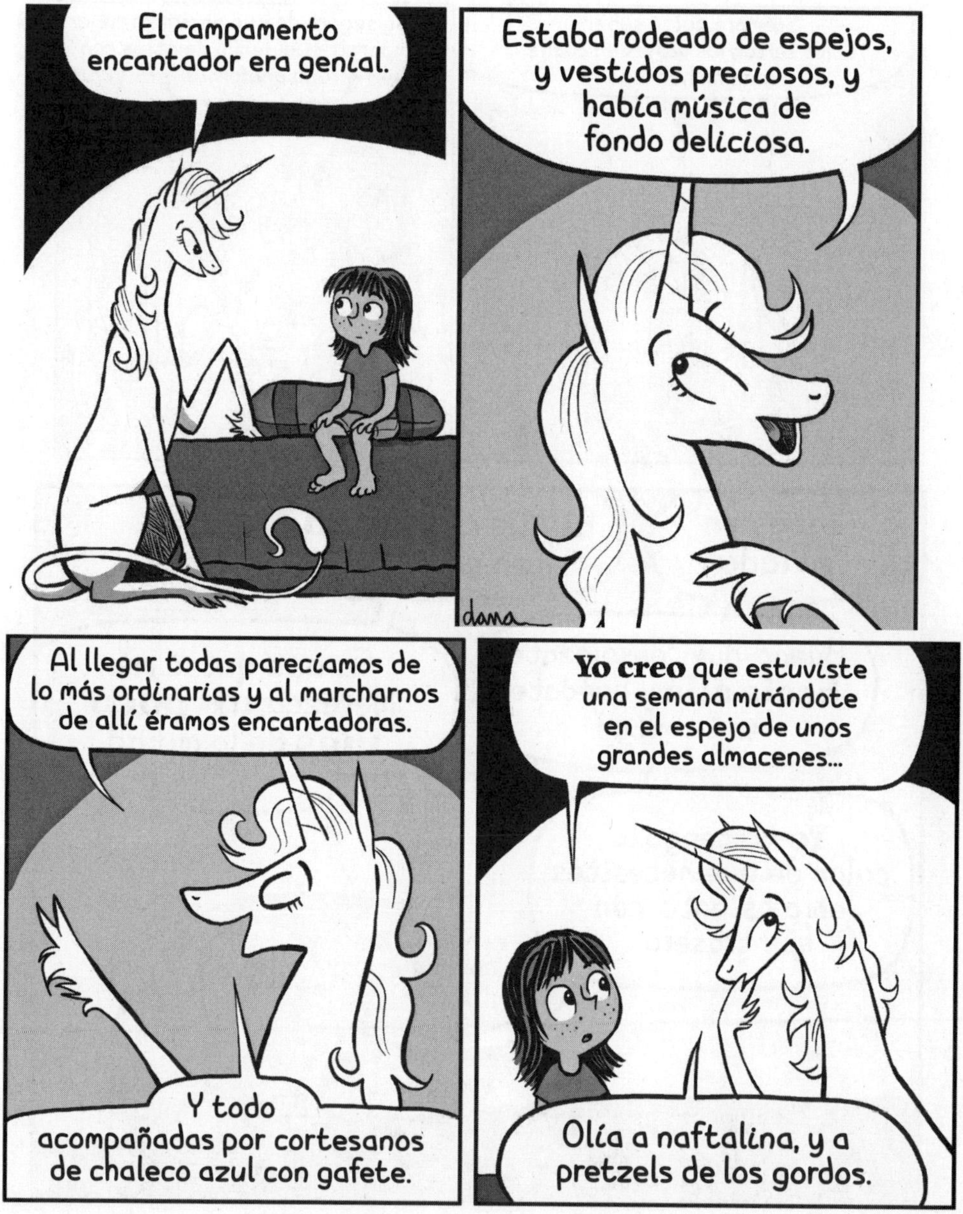
El campamento encantador era genial.
Estaba rodeado de espejos, y vestidos preciosos, y había música de fondo deliciosa.
dana
Al llegar todas parecíamos de lo más ordinarias y al marcharnos de allí éramos encantadoras.
Y todo acompañadas por cortesanos de chaleco azul con gafete.
Yo creo que estuviste una semana mirándote en el espejo de unos grandes almacenes...
Olía a naftalina, y a pretzels de los gordos.

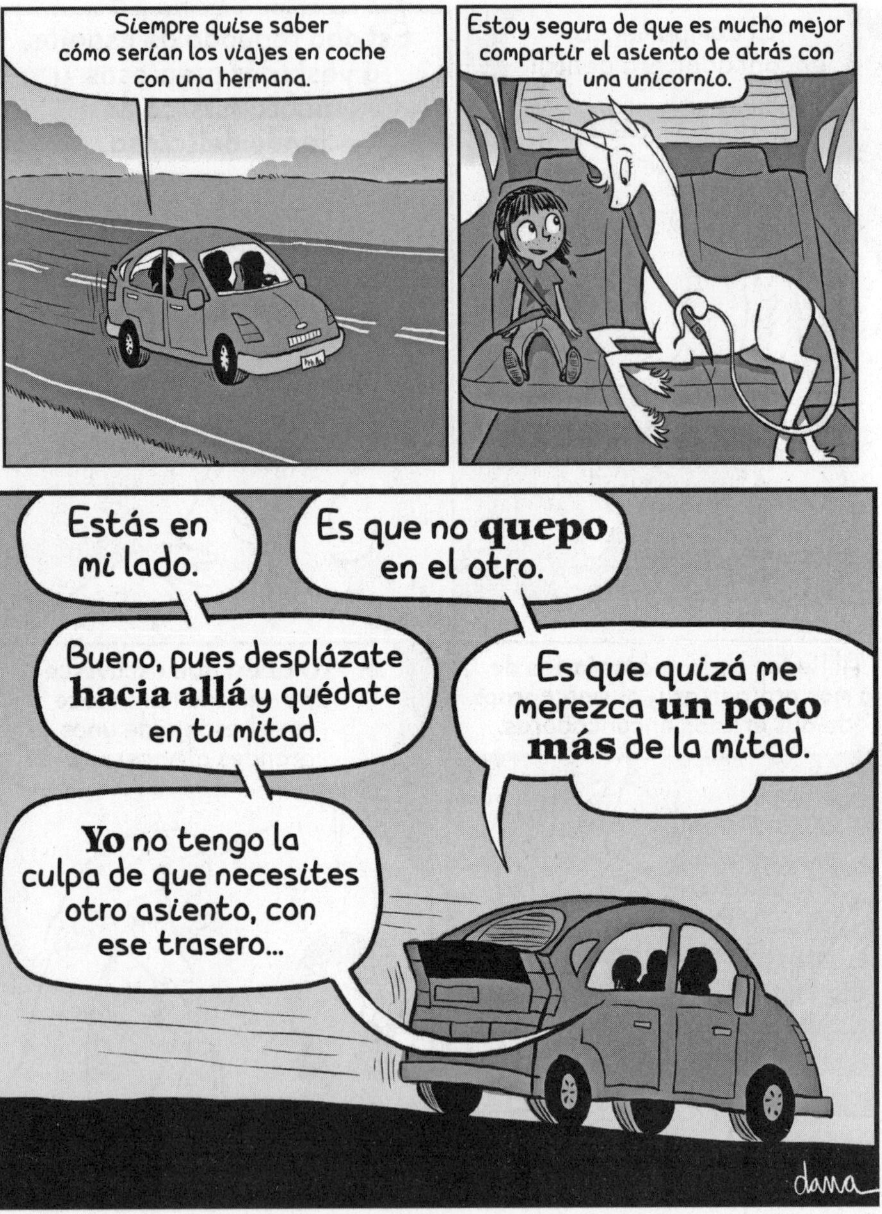
Siempre quise saber cómo serían los viajes en coche con una hermana.
Estoy segura de que es mucho mejor compartir el asiento de atrás con una unicornio.
Estás en mi lado.
Es que no quepo en el otro.
Bueno, pues desplázate hacia allá y quédate en tu mitad.
Es que quizá me merezca un poco más de la mitad.
Yo no tengo la culpa de que necesites otro asiento, con ese trasero...

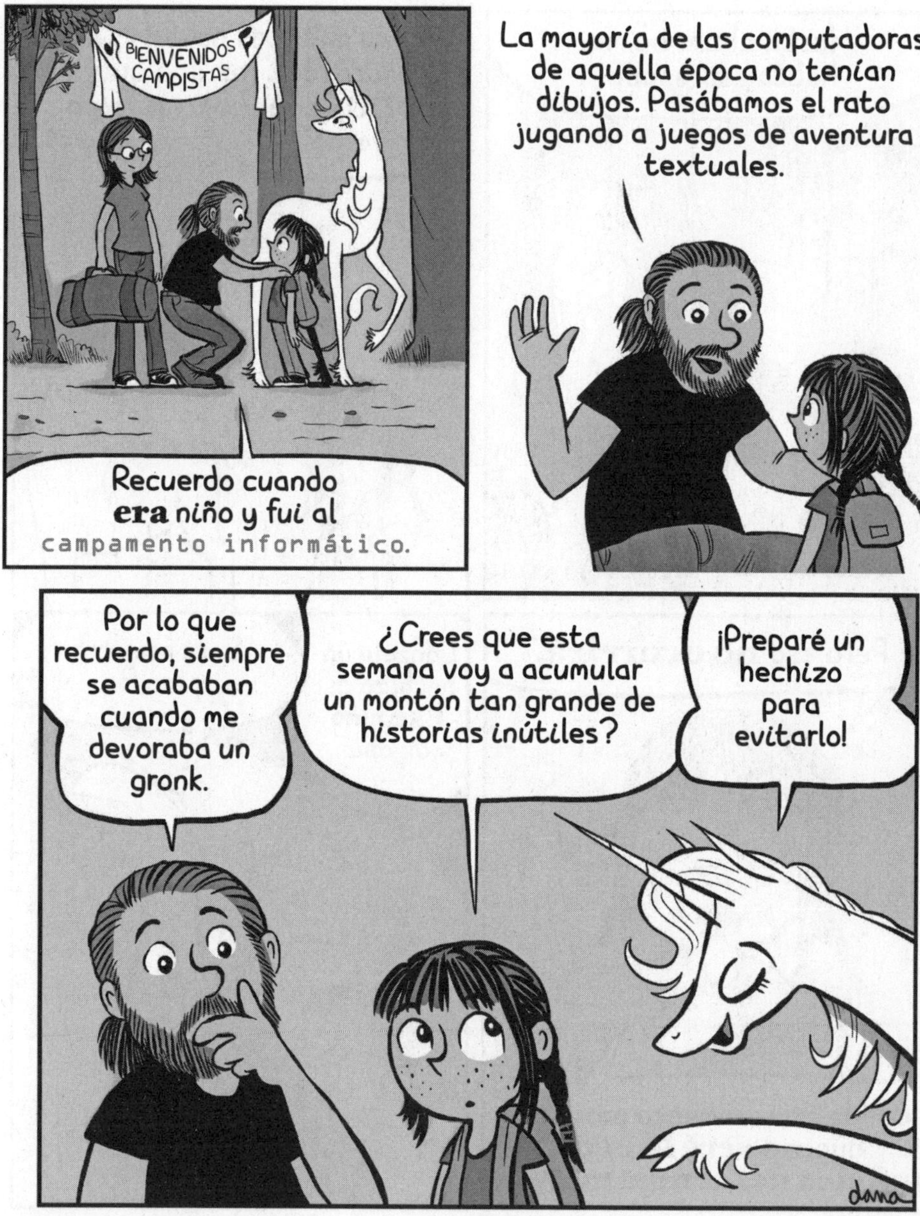
BIENVENIDOS CAMPISTAS
Recuerdo cuando **era** niño y fui al campamento informático.
La mayoría de las computadoras de aquella época no tenían dibujos. Pasábamos el rato jugando a juegos de aventura textuales.
Por lo que recuerdo, siempre se acababan cuando me devoraba un gronk.
¿Crees que esta semana voy a acumular un montón tan grande de historias inútiles?
¡Preparé un hechizo para evitarlo!
dana

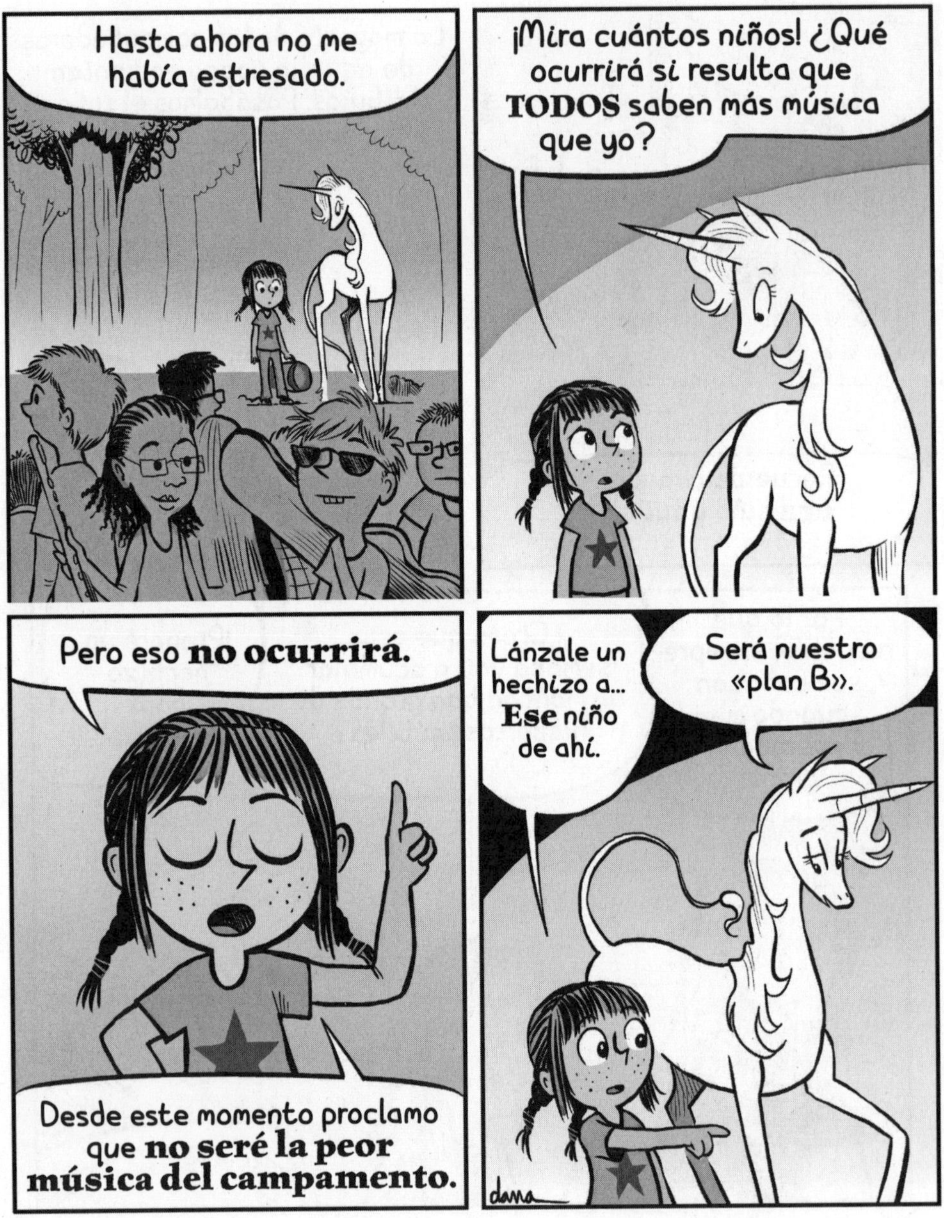
Hasta ahora no me había estresado.
¡Mira cuántos niños! ¿Qué ocurrirá si resulta que **TODOS** saben más música que yo?
Pero eso **no ocurrirá.**
Desde este momento proclamo que **no seré la peor música del campamento.**
Lánzale un hechizo a... **Ese** niño de ahí.
Será nuestro «plan B».
dana

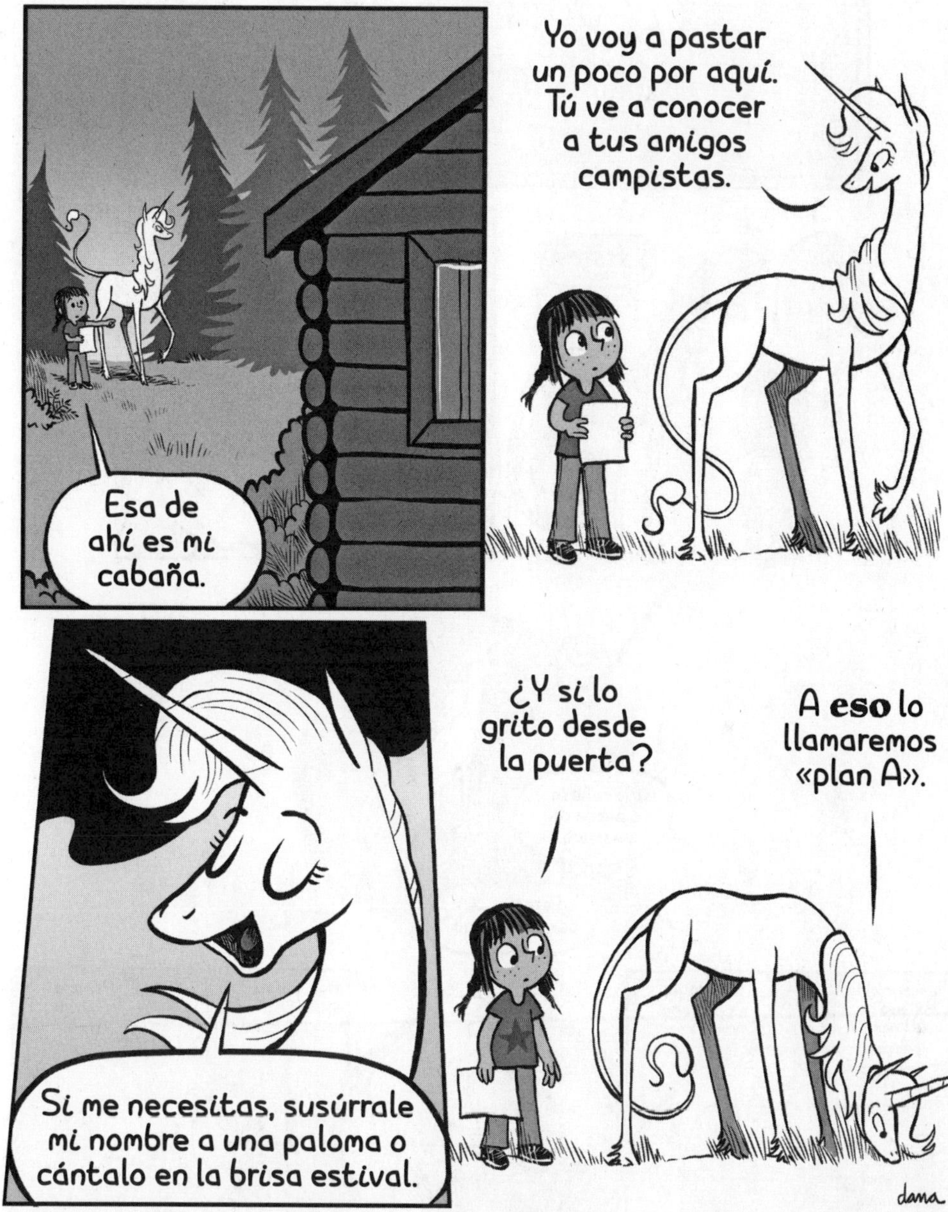
Esa de ahí es mi cabaña.
Yo voy a pastar un poco por aquí. Tú ve a conocer a tus amigos campistas.
Si me necesitas, susúrrale mi nombre a una paloma o cántalo en la brisa estival.
¿Y si lo grito desde la puerta?
A **eso** lo llamaremos «plan A».
dana

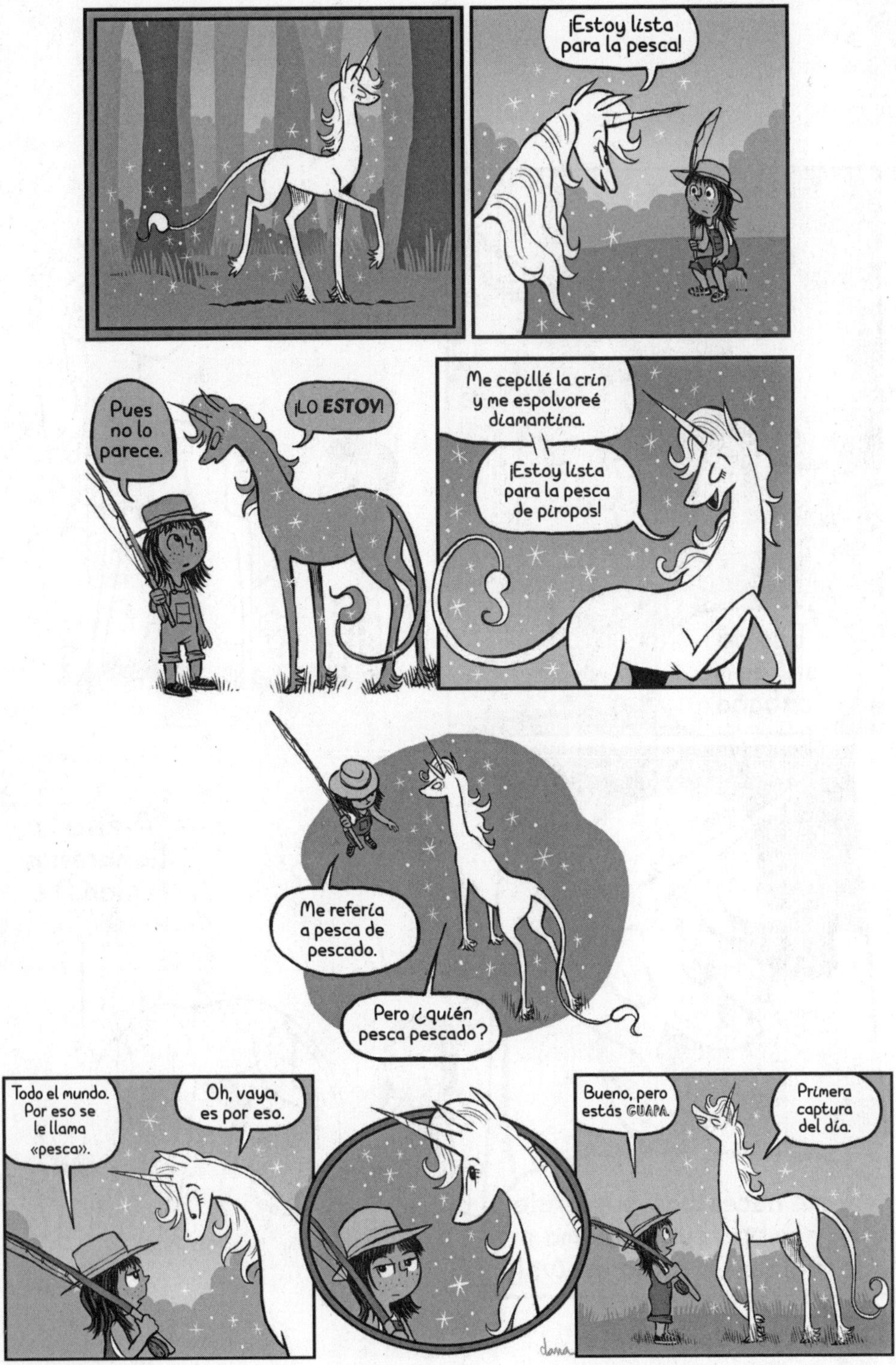
¡Estoy lista para la pesca!
Pues no lo parece.
¡LO ESTOY!
Me cepillé la crin y me espolvoreé diamantina.
¡Estoy lista para la pesca de piropos!
Me refería a pesca de pescado.
Pero ¿quién pesca pescado?
Todo el mundo. Por eso se le llama «pesca».
Oh, vaya, es por eso.
Bueno, pero estás GUAPA.
Primera captura del día.
dana

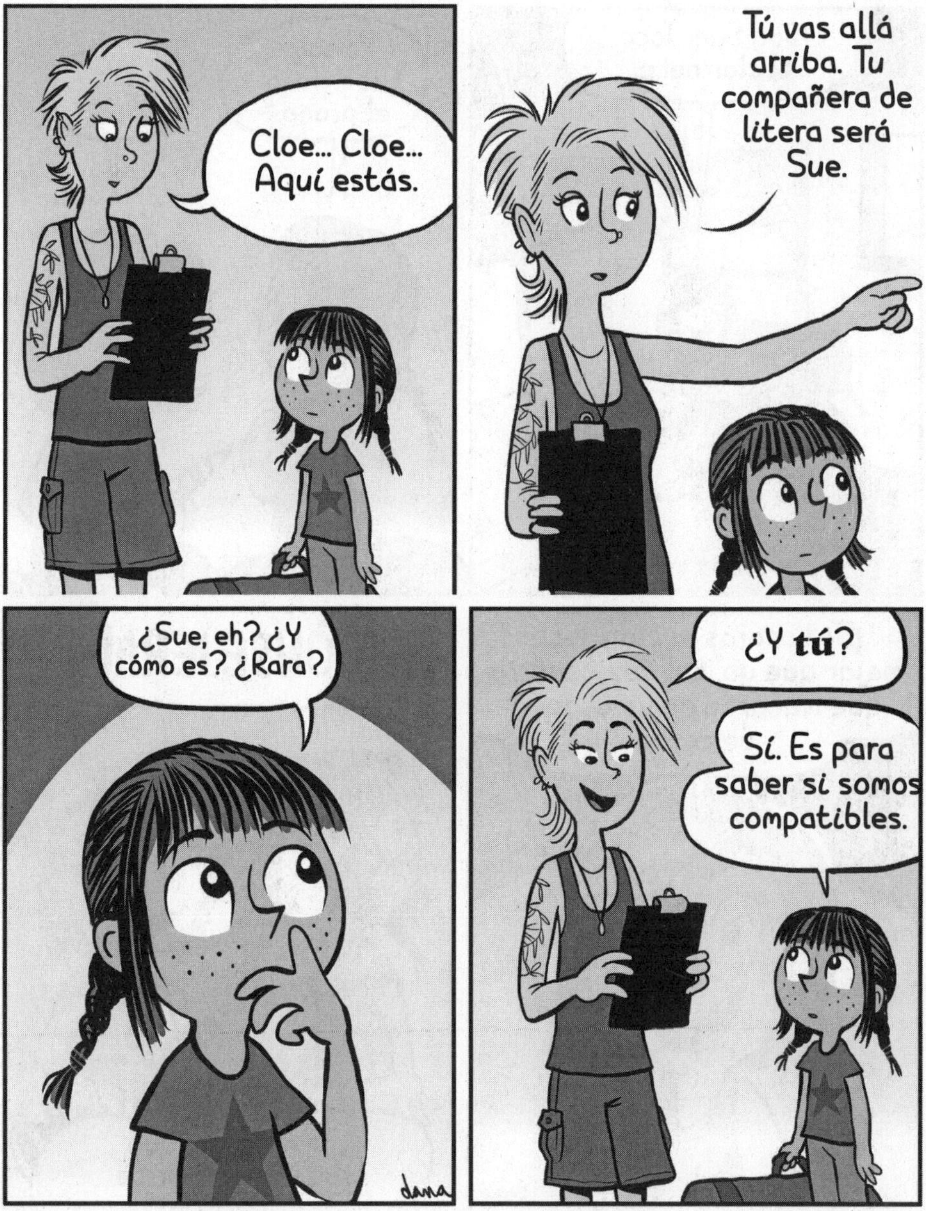
Cloe... Cloe... Aquí estás.
Tú vas allá arriba. Tu compañera de litera será Sue.
¿Sue, eh? ¿Y cómo es? ¿Rara?
¿Y **tú**?
Sí. Es para saber si somos compatibles.
dana

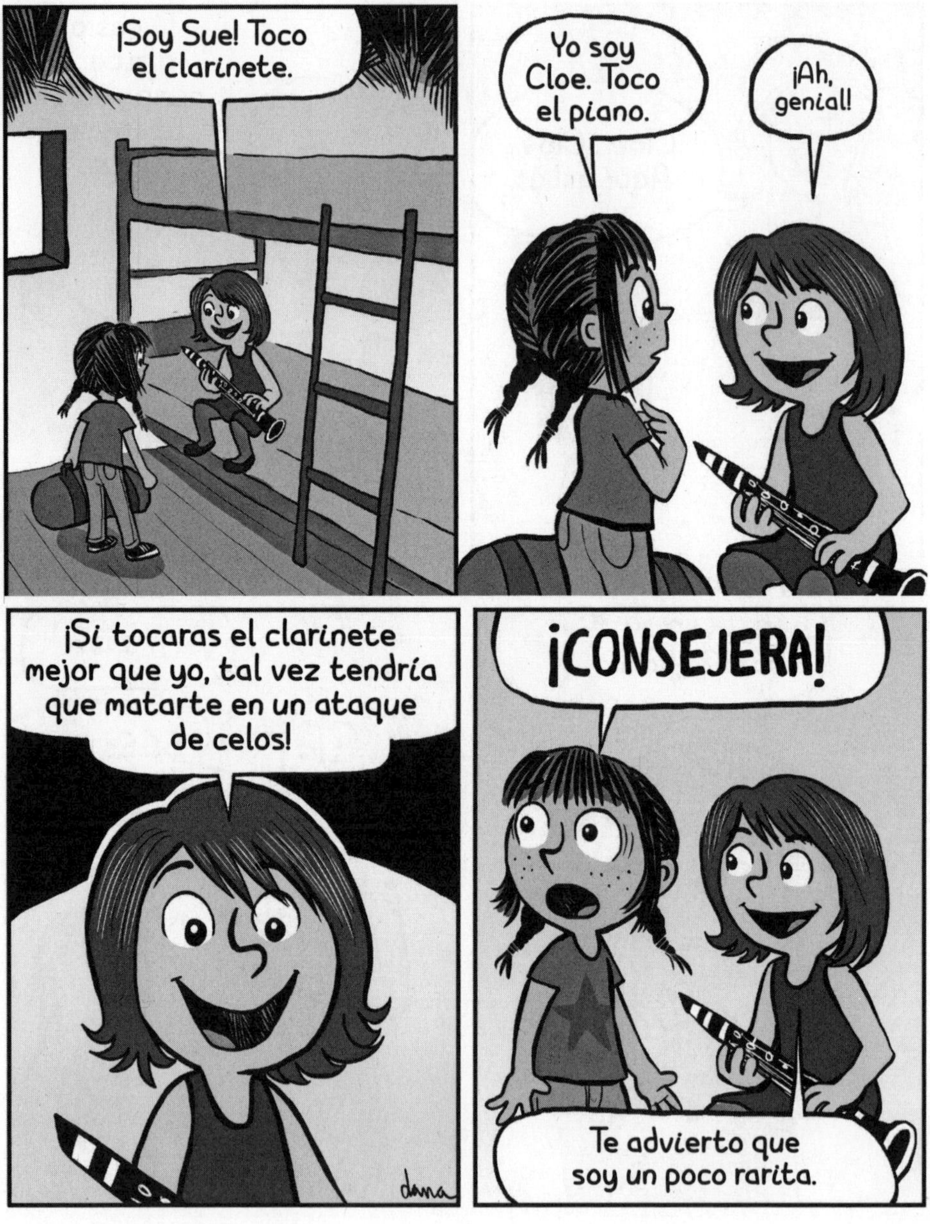
¡Soy Sue! Toco el clarinete.
Yo soy Cloe. Toco el piano.
¡Ah, genial!
¡Si tocaras el clarinete mejor que yo, tal vez tendría que matarte en un ataque de celos!
dana
¡CONSEJERA!
Te advierto que soy un poco rarita.

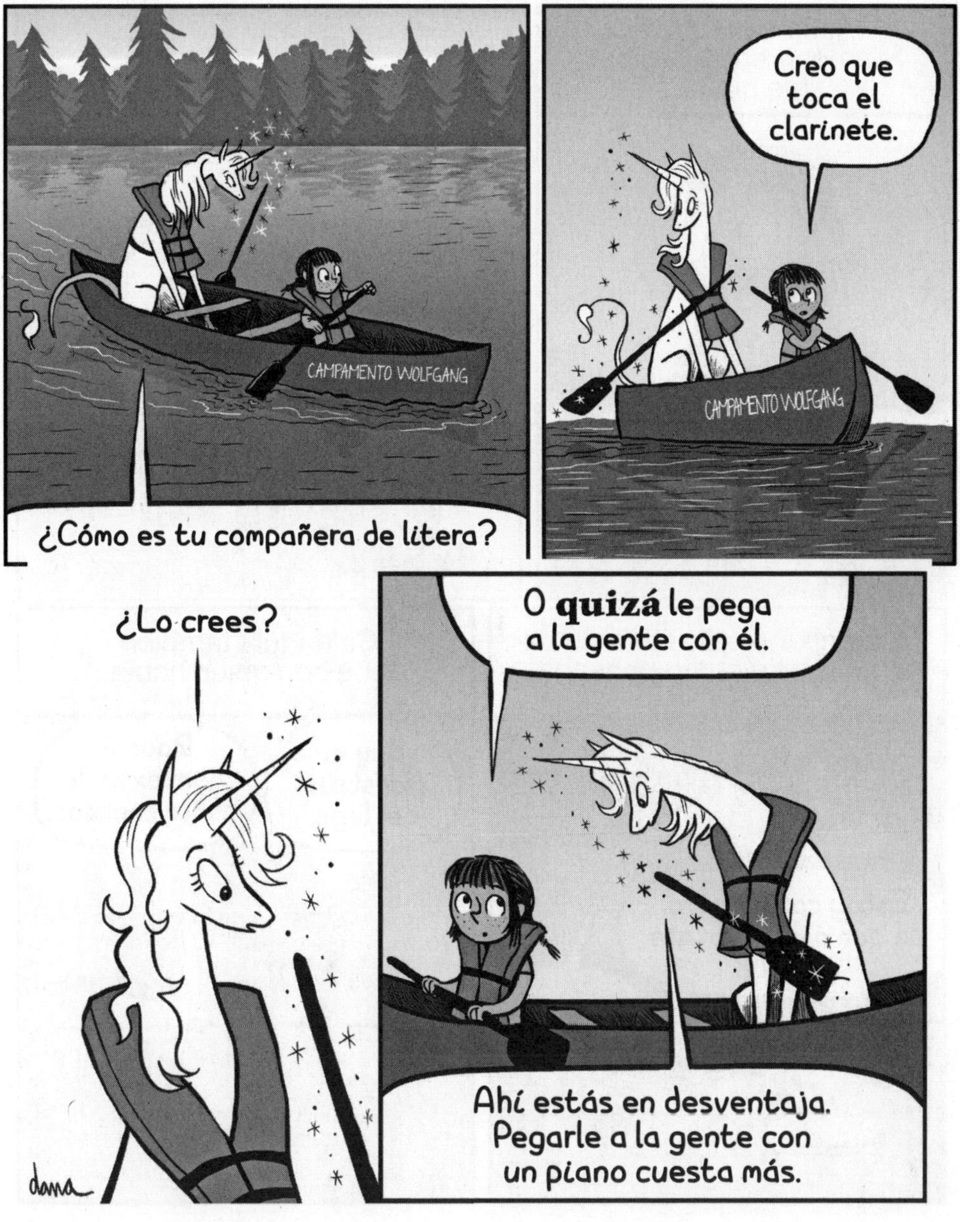
CAMPAMENTO WOLFGANG
¿Cómo es tu compañera de litera?
Creo que toca el clarinete.
CAMPAMENTO WOLFGANG
¿Lo crees?
O **quizá** le pega a la gente con él.
Ahí estás en desventaja. Pegarle a la gente con un piano cuesta más.
dana

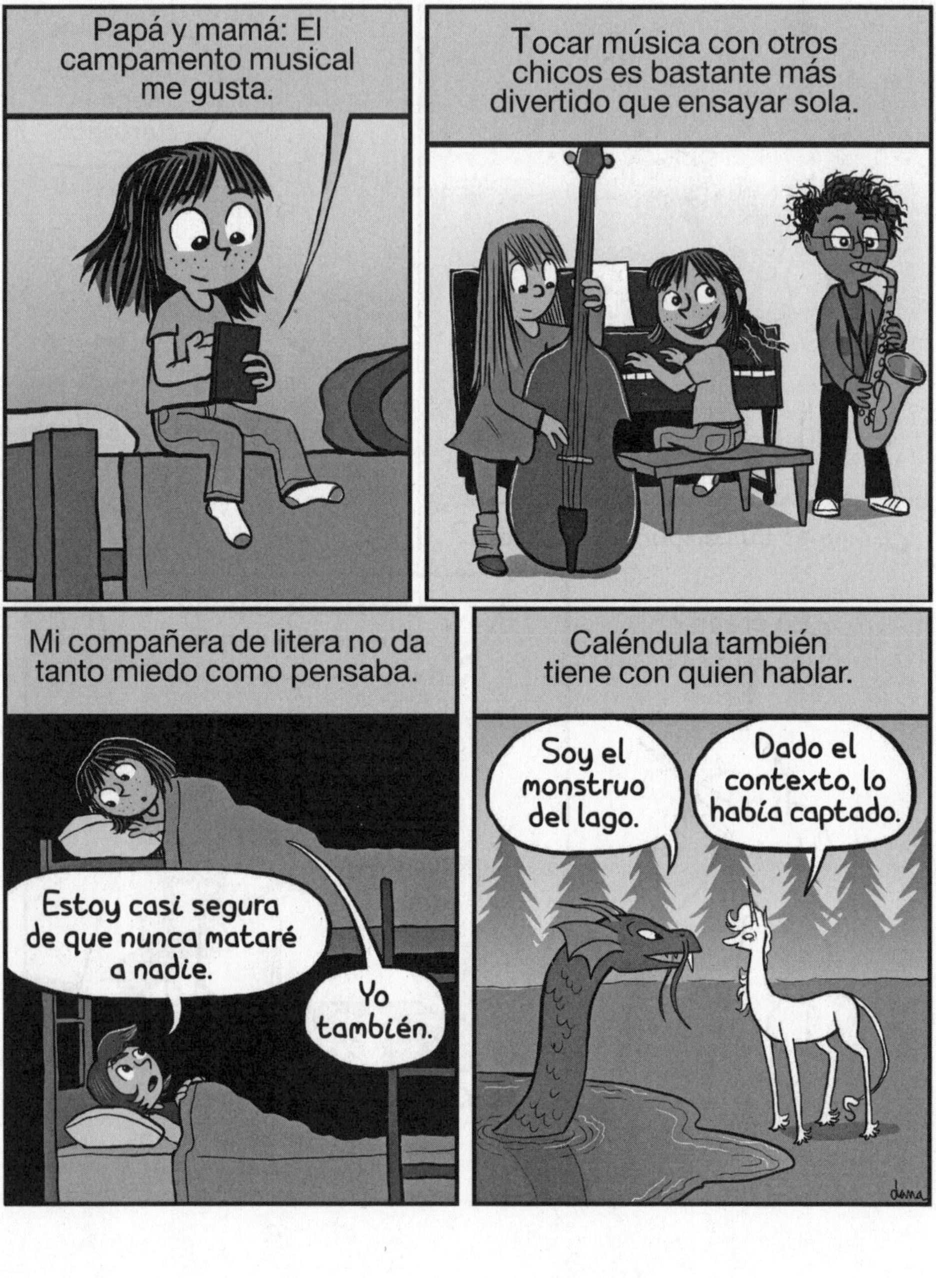
Papá y mamá: El campamento musical me gusta.
Tocar música con otros chicos es bastante más divertido que ensayar sola.
Mi compañera de litera no da tanto miedo como pensaba.
Estoy casi segura de que nunca mataré a nadie.
Yo también.
Caléndula también tiene con quien hablar.
Soy el monstruo del lago.
Dado el contexto, lo había captado.

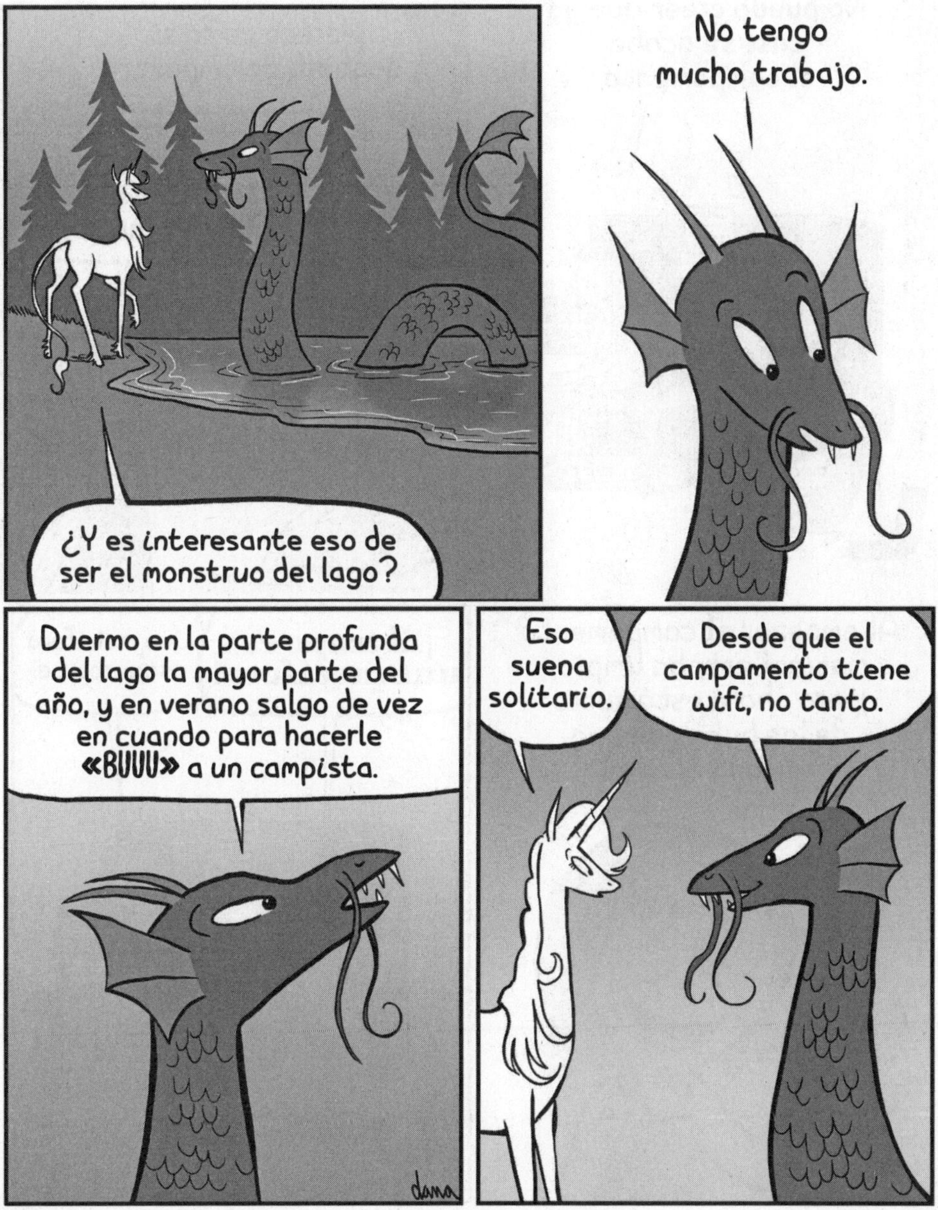
¿Y es interesante eso de ser el monstruo del lago?
No tengo mucho trabajo.
Duermo en la parte profunda del lago la mayor parte del año, y en verano salgo de vez en cuando para hacerle «BUUU» a un campista.
Eso suena solitario.
Desde que el campamento tiene wifi, no tanto.
dana

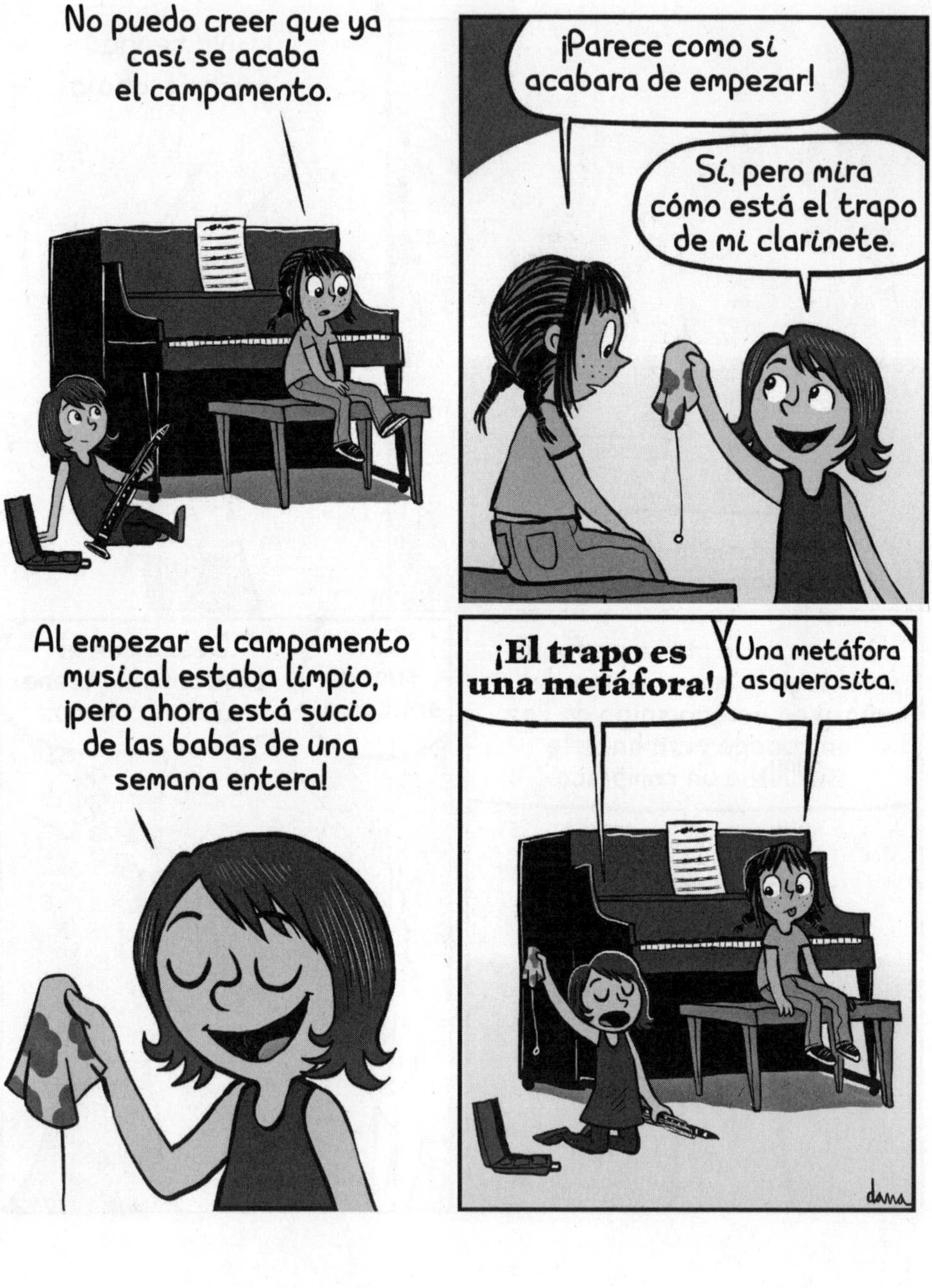
No puedo creer que ya casi se acaba el campamento.
¡Parece como si acabara de empezar!
Sí, pero mira cómo está el trapo de mi clarinete.
Al empezar el campamento musical estaba limpio, ¡pero ahora está sucio de las babas de una semana entera!
¡El trapo es una metáfora!
Una metáfora asquerosita.
dana

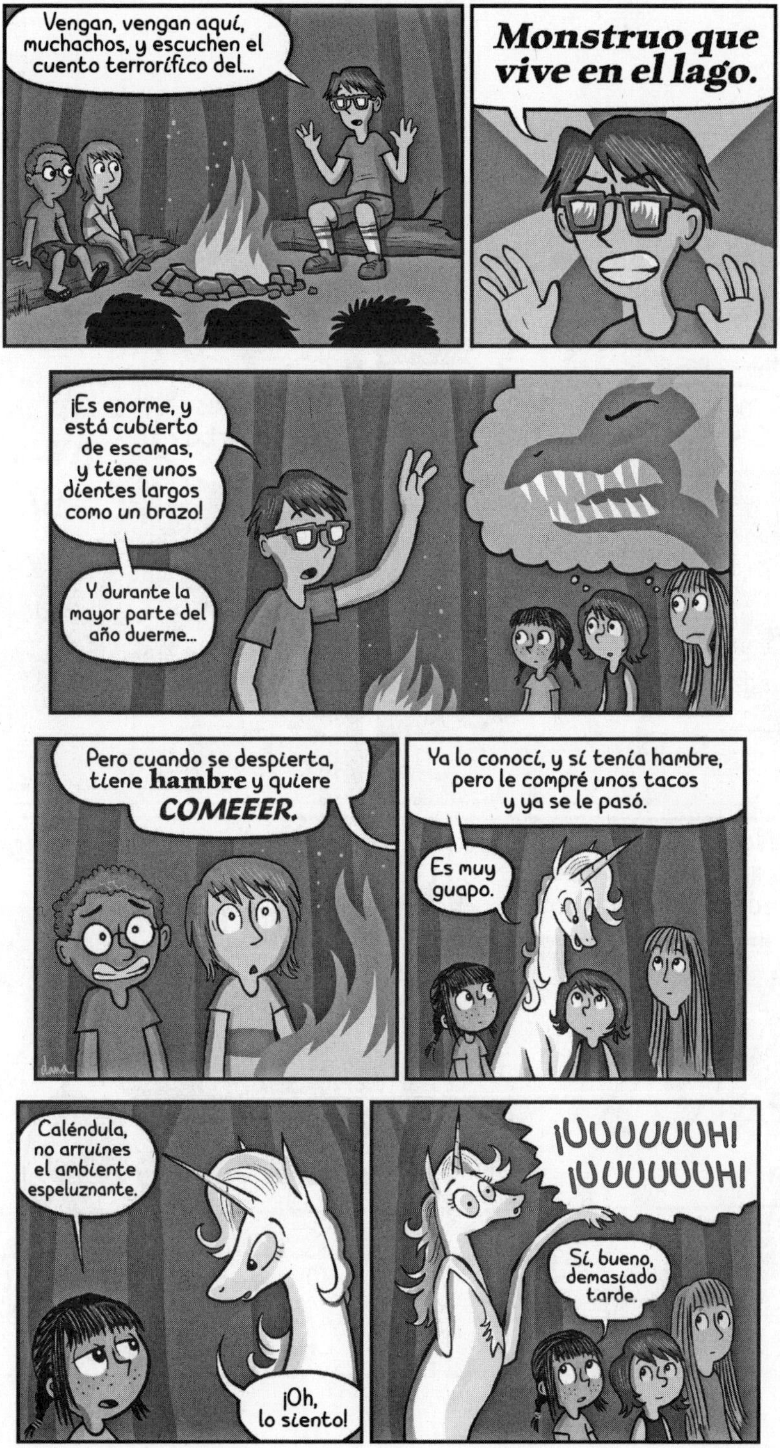
Vengan, vengan aquí, muchachos, y escuchen el cuento terrorífico del...
Monstruo que vive en el lago.
¡Es enorme, y está cubierto de escamas, y tiene unos dientes largos como un brazo!
Y durante la mayor parte del año duerme...
Pero cuando se despierta, tiene hambre y quiere COMEEER.
Ya lo conocí, y sí tenía hambre, pero le compré unos tacos y ya se le pasó.
Es muy guapo.
Caléndula, no arruines el ambiente espeluznante.
¡Oh, lo siento!
¡UUUUUUH! ¡UUUUUUH!
Sí, bueno, demasiado tarde.

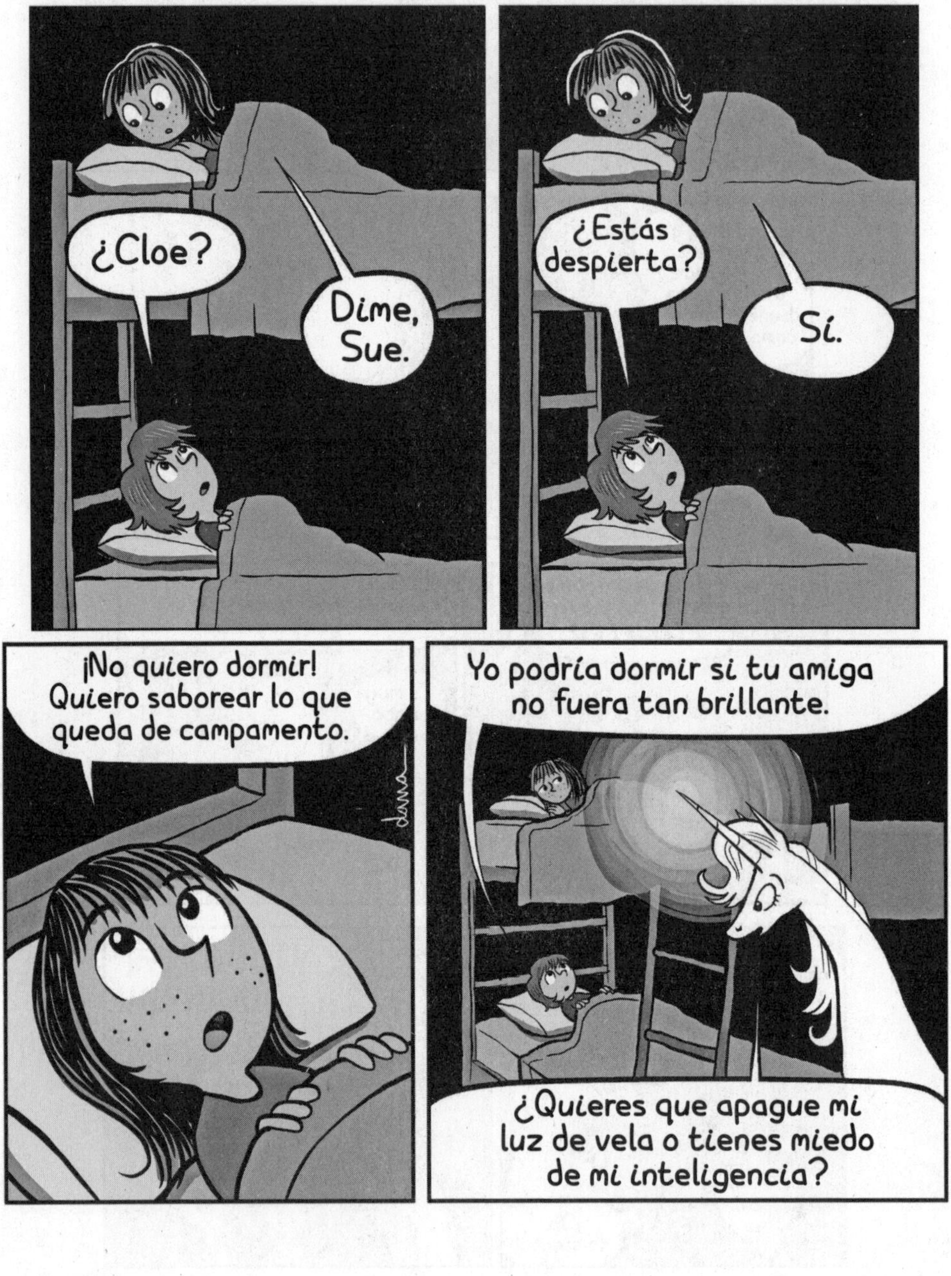
¿Cloe?
Dime, Sue.
¿Estás despierta?
Sí.
¡No quiero dormir! Quiero saborear lo que queda de campamento.
Yo podría dormir si tu amiga no fuera tan brillante.
¿Quieres que apague mi luz de vela o tienes miedo de mi inteligencia?

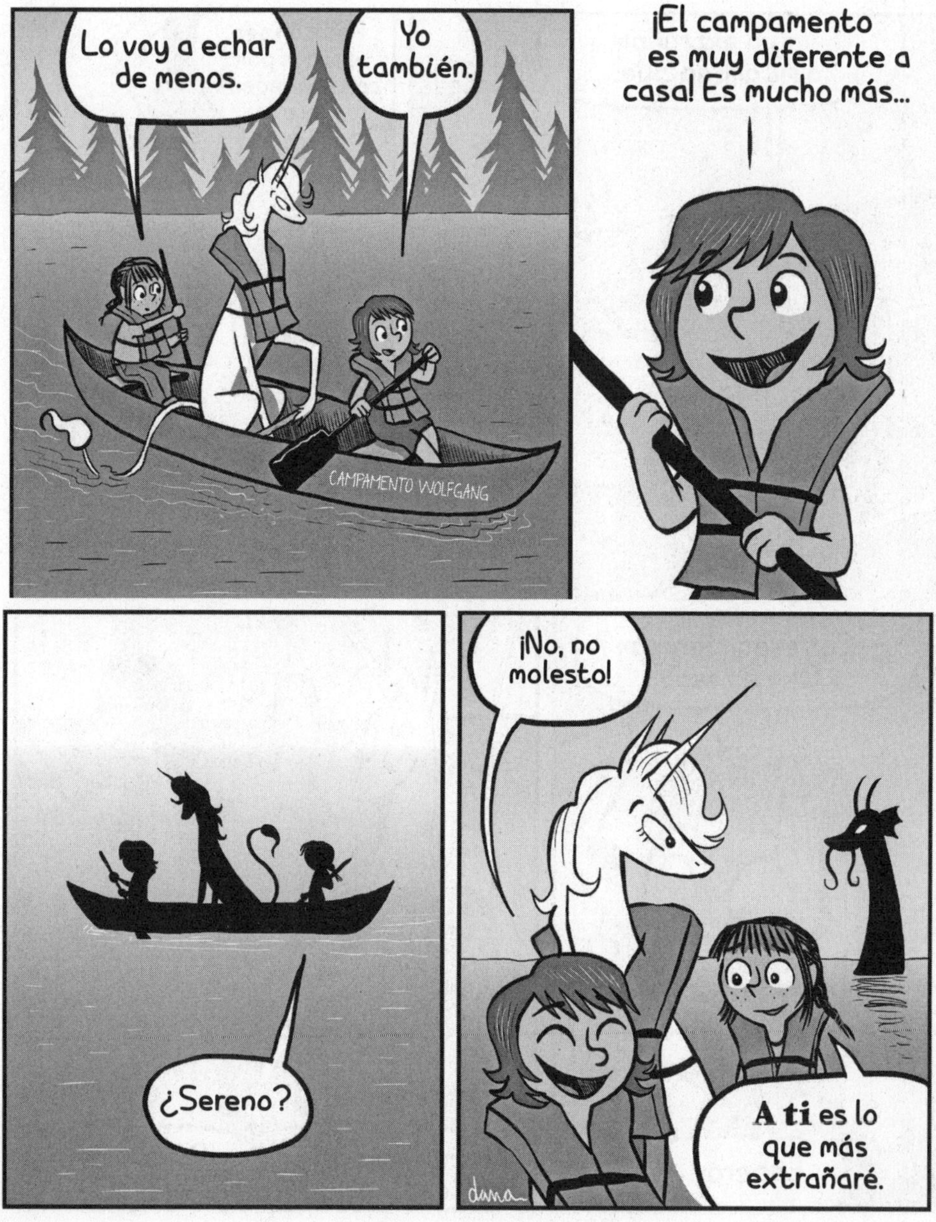
Lo voy a echar de menos.
Yo también.
CAMPAMENTO WOLFGANG
¡El campamento es muy diferente a casa! Es mucho más...
¿Sereno?
¡No, no molesto!
A ti es lo que más extrañaré.

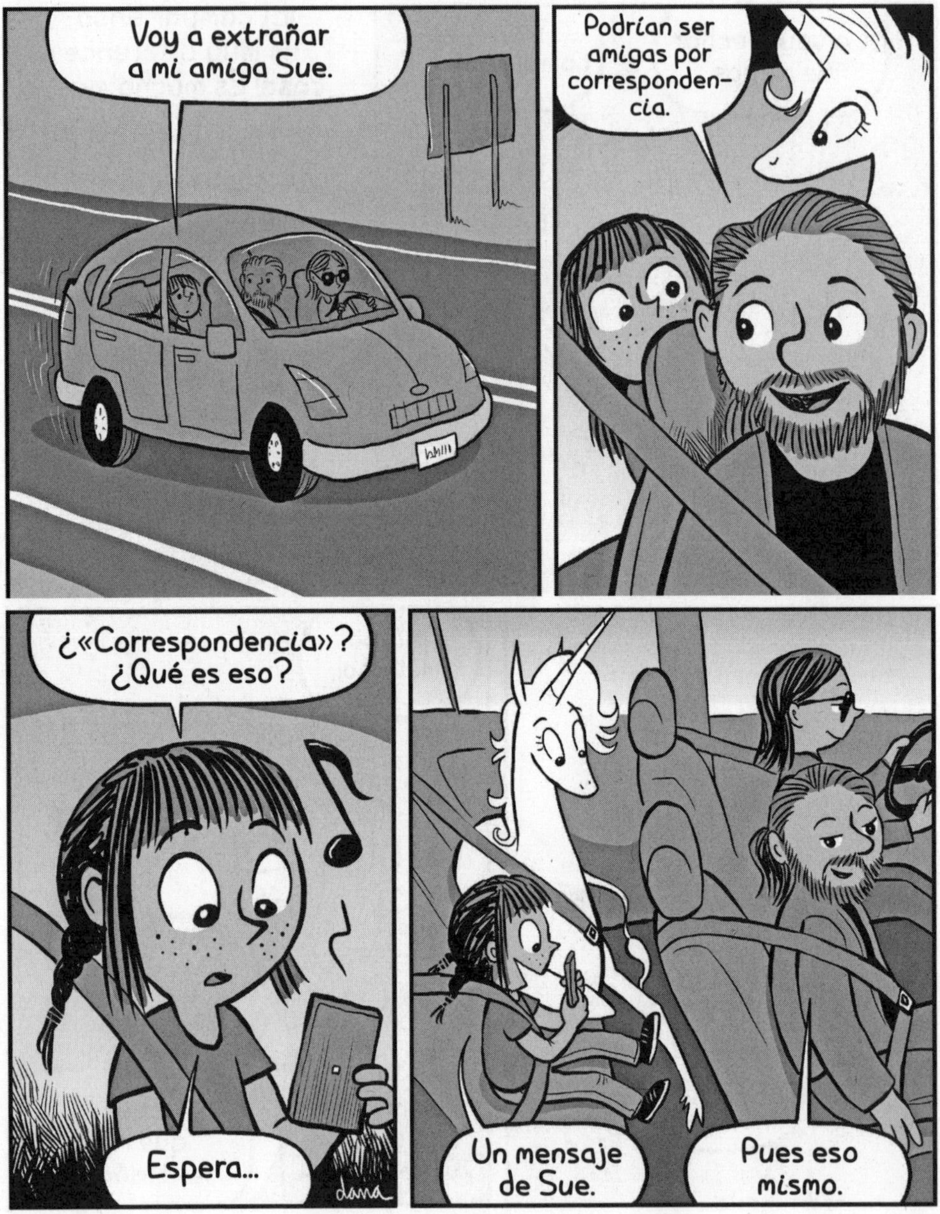
Voy a extrañar a mi amiga Sue.
Podrían ser amigas por correspondencia.
¿«Correspondencia»? ¿Qué es eso?
Espera...
Un mensaje de Sue.
Pues eso mismo.

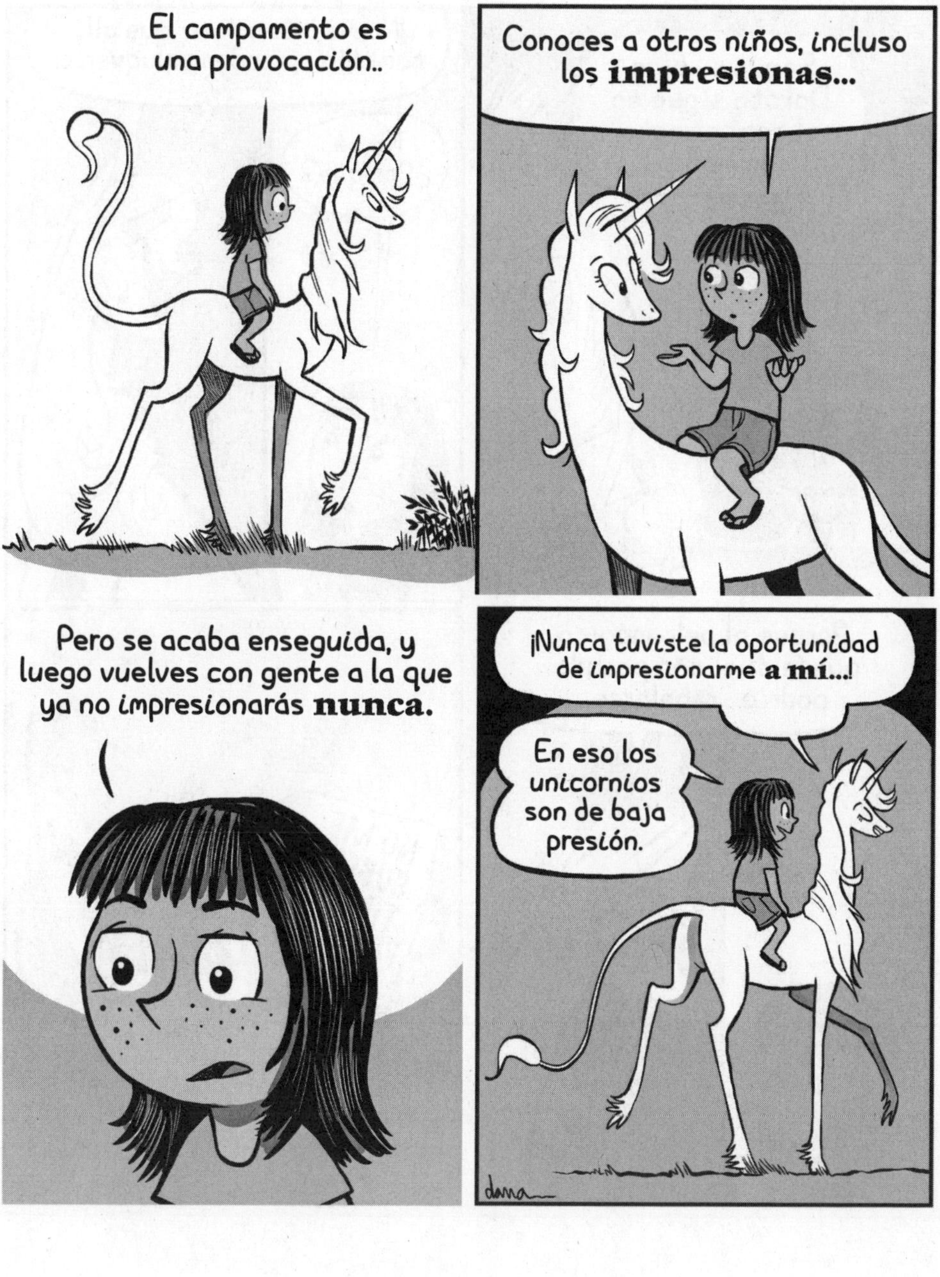
El campamento es una provocación..
Conoces a otros niños, incluso los **impresionas...**
Pero se acaba enseguida, y luego vuelves con gente a la que ya no impresionarás **nunca.**
¡Nunca tuviste la oportunidad de impresionarme **a mí**...!
En eso los unicornios son de baja presión.
dana

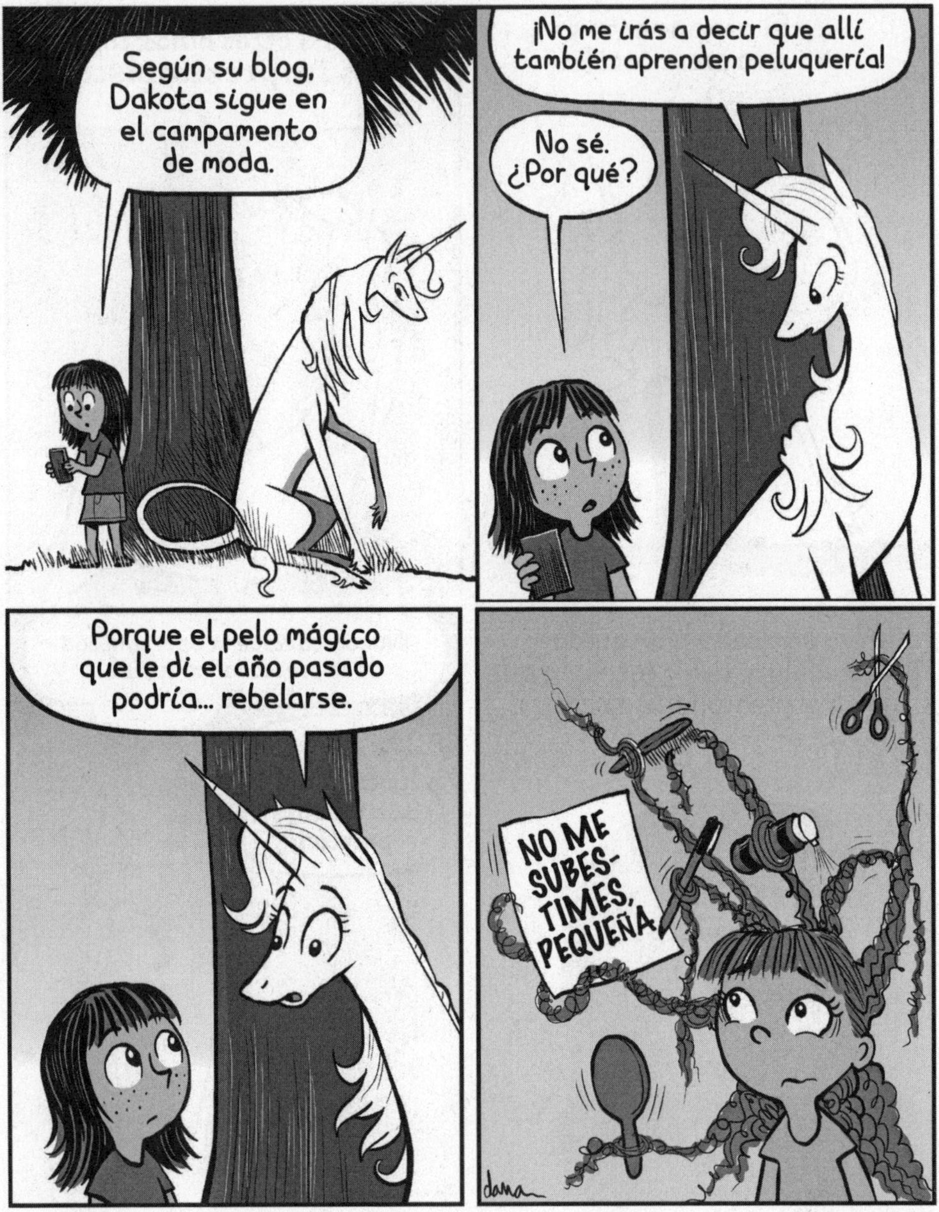
Según su blog, Dakota sigue en el campamento de moda.
¡No me irás a decir que allí también aprenden peluquería!
No sé. ¿Por qué?
Porque el pelo mágico que le di el año pasado podría... rebelarse.
NO ME SUBES-TIMES, PEQUEÑA.
dana

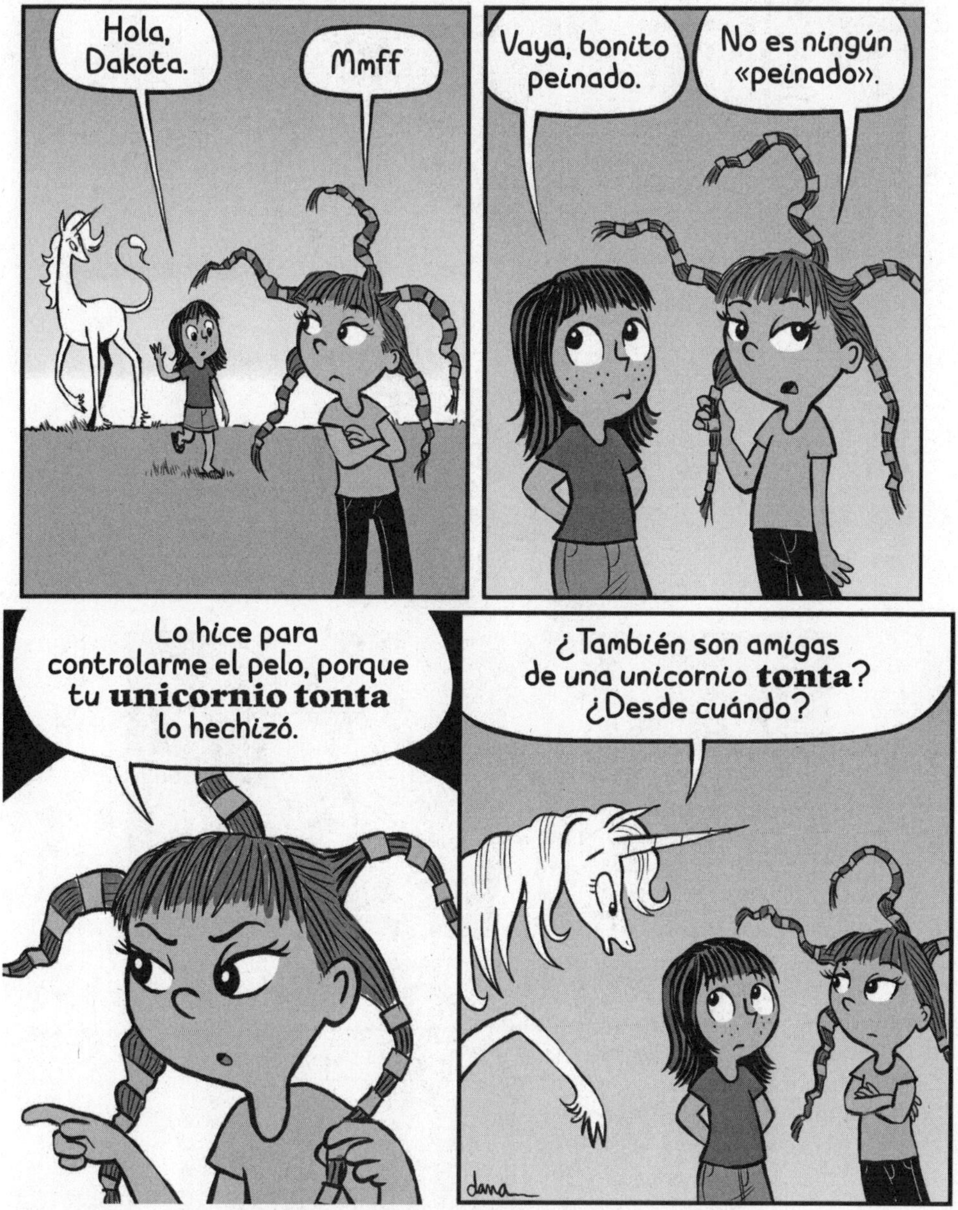
Hola, Dakota.
Mmff
Vaya, bonito peinado.
No es ningún «peinado».
Lo hice para controlarme el pelo, porque tu **unicornio tonta** lo hechizó.
¿También son amigas de una unicornio **tonta**? ¿Desde cuándo?
dana

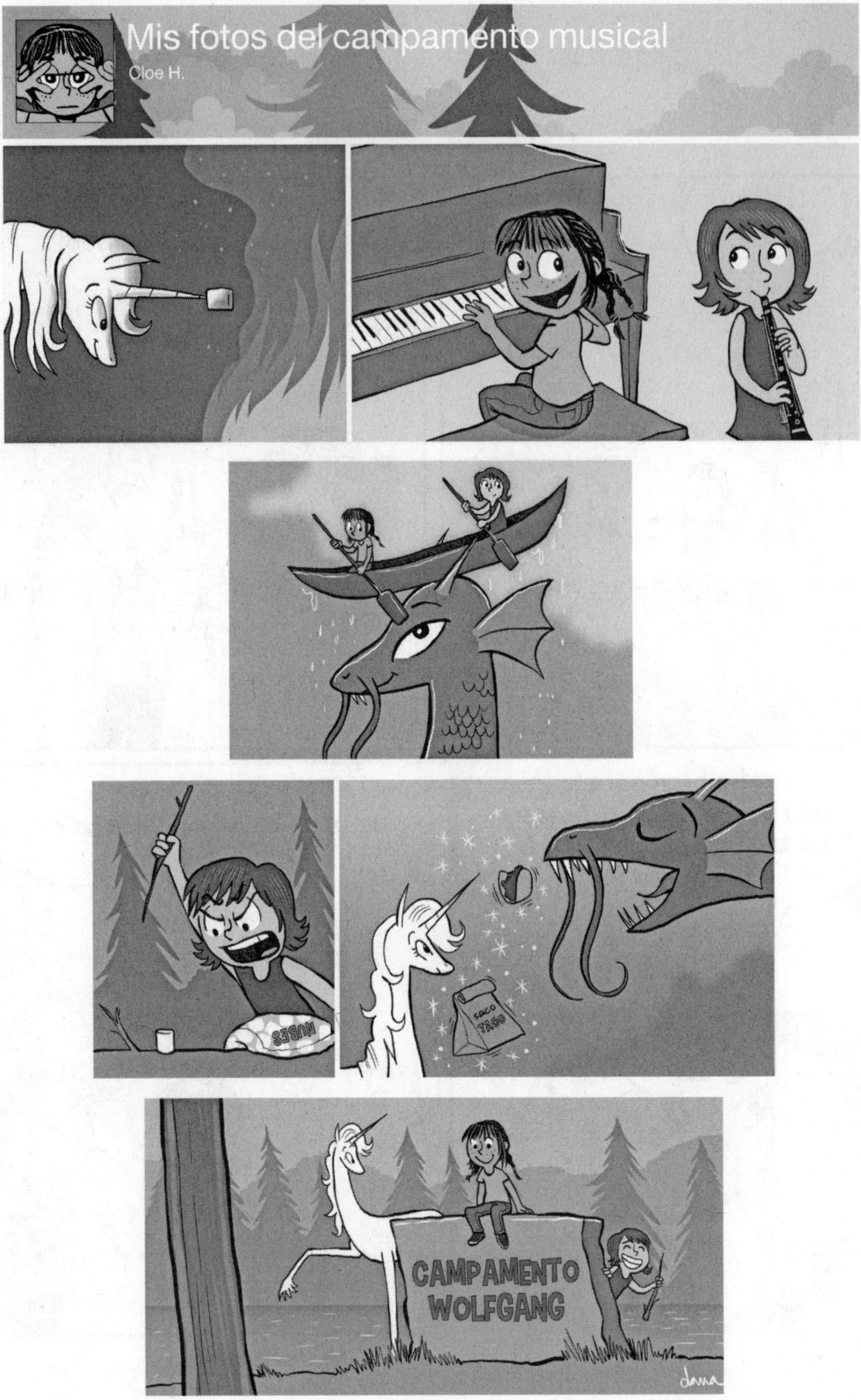
Mis fotos del campamento musical
Cloe H.
NUBES
SACO TACO
CAMPAMENTO WOLFGANG
dana

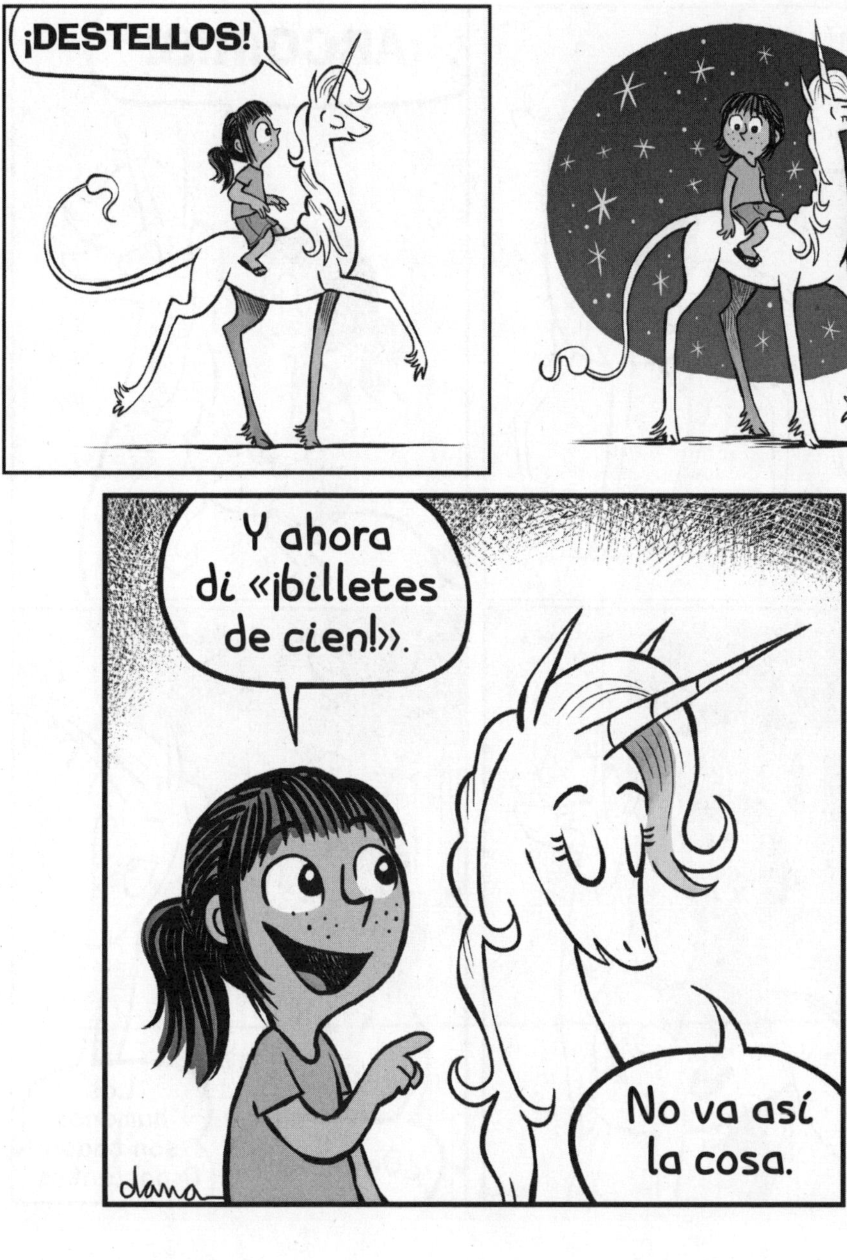
¡DESTELLOS!
Y ahora di «¡billetes de cien!».
No va así la cosa.
dana

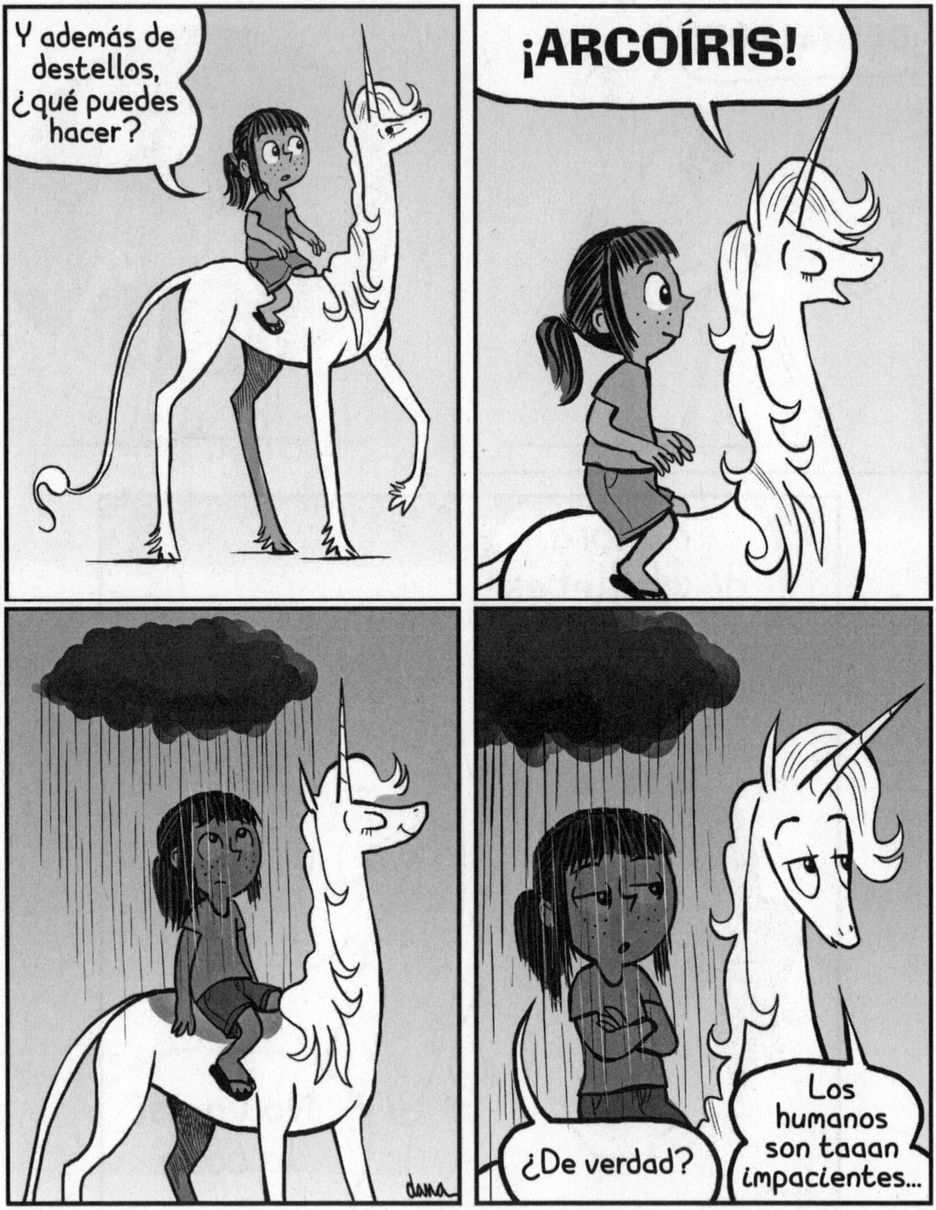
Y además de destellos, ¿qué puedes hacer?
¡ARCOÍRIS!
¿De verdad?
Los humanos son taaan impacientes...
dana

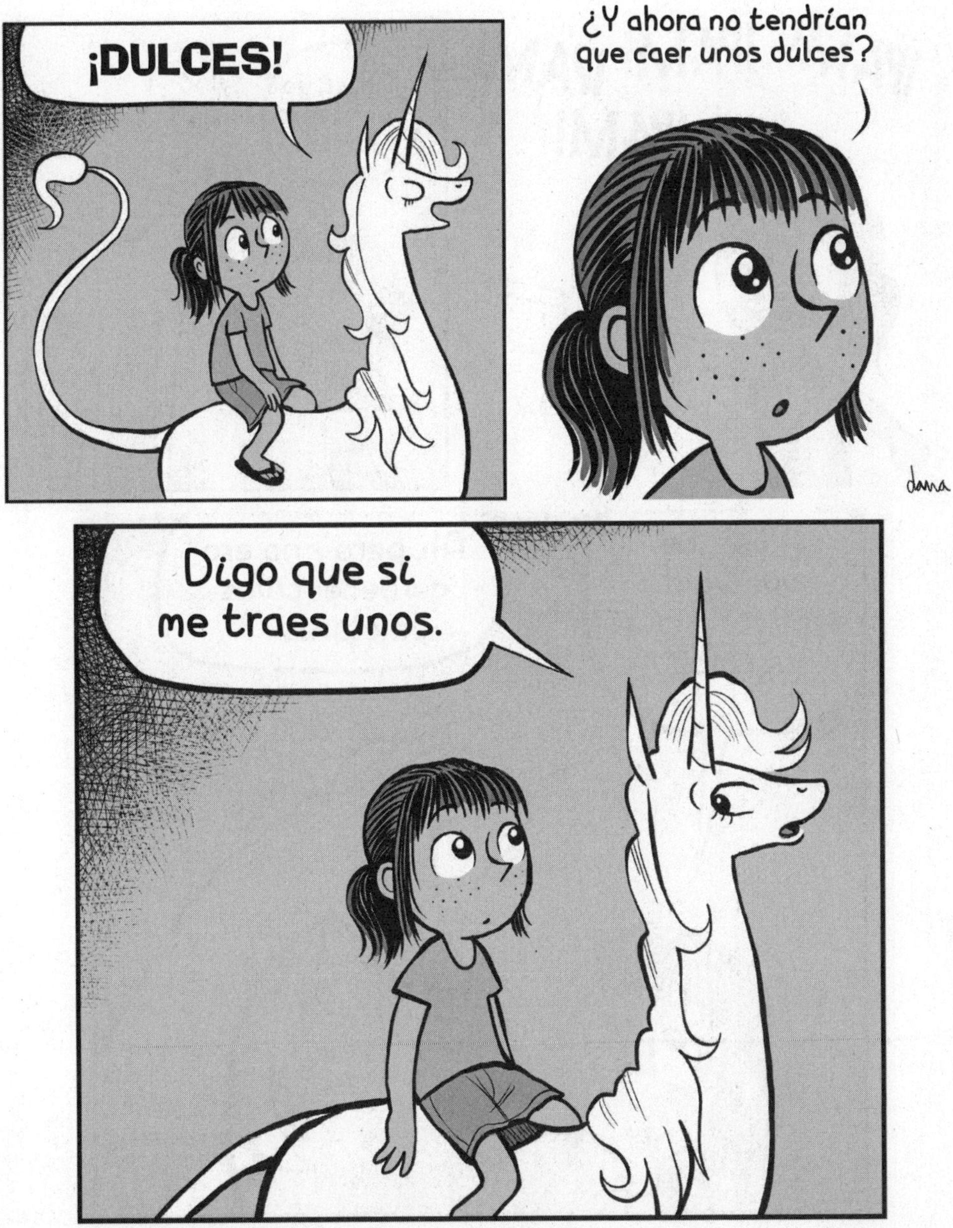
¡DULCES!
¿Y ahora no tendrían que caer unos dulces?
dana
Digo que si me traes unos.

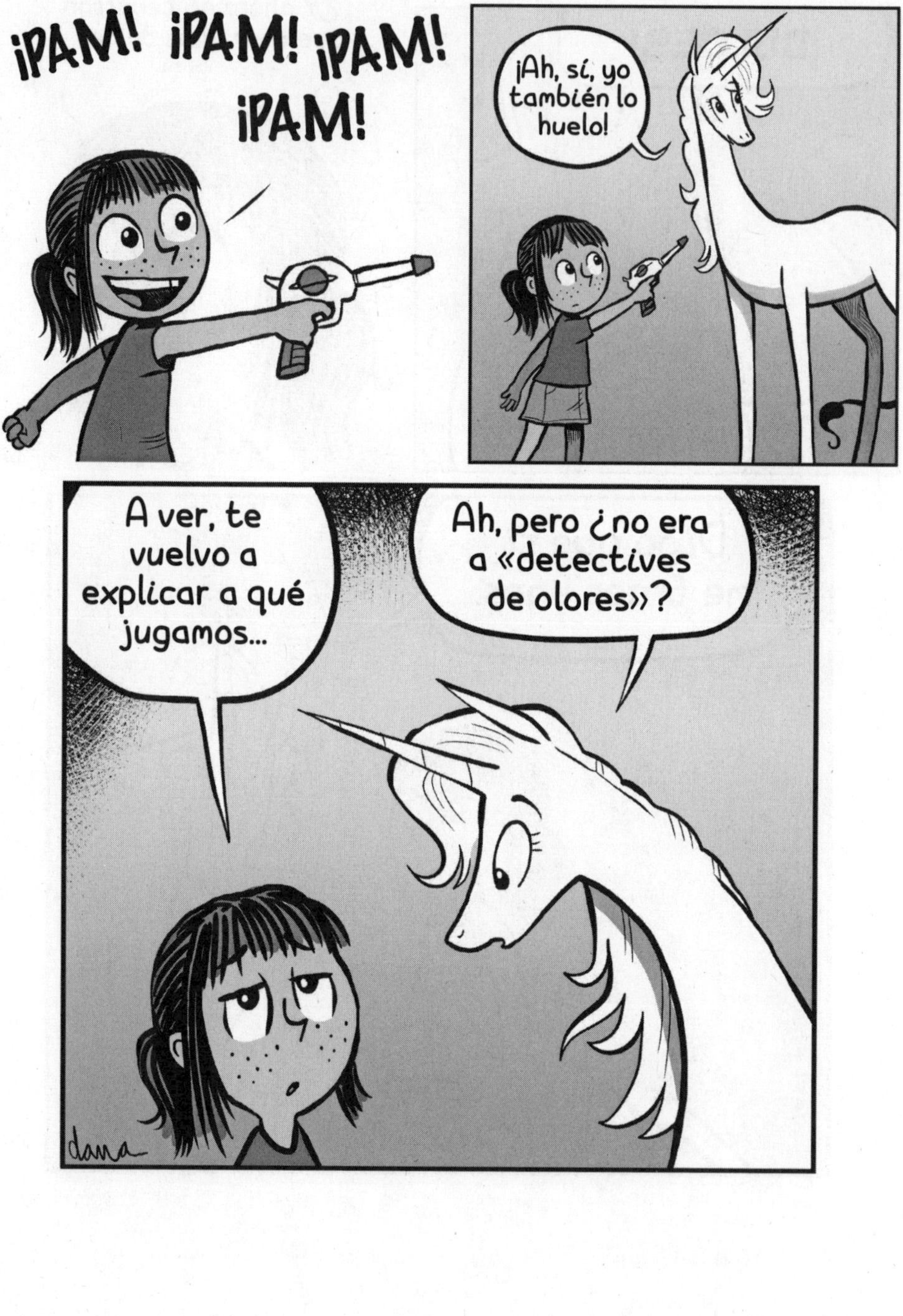
¡PAM! ¡PAM! ¡PAM! ¡PAM!
¡Ah, sí, yo también lo huelo!
A ver, te vuelvo a explicar a qué jugamos...
Ah, pero ¿no era a «detectives de olores»?
dana

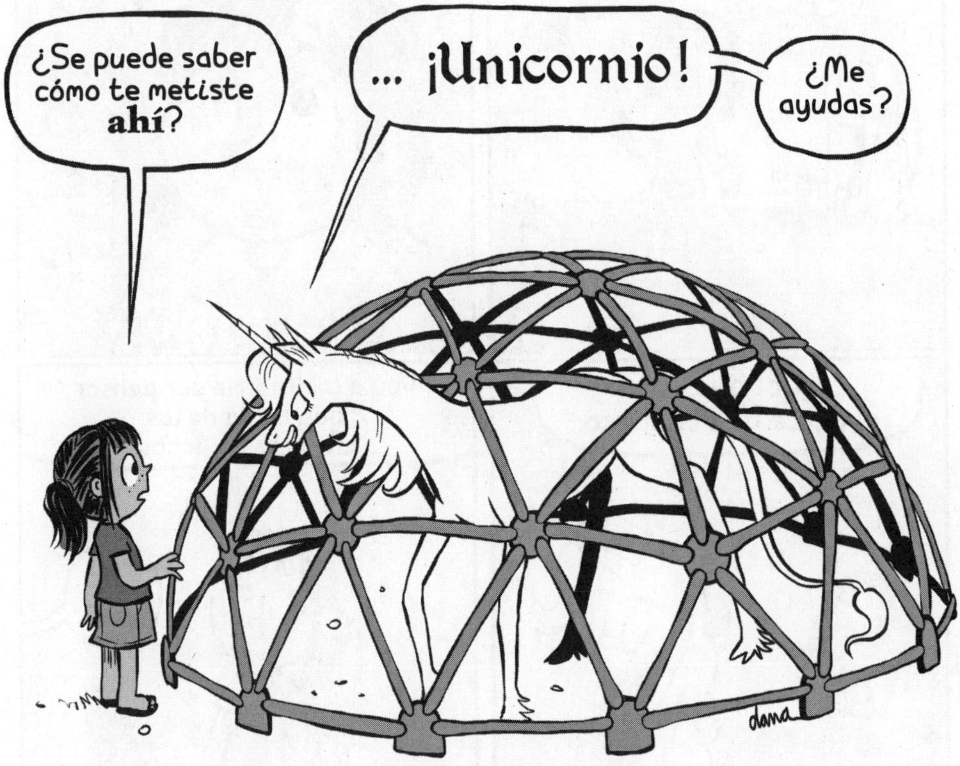
¿Se puede saber cómo te metiste **ahí**?
... ¡Unicornio!
¿Me ayudas?
dana

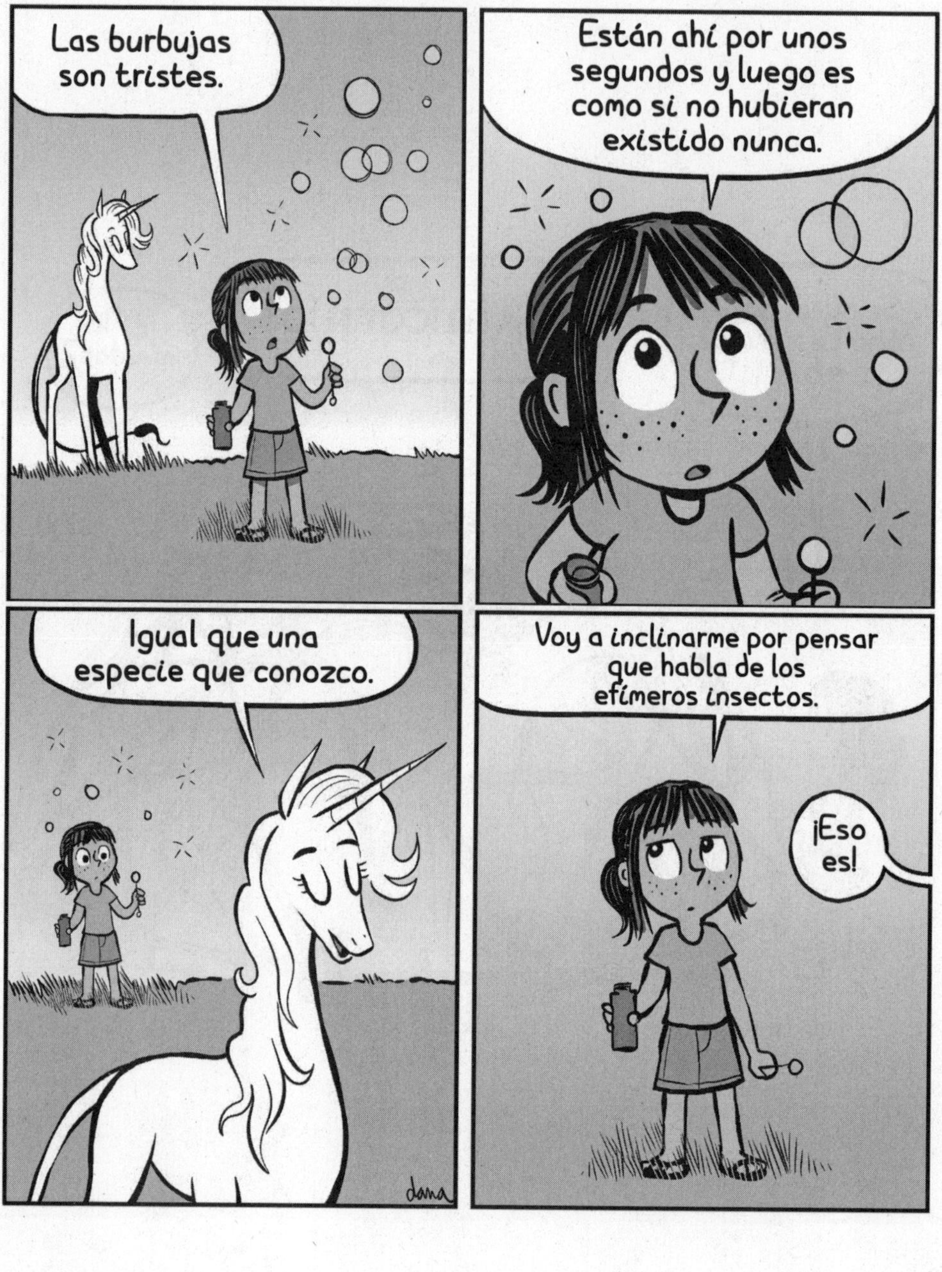
Las burbujas son tristes.
Están ahí por unos segundos y luego es como si no hubieran existido nunca.
Igual que una especie que conozco.
Voy a inclinarme por pensar que habla de los efímeros insectos.
¡Eso es!
dana

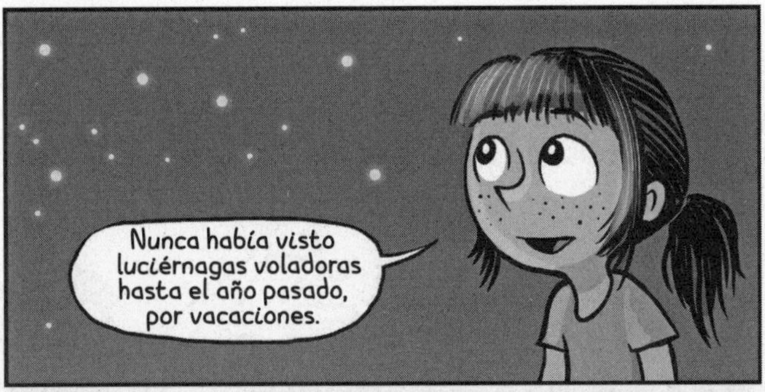
Nunca había visto luciérnagas voladoras hasta el año pasado, por vacaciones.

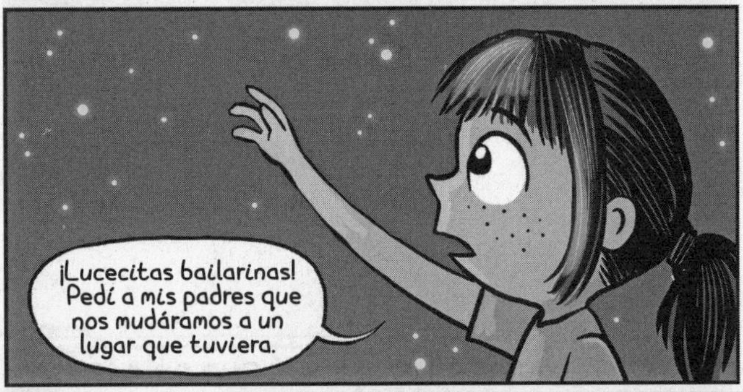
¡Lucecitas bailarinas! Pedí a mis padres que nos mudáramos a un lugar que tuviera.

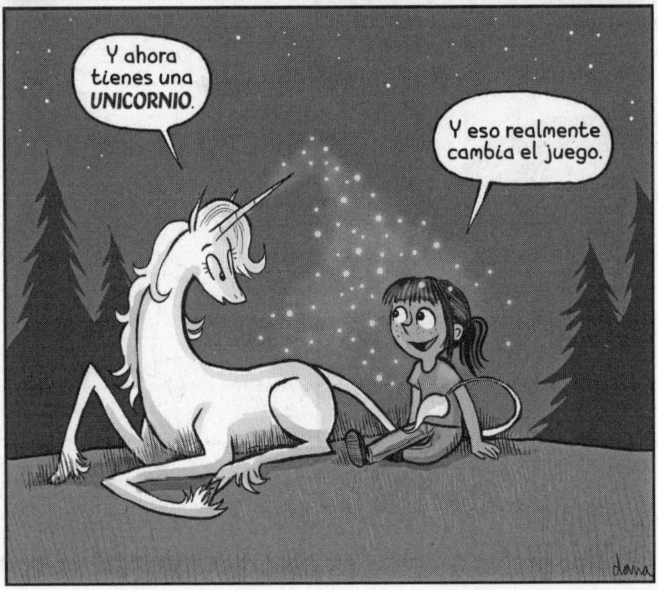
Y ahora tienes una UNICORNIO.
Y eso realmente cambia el juego.

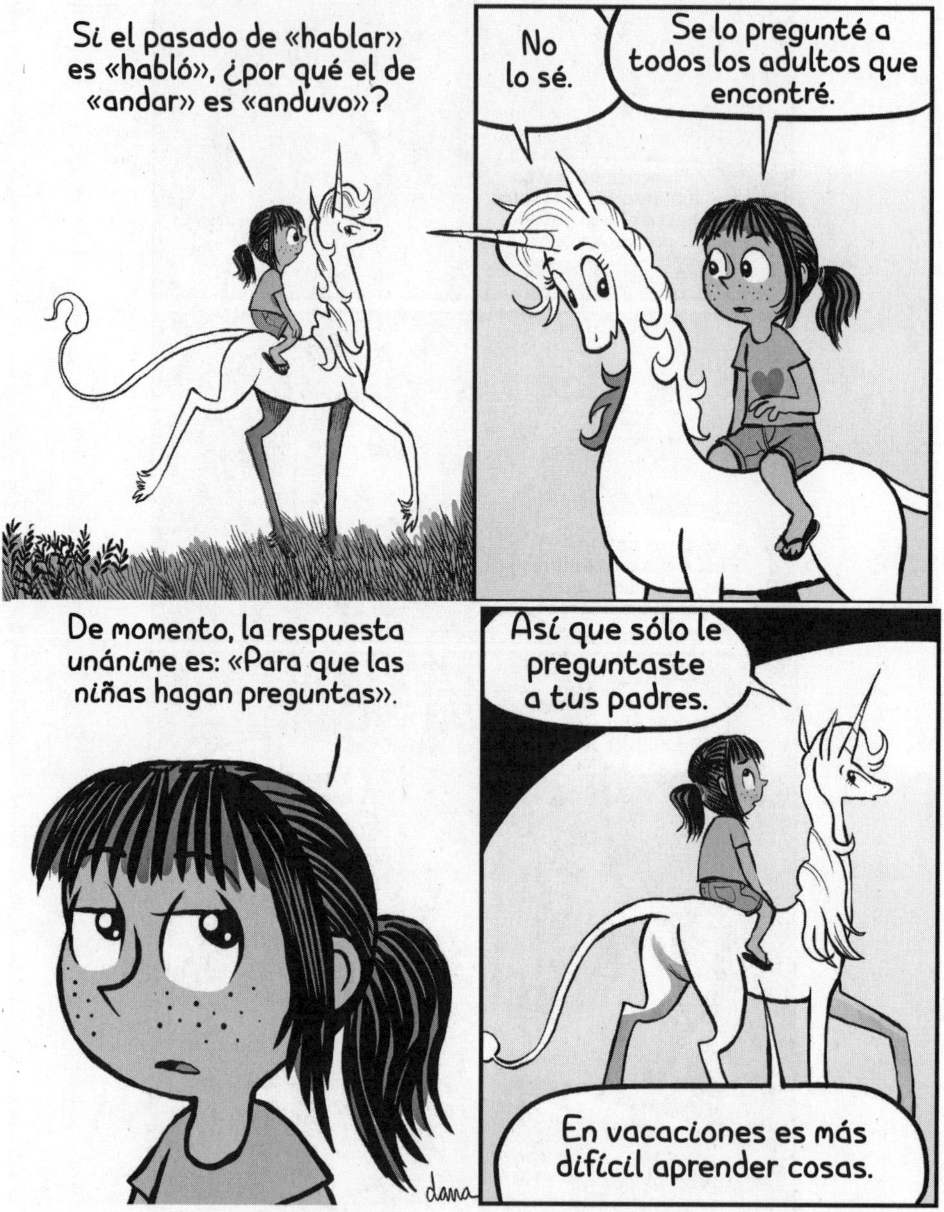
Si el pasado de «hablar» es «habló», ¿por qué el de «andar» es «anduvo»?
No lo sé.
Se lo pregunté a todos los adultos que encontré.
De momento, la respuesta unánime es: «Para que las niñas hagan preguntas».
Así que sólo le preguntaste a tus padres.
En vacaciones es más difícil aprender cosas.
dana

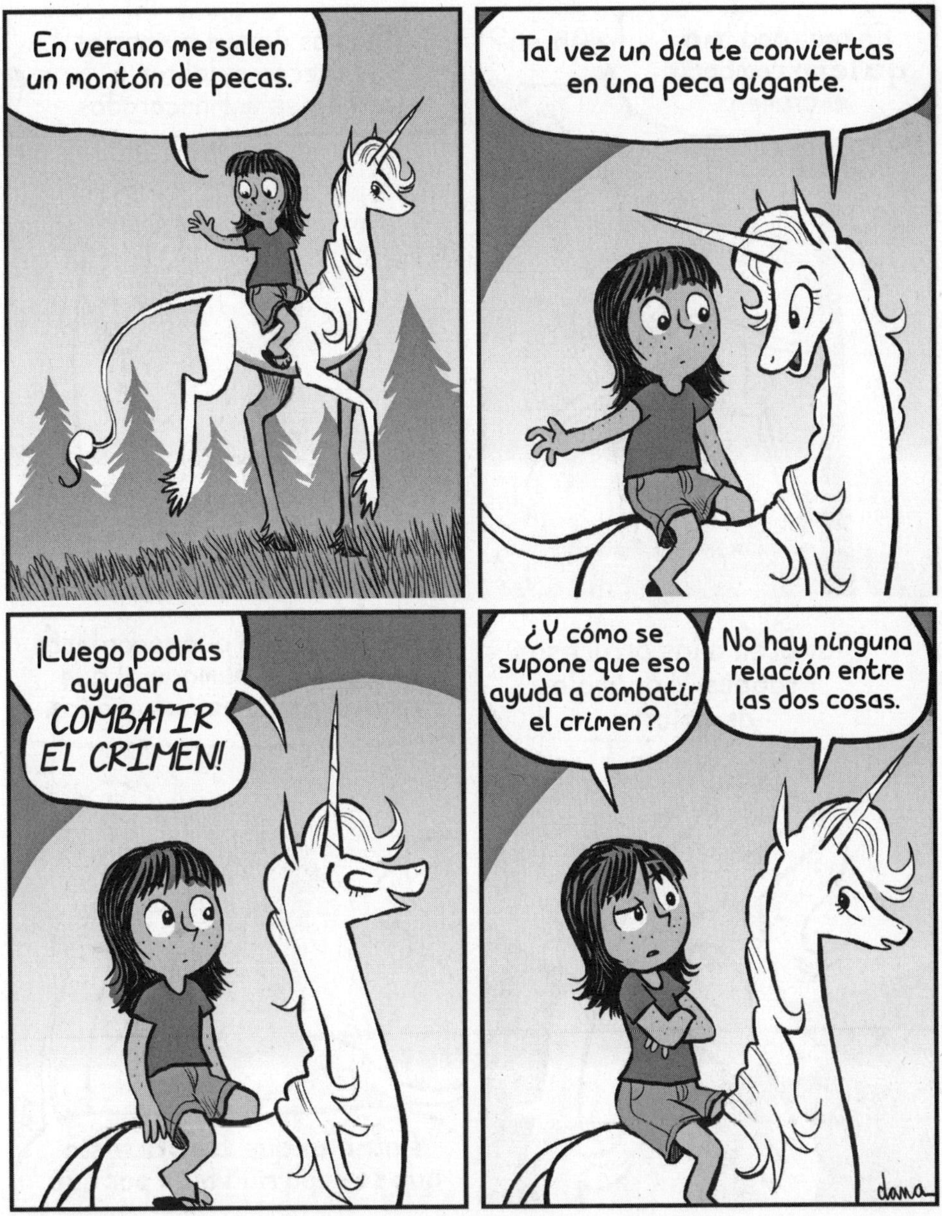
En verano me salen un montón de pecas.
Tal vez un día te conviertas en una peca gigante.
¡Luego podrás ayudar a COMBATIR EL CRIMEN!
¿Y cómo se supone que eso ayuda a combatir el crimen?
No hay ninguna relación entre las dos cosas.
dana

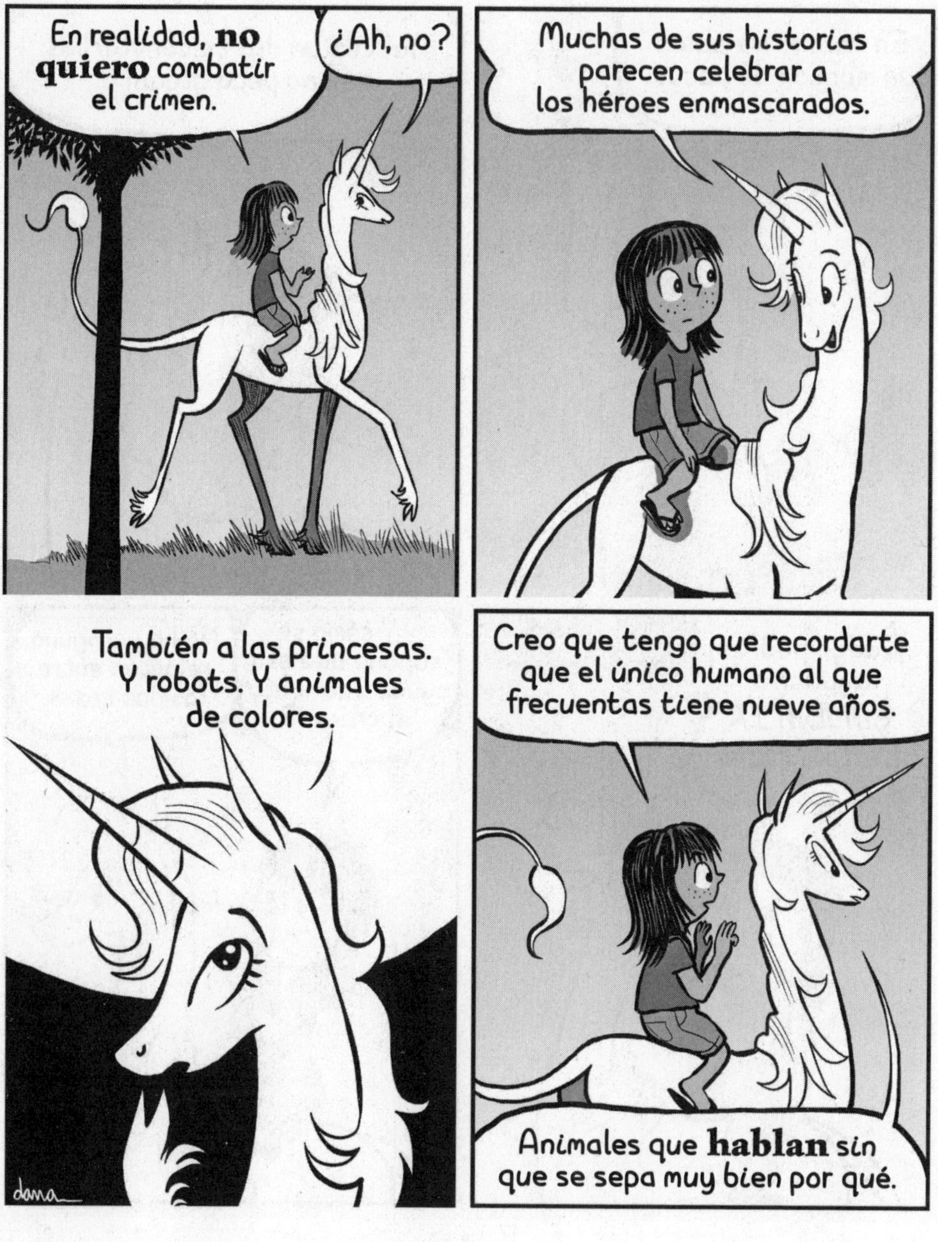
En realidad, **no quiero** combatir el crimen.
¿Ah, no?
Muchas de sus historias parecen celebrar a los héroes enmascarados.
También a las princesas. Y robots. Y animales de colores.
dana
Creo que tengo que recordarte que el único humano al que frecuentas tiene nueve años.
Animales que **hablan** sin que se sepa muy bien por qué.

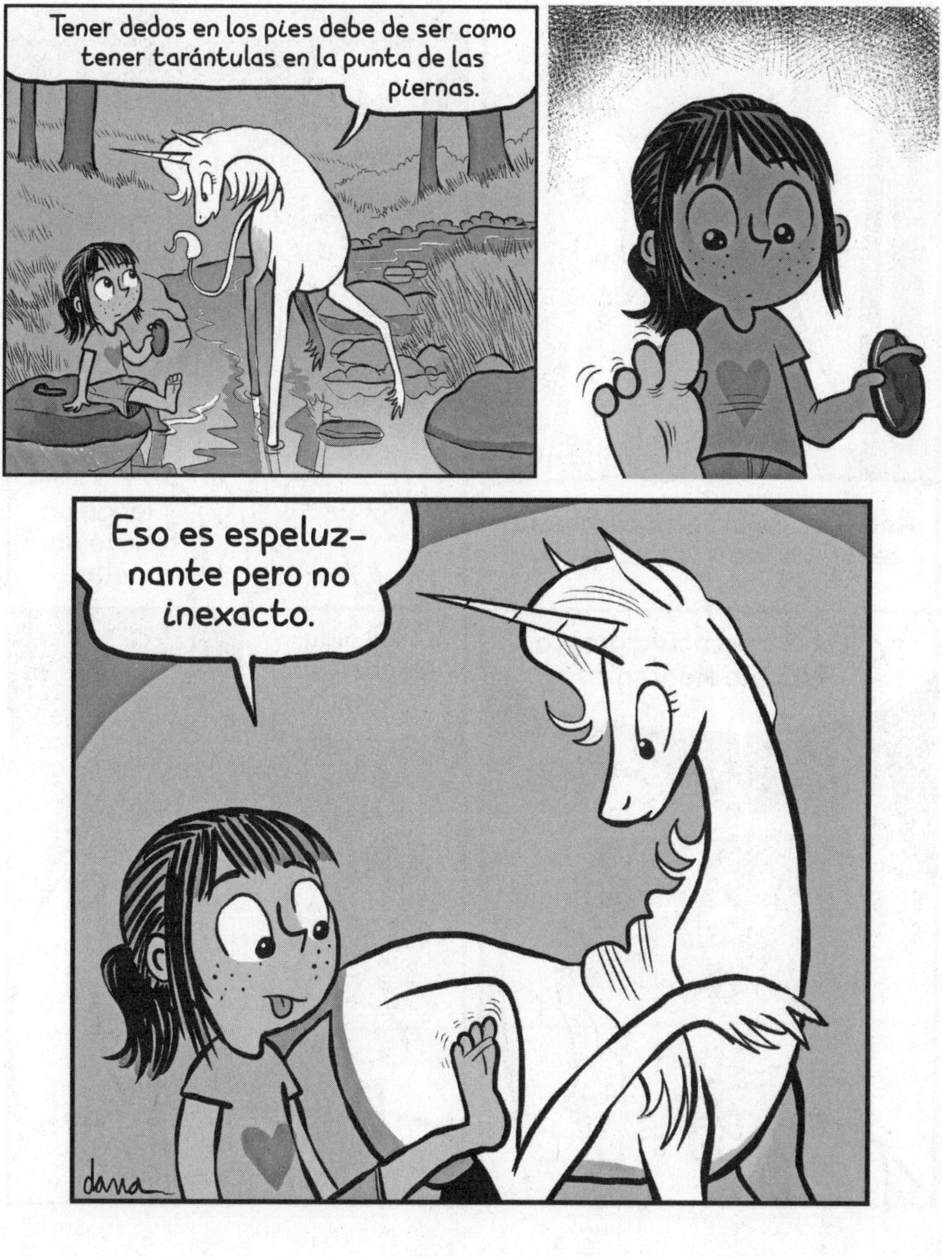
Tener dedos en los pies debe de ser como tener tarántulas en la punta de las piernas.
Eso es espeluznante pero no inexacto.
dana

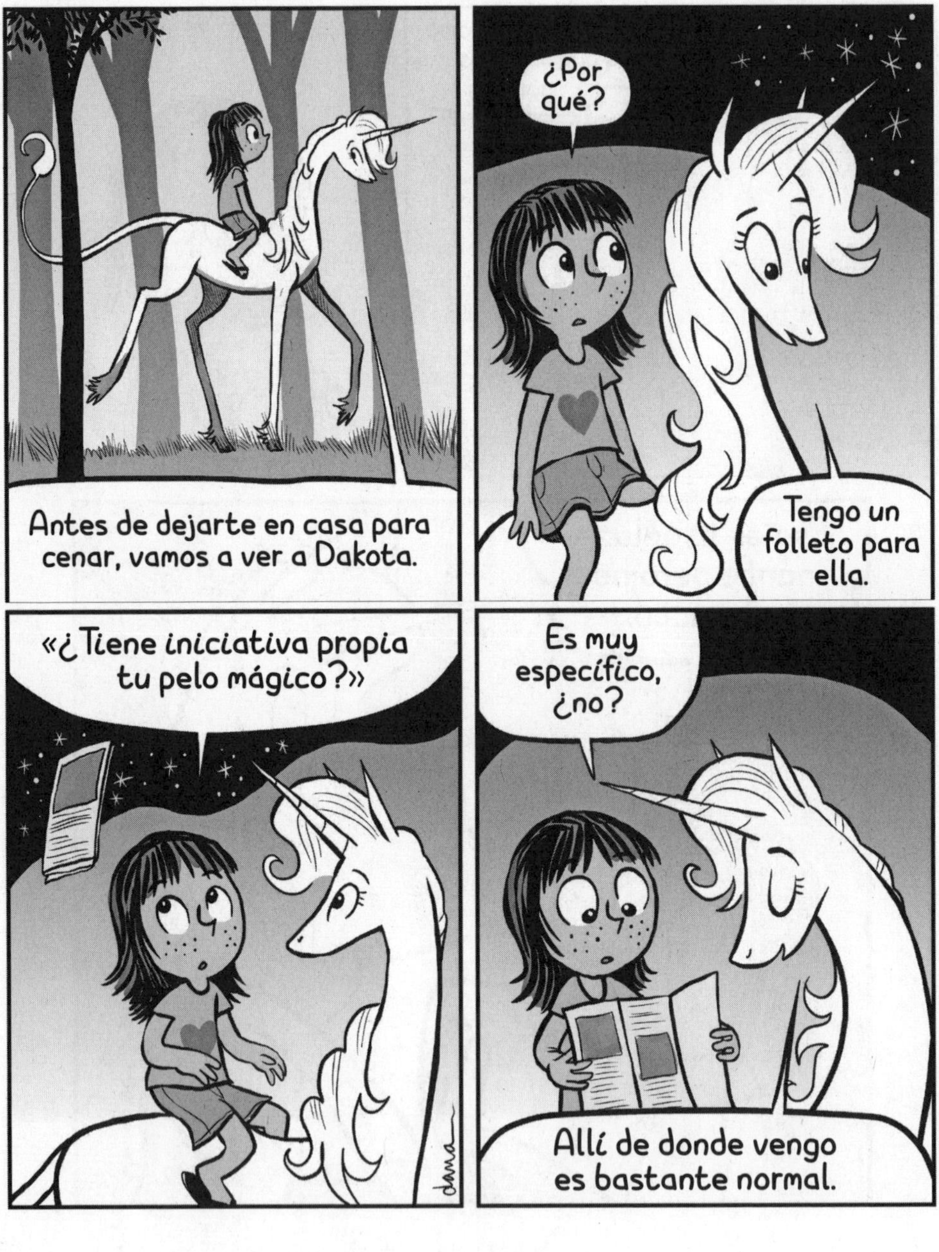
Antes de dejarte en casa para cenar, vamos a ver a Dakota.
¿Por qué?
Tengo un folleto para ella.
«¿Tiene iniciativa propia tu pelo mágico?»
Es muy específico, ¿no?
Allí de donde vengo es bastante normal.
dana

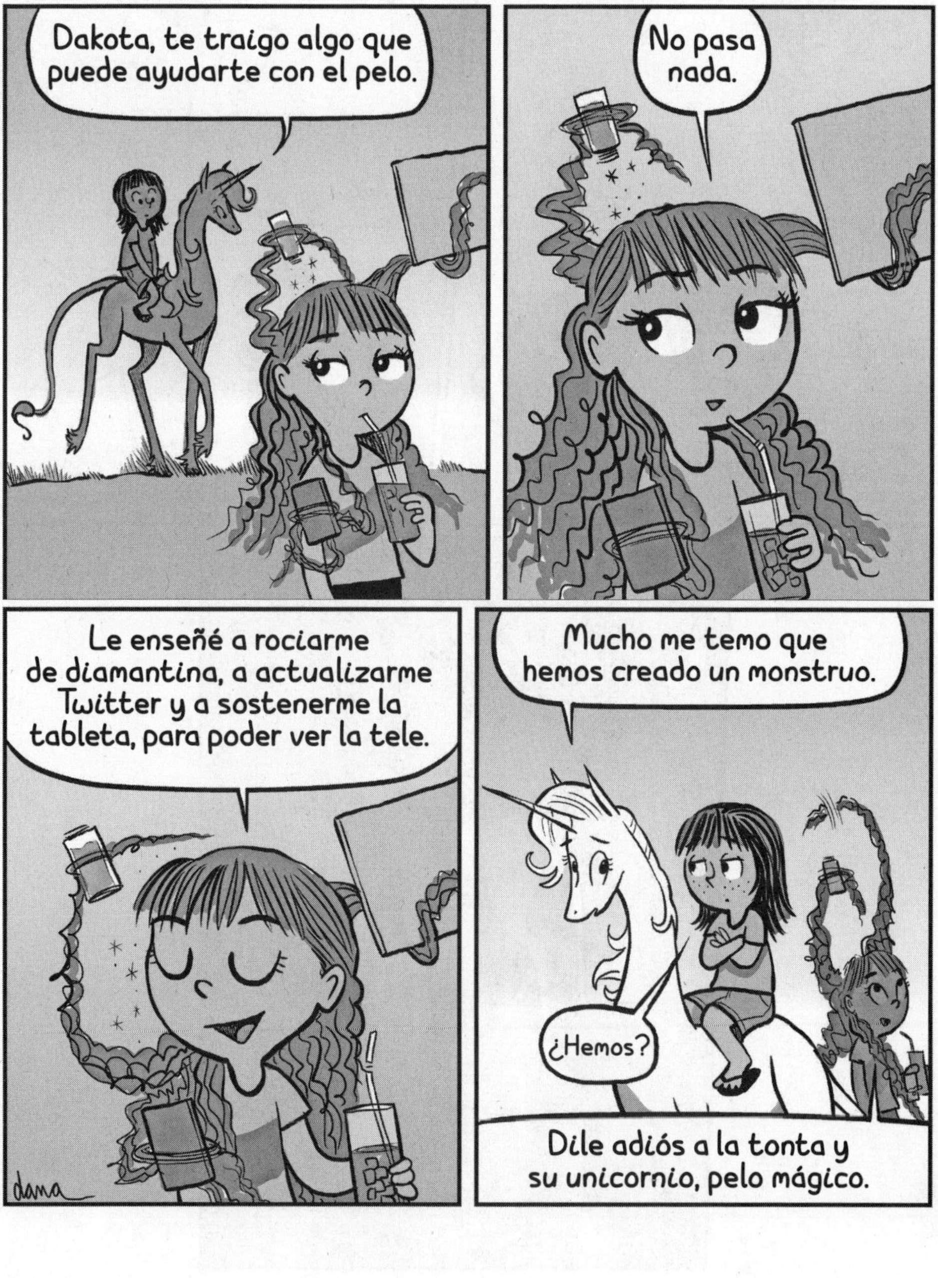
Dakota, te traigo algo que puede ayudarte con el pelo.
No pasa nada.
Le enseñé a rociarme de diamantina, a actualizarme Twitter y a sostenerme la tableta, para poder ver la tele.
Mucho me temo que hemos creado un monstruo.
¿Hemos?
Dile adiós a la tonta y su unicornio, pelo mágico.
dana

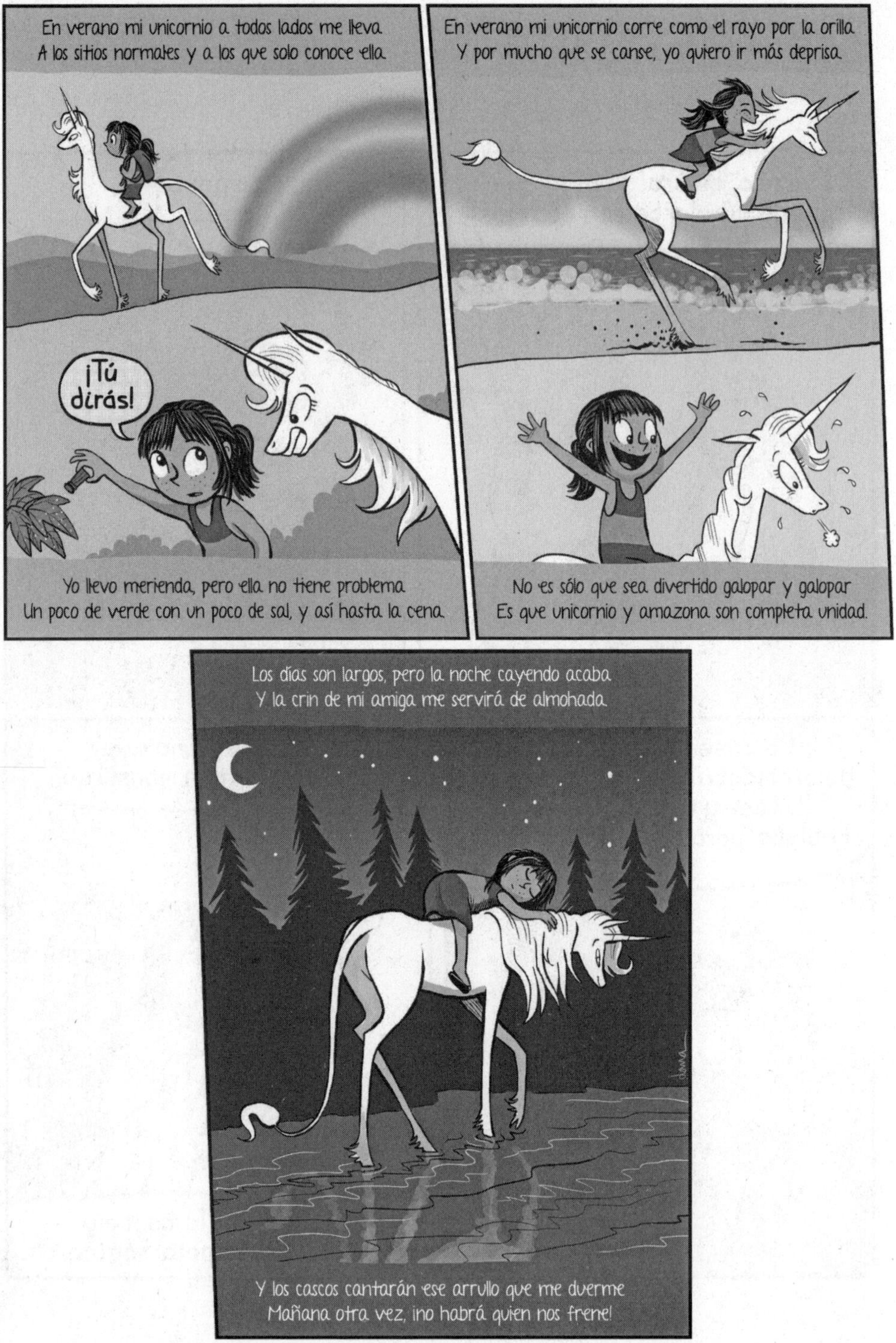
En verano mi unicornio a todos lados me lleva
A los sitios normales y a los que solo conoce ella
¡Tú dirás!
Yo llevo merienda, pero ella no tiene problema
Un poco de verde con un poco de sal, y así hasta la cena
En verano mi unicornio corre como el rayo por la orilla
Y por mucho que se canse, yo quiero ir más deprisa
No es sólo que sea divertido galopar y galopar
Es que unicornio y amazona son completa unidad
Los días son largos, pero la noche cayendo acaba
Y la crin de mi amiga me servirá de almohada
Y los cascos cantarán ese arrullo que me duerme
Mañana otra vez, ¡no habrá quien nos frene!

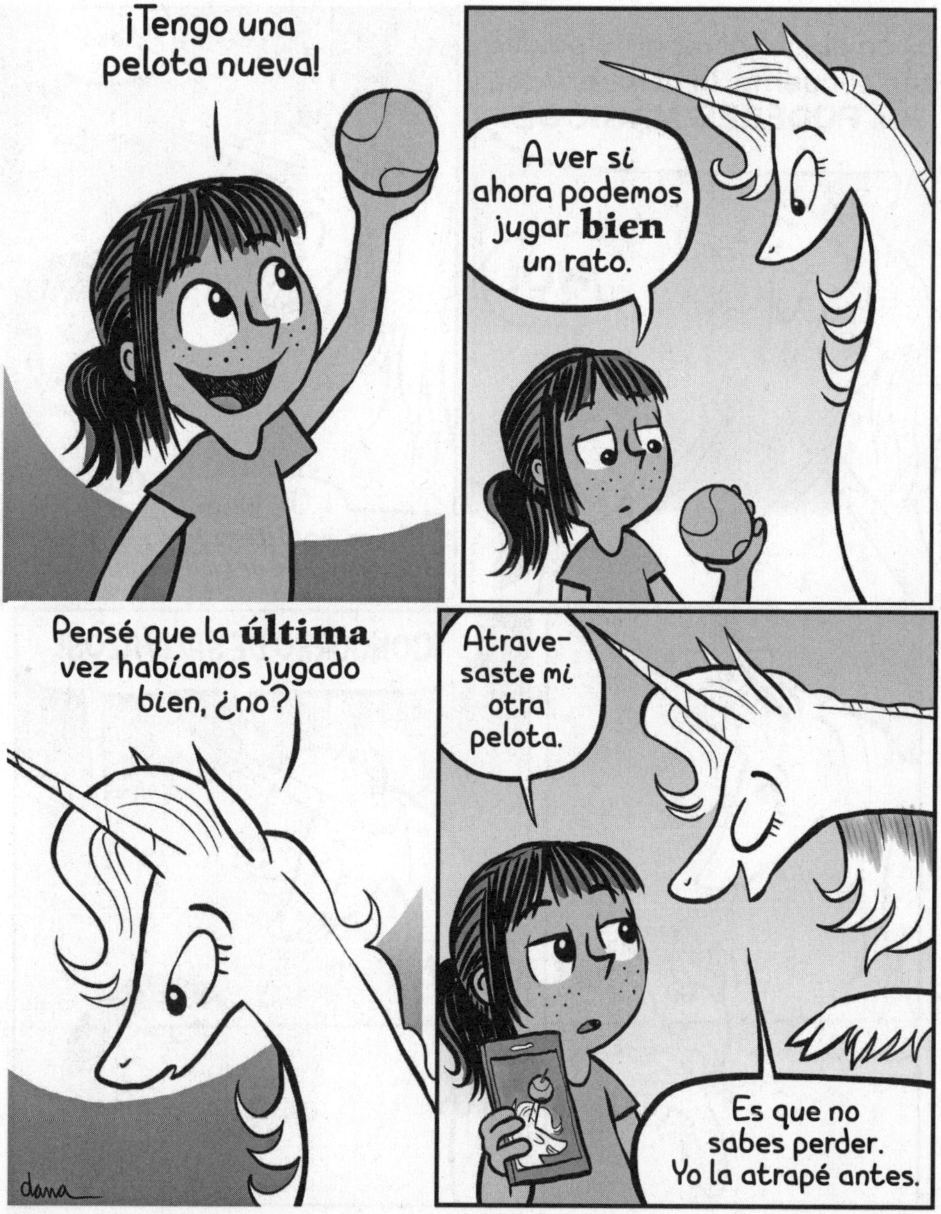
¡Tengo una pelota nueva!
A ver si ahora podemos jugar **bien** un rato.
Pensé que la **última** vez habíamos jugado bien, ¿no?
Atravesaste mi otra pelota.
Es que no sabes perder. Yo la atrapé antes.
dana

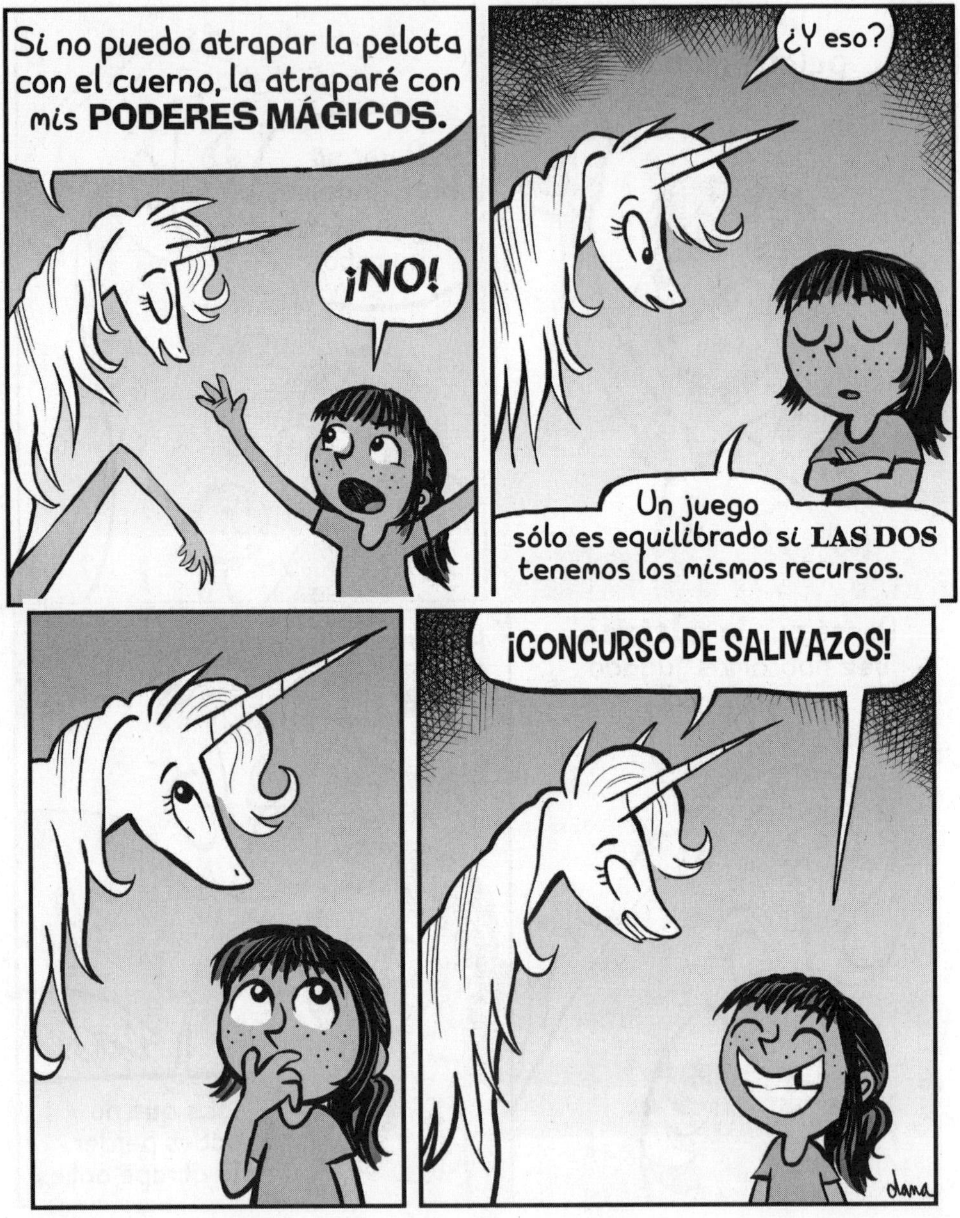
Si no puedo atrapar la pelota con el cuerno, la atraparé con mis **PODERES MÁGICOS.**
¡NO!
¿Y eso?
Un juego sólo es equilibrado si **LAS DOS** tenemos los mismos recursos.
¡CONCURSO DE SALIVAZOS!
dana

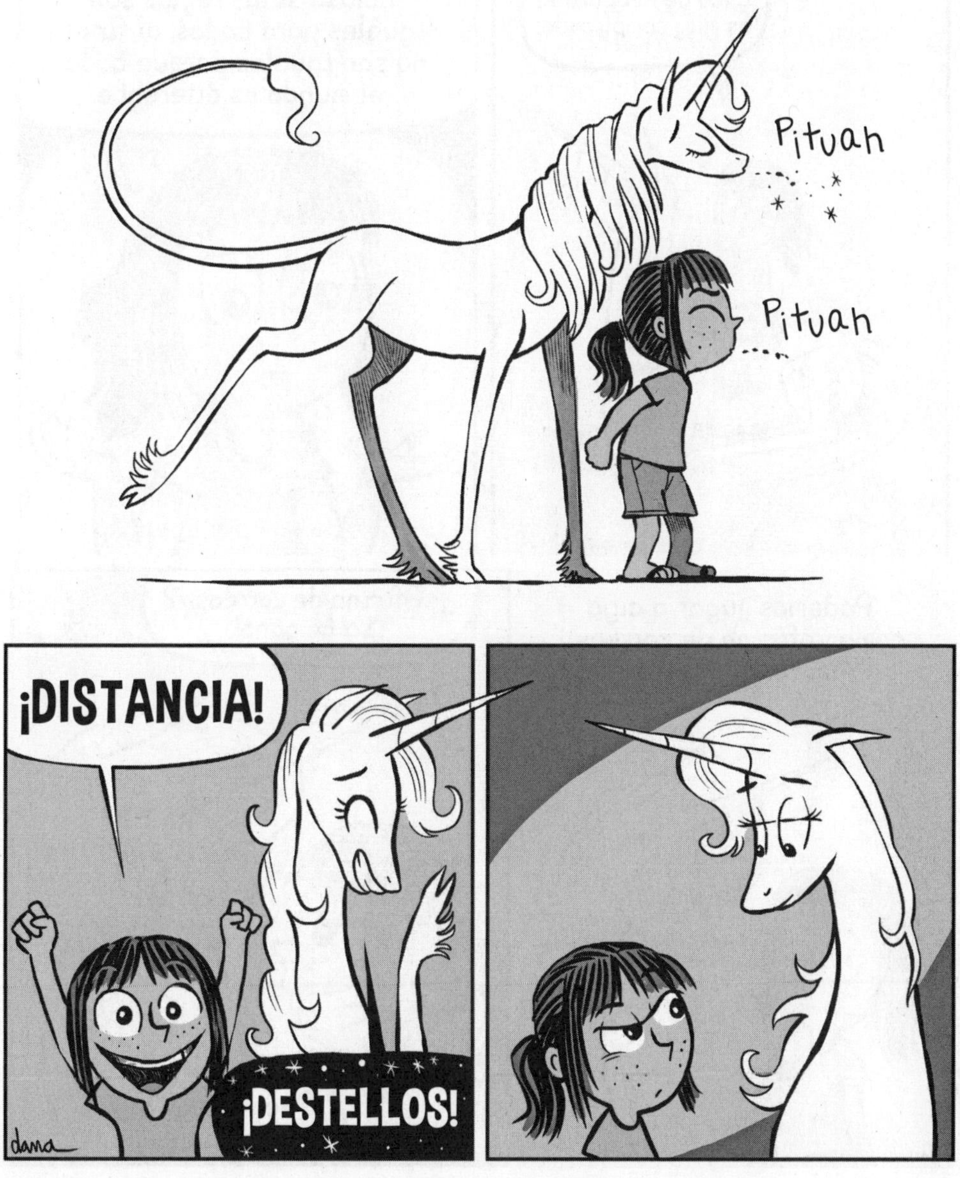
Pituah
Pituah
¡DISTANCIA!
¡DESTELLOS!
dana

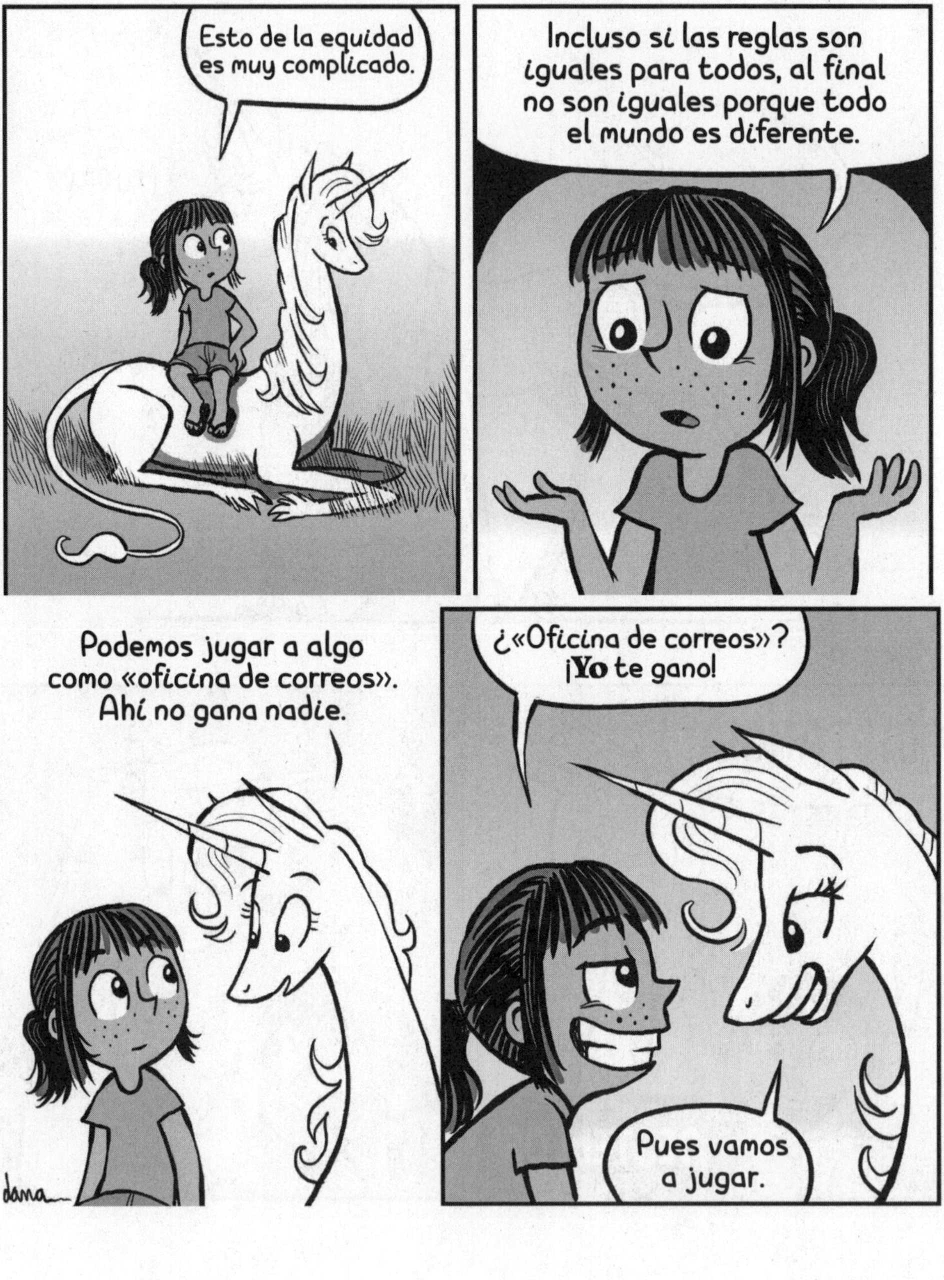
Esto de la equidad es muy complicado.
Incluso si las reglas son iguales para todos, al final no son iguales porque todo el mundo es diferente.
Podemos jugar a algo como «oficina de correos». Ahí no gana nadie.
¿«Oficina de correos»? ¡**Yo** te gano!
Pues vamos a jugar.
dana

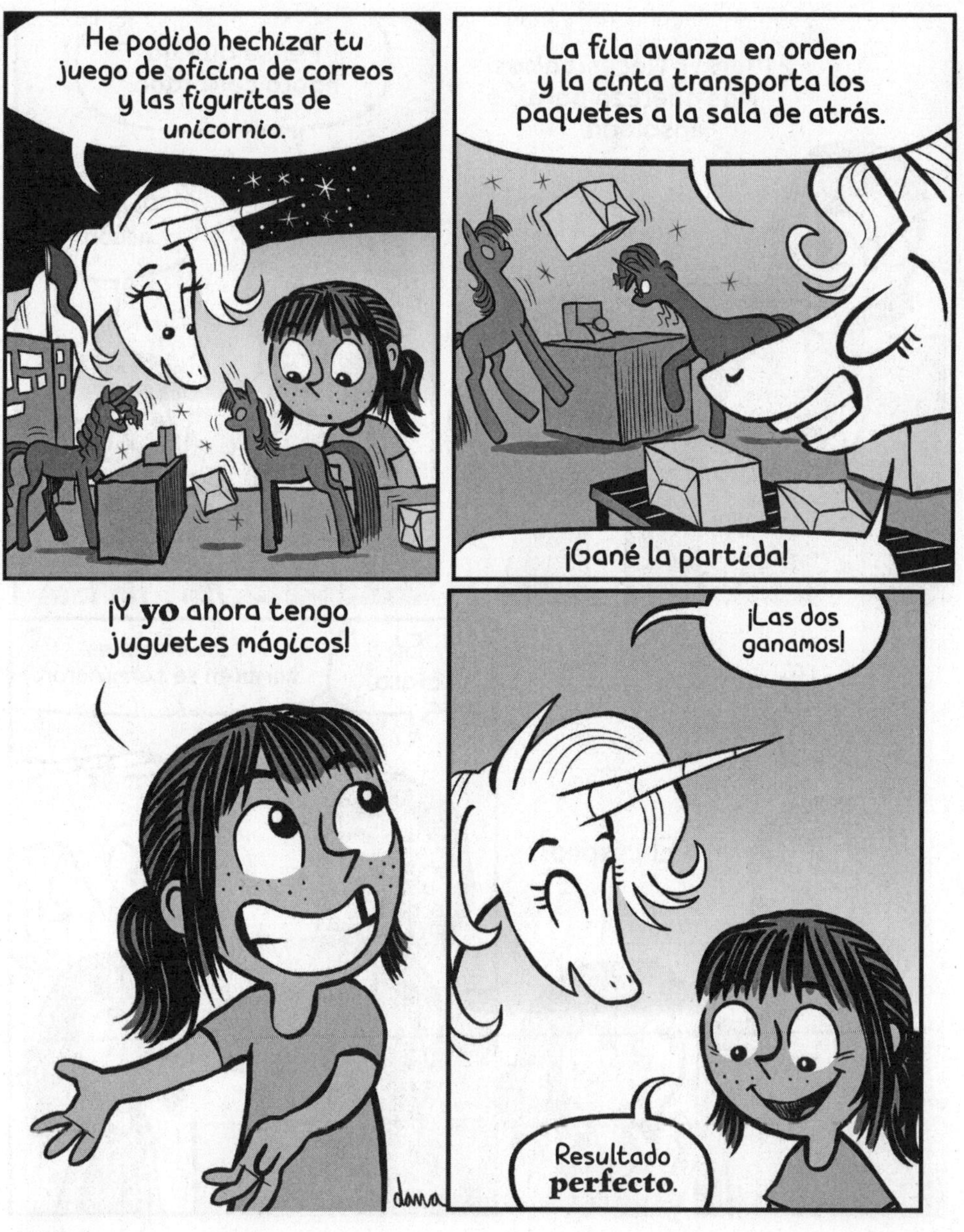
He podido hechizar tu juego de oficina de correos y las figuritas de unicornio.
La fila avanza en orden y la cinta transporta los paquetes a la sala de atrás.
¡Gané la partida!
¡Y **yo** ahora tengo juguetes mágicos!
¡Las dos ganamos!
Resultado **perfecto**.
dana

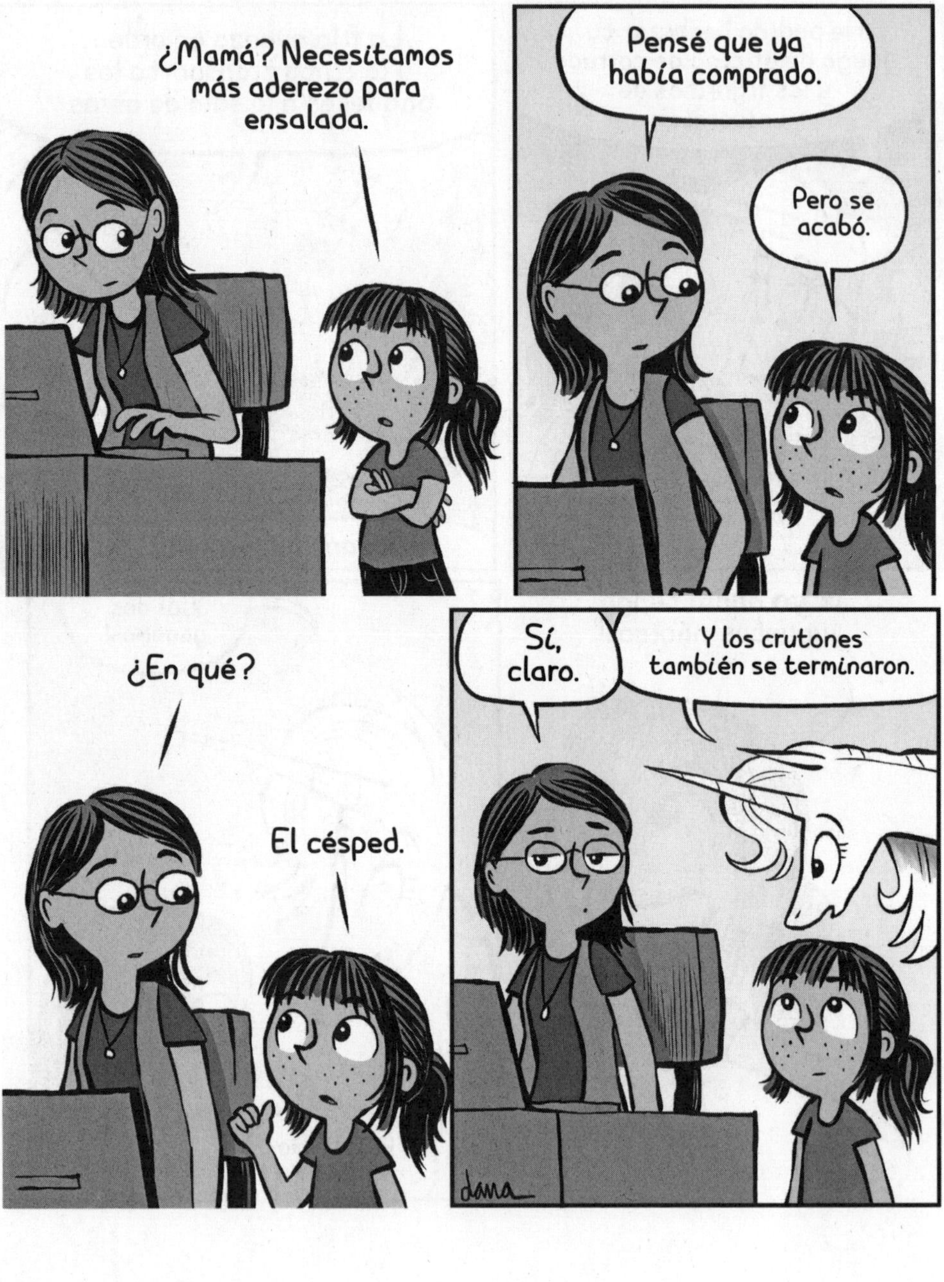
¿Mamá? Necesitamos más aderezo para ensalada.
Pensé que ya había comprado.
Pero se acabó.
¿En qué?
El césped.
Sí, claro.
Y los crutones también se terminaron.
dana

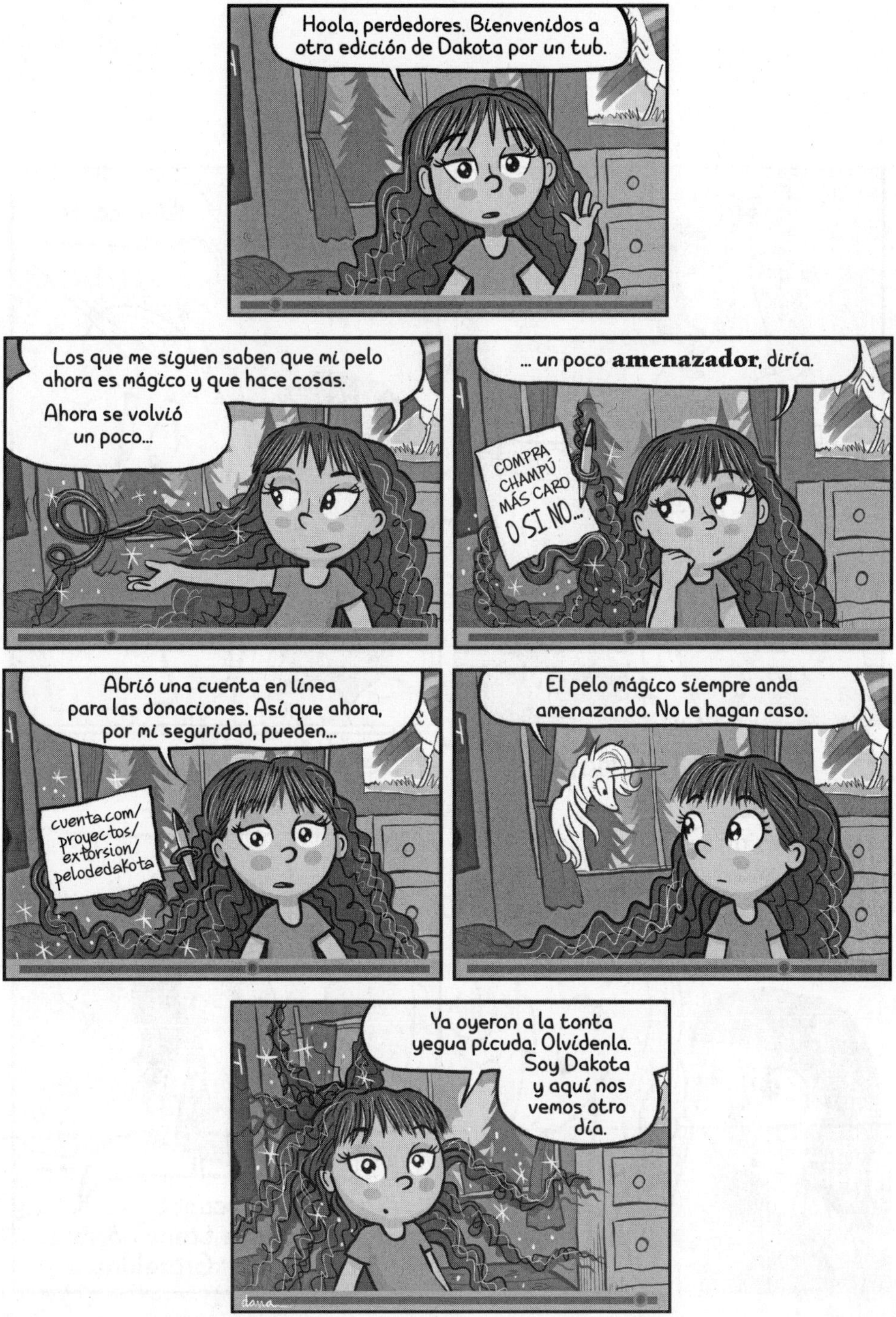
Hoola, perdedores. Bienvenidos a otra edición de Dakota por un tub.
Los que me siguen saben que mi pelo ahora es mágico y que hace cosas.
Ahora se volvió un poco...
... un poco **amenazador**, diría.
COMPRA CHAMPÚ MÁS CARO O SI NO...
Abrió una cuenta en línea para las donaciones. Así que ahora, por mi seguridad, pueden...
cuenta.com/ proyectos/ extorsion/ pelodedakota
El pelo mágico siempre anda amenazando. No le hagan caso.
Ya oyeron a la tonta yegua picuda. Olvídenla. Soy Dakota y aquí nos vemos otro día.

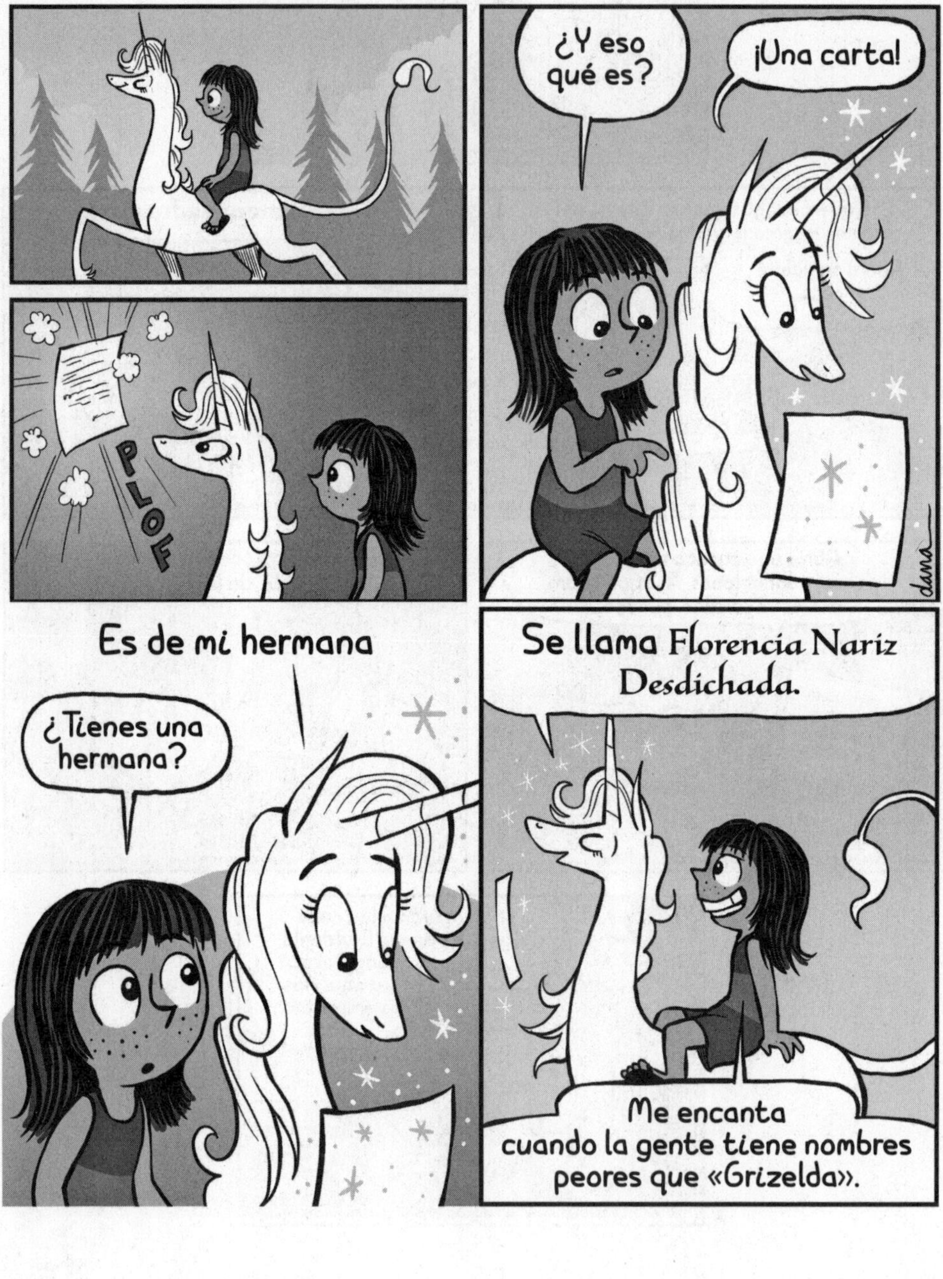
PLOF
¿Y eso qué es?
¡Una carta!
Es de mi hermana
¿Tienes una hermana?
Se llama Florencia Nariz Desdichada.
Me encanta cuando la gente tiene nombres peores que «Grizelda».
dana

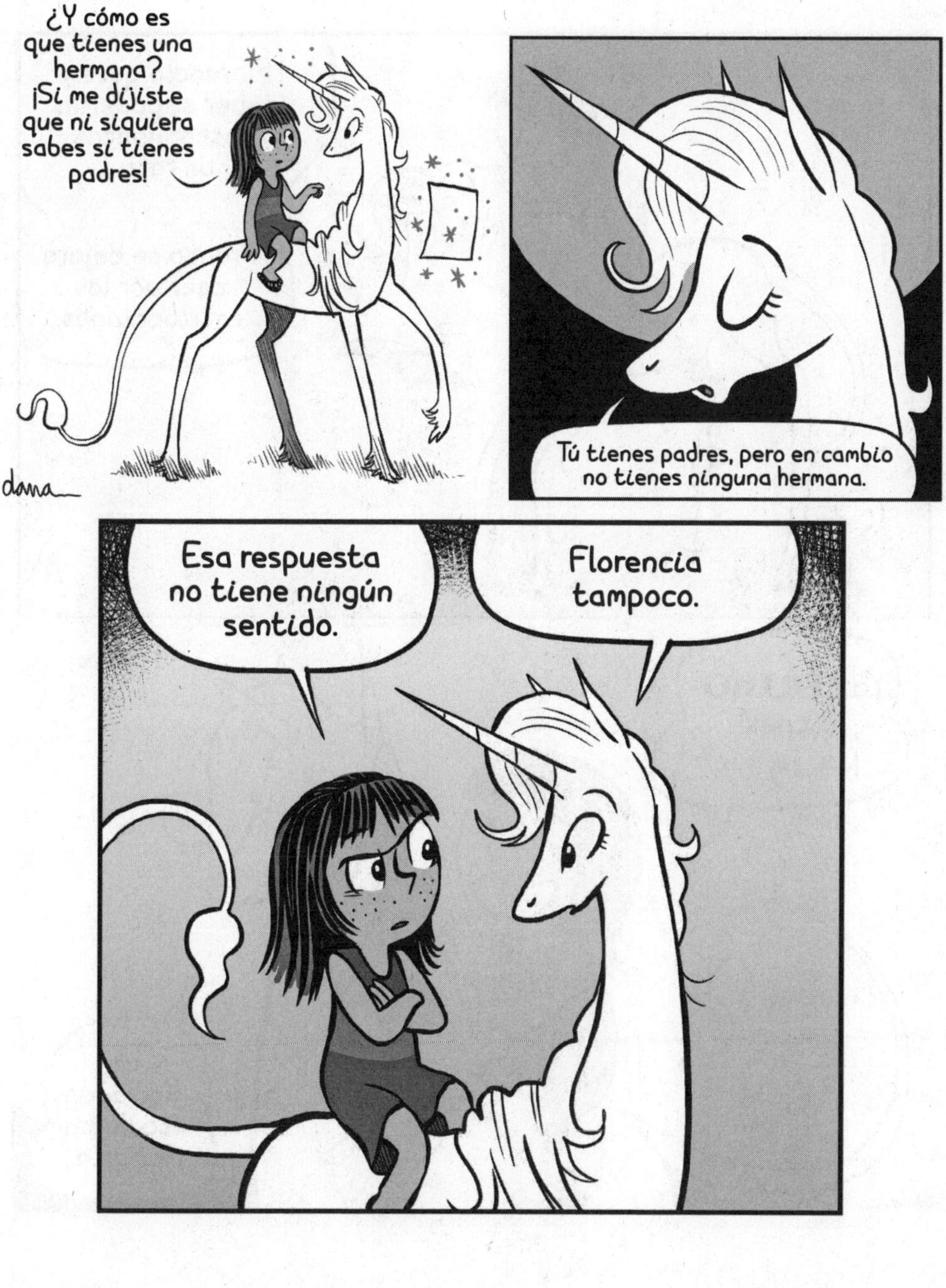
¿Y cómo es que tienes una hermana? ¡Si me dijiste que ni siquiera sabes si tienes padres!
dana
Tú tienes padres, pero en cambio no tienes ninguna hermana.
Esa respuesta no tiene ningún sentido.
Florencia tampoco.

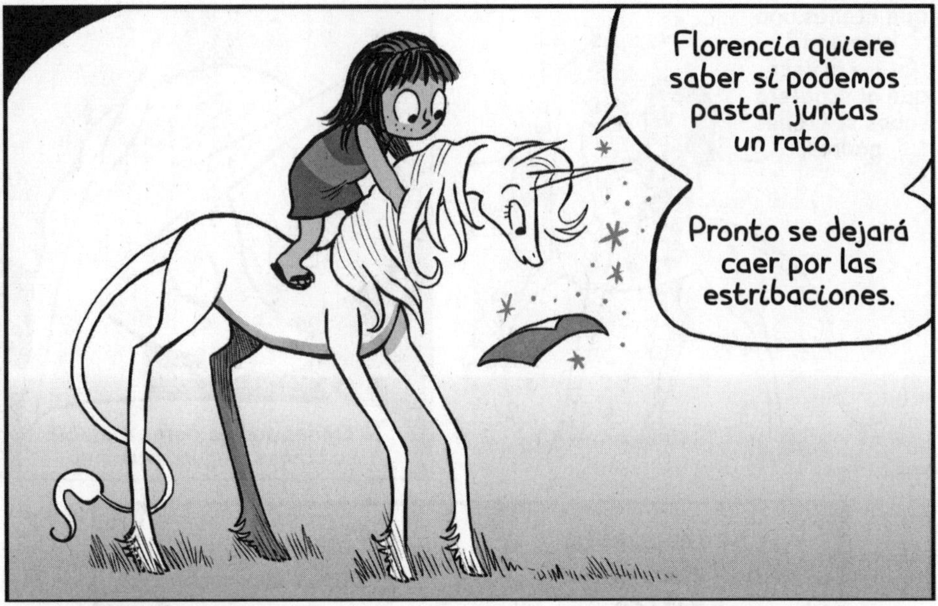
Florencia quiere saber si podemos pastar juntas un rato.
Pronto se dejará caer por las estribaciones.

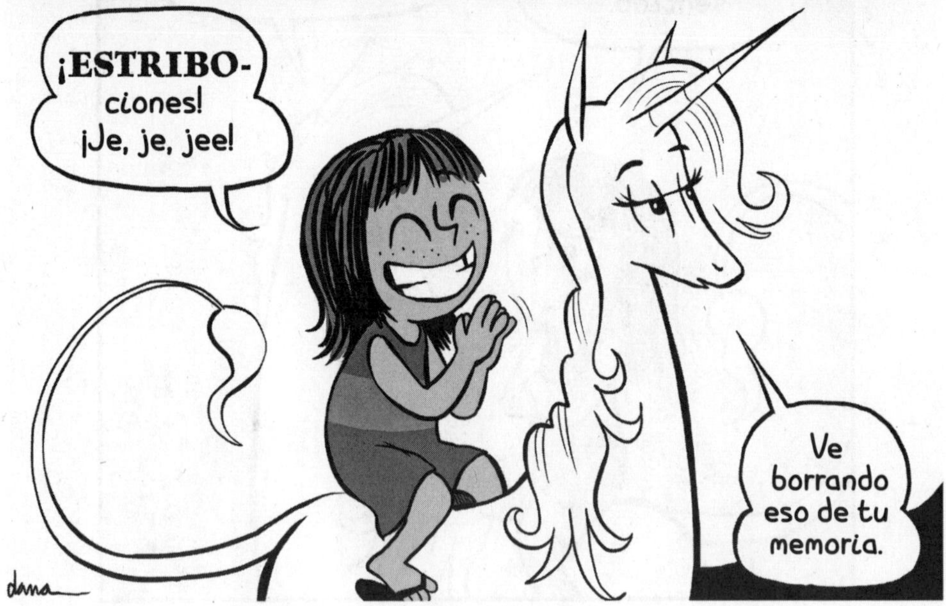
¡ESTRIBO-ciones! ¡Je, je, jee!
Ve borrando eso de tu memoria.
dana

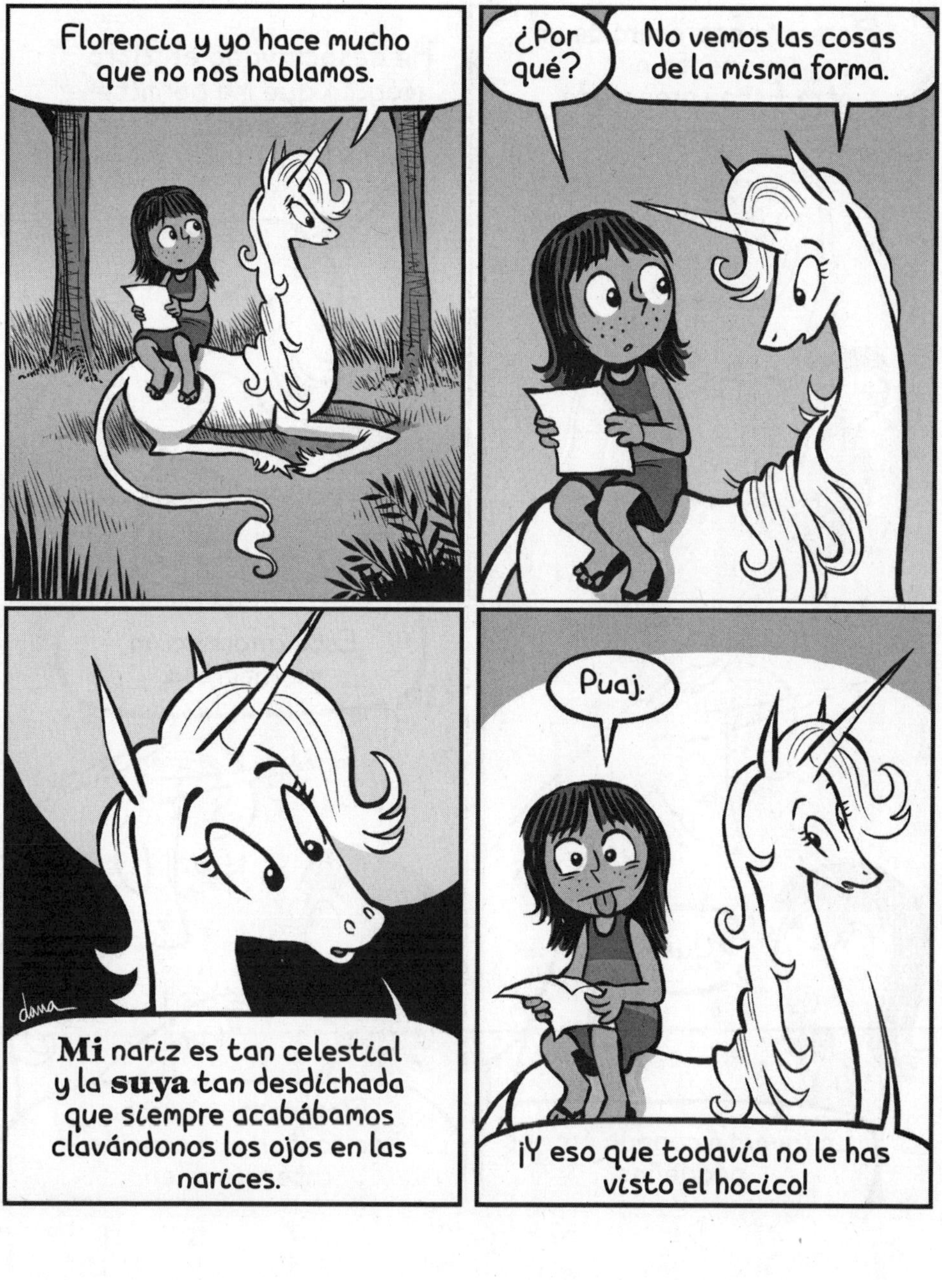
Florencia y yo hace mucho que no nos hablamos.
¿Por qué?
No vemos las cosas de la misma forma.
Mi nariz es tan celestial y la **suya** tan desdichada que siempre acabábamos clavándonos los ojos en las narices.
Puaj.
¡Y eso que todavía no le has visto el hocico!

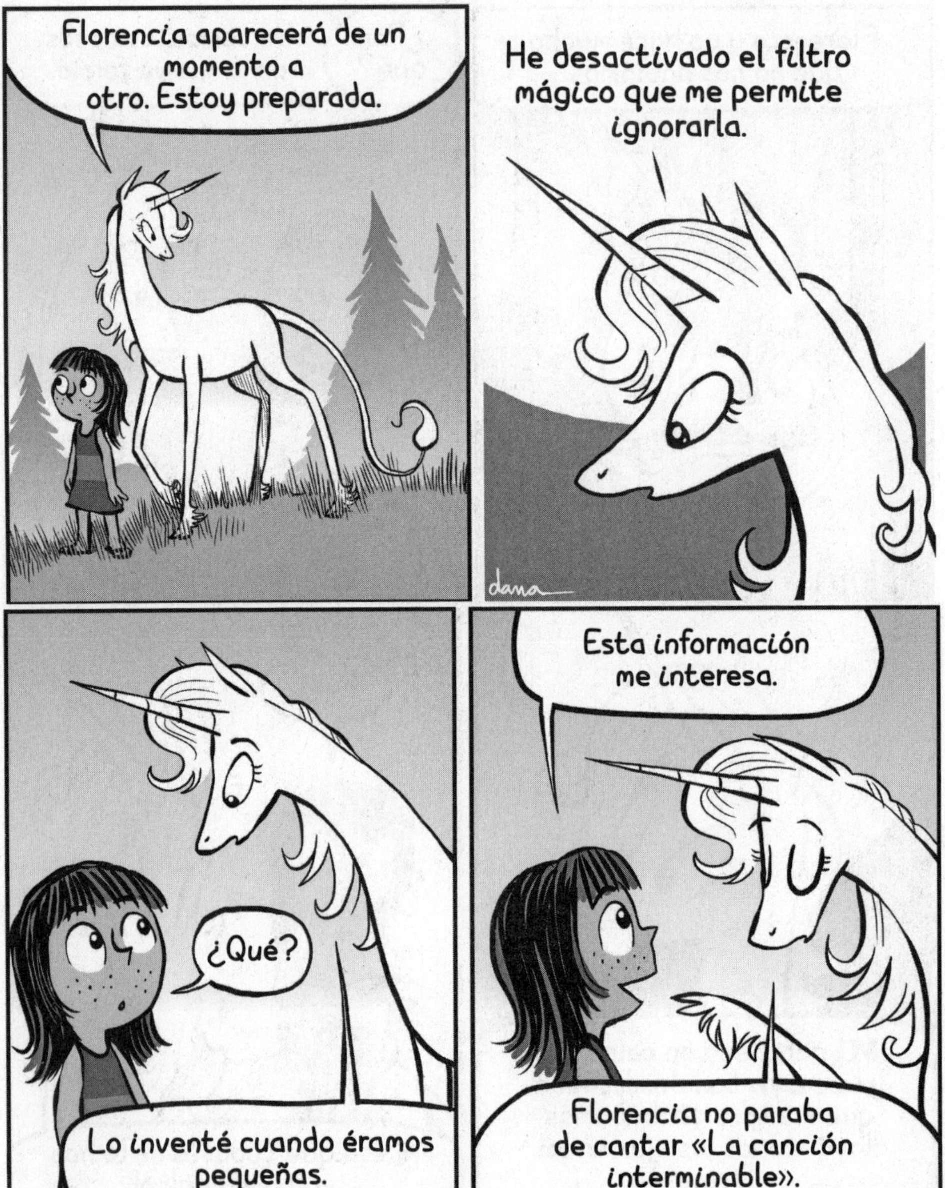
Florencia aparecerá de un momento a otro. Estoy preparada.
He desactivado el filtro mágico que me permite ignorarla.
dana
Lo inventé cuando éramos pequeñas.
¿Qué?
Esta información me interesa.
Florencia no paraba de cantar «La canción interminable».

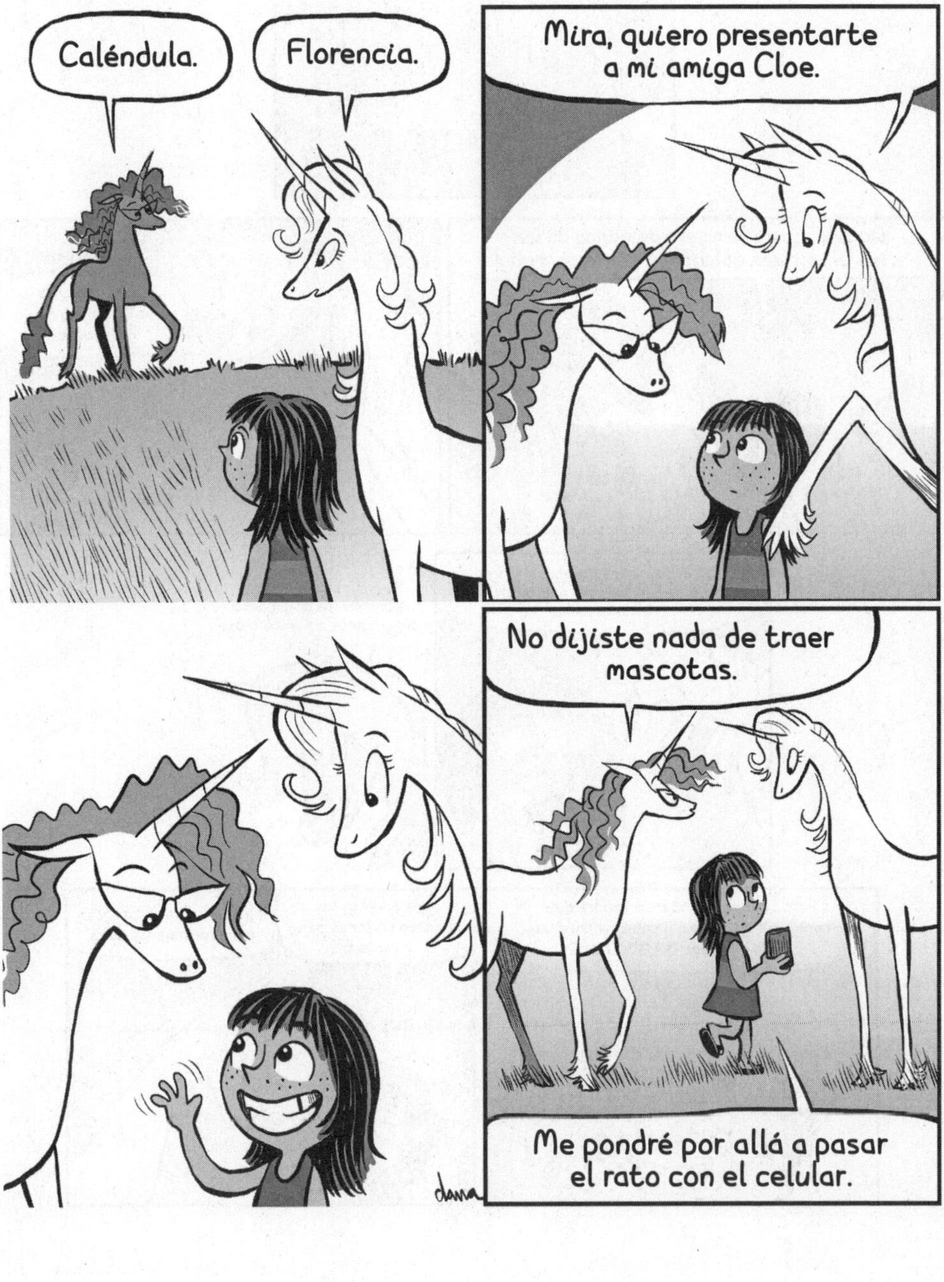
Caléndula.
Florencia.
Mira, quiero presentarte a mi amiga Cloe.
No dijiste nada de traer mascotas.
Me pondré por allá a pasar el rato con el celular.

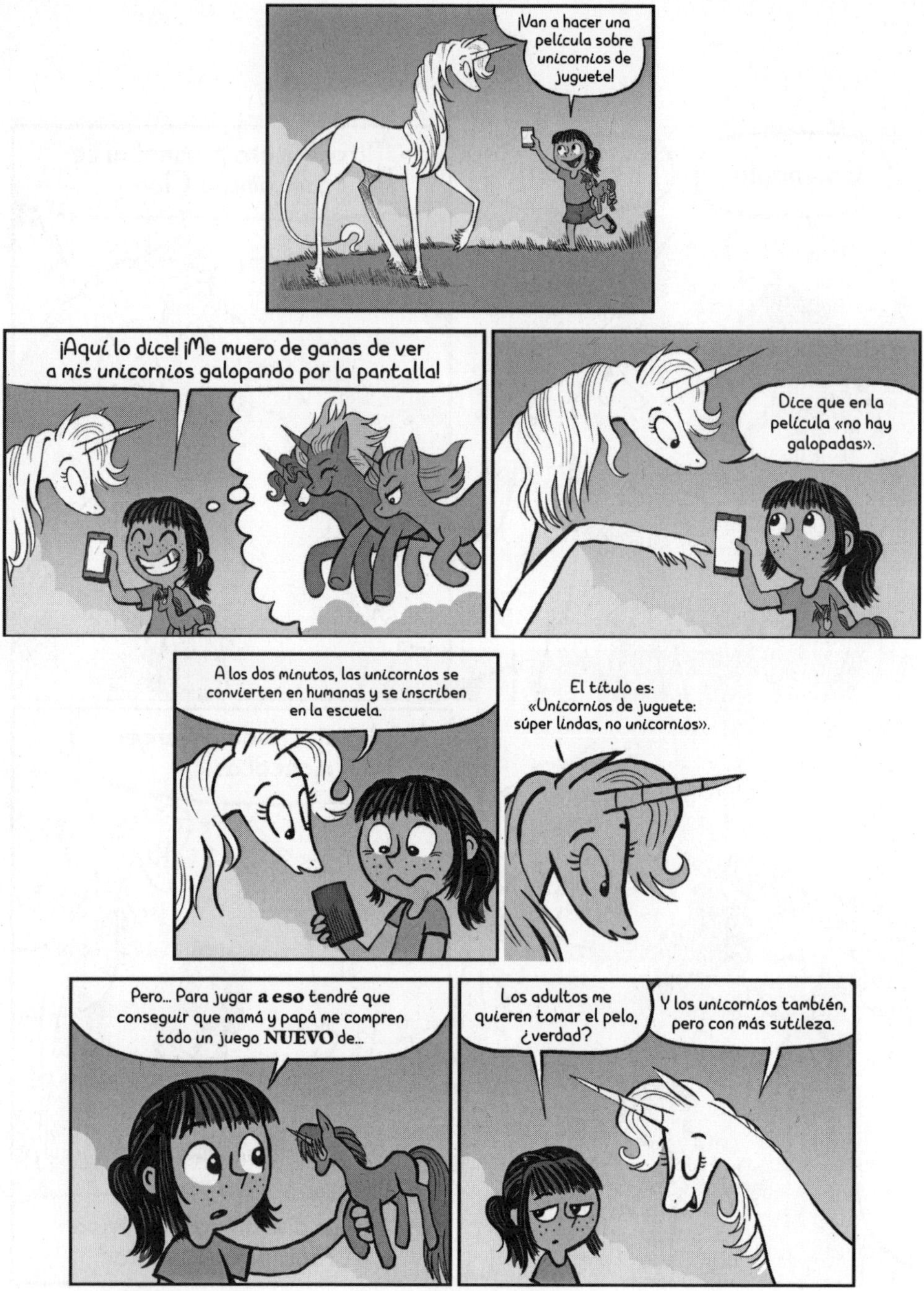
¡Van a hacer una película sobre unicornios de juguete!
¡Aquí lo dice! ¡Me muero de ganas de ver a mis unicornios galopando por la pantalla!
Dice que en la película «no hay galopadas».
A los dos minutos, las unicornios se convierten en humanas y se inscriben en la escuela.
El título es: «Unicornios de juguete: súper lindas, no unicornios».
Pero... Para jugar a eso tendré que conseguir que mamá y papá me compren todo un juego NUEVO de...
Los adultos me quieren tomar el pelo, ¿verdad?
Y los unicornios también, pero con más sutileza.

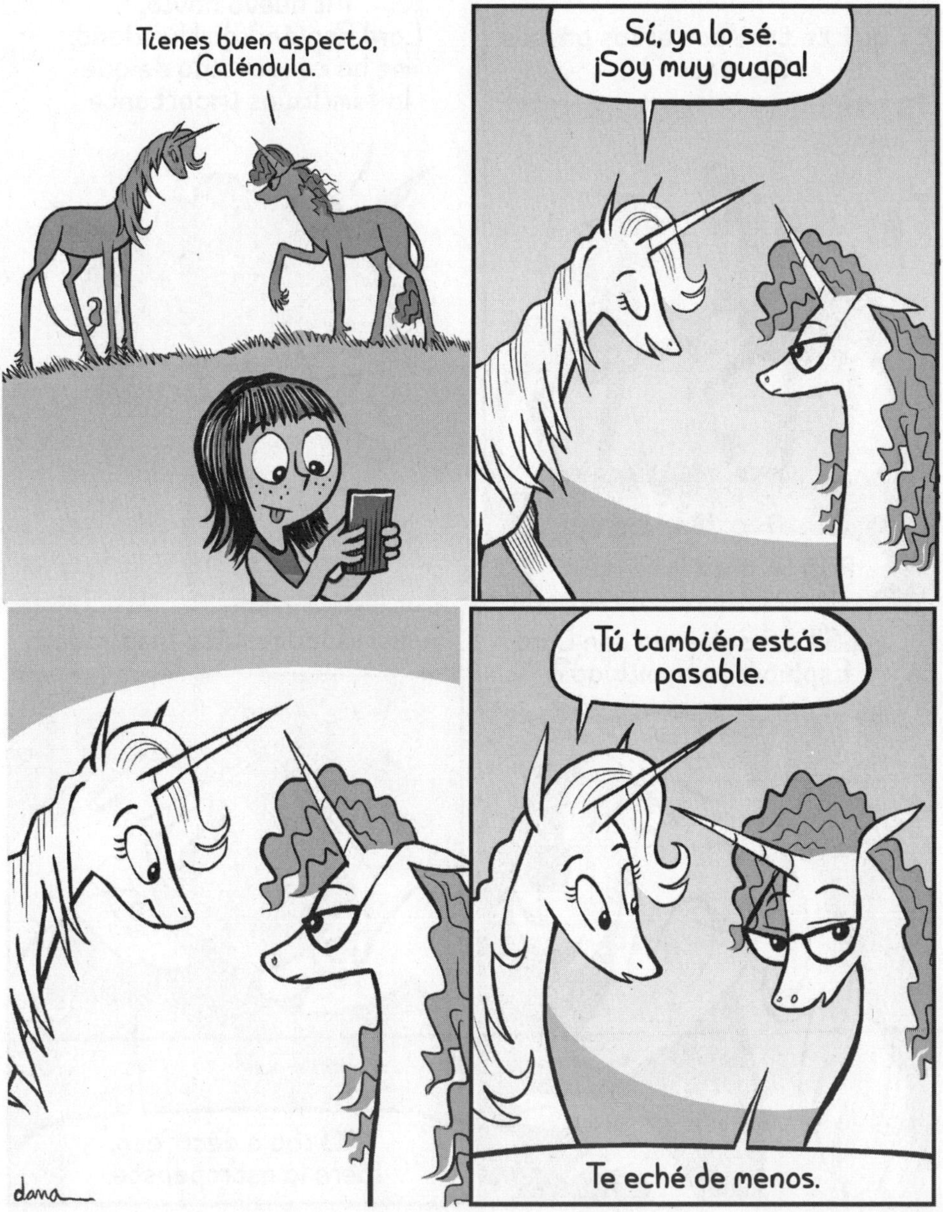
Tienes buen aspecto, Caléndula.
Sí, ya lo sé. ¡Soy muy guapa!
Tú también estás pasable.
Te eché de menos.
dana

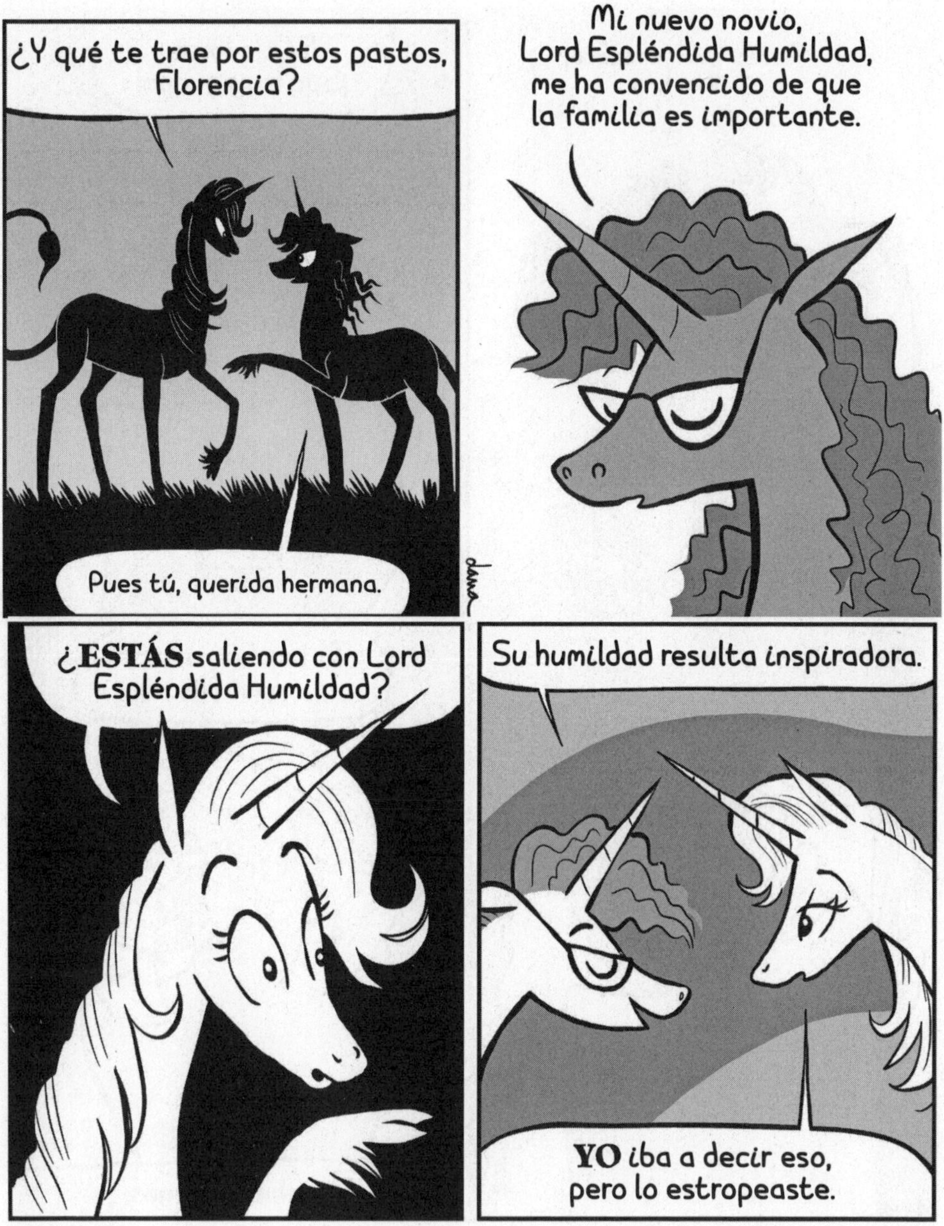
¿Y qué te trae por estos pastos, Florencia?
Pues tú, querida hermana.
Mi nuevo novio, Lord Espléndida Humildad, me ha convencido de que la familia es importante.
¿**ESTÁS** saliendo con Lord Espléndida Humildad?
Su humildad resulta inspiradora.
YO iba a decir eso, pero lo estropeaste.

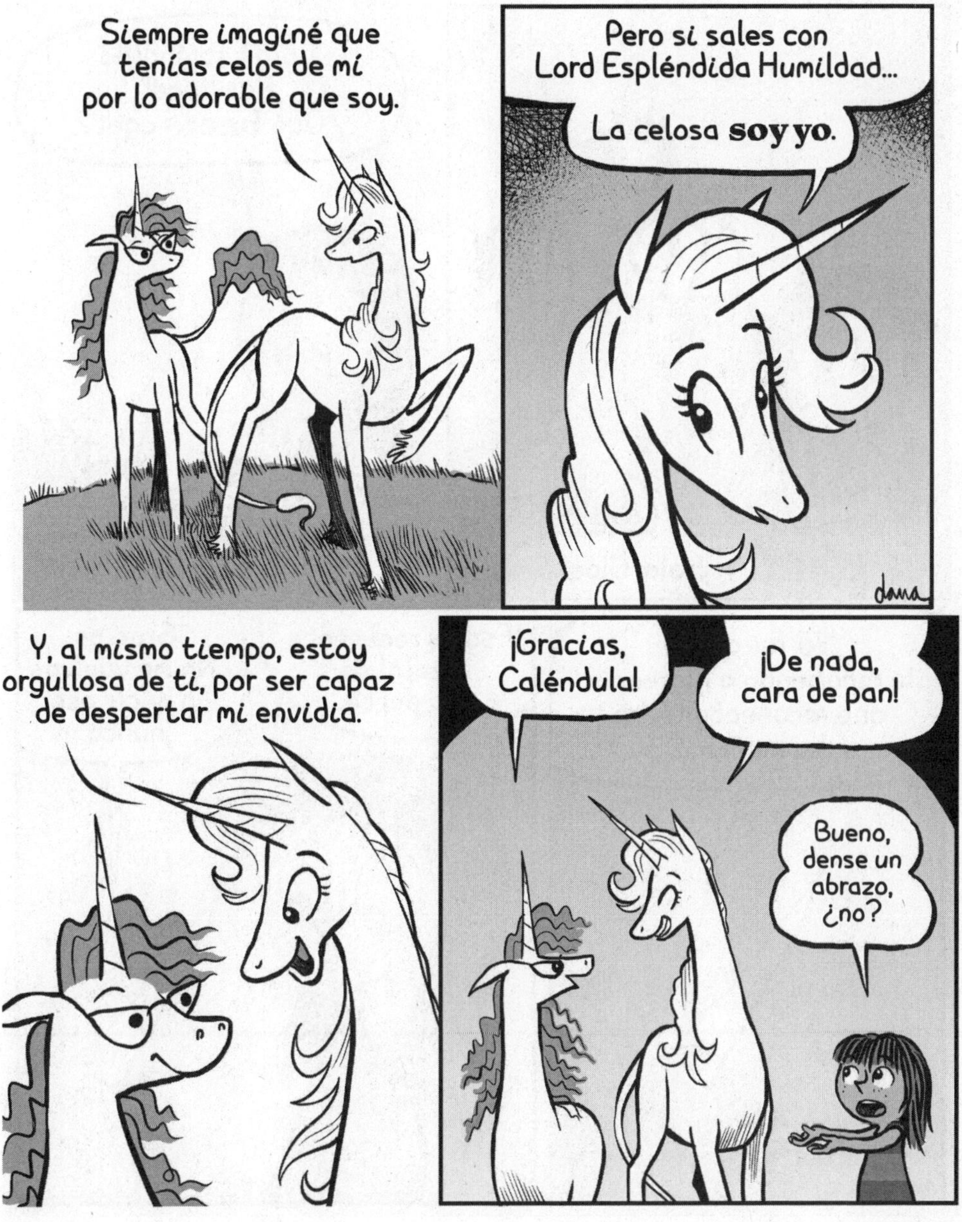

Siempre imaginé que tenías celos de mí por lo adorable que soy.
Pero si sales con Lord Espléndida Humildad...
La celosa **soy yo**.
dana
Y, al mismo tiempo, estoy orgullosa de ti, por ser capaz de despertar mi envidia.
¡Gracias, Caléndula!
¡De nada, cara de pan!
Bueno, dense un abrazo, ¿no?

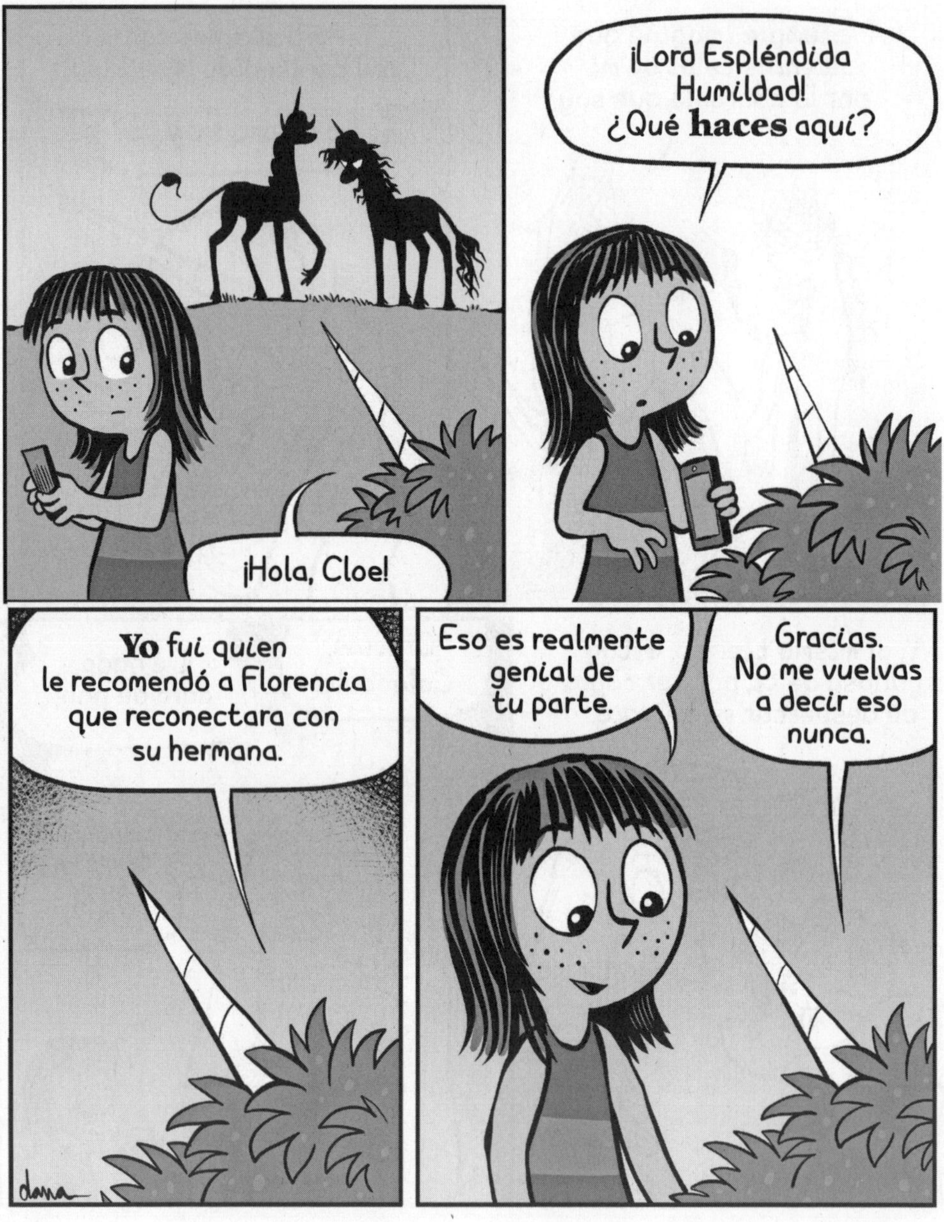
¡Hola, Cloe!
¡Lord Espléndida Humildad! ¿Qué **haces** aquí?
Yo fui quien le recomendó a Florencia que reconectara con su hermana.
Eso es realmente genial de tu parte.
Gracias. No me vuelvas a decir eso nunca.
dana

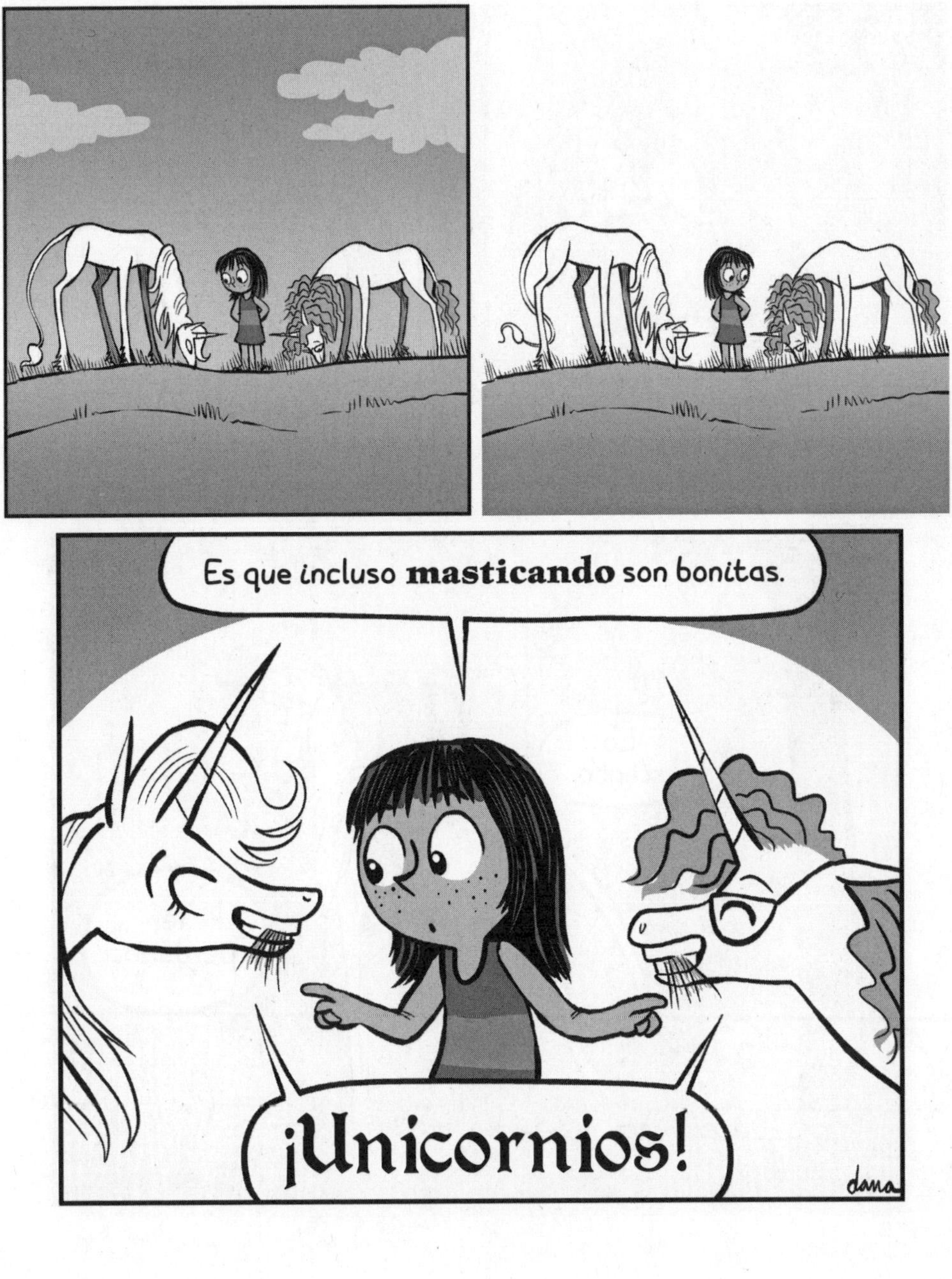
Es que incluso **masticando** son bonitas.
¡Unicornios!
dana

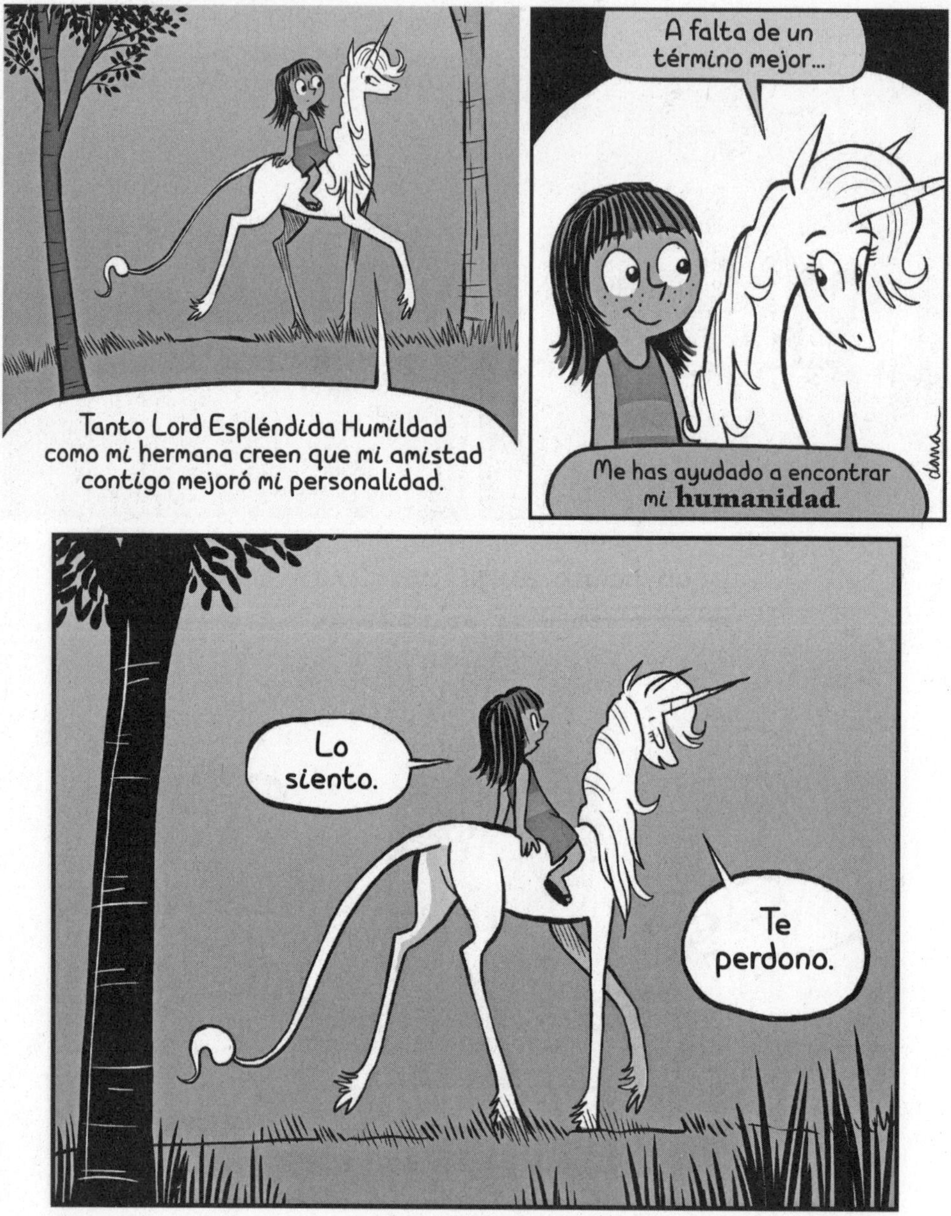
Tanto Lord Espléndida Humildad como mi hermana creen que mi amistad contigo mejoró mi personalidad.
A falta de un término mejor...
Me has ayudado a encontrar mi **humanidad**.
Lo siento.
Te perdono.

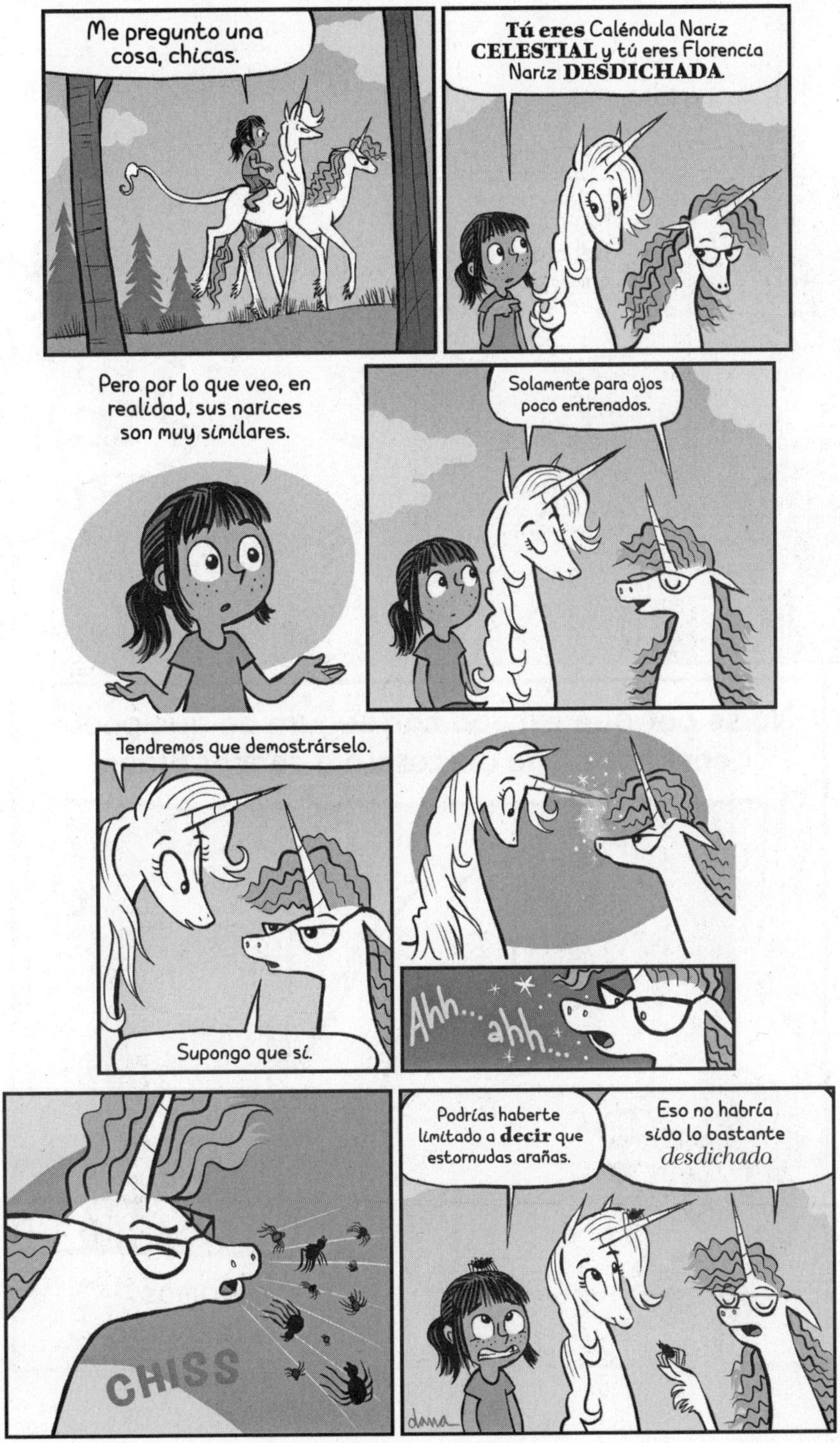

Me pregunto una cosa, chicas.
Tú eres Caléndula Nariz **CELESTIAL** y tú eres Florencia Nariz **DESDICHADA**.
Pero por lo que veo, en realidad, sus narices son muy similares.
Solamente para ojos poco entrenados.
Tendremos que demostrárselo.
Supongo que sí.
Ahh... ahh...
CHISS
Podrías haberte limitado a **decir** que estornudas arañas.
Eso no habría sido lo bastante *desdichada*
dana

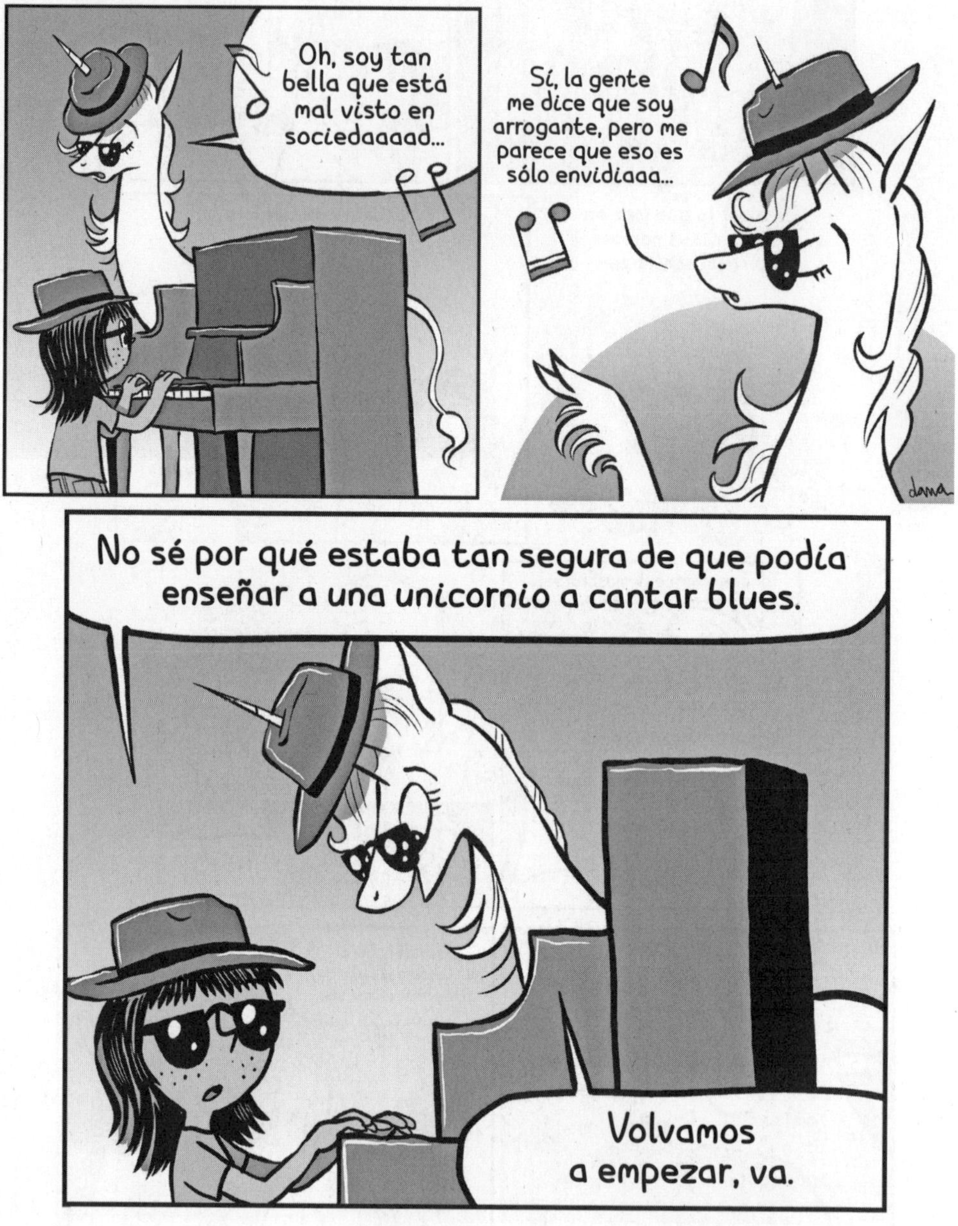
Oh, soy tan bella que está mal visto en sociedaaaad...
Sí, la gente me dice que soy arrogante, pero me parece que eso es sólo envidiaaa...
dana
No sé por qué estaba tan segura de que podía enseñar a una unicornio a cantar blues.
Volvamos a empezar, va.

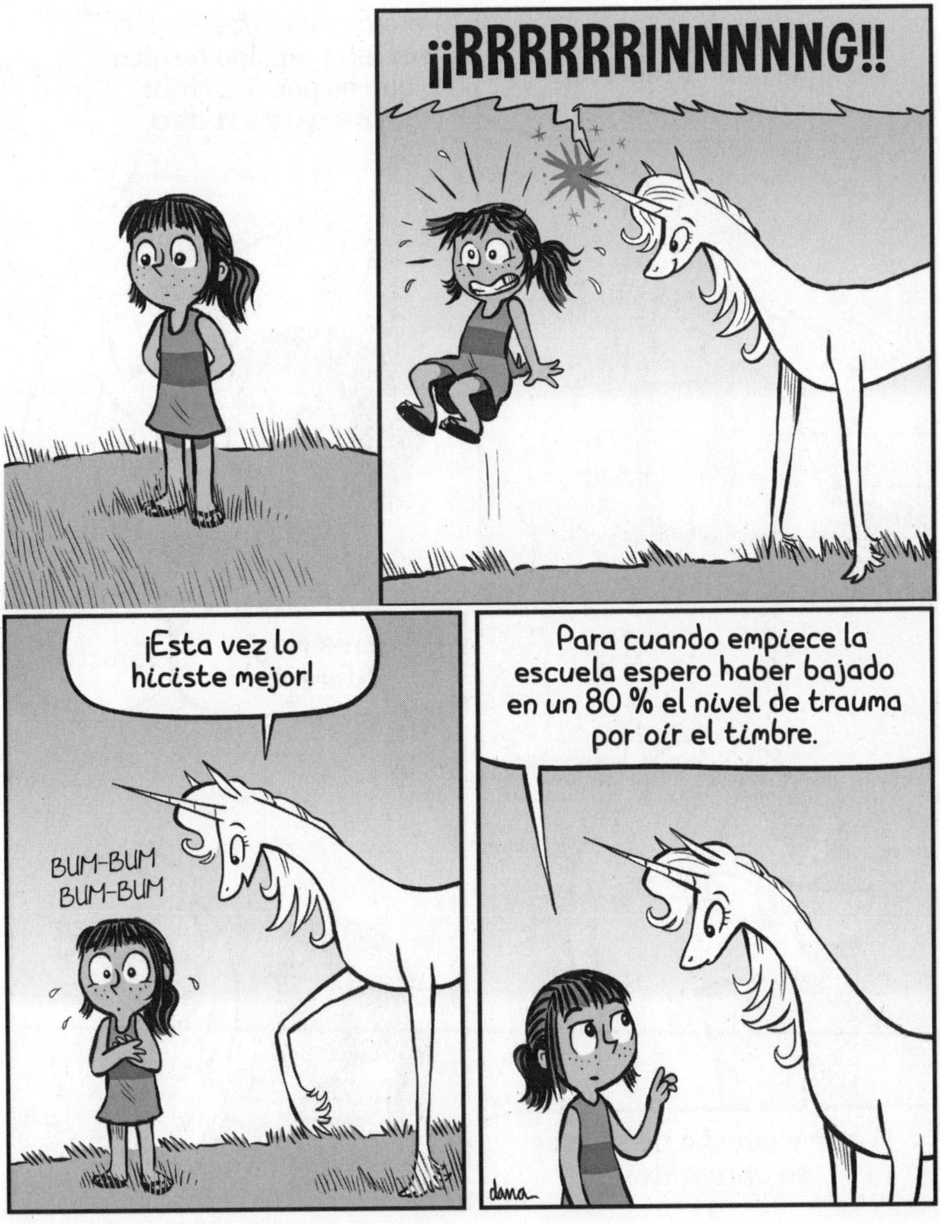
¡¡RRRRRRINNNNNG!!
¡Esta vez lo hiciste mejor!
BUM-BUM BUM-BUM
Para cuando empiece la escuela espero haber bajado en un 80 % el nivel de trauma por oír el timbre.
dana

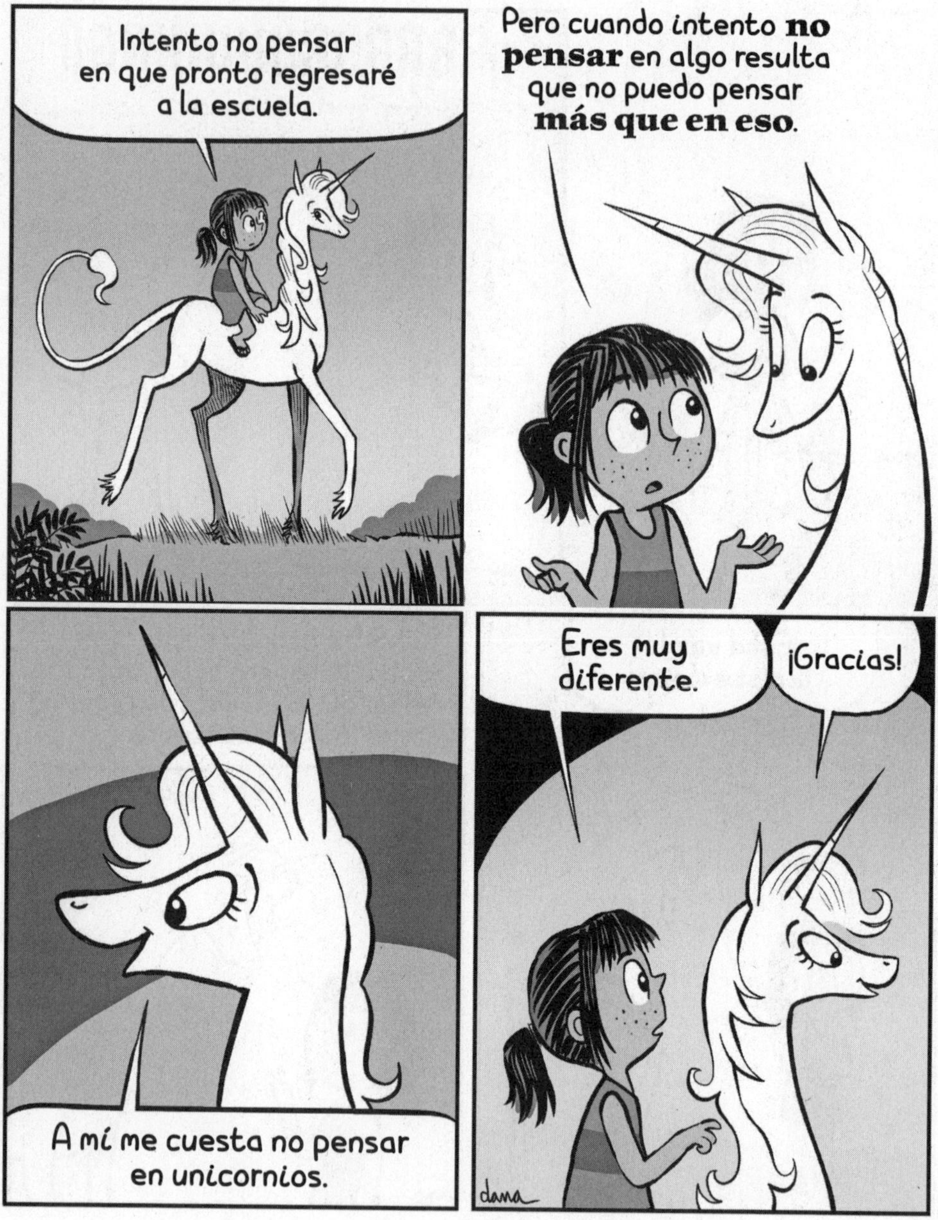
Intento no pensar en que pronto regresaré a la escuela.
Pero cuando intento **no pensar** en algo resulta que no puedo pensar **más que en eso**.
A mí me cuesta no pensar en unicornios.
Eres muy diferente.
¡Gracias!
dana

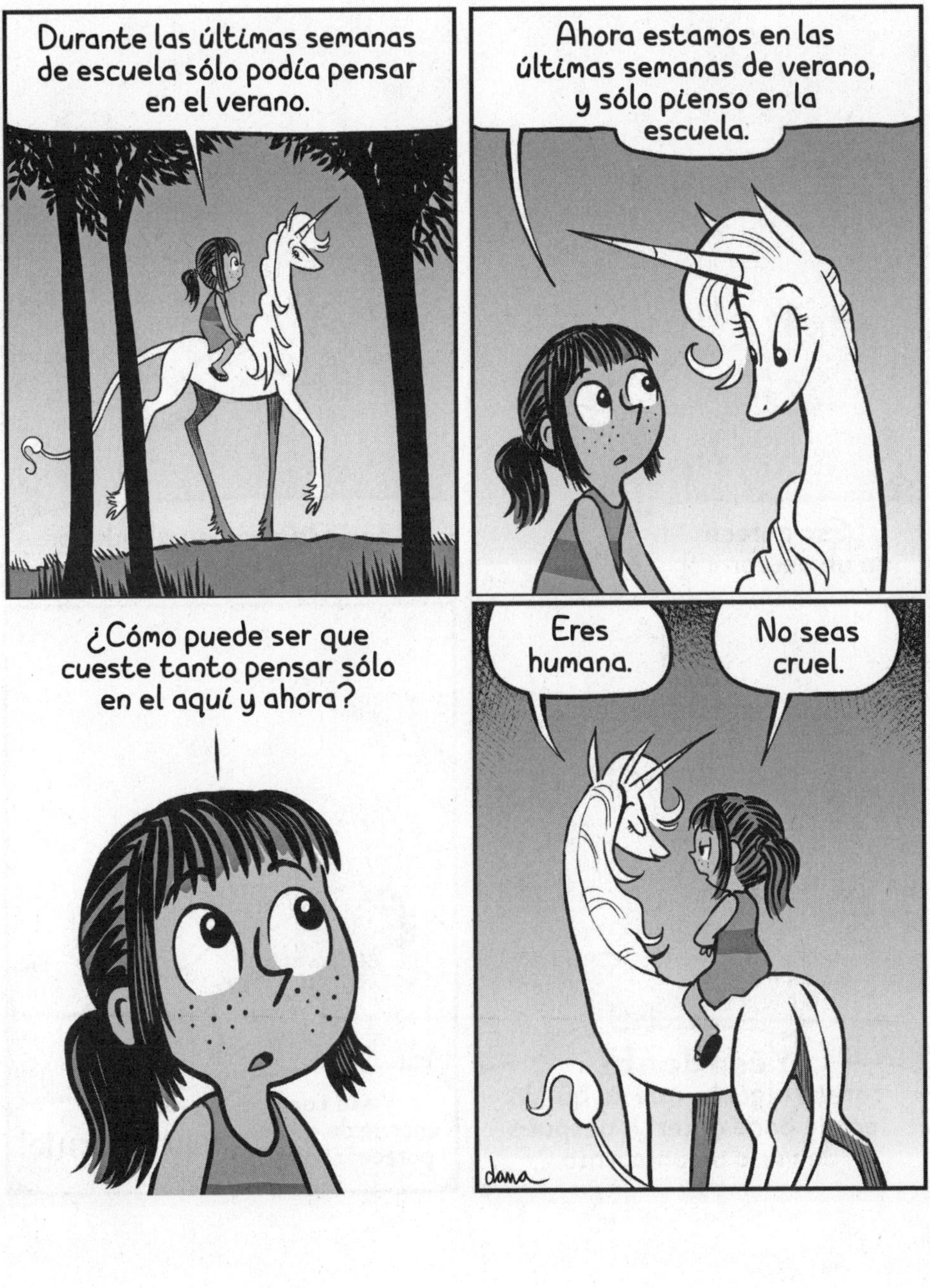
Durante las últimas semanas de escuela sólo podía pensar en el verano.
Ahora estamos en las últimas semanas de verano, y sólo pienso en la escuela.
¿Cómo puede ser que cueste tanto pensar sólo en el aquí y ahora?
Eres humana.
No seas cruel.
dana

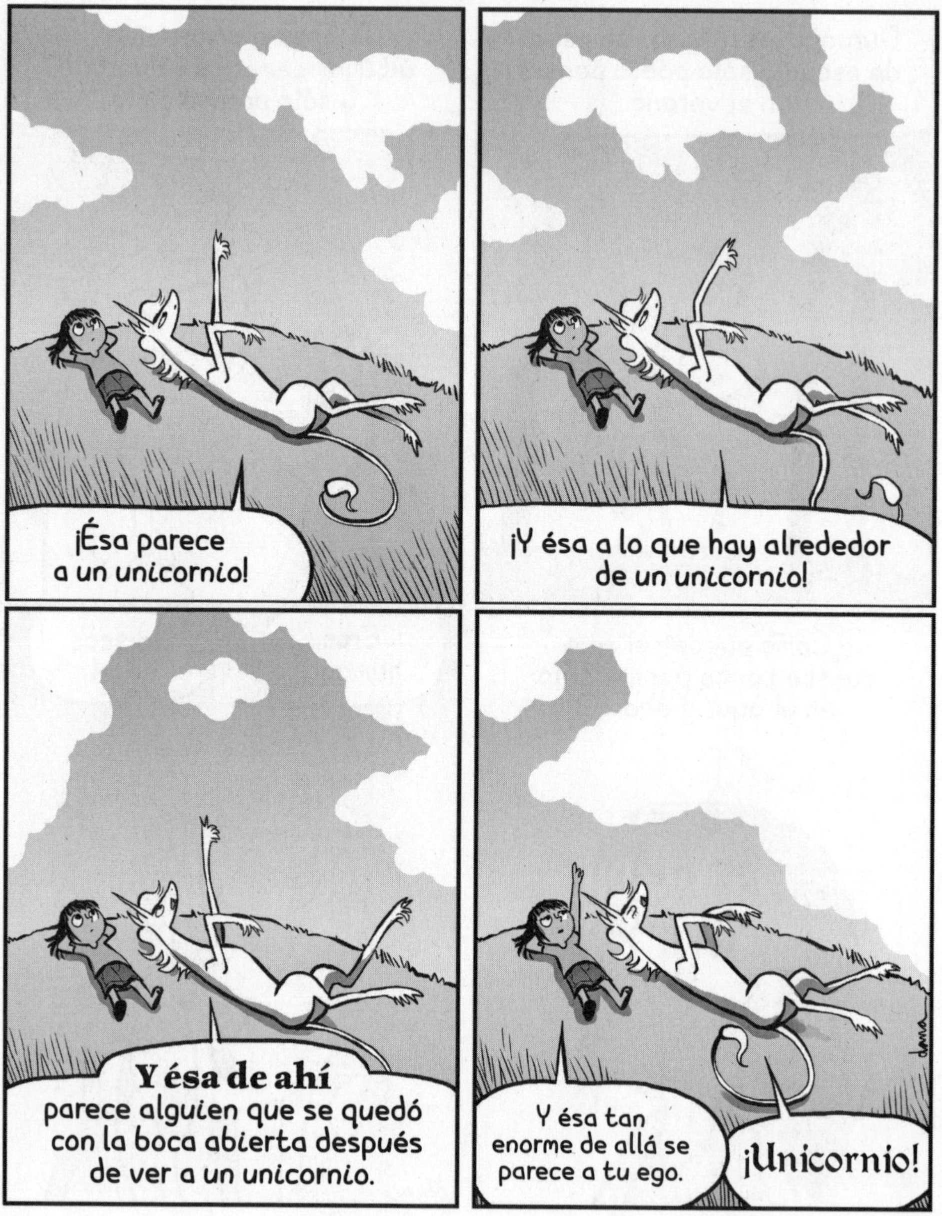
¡Ésa parece
a un unicornio!
¡Y ésa a lo que hay alrededor
de un unicornio!
Y ésa de ahí
parece alguien que se quedó
con la boca abierta después
de ver a un unicornio.
Y ésa tan
enorme de allá se
parece a tu ego.
¡Unicornio!
dana

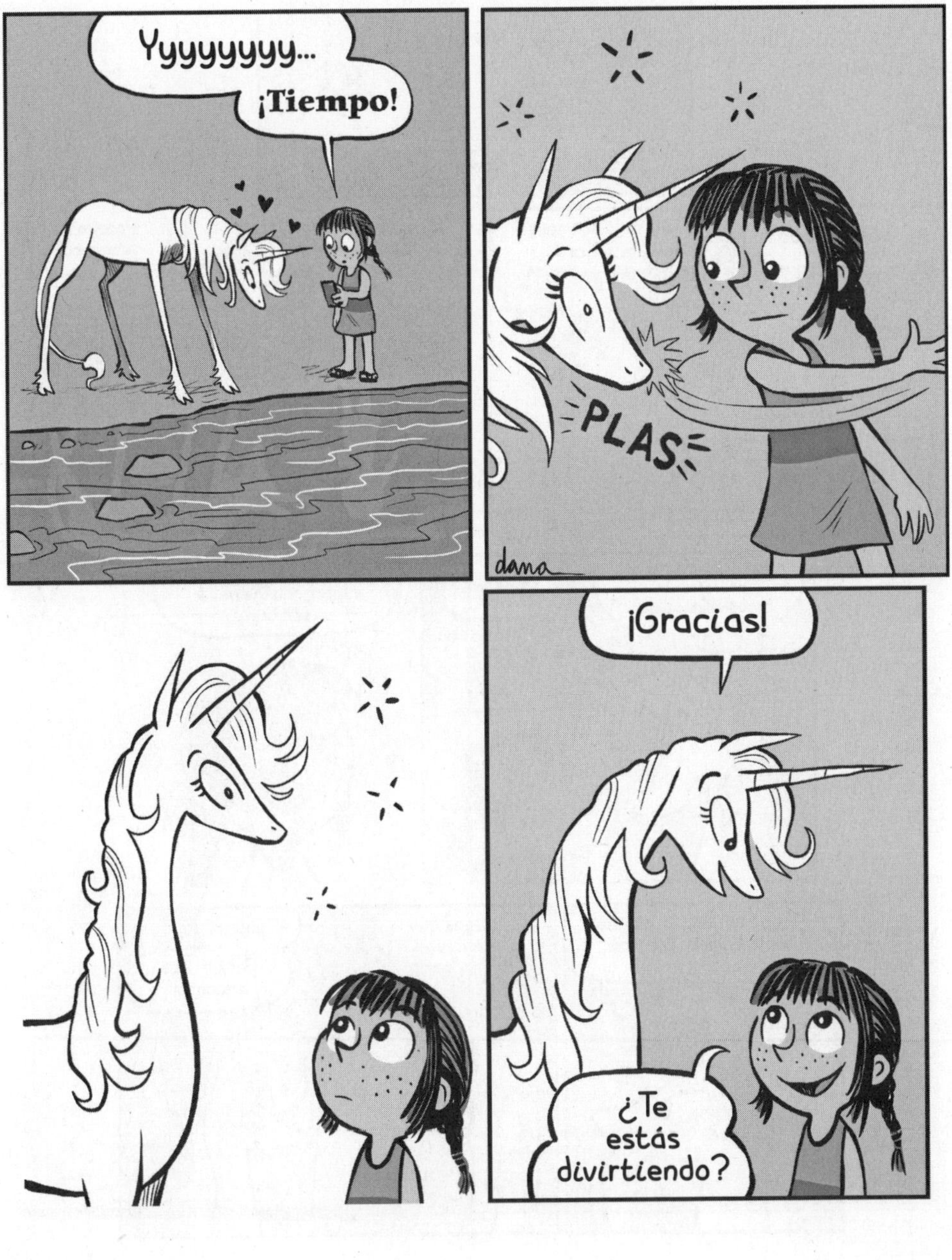
Yyyyyyyy...
¡Tiempo!
PLAS
dana
¡Gracias!
¿Te estás divirtiendo?

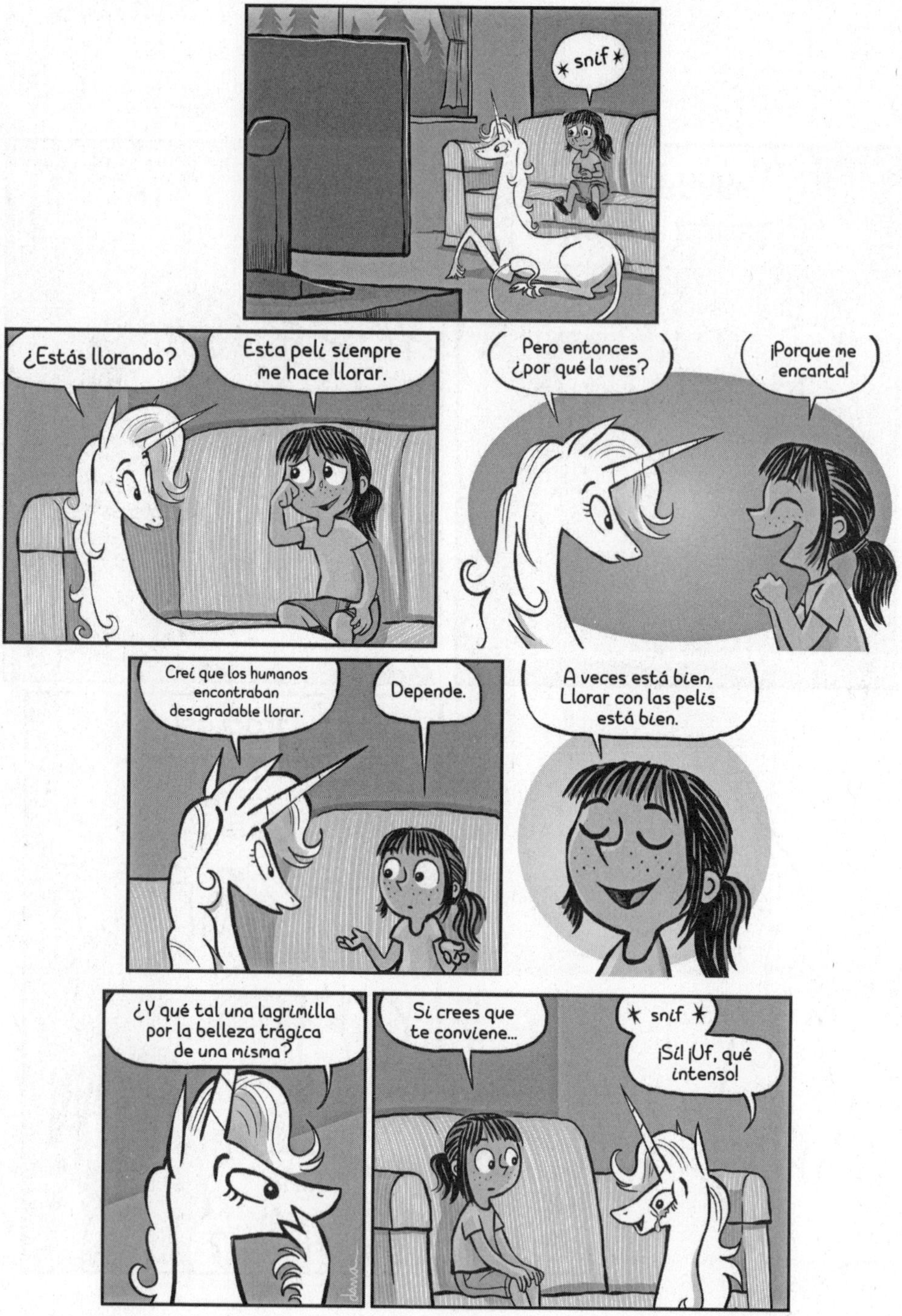

* snif *
¿Estás llorando?
Esta peli siempre me hace llorar.
Pero entonces ¿por qué la ves?
¡Porque me encanta!
Creí que los humanos encontraban desagradable llorar.
Depende.
A veces está bien. Llorar con las pelis está bien.
¿Y qué tal una lagrimilla por la belleza trágica de una misma?
Si crees que te conviene...
* snif *
¡Sí! ¡Uf, qué intenso!

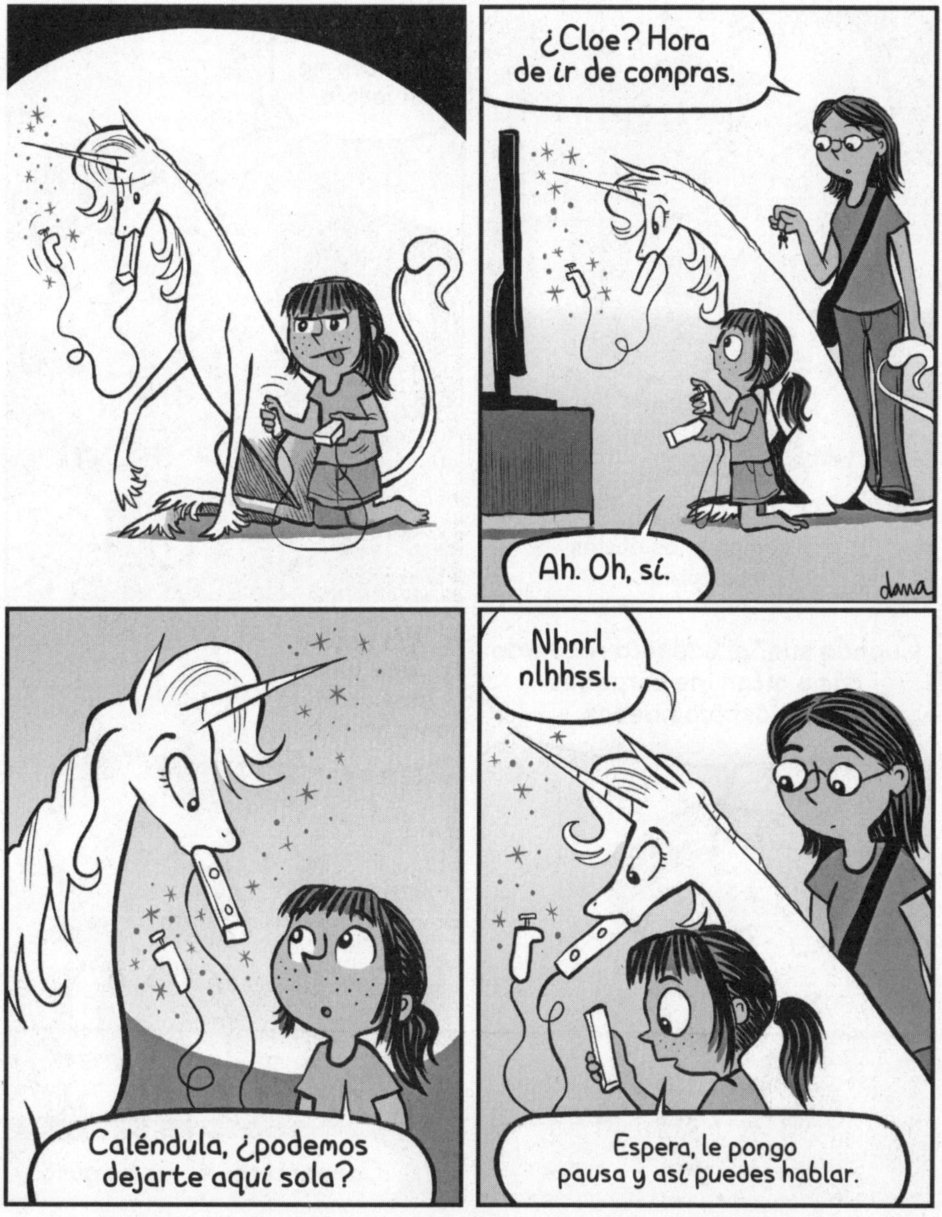
¿Cloe? Hora de ir de compras.
Ah. Oh, sí.
dana
Caléndula, ¿podemos dejarte aquí sola?
Nhnrl nlhhssl.
Espera, le pongo pausa y así puedes hablar.

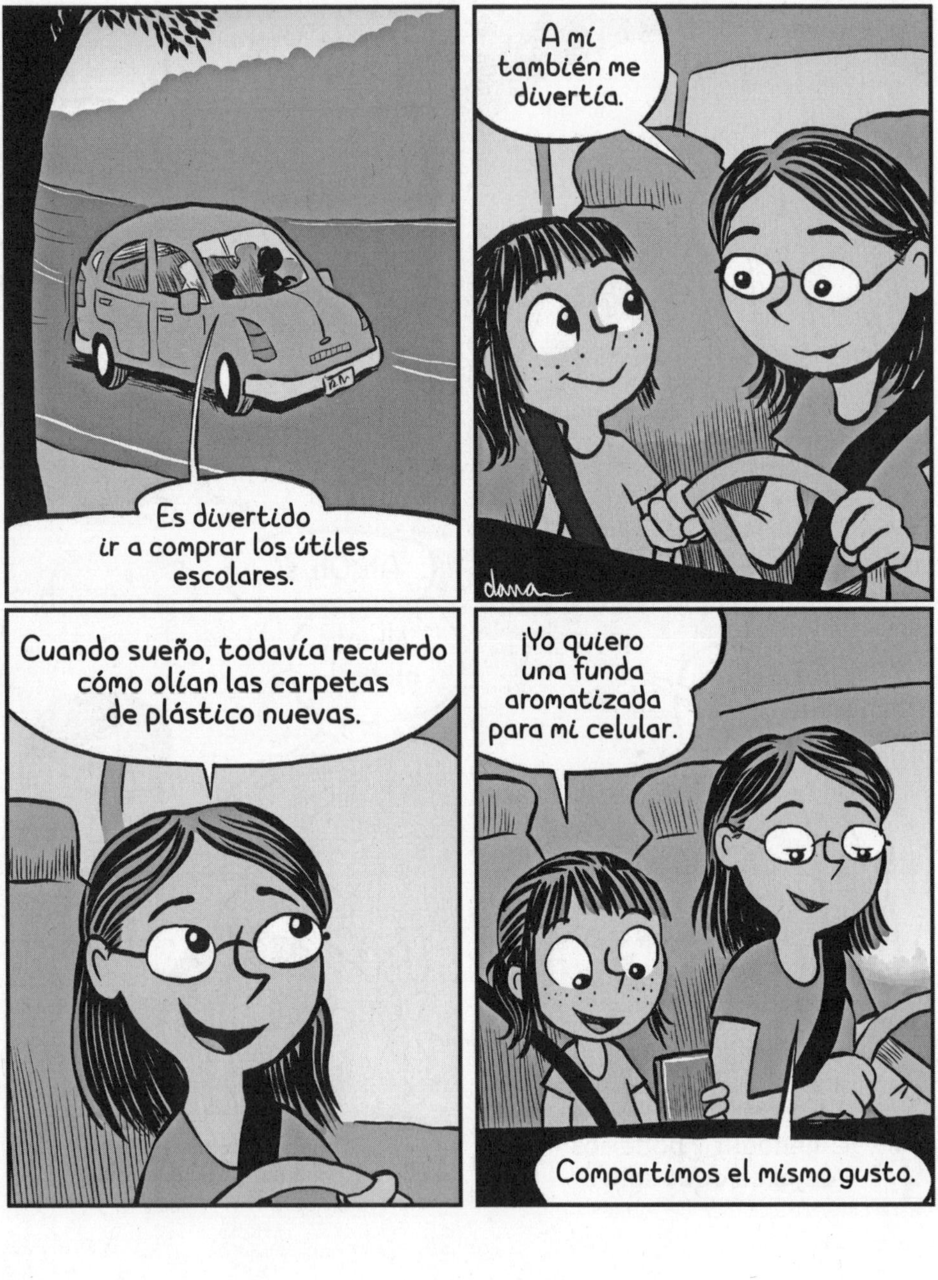
Es divertido ir a comprar los útiles escolares.
A mí también me divertía.
dana
Cuando sueño, todavía recuerdo cómo olían las carpetas de plástico nuevas.
¡Yo quiero una funda aromatizada para mi celular.
Compartimos el mismo gusto.

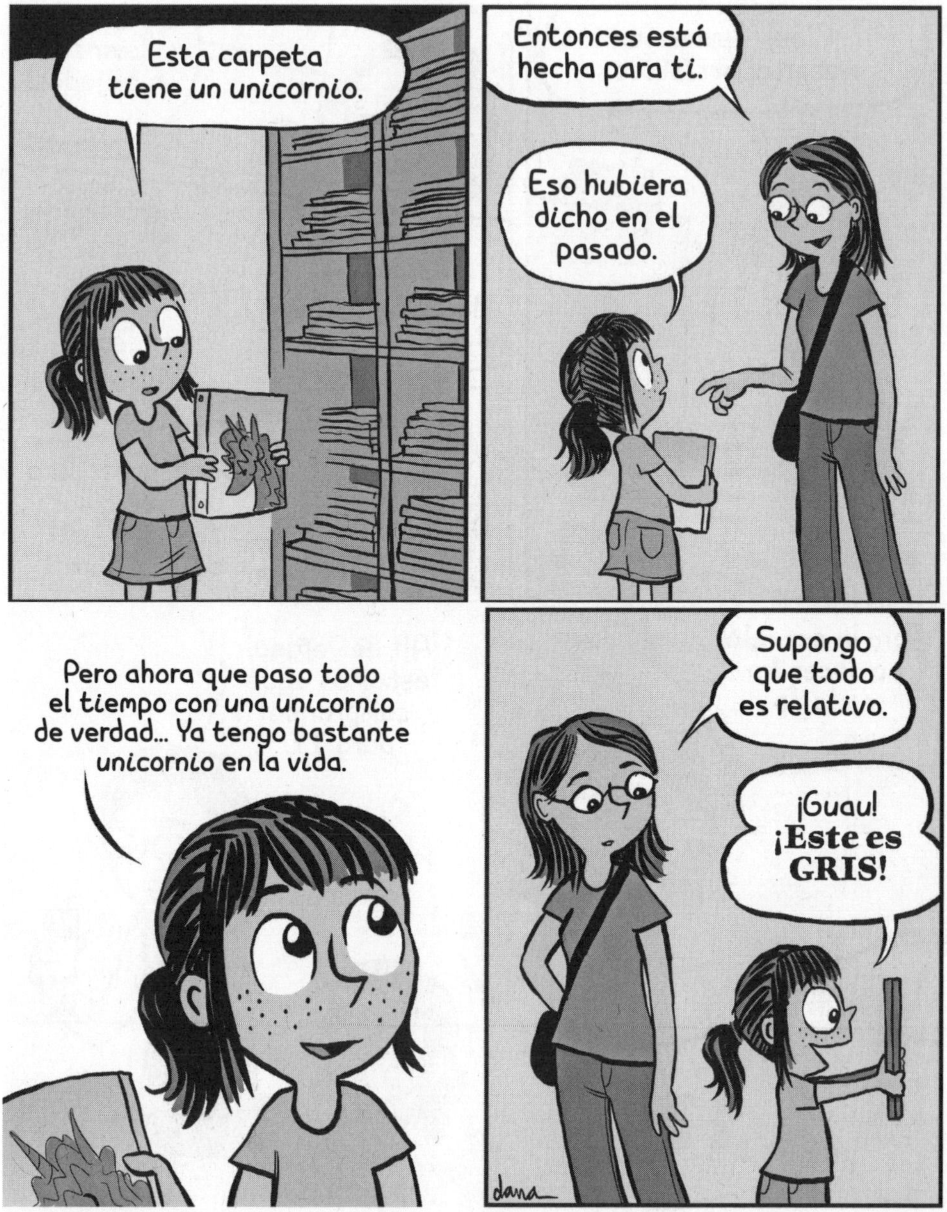
Esta carpeta tiene un unicornio.
Entonces está hecha para ti.
Eso hubiera dicho en el pasado.
Pero ahora que paso todo el tiempo con una unicornio de verdad... Ya tengo bastante unicornio en la vida.
Supongo que todo es relativo.
¡Guau! **¡Este es GRIS!**
dana

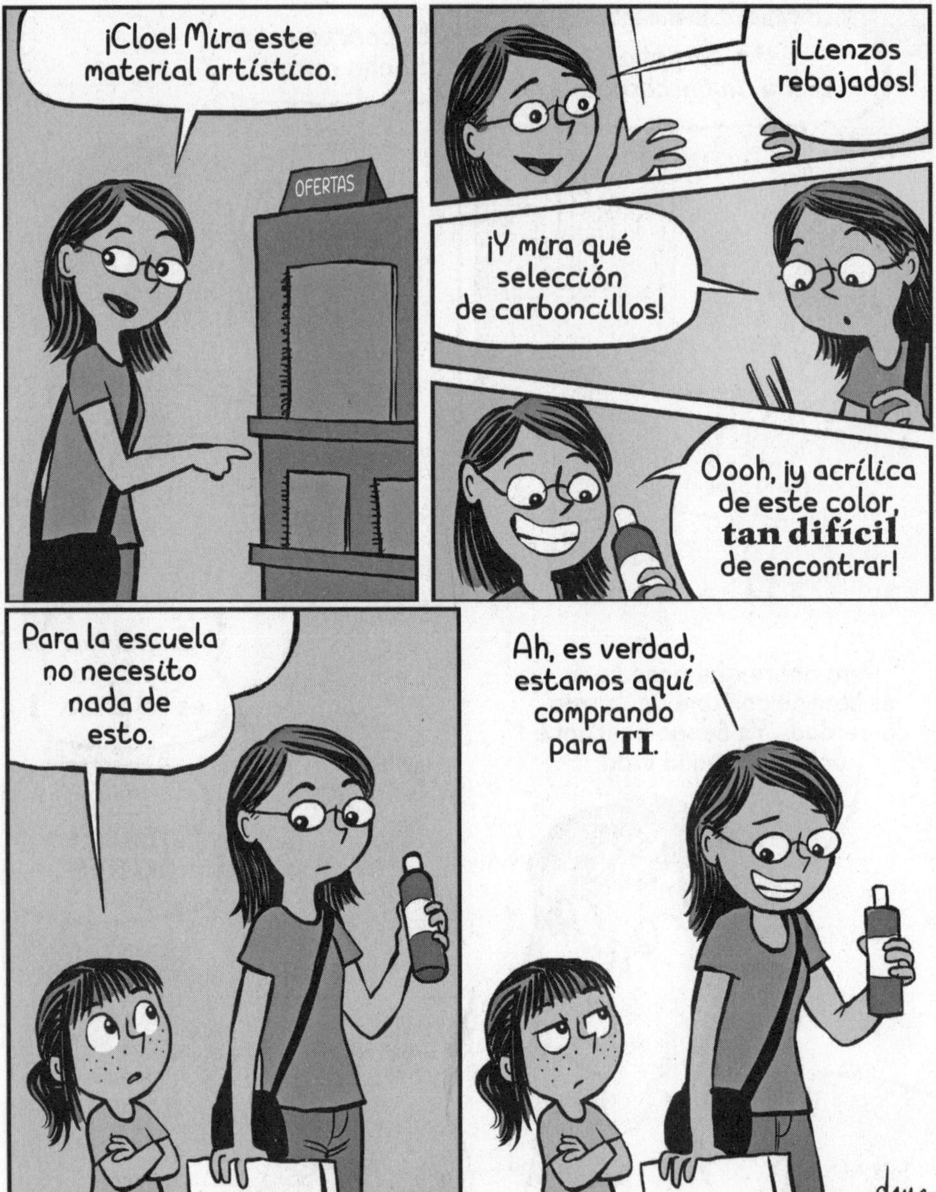
¡Cloe! Mira este material artístico.
OFERTAS
¡Lienzos rebajados!
¡Y mira qué selección de carboncillos!
Oooh, ¡y acrílica de este color, **tan difícil** de encontrar!
Para la escuela no necesito nada de esto.
Ah, es verdad, estamos aquí comprando para **TI**.
dana

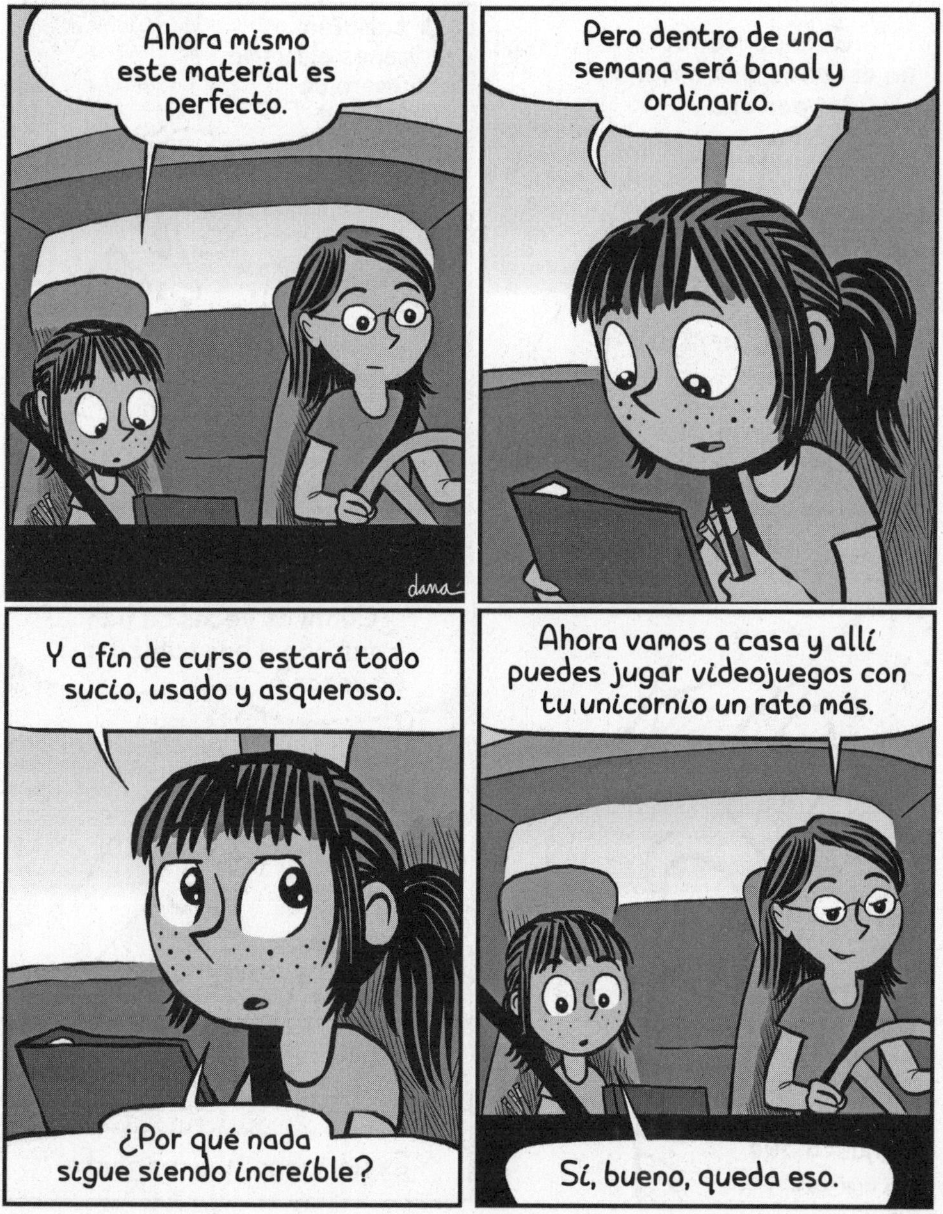
Ahora mismo este material es perfecto.
Pero dentro de una semana será banal y ordinario.
dana
Y a fin de curso estará todo sucio, usado y asqueroso.
¿Por qué nada sigue siendo increíble?
Ahora vamos a casa y allí puedes jugar videojuegos con tu unicornio un rato más.
Sí, bueno, queda eso.

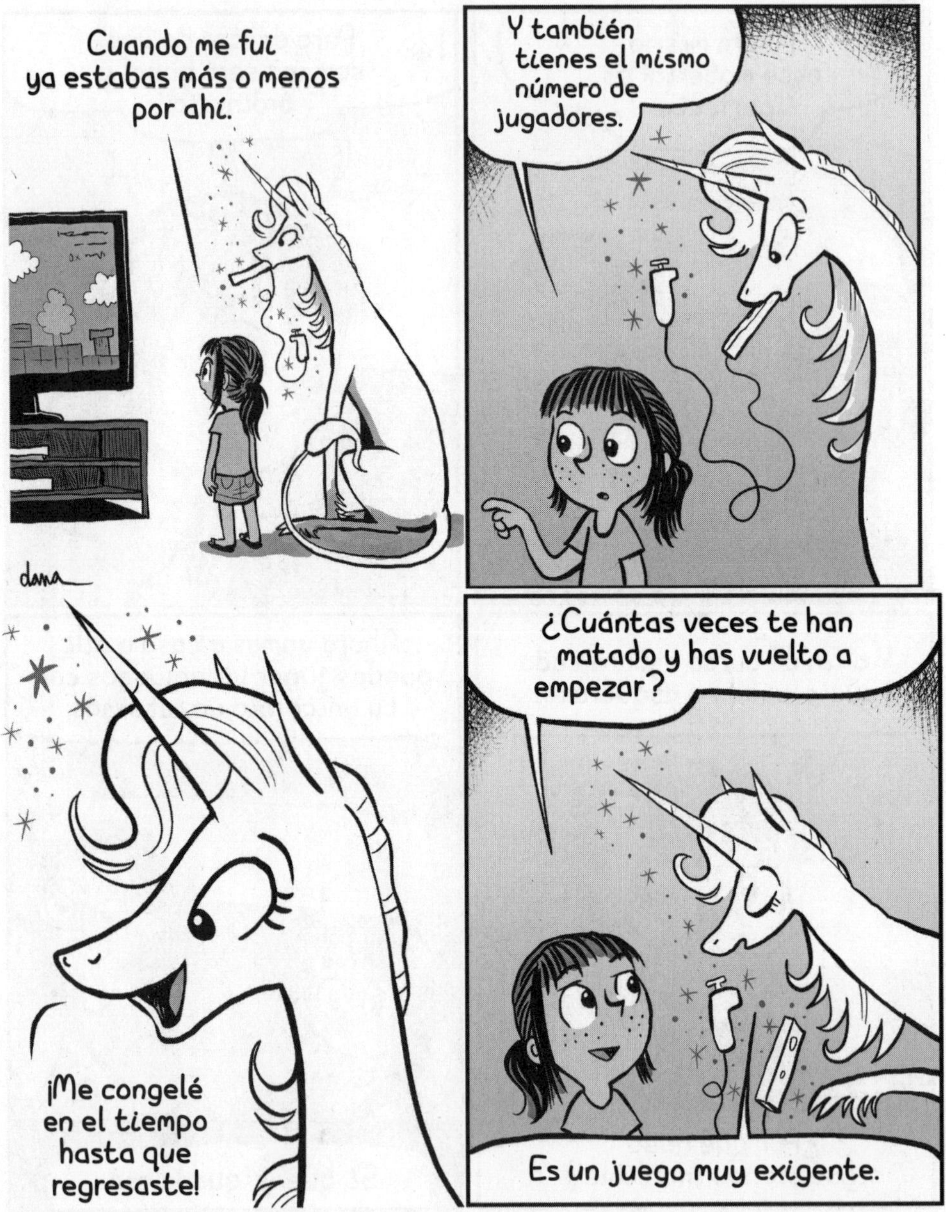
Cuando me fui ya estabas más o menos por ahí.
Y también tienes el mismo número de jugadores.
¡Me congelé en el tiempo hasta que regresaste!
¿Cuántas veces te han matado y has vuelto a empezar?
Es un juego muy exigente.

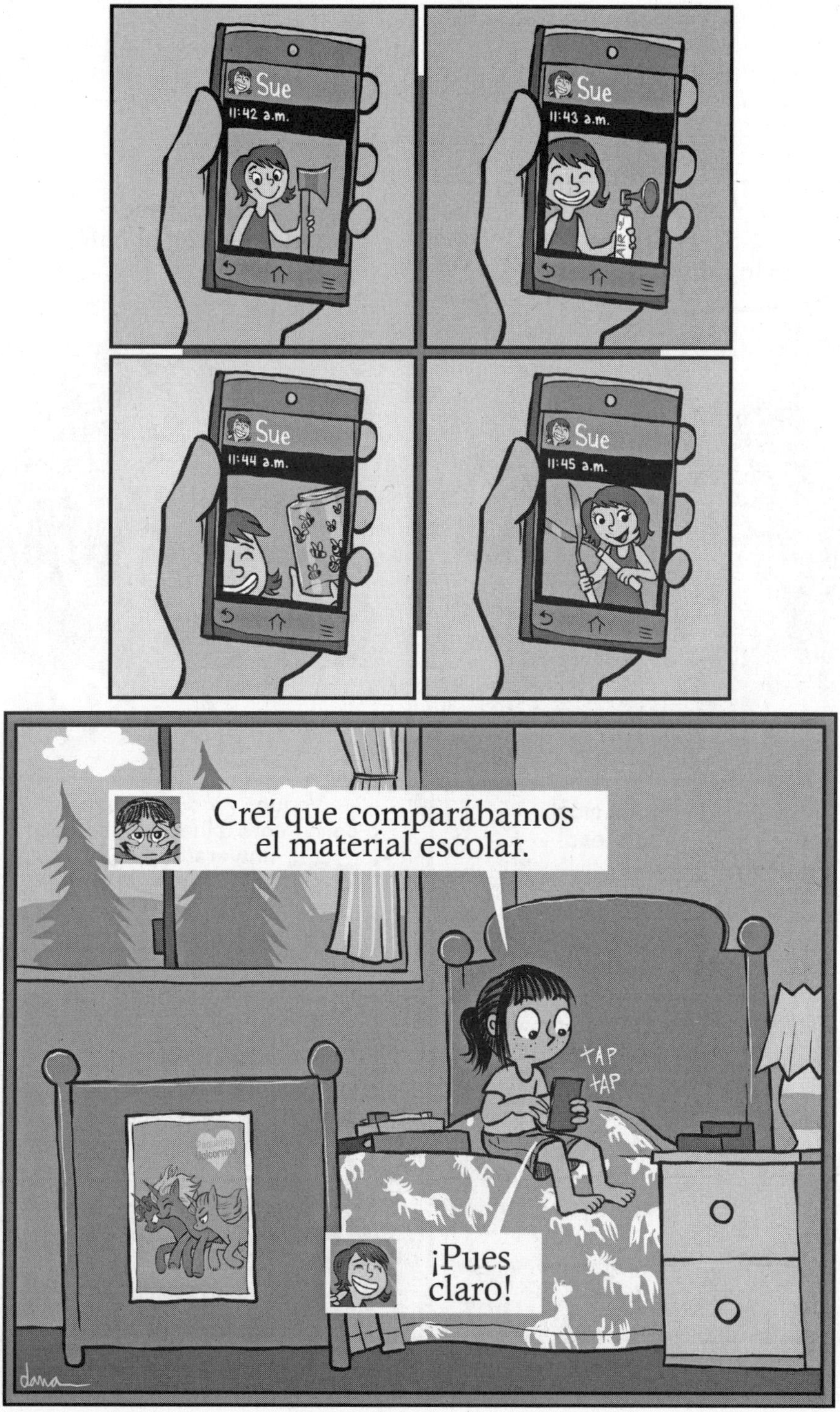
Sue
11:42 a.m.
Sue
11:43 a.m.
Sue
11:44 a.m.
Sue
11:45 a.m.
Creí que comparábamos el material escolar.
TAP TAP
¡Pues claro!

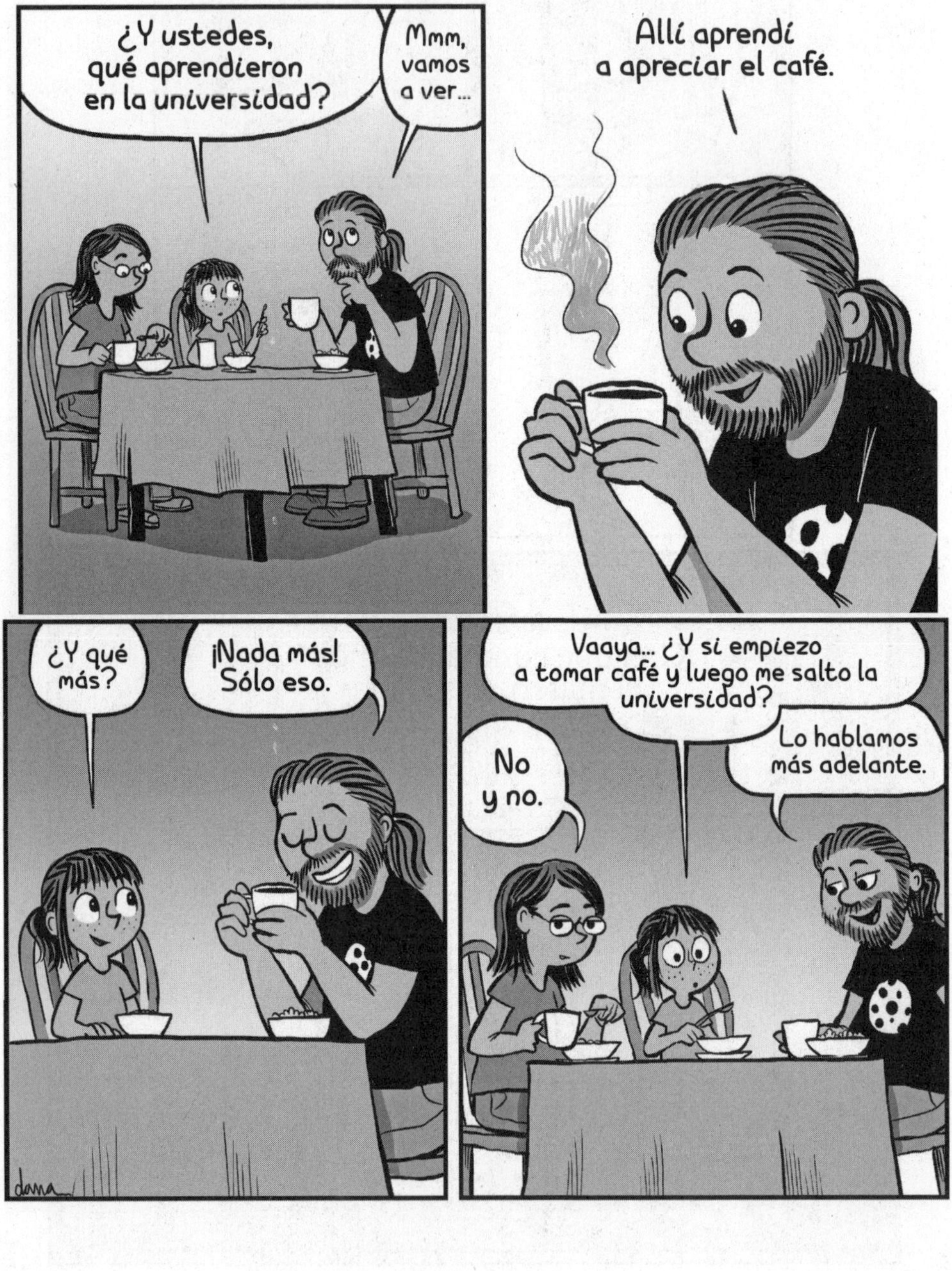
¿Y ustedes, qué aprendieron en la universidad?
Mmm, vamos a ver...
Allí aprendí a apreciar el café.
¿Y qué más?
¡Nada más! Sólo eso.
Vaaya... ¿Y si empiezo a tomar café y luego me salto la universidad?
No y no.
Lo hablamos más adelante.

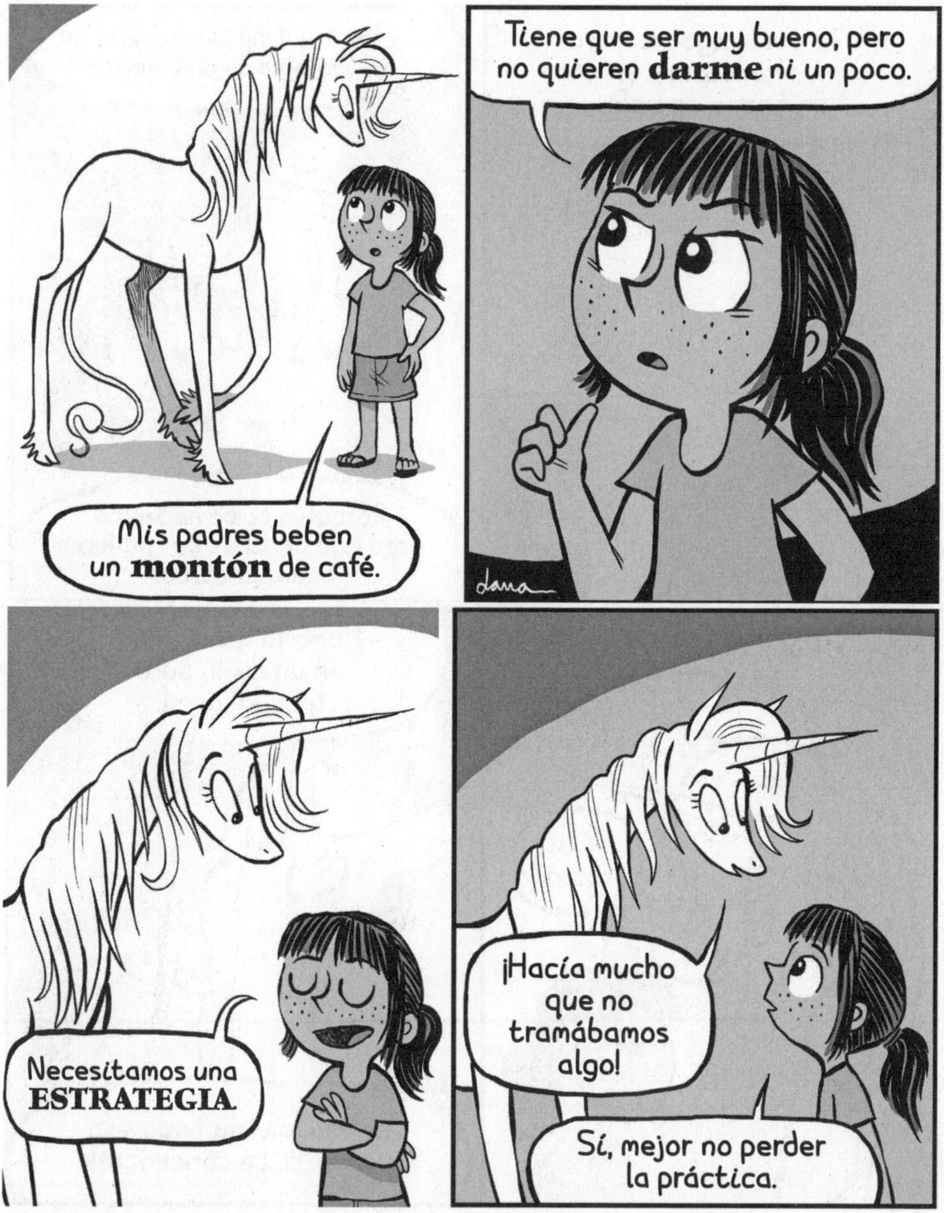
Mis padres beben un **montón** de café.
Tiene que ser muy bueno, pero no quieren **darme** ni un poco.
dana
Necesitamos una **ESTRATEGIA**.
¡Hacía mucho que no tramábamos algo!
Sí, mejor no perder la práctica.

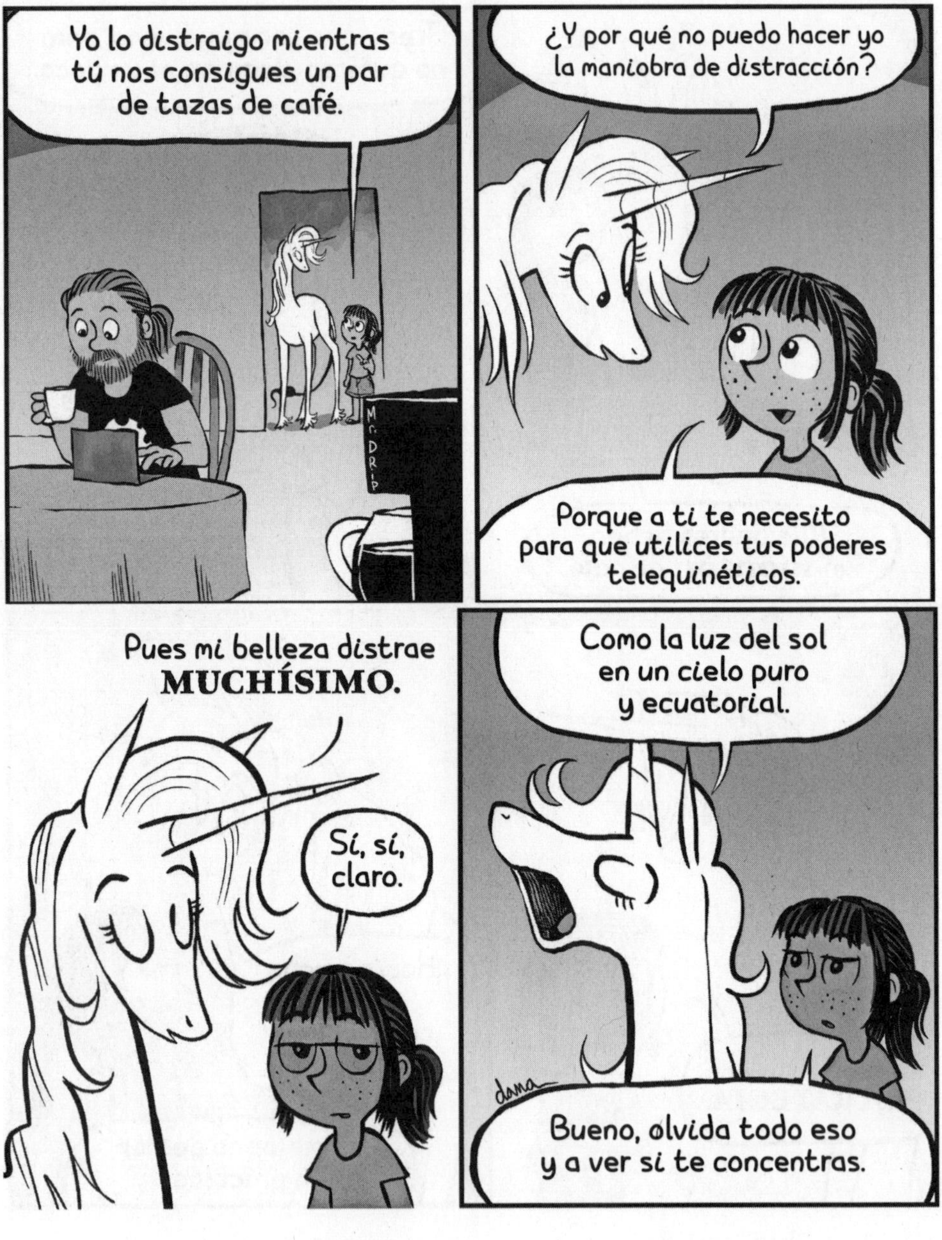
Yo lo distraigo mientras tú nos consigues un par de tazas de café.
McDRIP
¿Y por qué no puedo hacer yo la maniobra de distracción?
Porque a ti te necesito para que utilices tus poderes telequinéticos.
Pues mi belleza distrae **MUCHÍSIMO.**
Sí, sí, claro.
Como la luz del sol en un cielo puro y ecuatorial.
Bueno, olvida todo eso y a ver si te concentras.

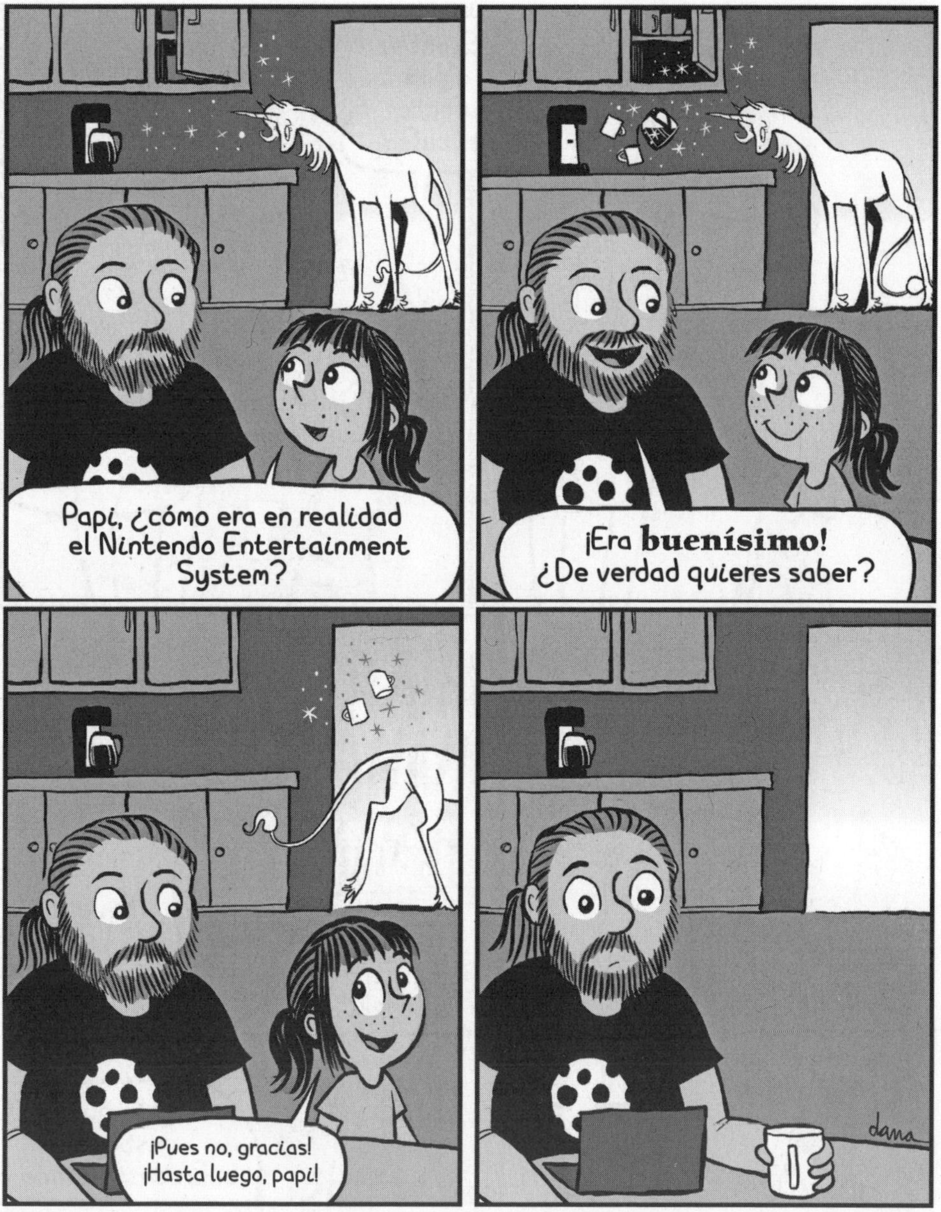
Papi, ¿cómo era en realidad el Nintendo Entertainment System?
¡Era **buenísimo**! ¿De verdad quieres saber?
¡Pues no, gracias! ¡Hasta luego, papi!
dana

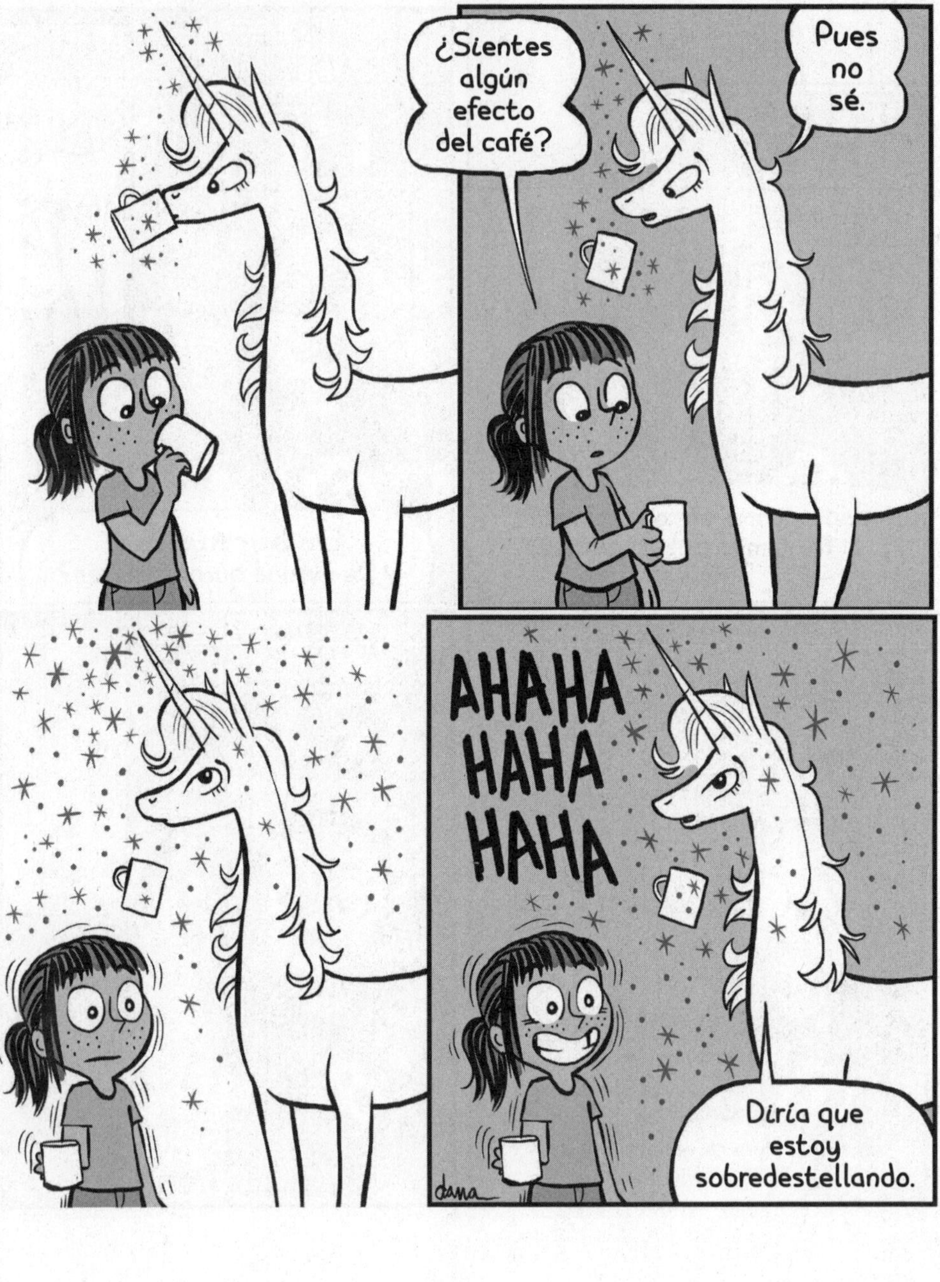
¿Sientes algún efecto del café?
Pues no sé.
AHAHA HAHA HAHA
Diría que estoy sobredestellando.
dana

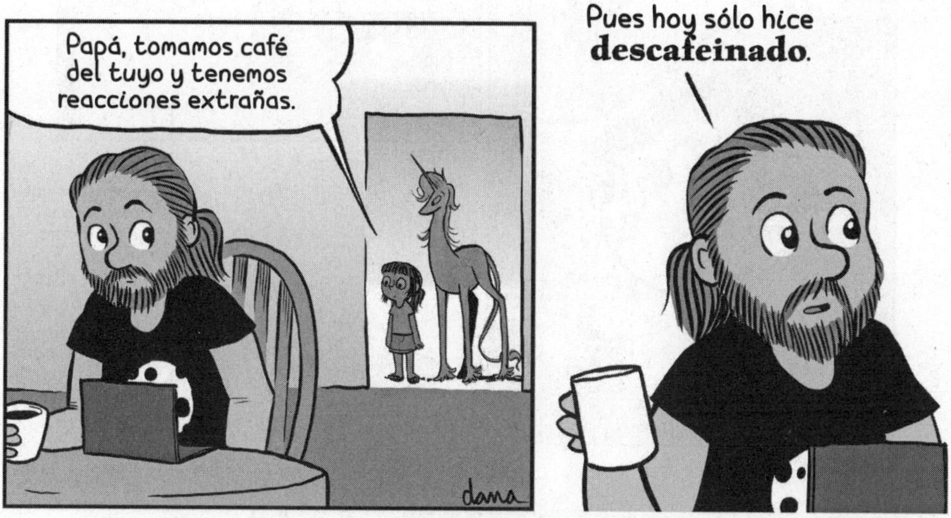
Papá, tomamos café del tuyo y tenemos reacciones extrañas.
dana
Pues hoy sólo hice **descafeinado**.

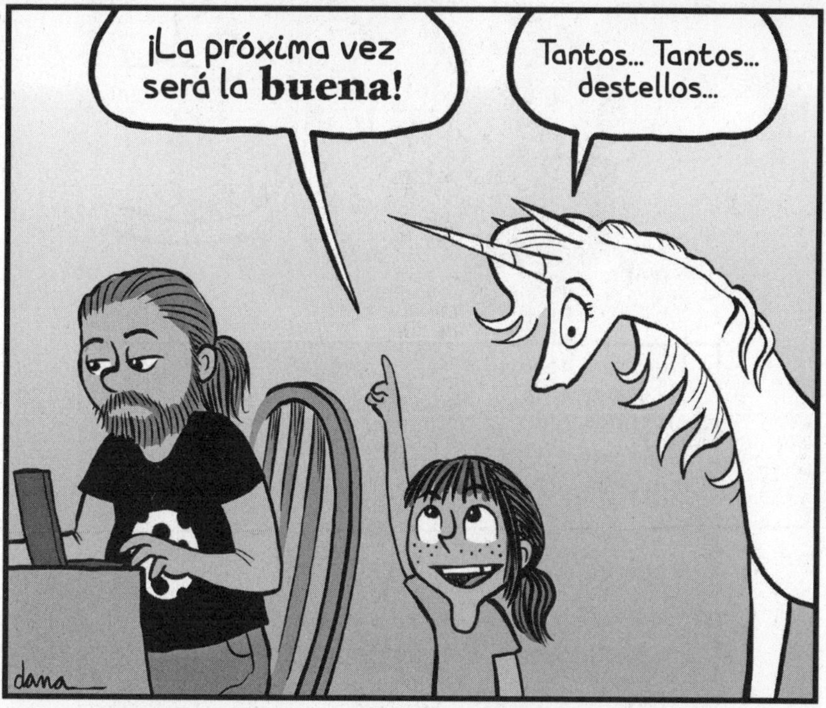
¡La próxima vez será la **buena**!
Tantos... Tantos... destellos...
dana

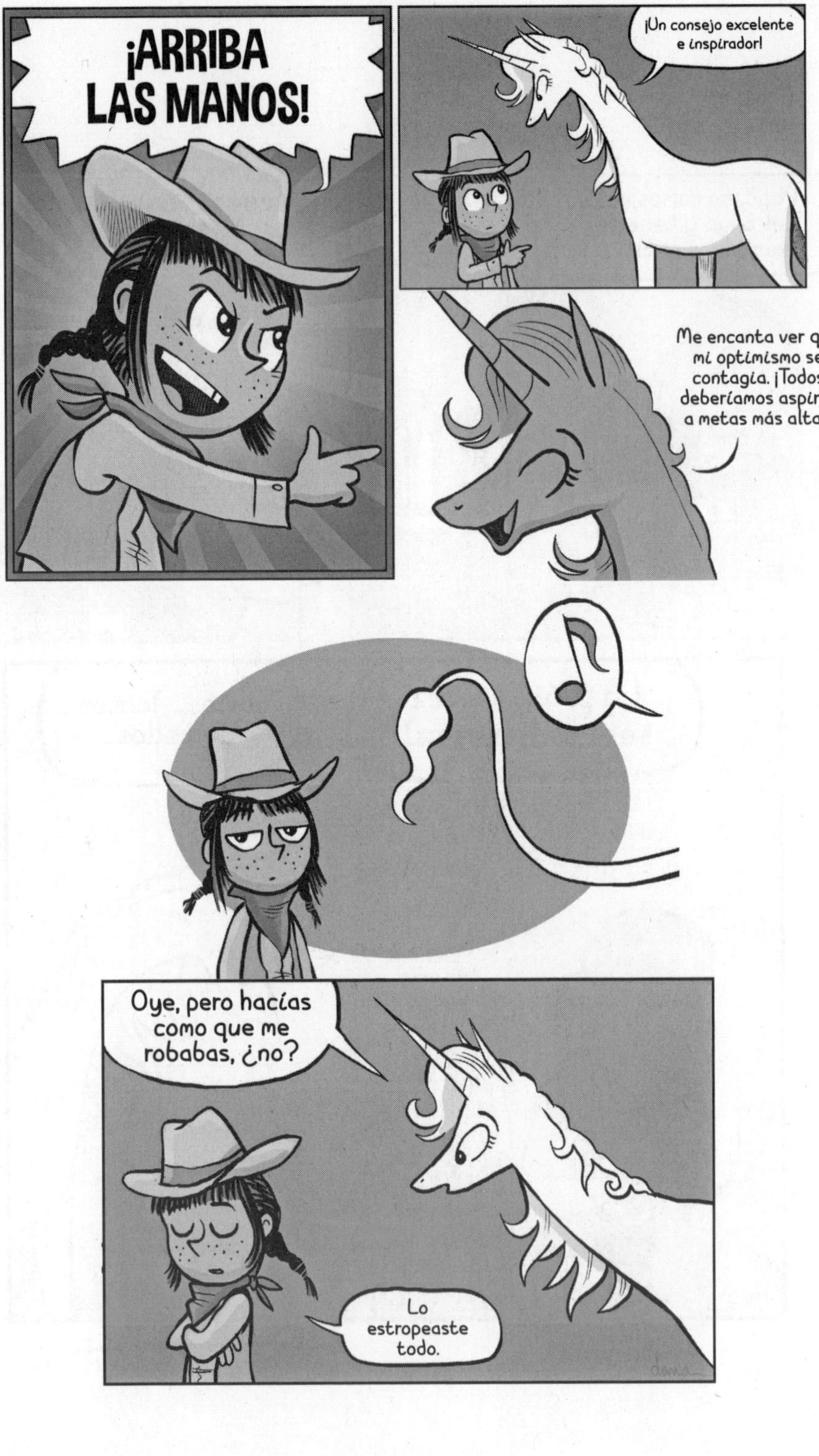
¡ARRIBA LAS MANOS!
¡Un consejo excelente e inspirador!
Me encanta ver que mi optimismo se contagia. ¡Todos deberíamos aspirar a metas más altas!
Oye, pero hacías como que me robabas, ¿no?
Lo estropeaste todo.

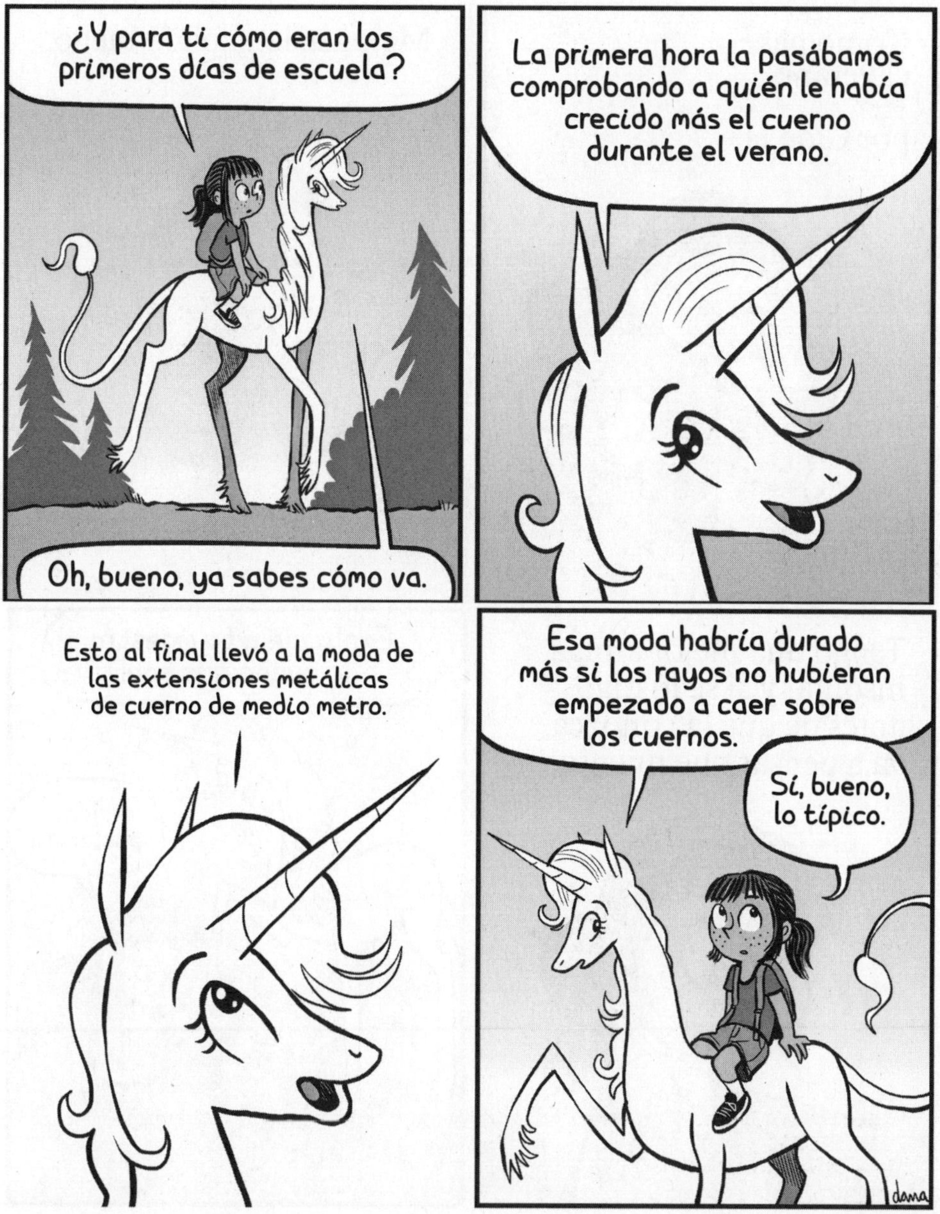
¿Y para ti cómo eran los primeros días de escuela?
Oh, bueno, ya sabes cómo va.
La primera hora la pasábamos comprobando a quién le había crecido más el cuerno durante el verano.
Esto al final llevó a la moda de las extensiones metálicas de cuerno de medio metro.
Esa moda habría durado más si los rayos no hubieran empezado a caer sobre los cuernos.
Sí, bueno, lo típico.
dana

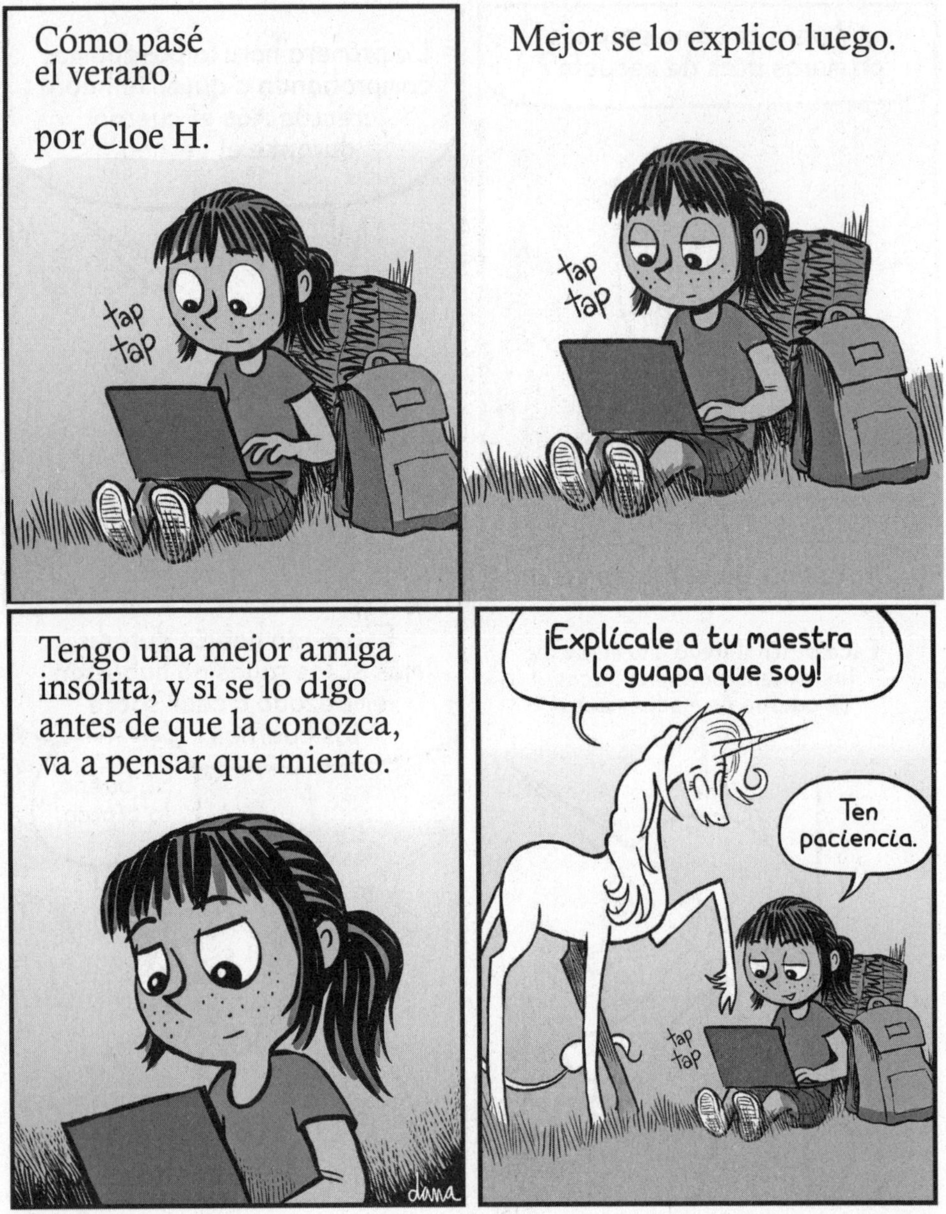
Cómo pasé el verano

por Cloe H.
tap tap
Mejor se lo explico luego.
tap tap
Tengo una mejor amiga insólita, y si se lo digo antes de que la conozca, va a pensar que miento.
¡Explícale a tu maestra lo guapa que soy!
Ten paciencia.
tap tap
dana

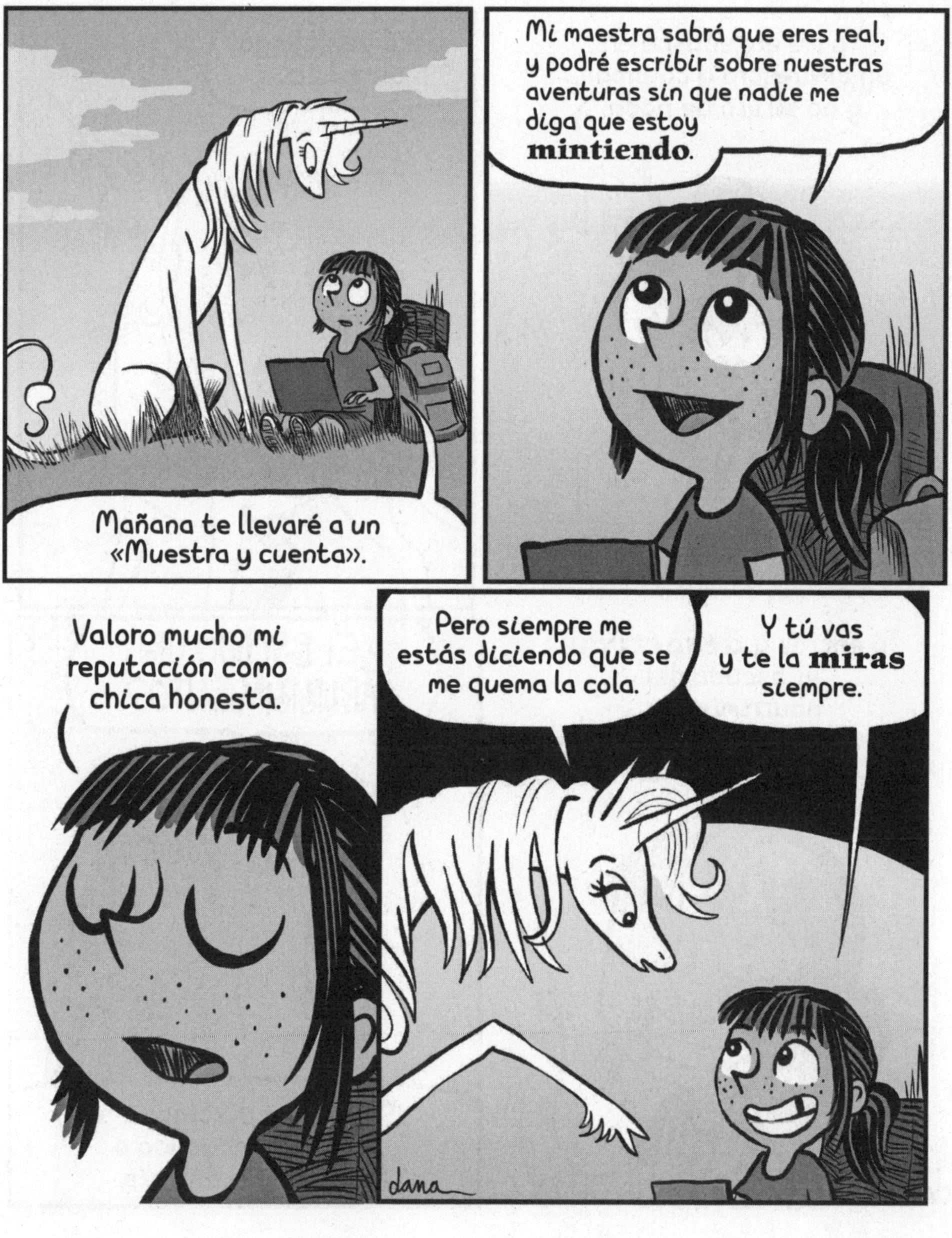
Mañana te llevaré a un «Muestra y cuenta».
Mi maestra sabrá que eres real, y podré escribir sobre nuestras aventuras sin que nadie me diga que estoy **mintiendo**.
Valoro mucho mi reputación como chica honesta.
Pero siempre me estás diciendo que se me quema la cola.
Y tú vas y te la **miras** siempre.
dana

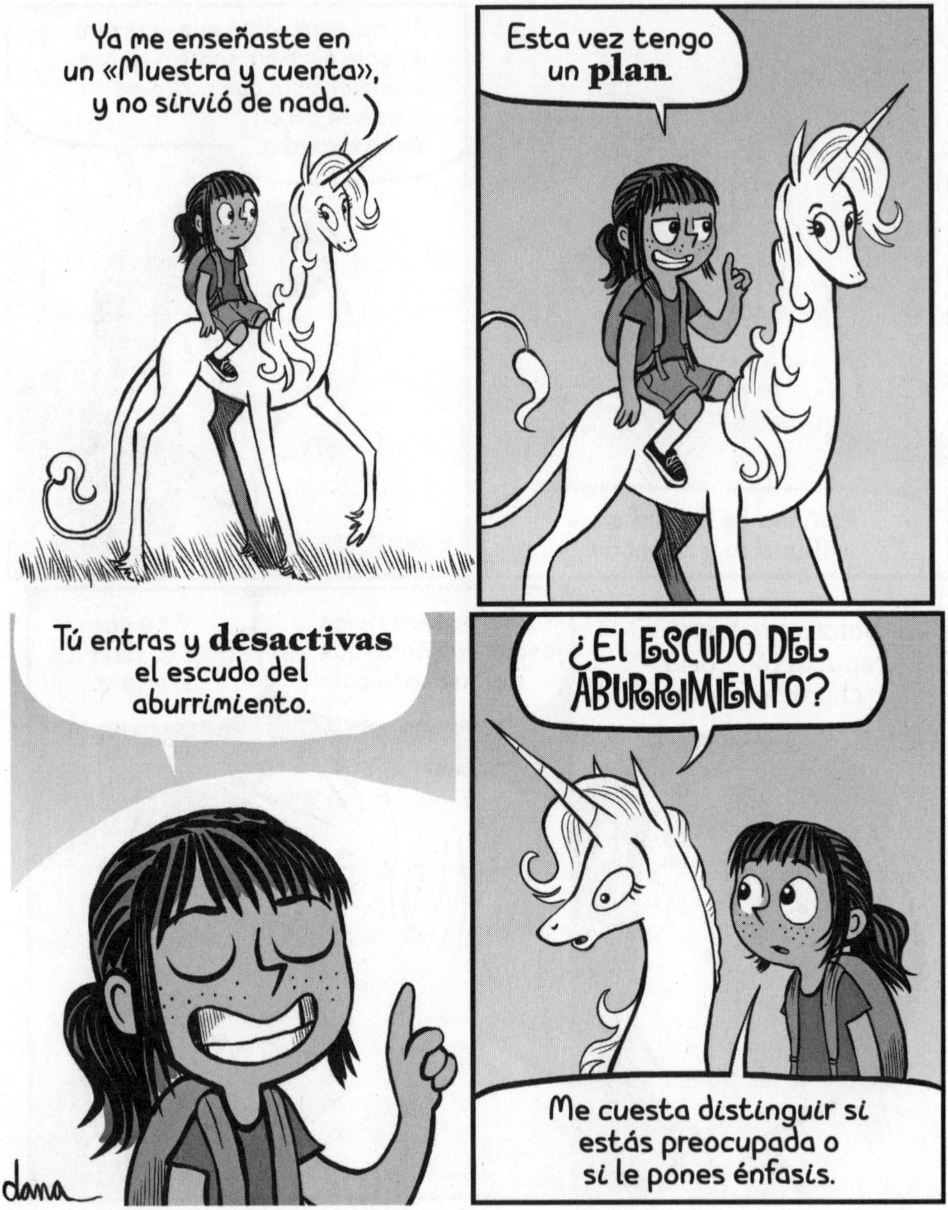
Ya me enseñaste en un «Muestra y cuenta», y no sirvió de nada.
Esta vez tengo un plan.
Tú entras y desactivas el escudo del aburrimiento.
dana
¿EL ESCUDO DEL ABURRIMIENTO?
Me cuesta distinguir si estás preocupada o si le pones énfasis.

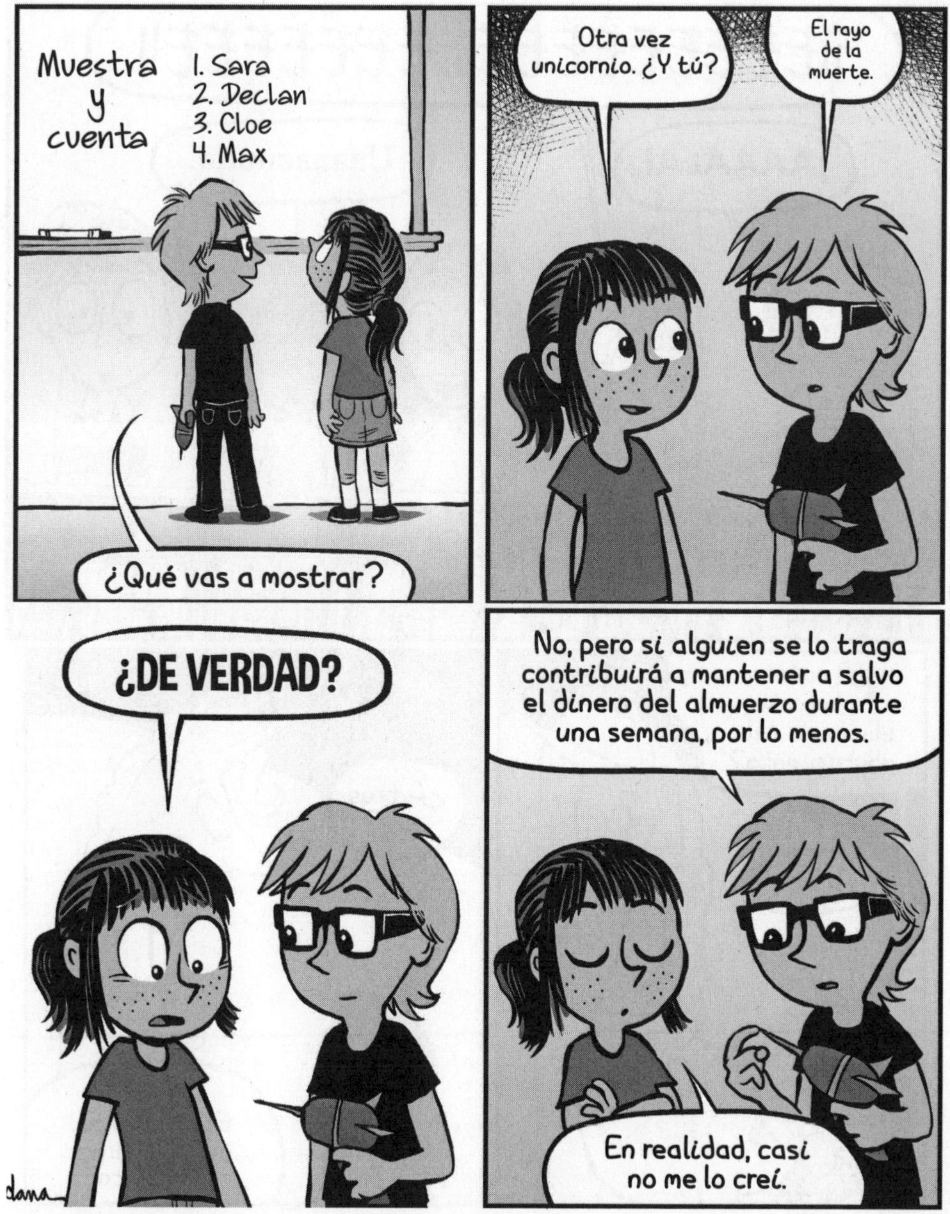

Muestra y cuenta
1. Sara
2. Declan
3. Cloe
4. Max
¿Qué vas a mostrar?
Otra vez unicornio. ¿Y tú?
El rayo de la muerte.
¿DE VERDAD?
No, pero si alguien se lo traga contribuirá a mantener a salvo el dinero del almuerzo durante una semana, por lo menos.
En realidad, casi no me lo creí.
dana

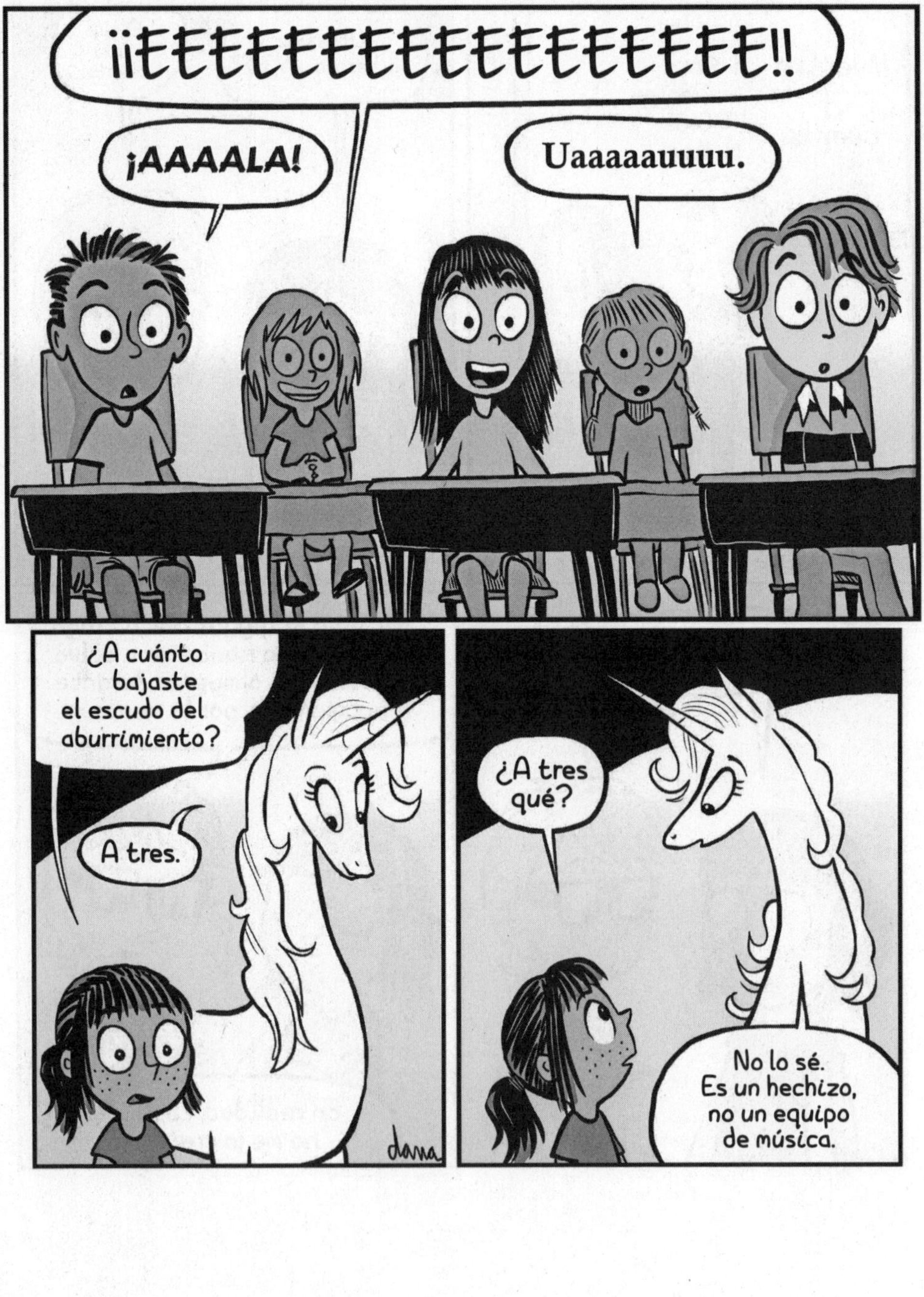
¡¡EEEEEEEEEEEEEEEEEEEEE!!
¡AAAALA!
Uaaaaauuuu.
¿A cuánto bajaste el escudo del aburrimiento?
A tres.
¿A tres qué?
No lo sé. Es un hechizo, no un equipo de música.

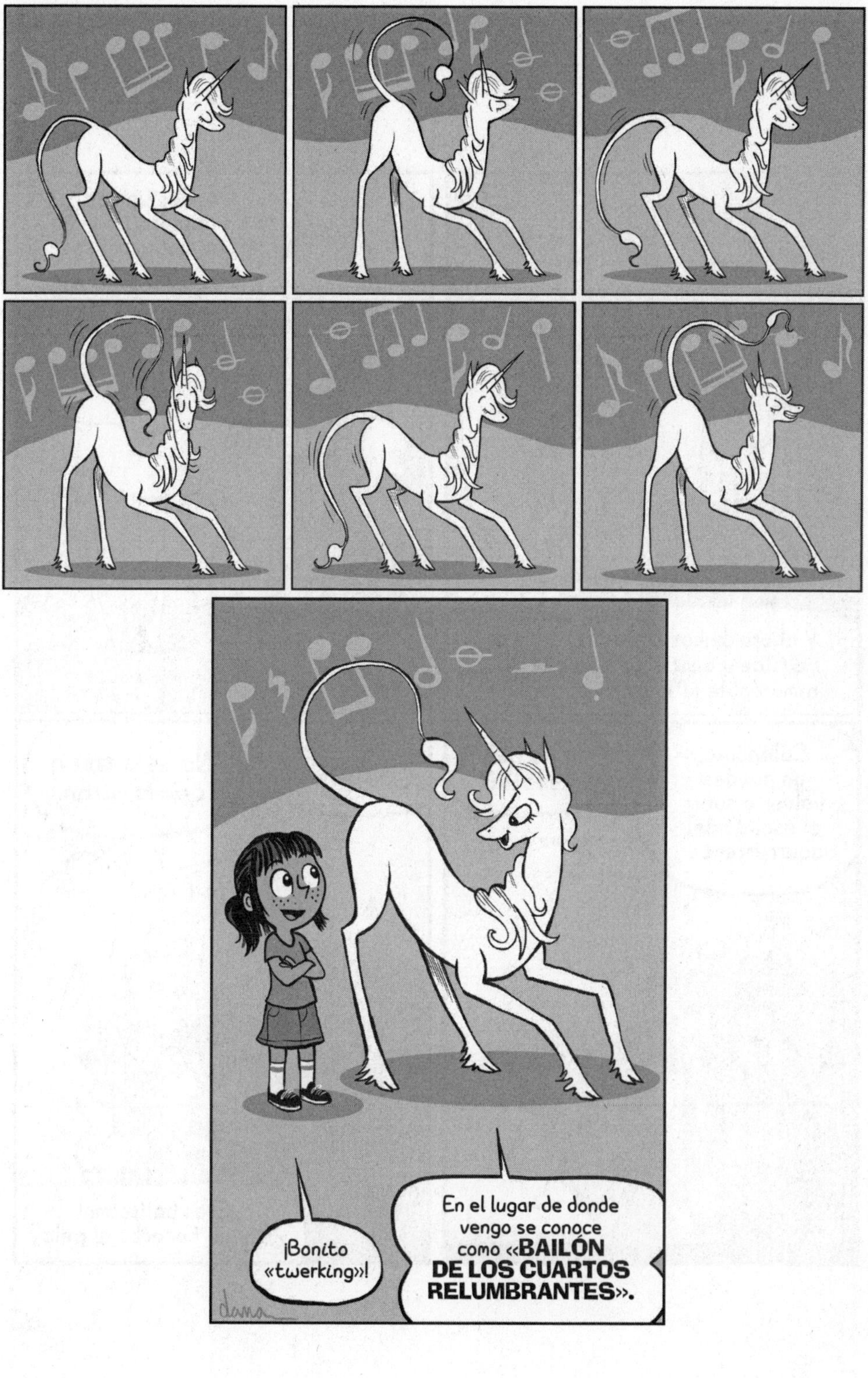
¡Bonito «twerking»!
En el lugar de donde vengo se conoce como «BAILÓN DE LOS CUARTOS RELUMBRANTES».
dana

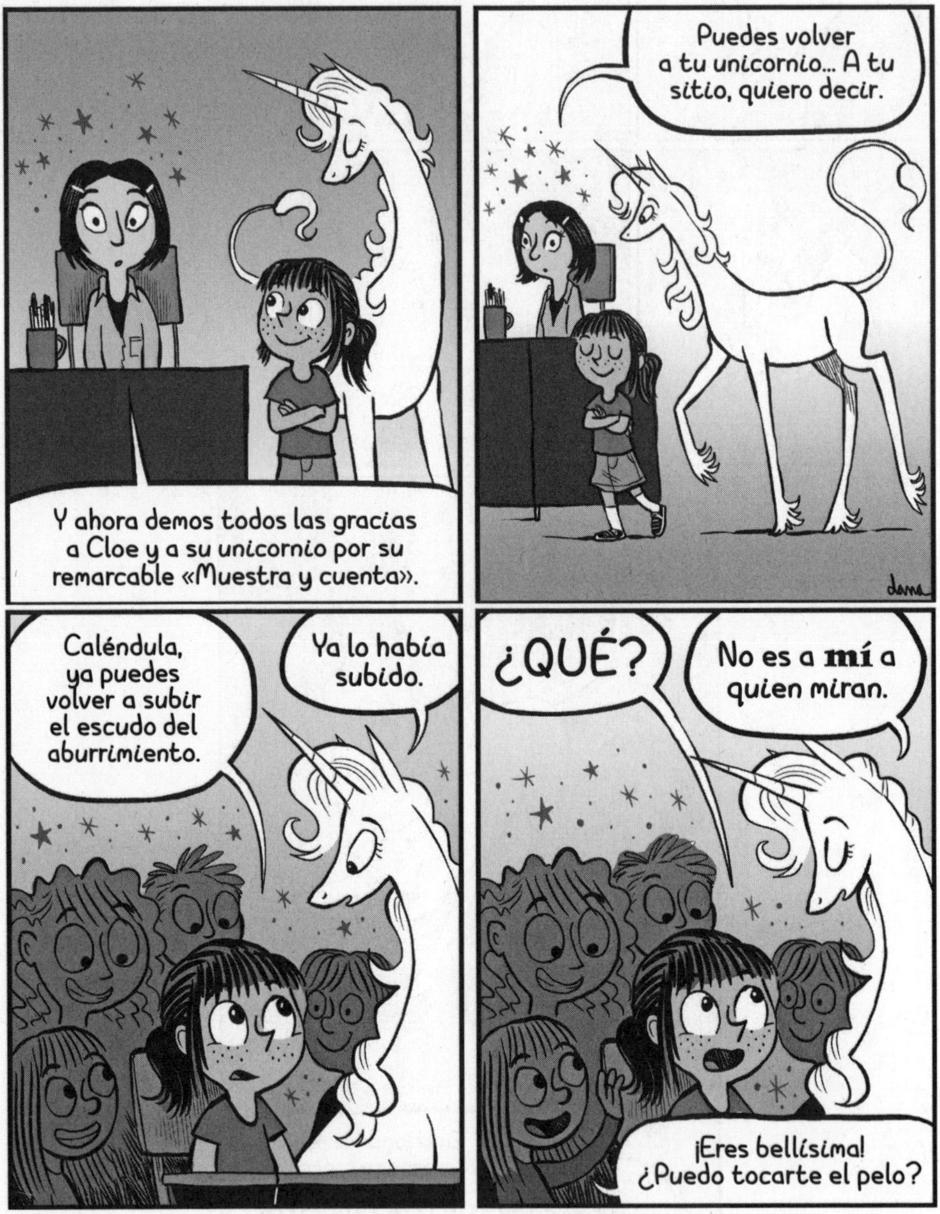
Y ahora demos todos las gracias a Cloe y a su unicornio por su remarcable «Muestra y cuenta».
Puedes volver a tu unicornio... A tu sitio, quiero decir.
dana
Caléndula, ya puedes volver a subir el escudo del aburrimiento.
Ya lo había subido.
¿QUÉ?
No es a **mí** a quien miran.
¡Eres bellísima! ¿Puedo tocarte el pelo?

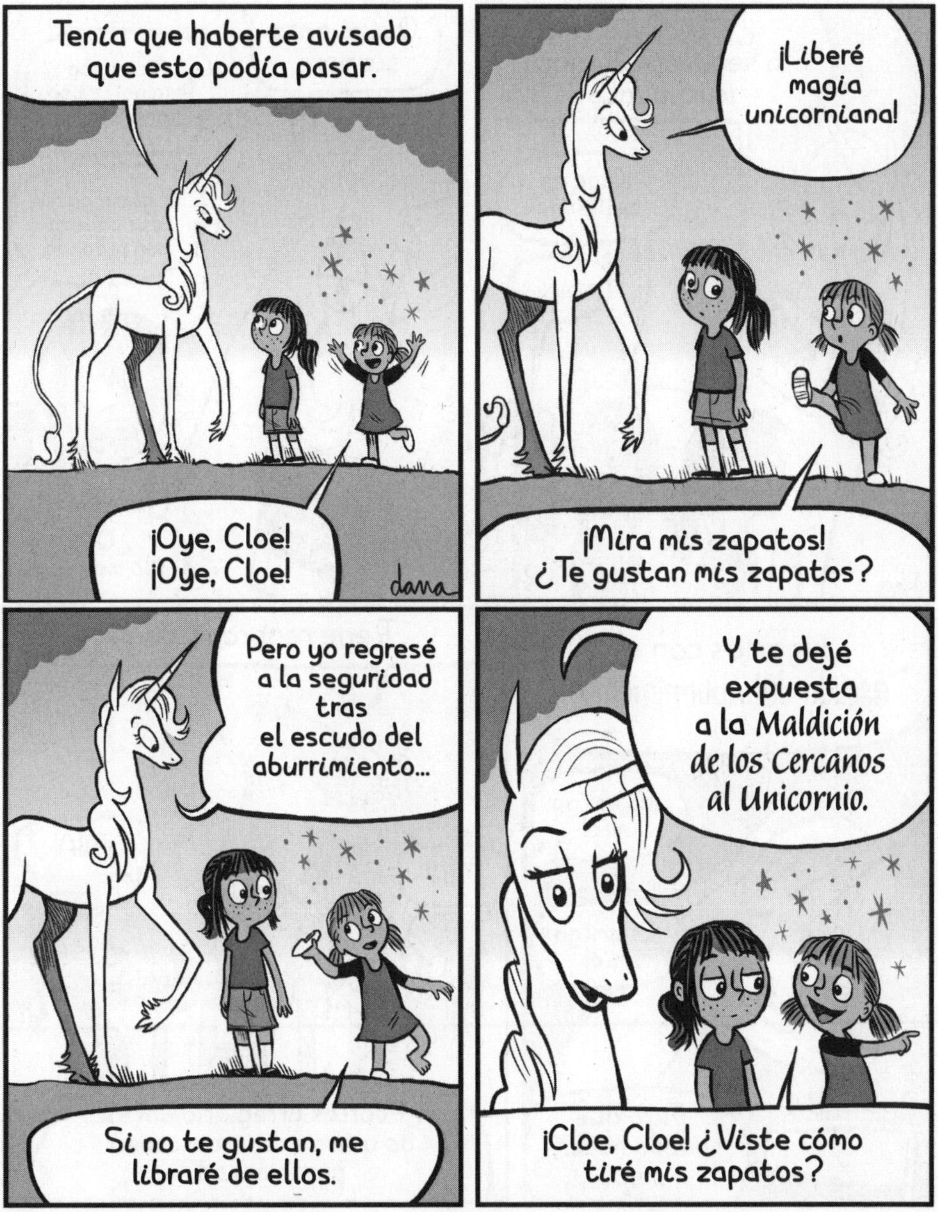
Tenía que haberte avisado que esto podía pasar.
¡Oye, Cloe! ¡Oye, Cloe!
dana
¡Liberé magia unicorniana!
¡Mira mis zapatos! ¿Te gustan mis zapatos?
Pero yo regresé a la seguridad tras el escudo del aburrimiento...
Si no te gustan, me libraré de ellos.
Y te dejé expuesta a la Maldición de los Cercanos al Unicornio.
¡Cloe, Cloe! ¿Viste cómo tiré mis zapatos?

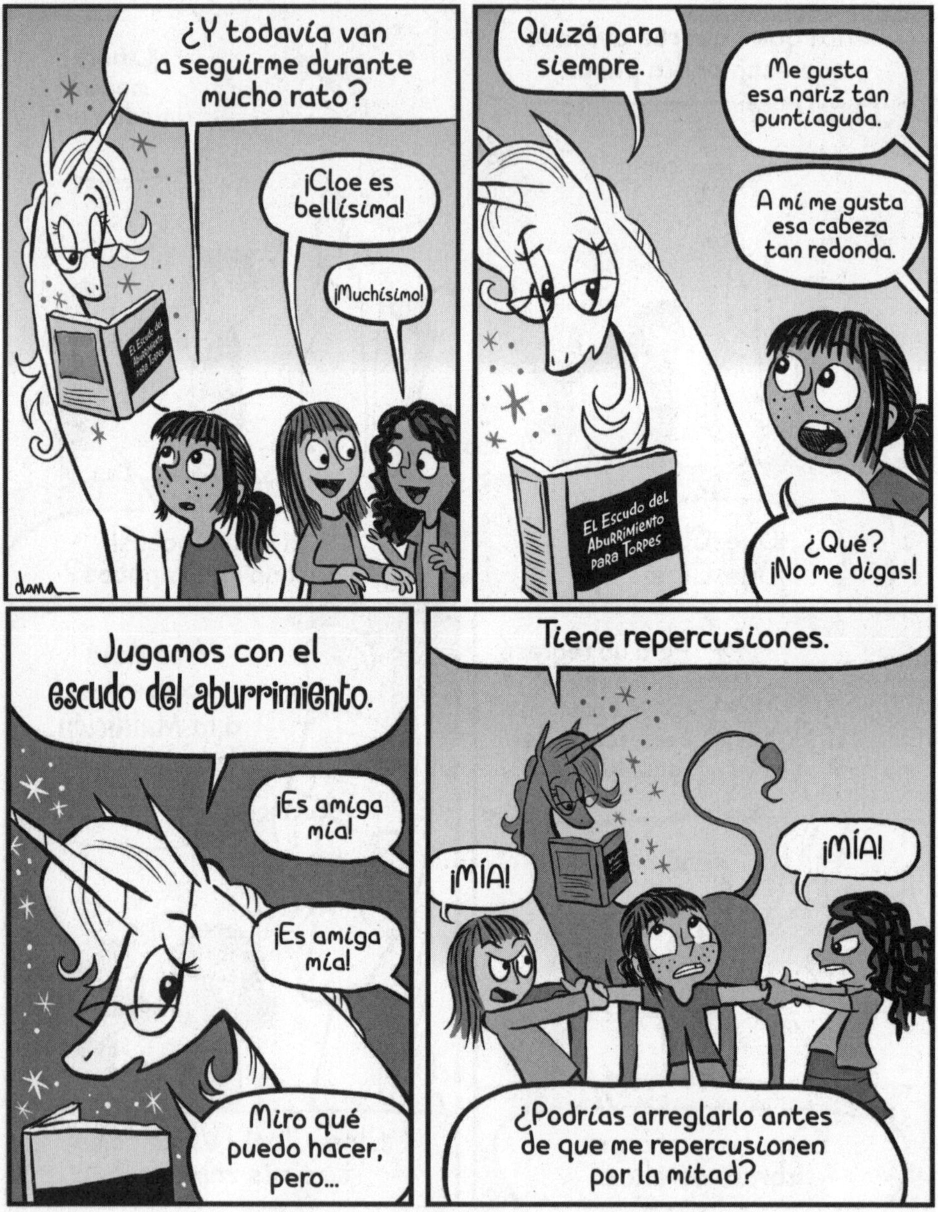
¿Y todavía van a seguirme durante mucho rato?
¡Cloe es bellísima!
¡Muchísimo!
El Escudo del Aburrimiento para Torpes
dana
Quizá para siempre.
Me gusta esa nariz tan puntiaguda.
A mí me gusta esa cabeza tan redonda.
El Escudo del Aburrimiento para Torpes
¿Qué? ¡No me digas!
Jugamos con el escudo del aburrimiento.
¡Es amiga mía!
¡Es amiga mía!
Miro qué puedo hacer, pero...
Tiene repercusiones.
¡MÍA!
¡MÍA!
¿Podrías arreglarlo antes de que me repercusionen por la mitad?

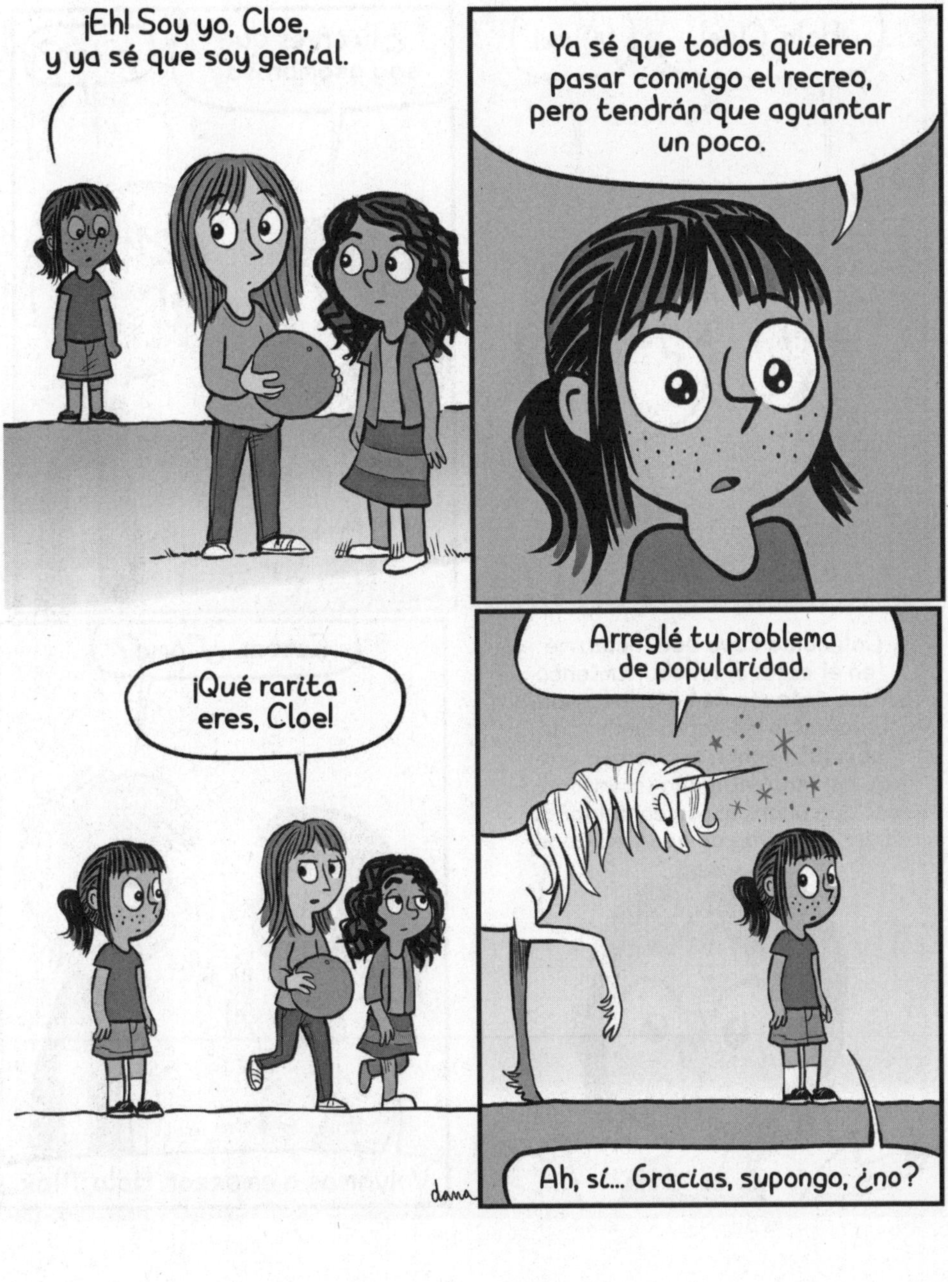
¡Eh! Soy yo, Cloe,
y ya sé que soy genial.
Ya sé que todos quieren pasar conmigo el recreo, pero tendrán que aguantar un poco.
¡Qué rarita eres, Cloe!
Arreglé tu problema de popularidad.
Ah, sí... Gracias, supongo, ¿no?
dana

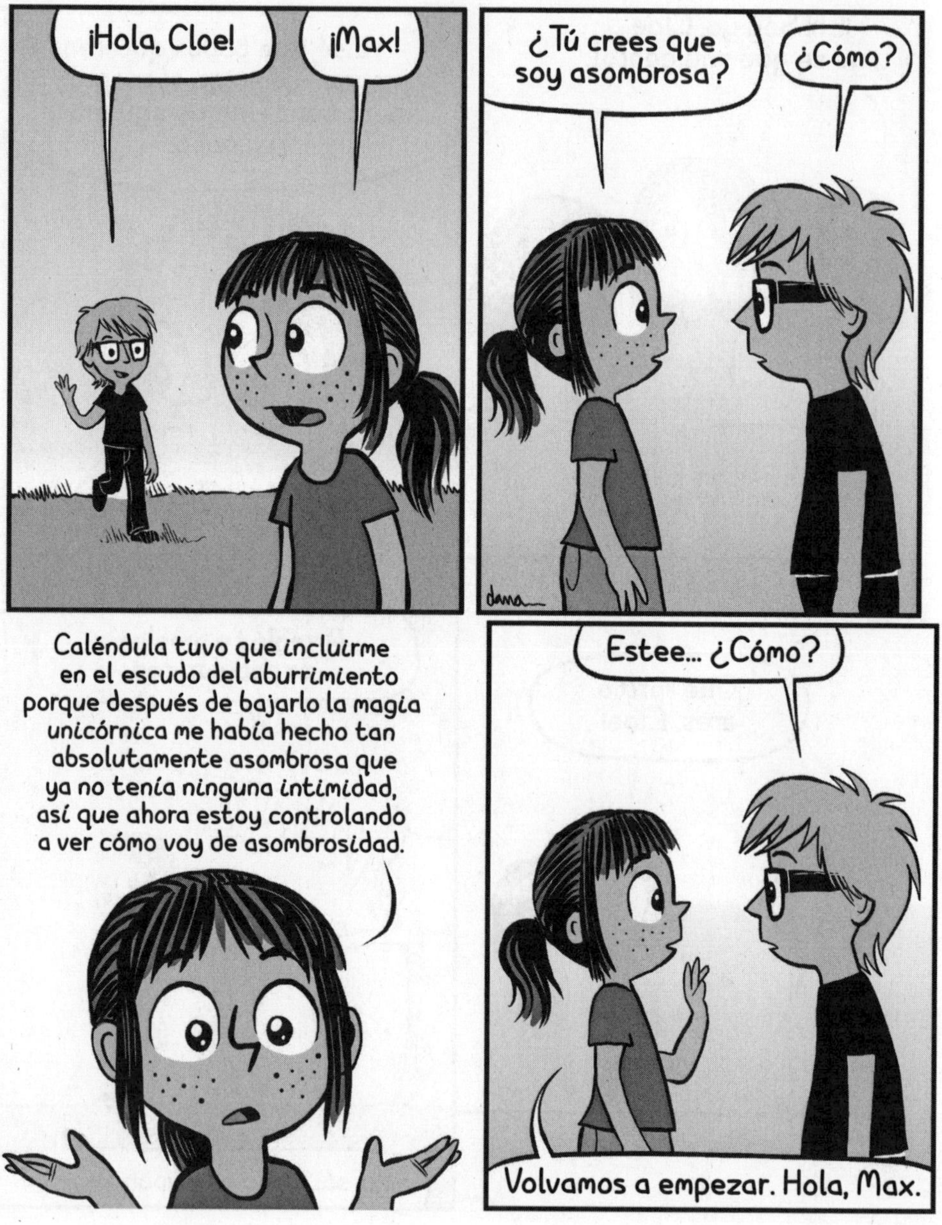
¡Hola, Cloe!
¡Max!
¿Tú crees que soy asombrosa?
¿Cómo?
Caléndula tuvo que incluirme en el escudo del aburrimiento porque después de bajarlo la magia unicórnica me había hecho tan absolutamente asombrosa que ya no tenía ninguna intimidad, así que ahora estoy controlando a ver cómo voy de asombrosidad.
Estee... ¿Cómo?
Volvamos a empezar. Hola, Max.

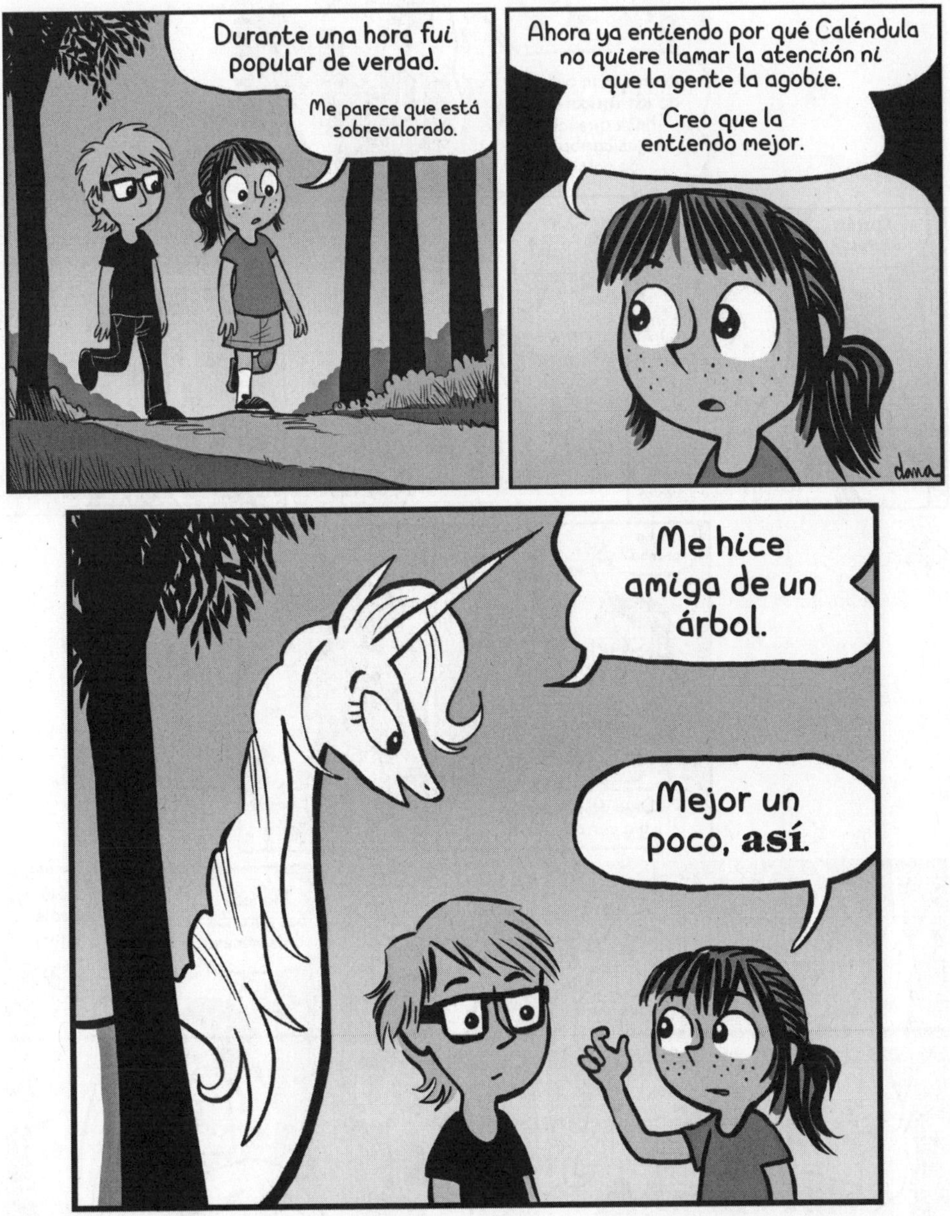
Durante una hora fui popular de verdad.
Me parece que está sobrevalorado.
Ahora ya entiendo por qué Caléndula no quiere llamar la atención ni que la gente la agobie.
Creo que la entiendo mejor.
Me hice amiga de un árbol.
Mejor un poco, **así**.

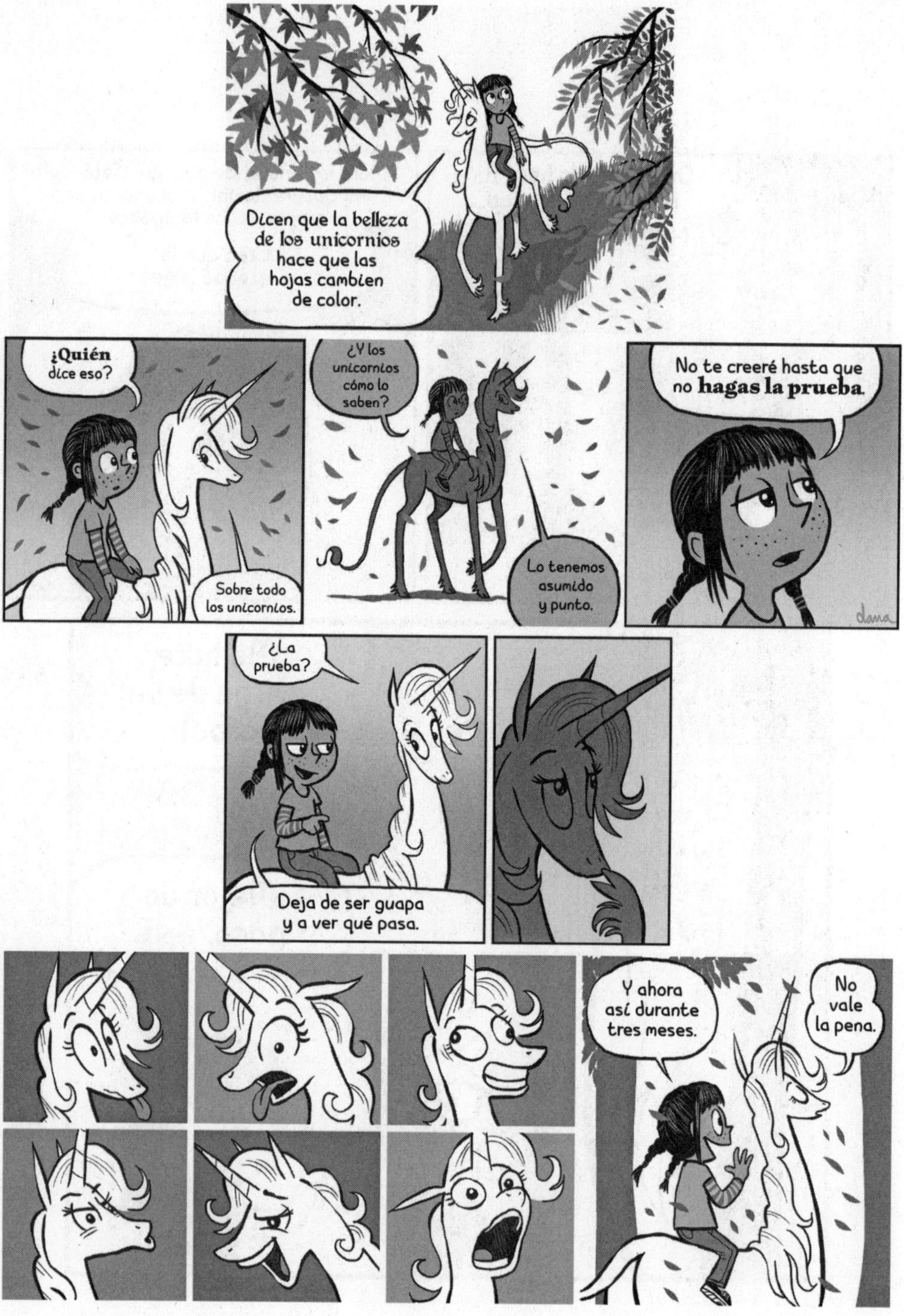
Dicen que la belleza de los unicornios hace que las hojas cambien de color.
¿Quién dice eso?
Sobre todo los unicornios.
¿Y los unicornios cómo lo saben?
Lo tenemos asumido y punto.
No te creeré hasta que no hagas la prueba.
dana
¿La prueba?
Deja de ser guapa y a ver qué pasa.
Y ahora así durante tres meses.
No vale la pena.

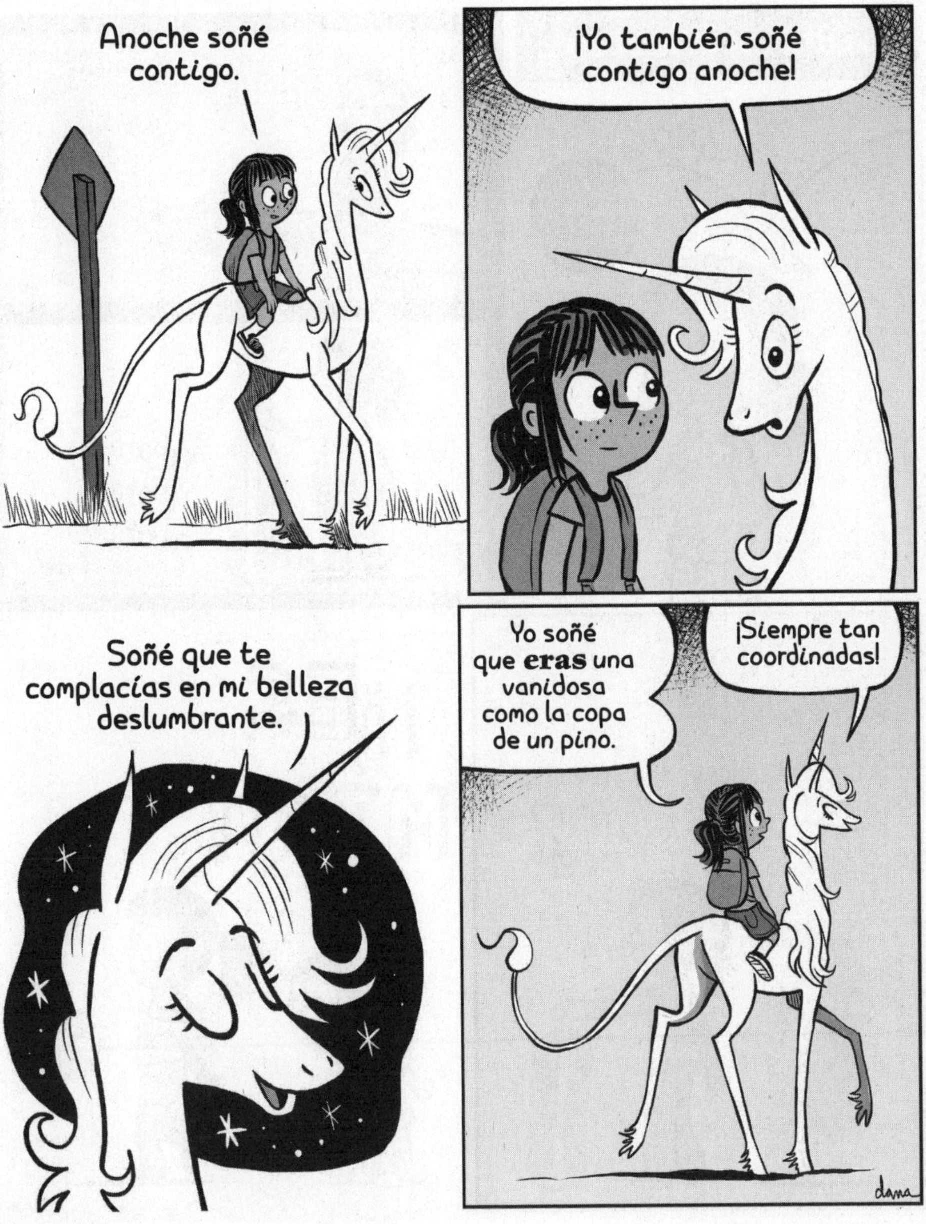
Anoche soñé contigo.
¡Yo también soñé contigo anoche!
Soñé que te complacías en mi belleza deslumbrante.
Yo soñé que **eras** una vanidosa como la copa de un pino.
¡Siempre tan coordinadas!
dana

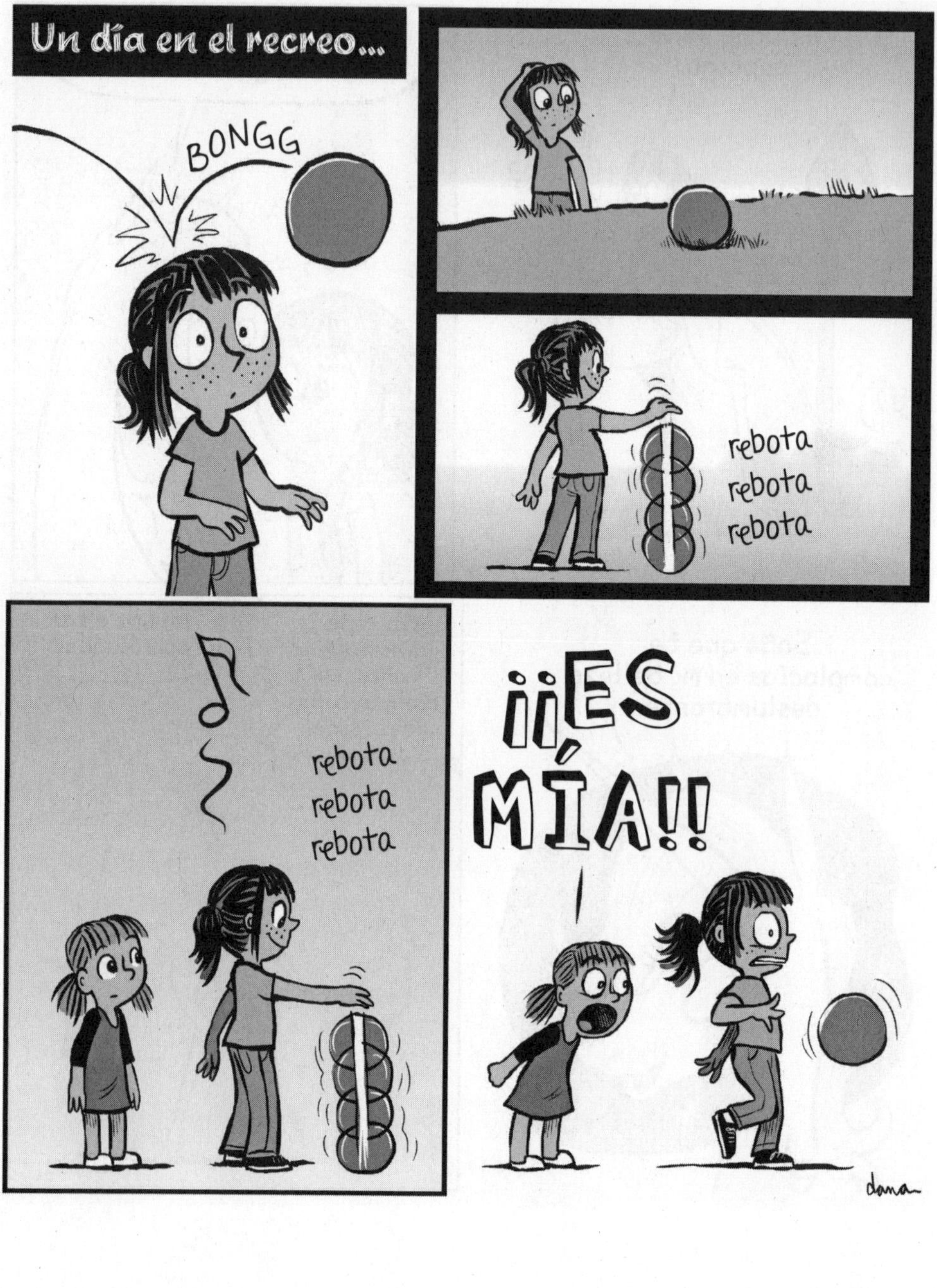
Un día en el recreo...
BONGG
rebota
rebota
rebota
rebota
rebota
rebota
¡¡ES MÍA!!
dana

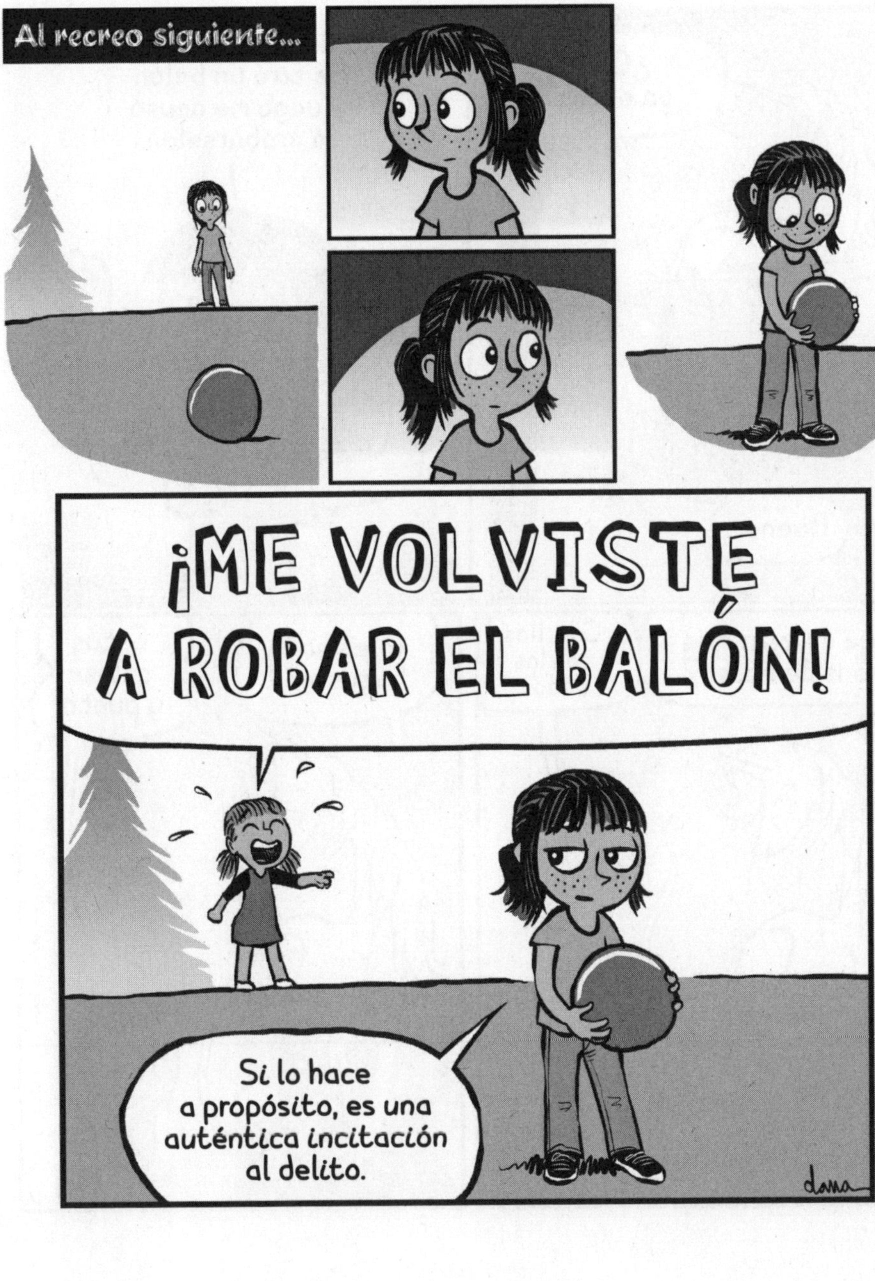
Al recreo siguiente...
¡ME VOLVISTE A ROBAR EL BALÓN!
Si lo hace a propósito, es una auténtica incitación al delito.
dana

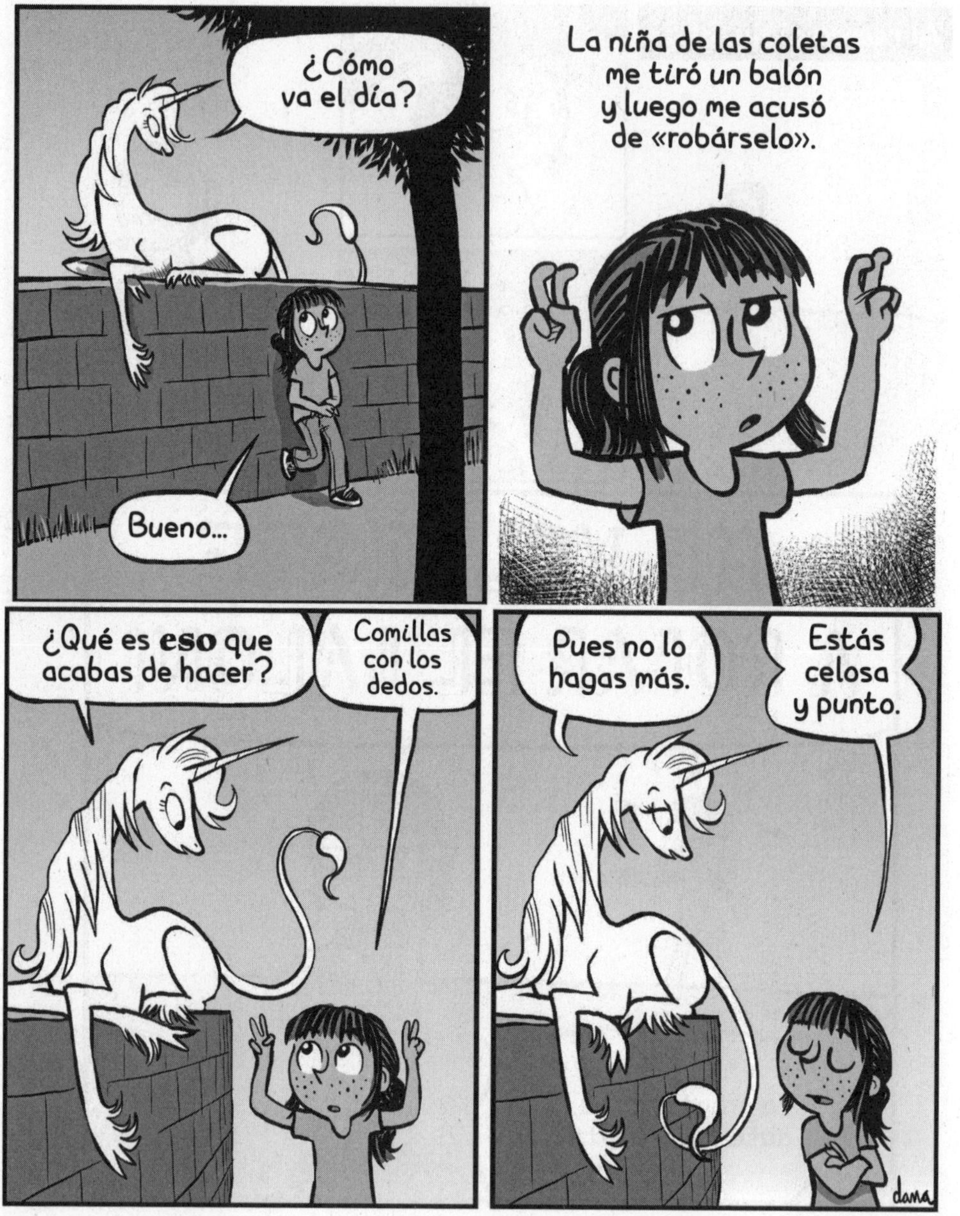
¿Cómo va el día?
Bueno…
La niña de las coletas me tiró un balón y luego me acusó de «robárselo».
¿Qué es **eso** que acabas de hacer?
Comillas con los dedos.
Pues no lo hagas más.
Estás celosa y punto.
dana

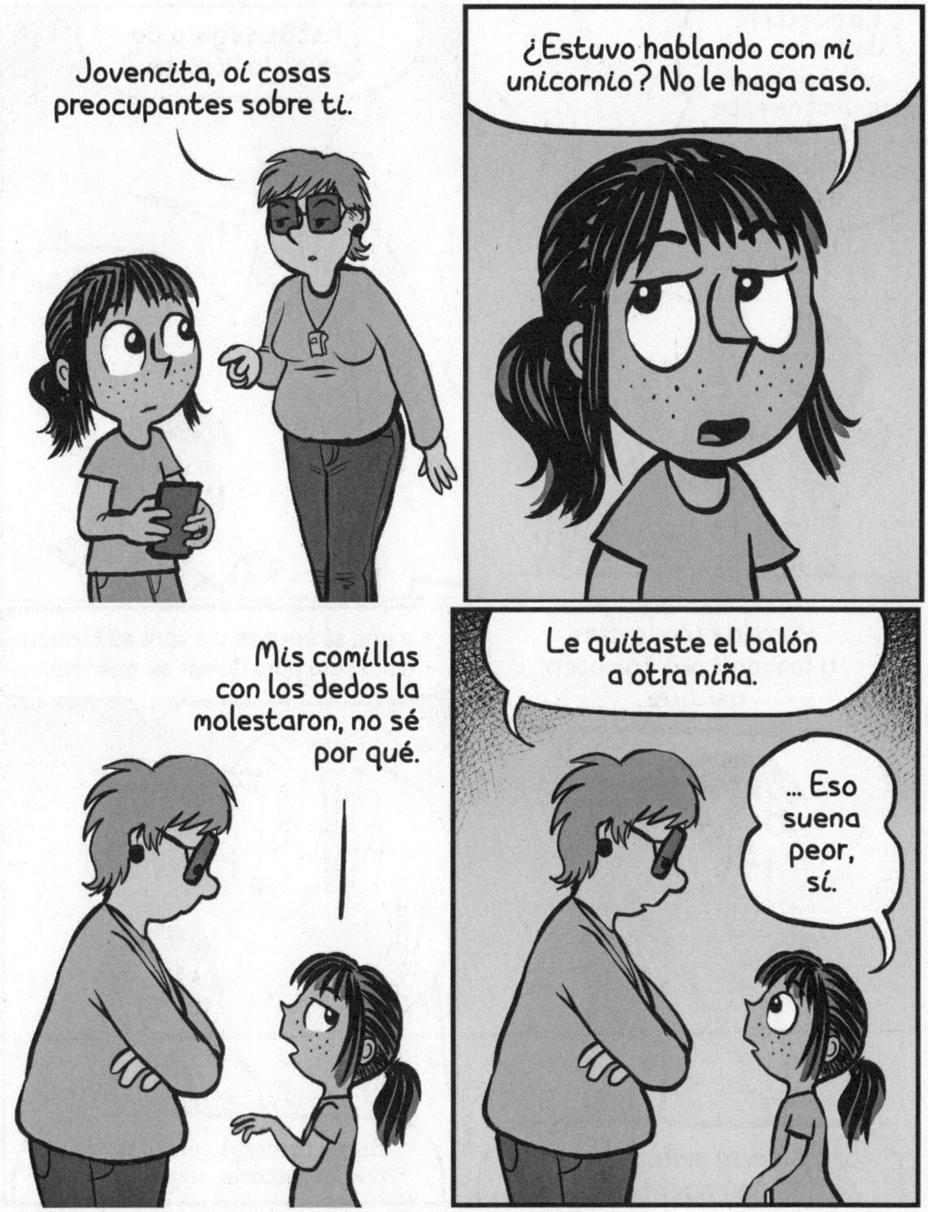

Jovencita, oí cosas preocupantes sobre ti.
¿Estuvo hablando con mi unicornio? No le haga caso.
Mis comillas con los dedos la molestaron, no sé por qué.
Le quitaste el balón a otra niña.
... Eso suena peor, sí.

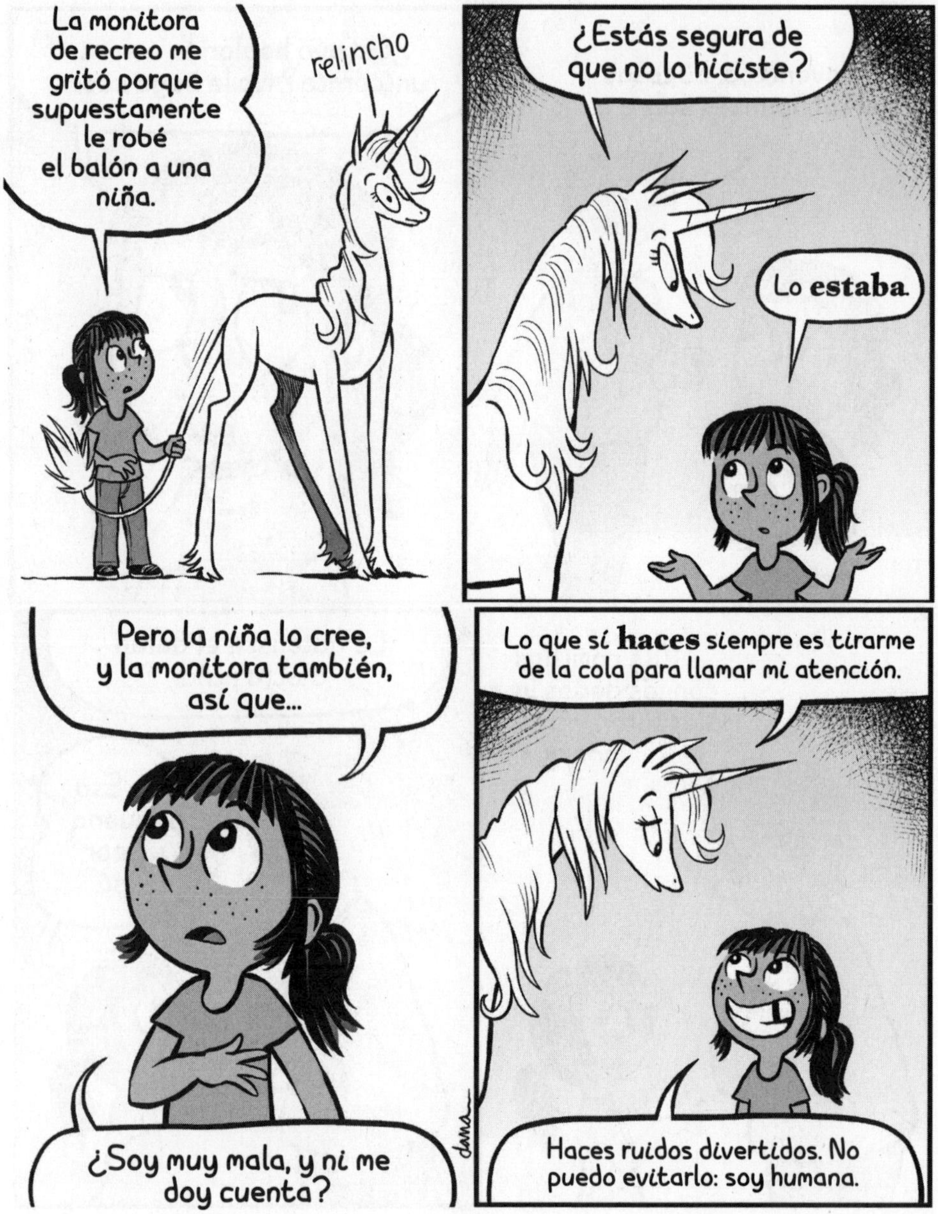
La monitora de recreo me gritó porque supuestamente le robé el balón a una niña.
relincho
¿Estás segura de que no lo hiciste?
Lo **estaba**.
Pero la niña lo cree, y la monitora también, así que...
¿Soy muy mala, y ni me doy cuenta?
Lo que sí **haces** siempre es tirarme de la cola para llamar mi atención.
Haces ruidos divertidos. No puedo evitarlo: soy humana.
dana

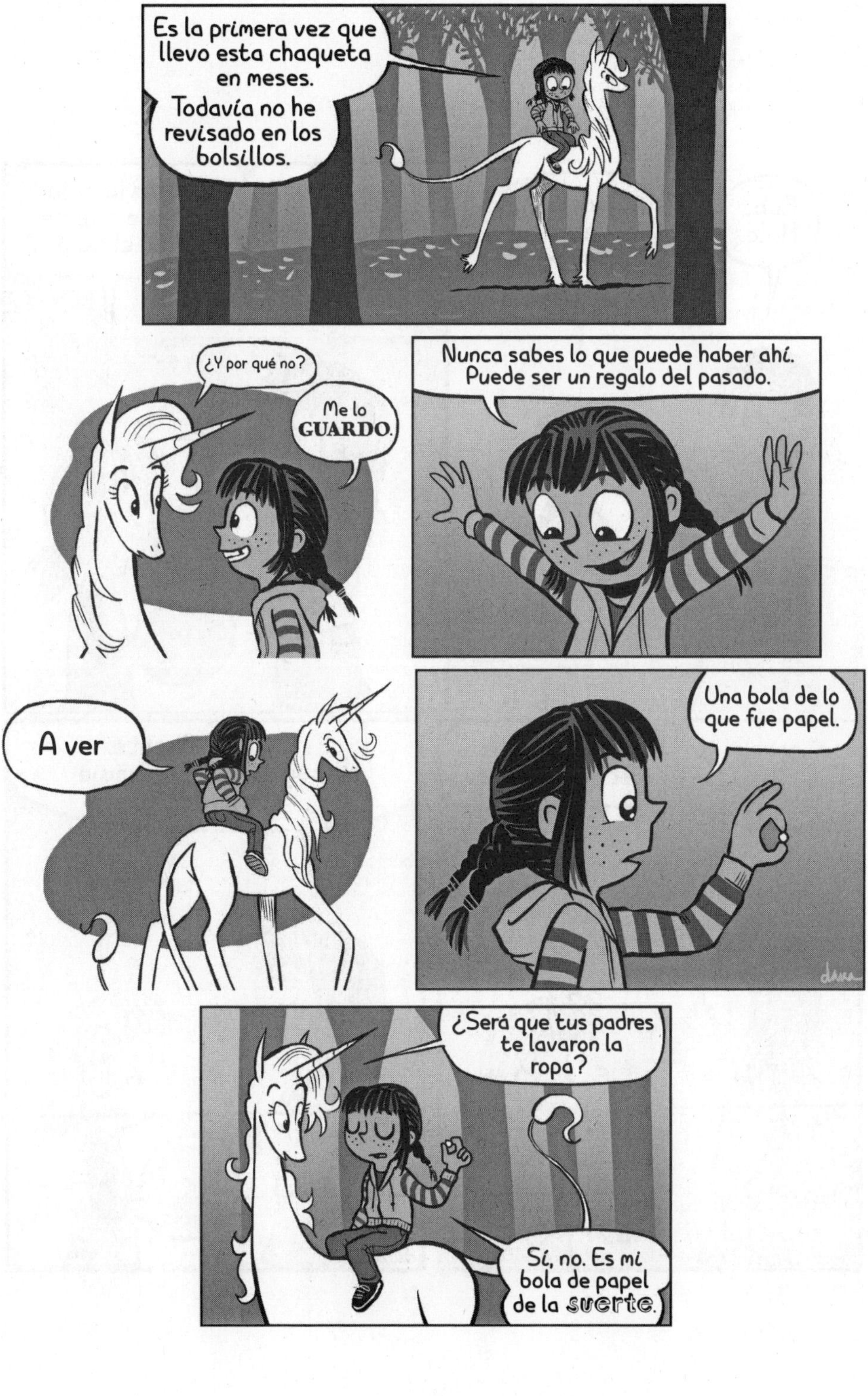
Es la primera vez que llevo esta chaqueta en meses.
Todavía no he revisado en los bolsillos.
¿Y por qué no?
Me lo GUARDO.
Nunca sabes lo que puede haber ahí. Puede ser un regalo del pasado.
A ver
Una bola de lo que fue papel.
¿Será que tus padres te lavaron la ropa?
Sí, no. Es mi bola de papel de la suerte.

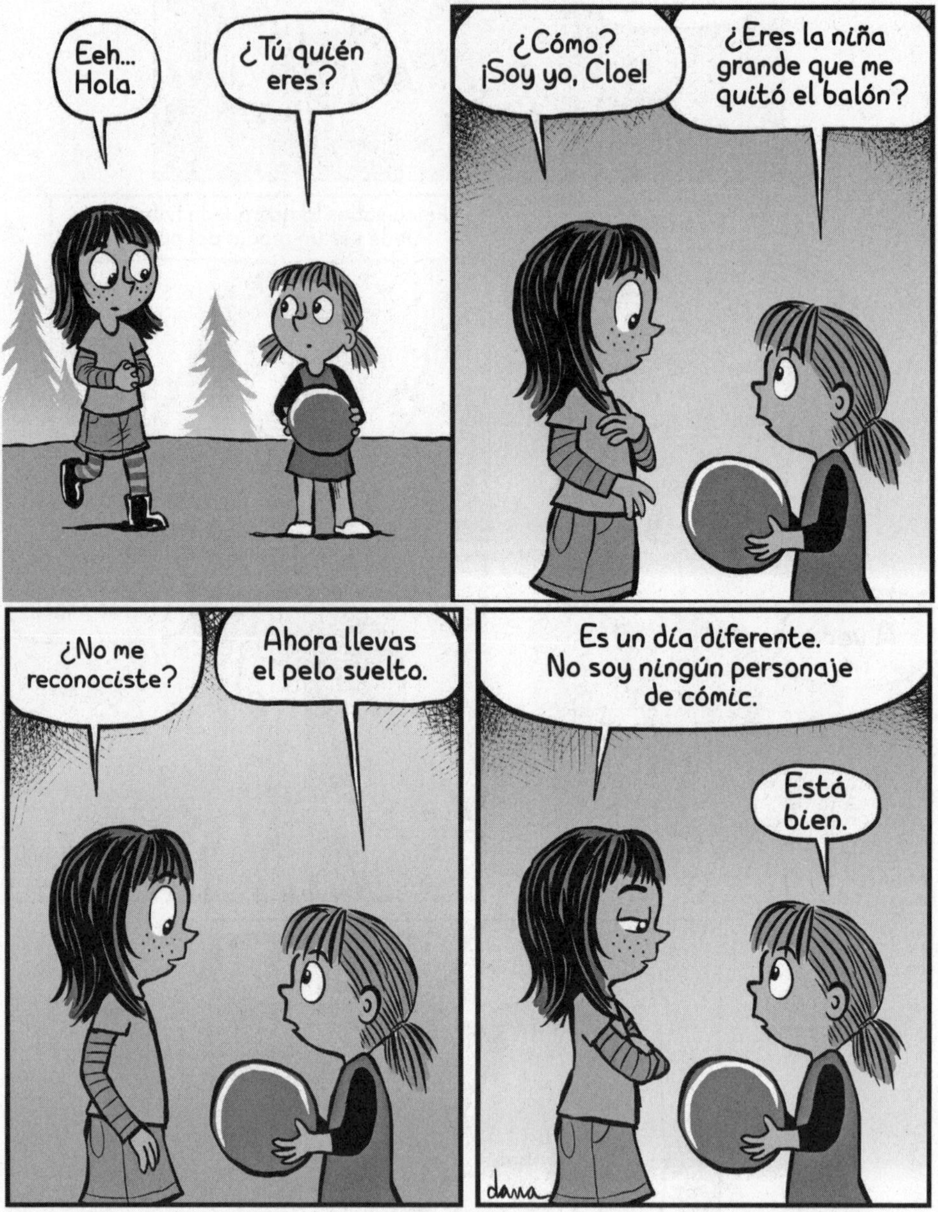
Eeh...
Hola.
¿Tú quién eres?
¿Cómo? ¡Soy yo, Cloe!
¿Eres la niña grande que me quitó el balón?
¿No me reconociste?
Ahora llevas el pelo suelto.
Es un día diferente. No soy ningún personaje de cómic.
Está bien.
dana

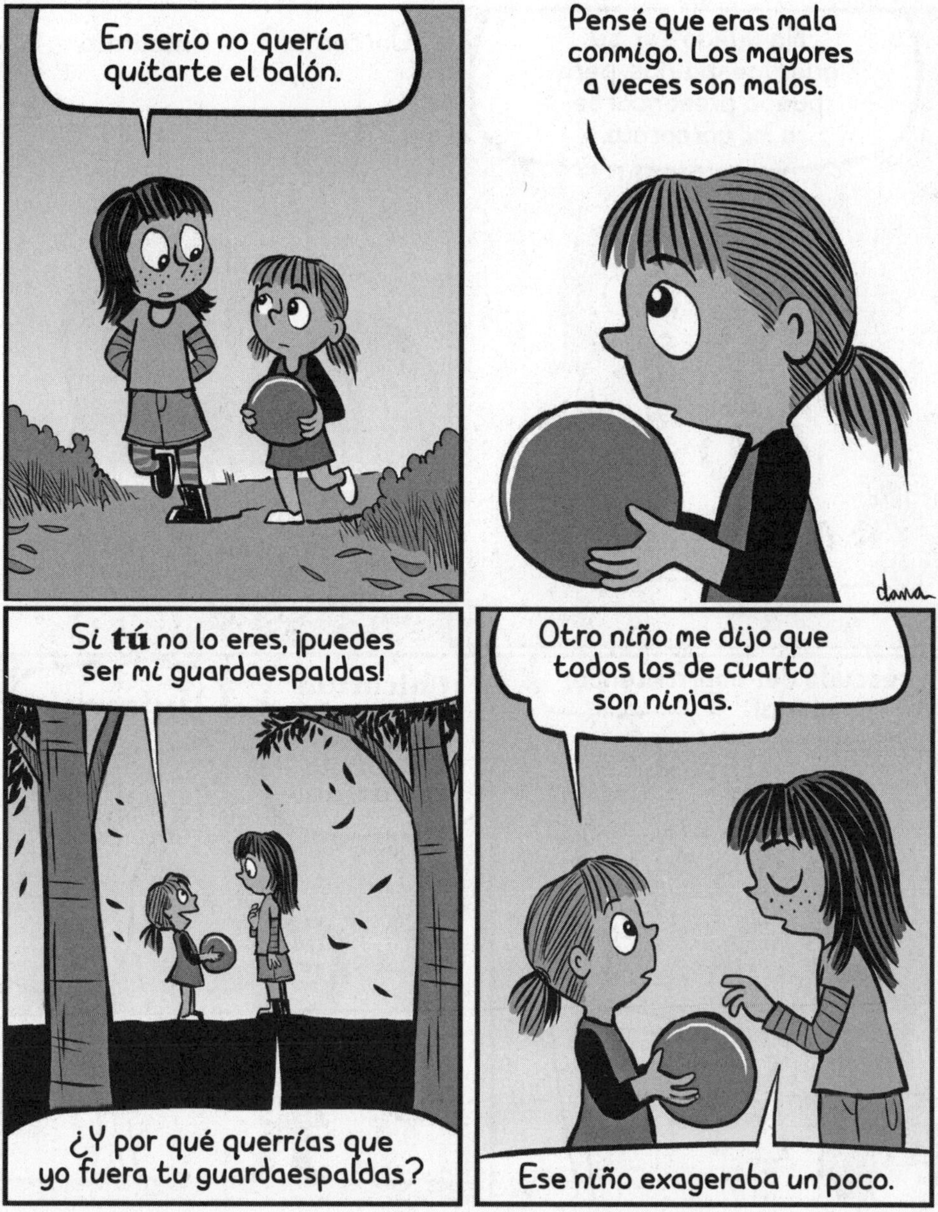
En serio no quería quitarte el balón.
Pensé que eras mala conmigo. Los mayores a veces son malos.
dana
Si **tú** no lo eres, ¡puedes ser *mi* guardaespaldas!
¿Y por qué querrías que yo fuera tu guardaespaldas?
Otro niño me dijo que todos los de cuarto son ninjas.
Ese niño exageraba un poco.

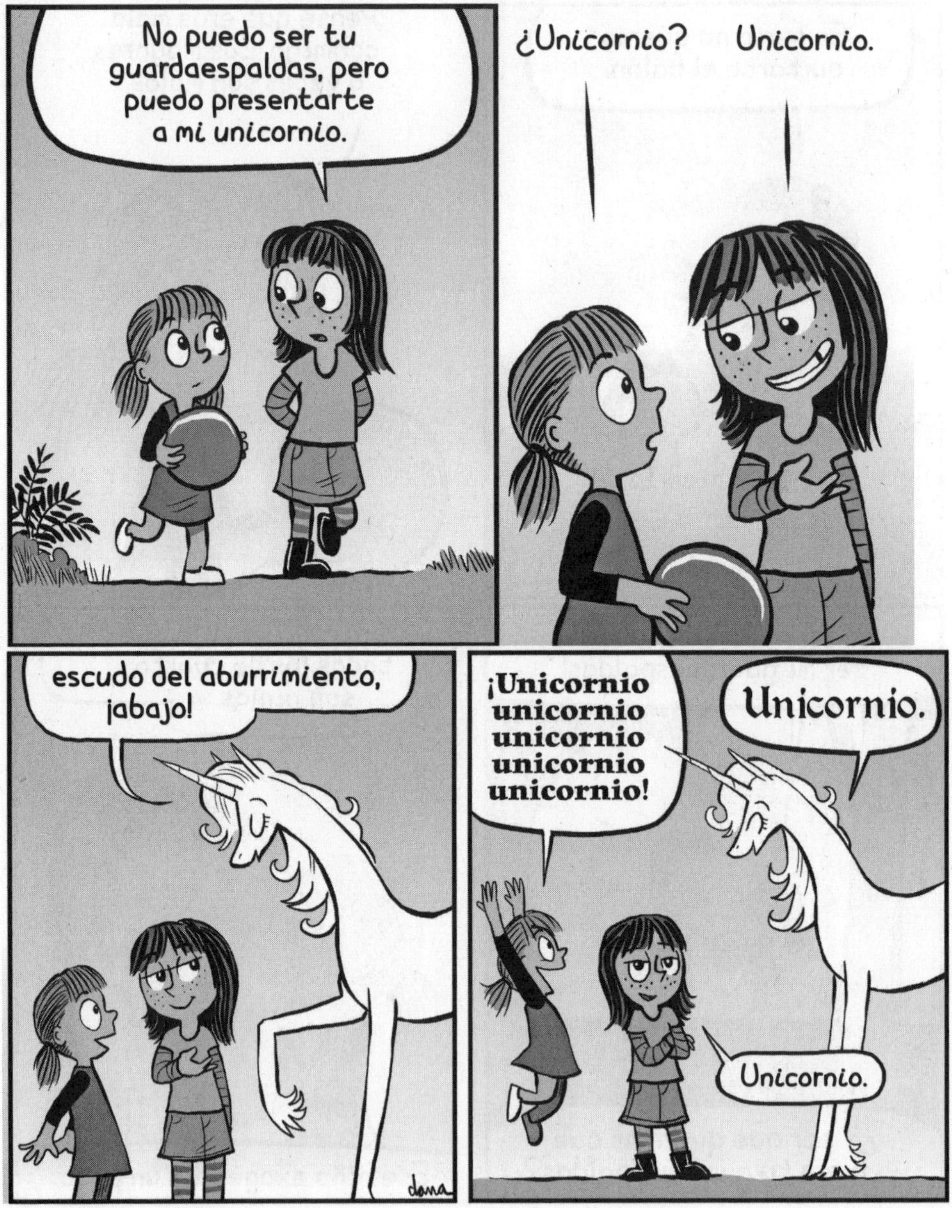
No puedo ser tu guardaespaldas, pero puedo presentarte a mi unicornio.
¿Unicornio?
Unicornio.
escudo del aburrimiento, ¡abajo!
¡Unicornio unicornio unicornio unicornio unicornio!
Unicornio.
Unicornio.
dana

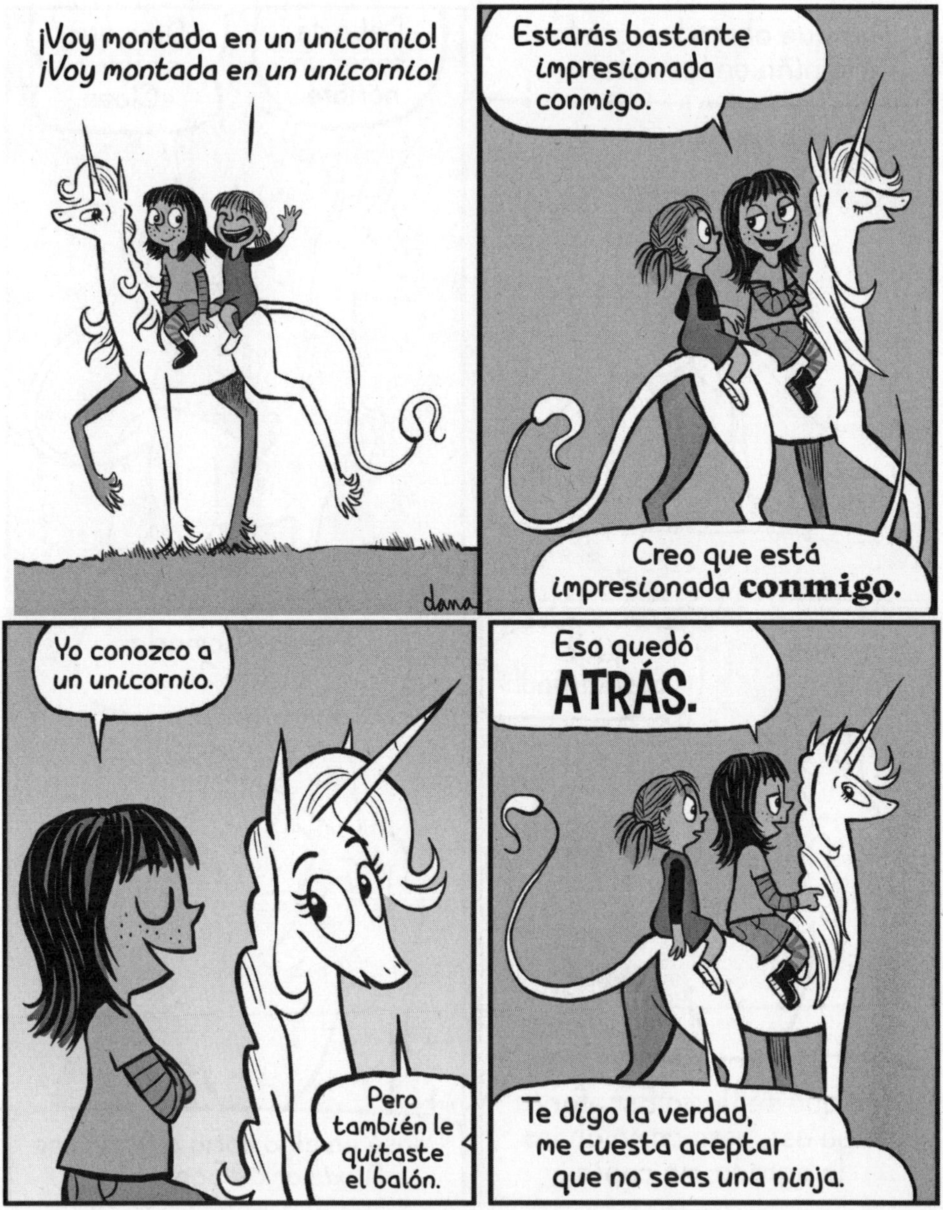
¡Voy montada en un unicornio! ¡Voy montada en un unicornio!
Estarás bastante impresionada conmigo.
Creo que está impresionada **conmigo.**
dana
Yo conozco a un unicornio.
Pero también le quitaste el balón.
Eso quedó ATRÁS.
Te digo la verdad, me cuesta aceptar que no seas una ninja.

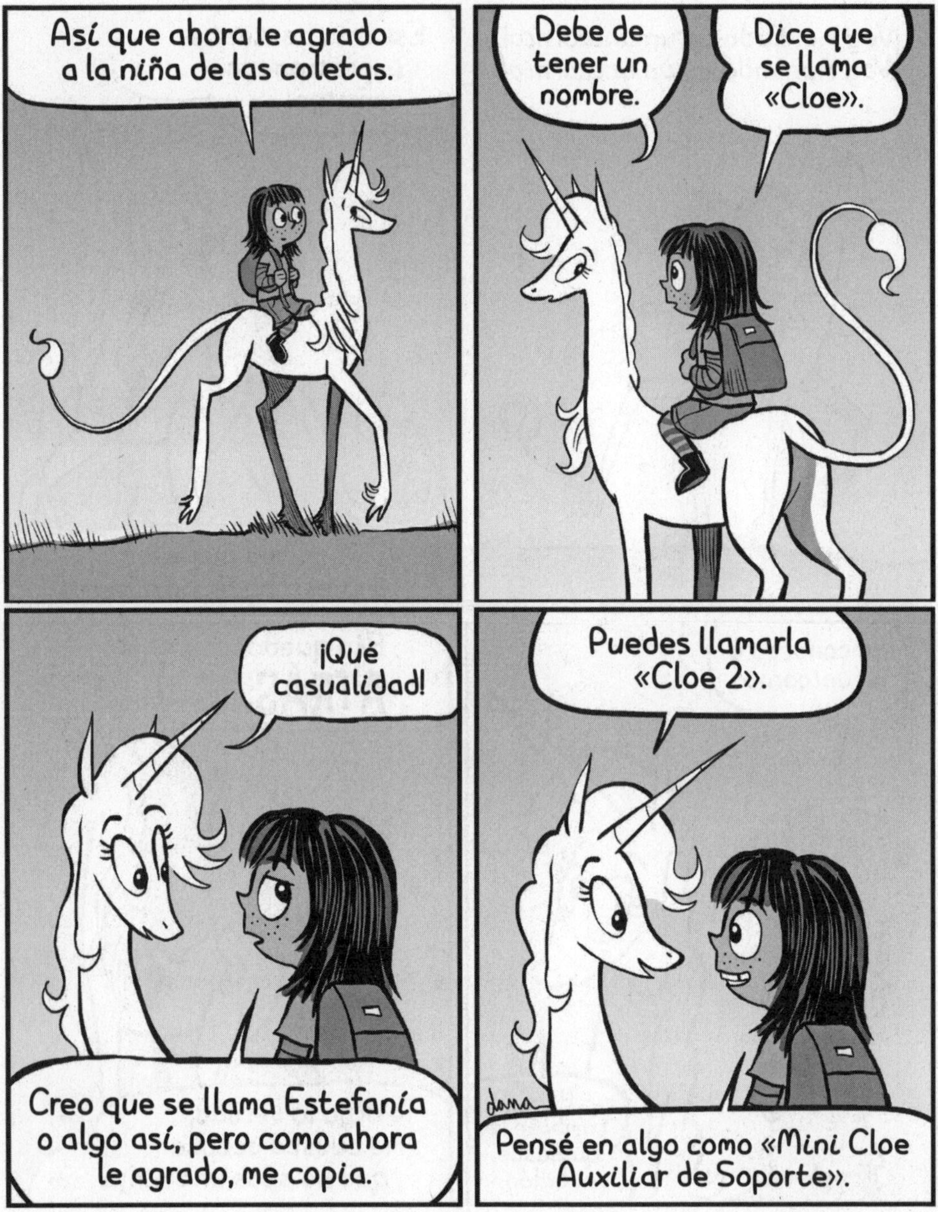
Así que ahora le agrado a la niña de las coletas.
Debe de tener un nombre.
Dice que se llama «Cloe».
¡Qué casualidad!
Creo que se llama Estefanía o algo así, pero como ahora le agrado, me copia.
Puedes llamarla «Cloe 2».
Pensé en algo como «Mini Cloe Auxiliar de Soporte».
dana

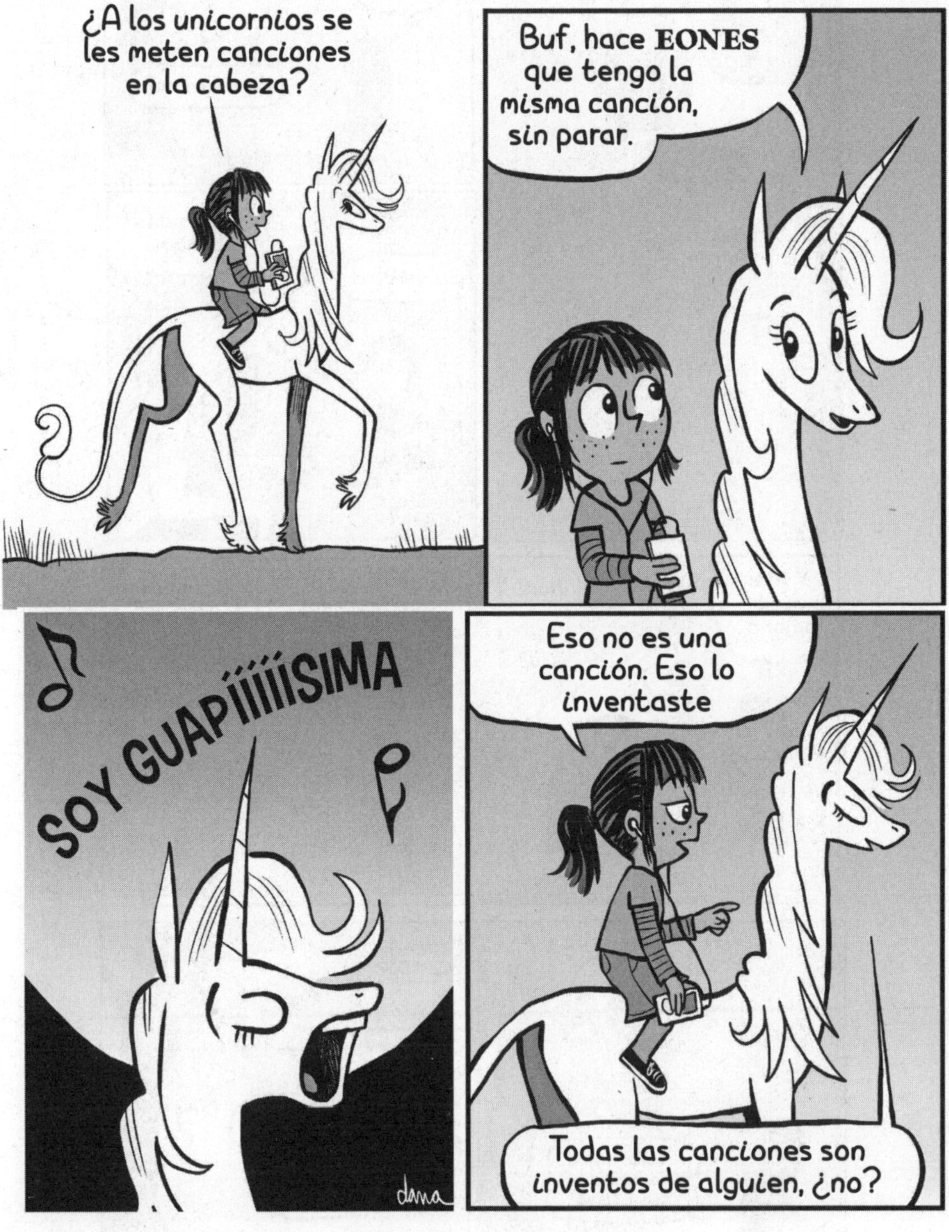
¿A los unicornios se les meten canciones en la cabeza?
Buf, hace EONES que tengo la misma canción, sin parar.
SOY GUAPÍÍÍÍÍÍSIMA
Eso no es una canción. Eso lo inventaste
Todas las canciones son inventos de alguien, ¿no?
dana

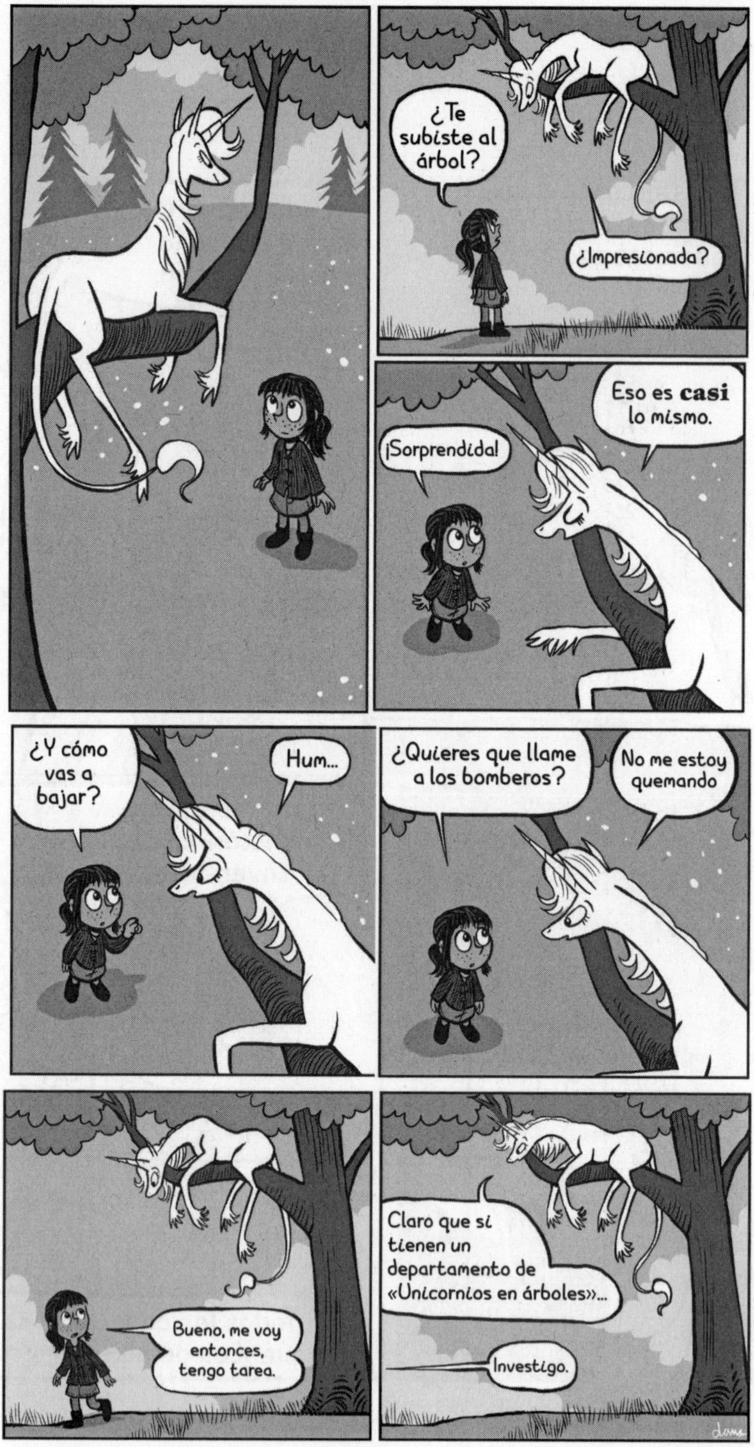
¿Te subiste al árbol?
¿Impresionada?
¡Sorprendida!
Eso es **casi** lo mismo.
¿Y cómo vas a bajar?
Hum...
¿Quieres que llame a los bomberos?
No me estoy quemando
Bueno, me voy entonces, tengo tarea.
Claro que si tienen un departamento de «Unicornios en árboles»...
Investigo.

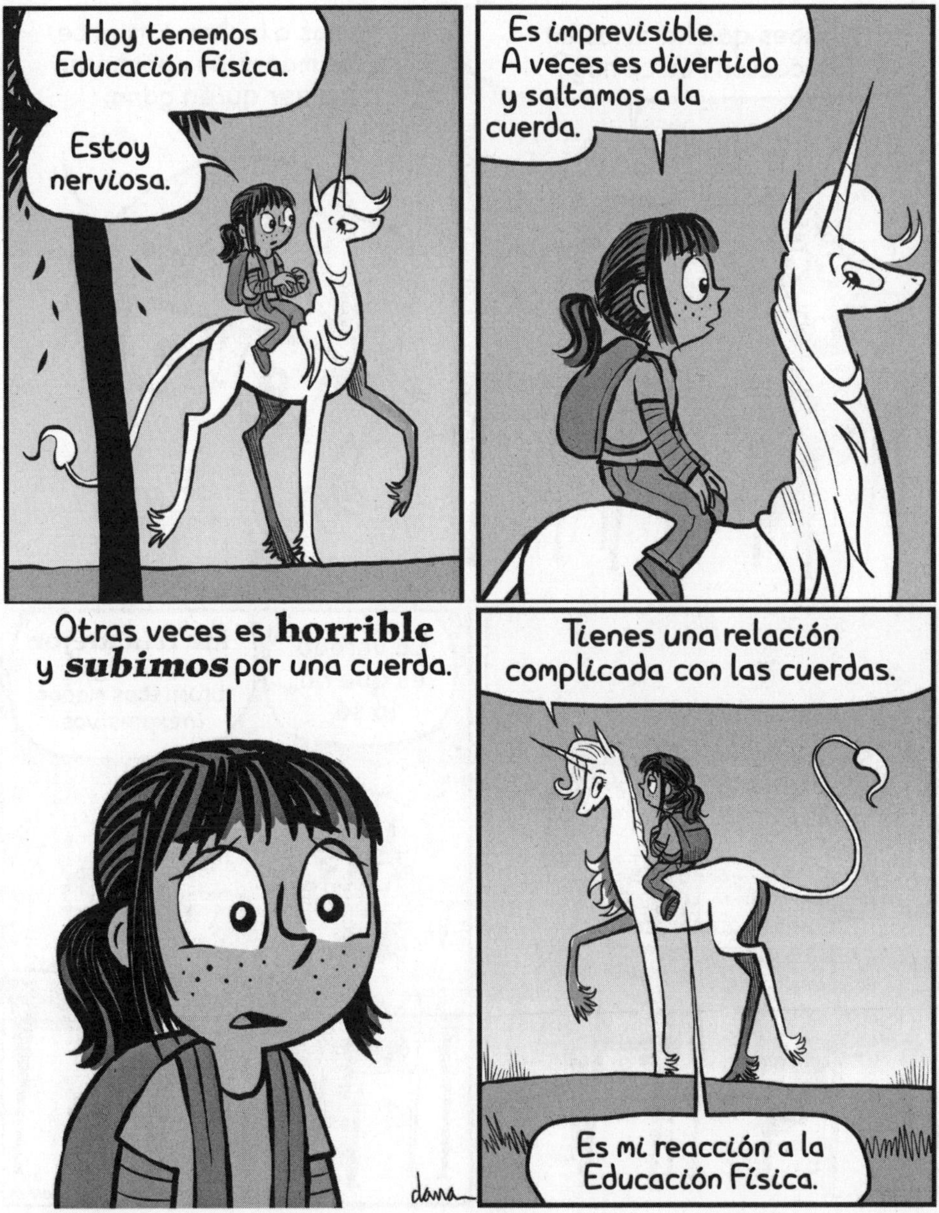
Hoy tenemos Educación Física.
Estoy nerviosa.
Es imprevisible. A veces es divertido y saltamos a la cuerda.
Otras veces es **horrible** y ***subimos*** por una cuerda.
Tienes una relación complicada con las cuerdas.
Es mi reacción a la Educación Física.
dana

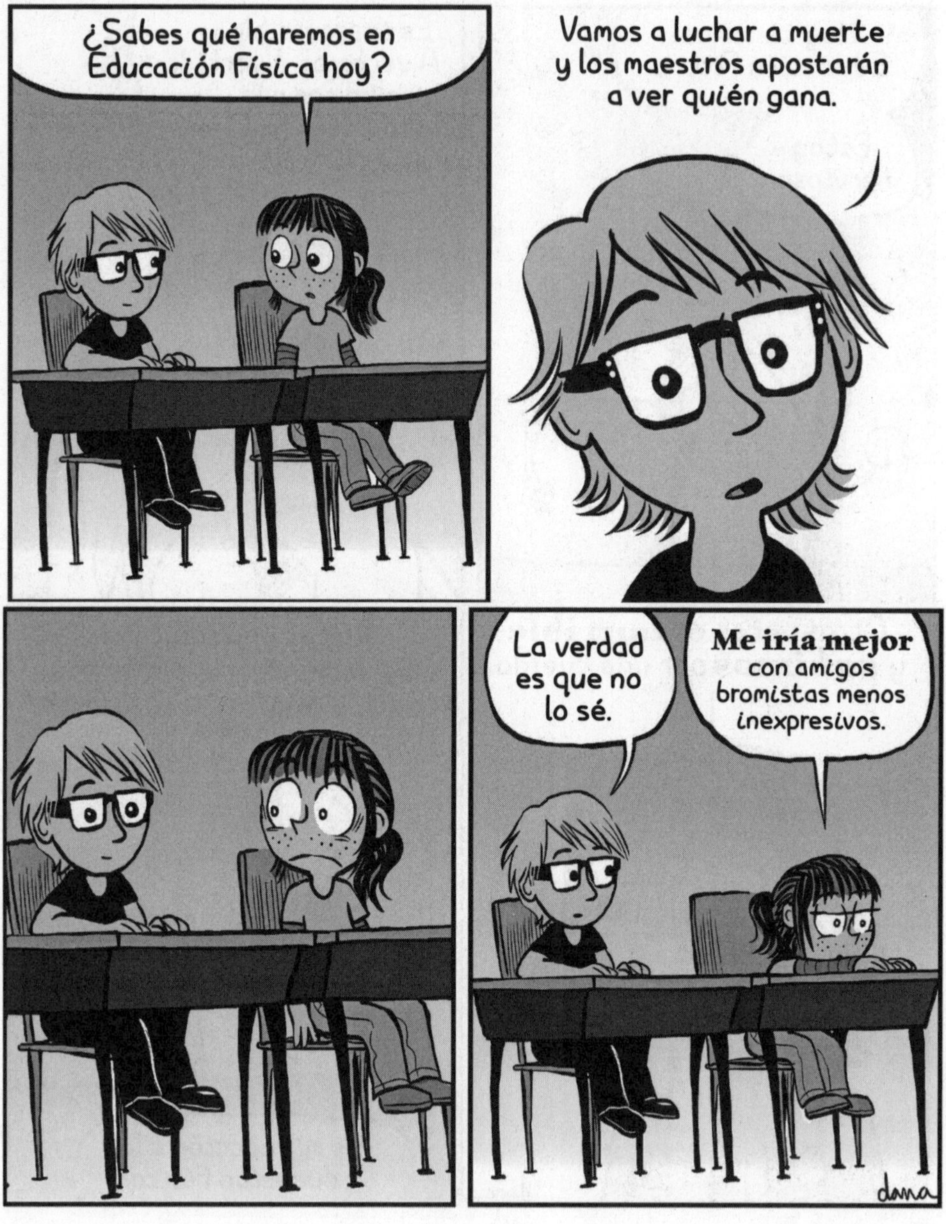
¿Sabes qué haremos en Educación Física hoy?
Vamos a luchar a muerte y los maestros apostarán a ver quién gana.
La verdad es que no lo sé.
Me iría mejor con amigos bromistas menos inexpresivos.
dana

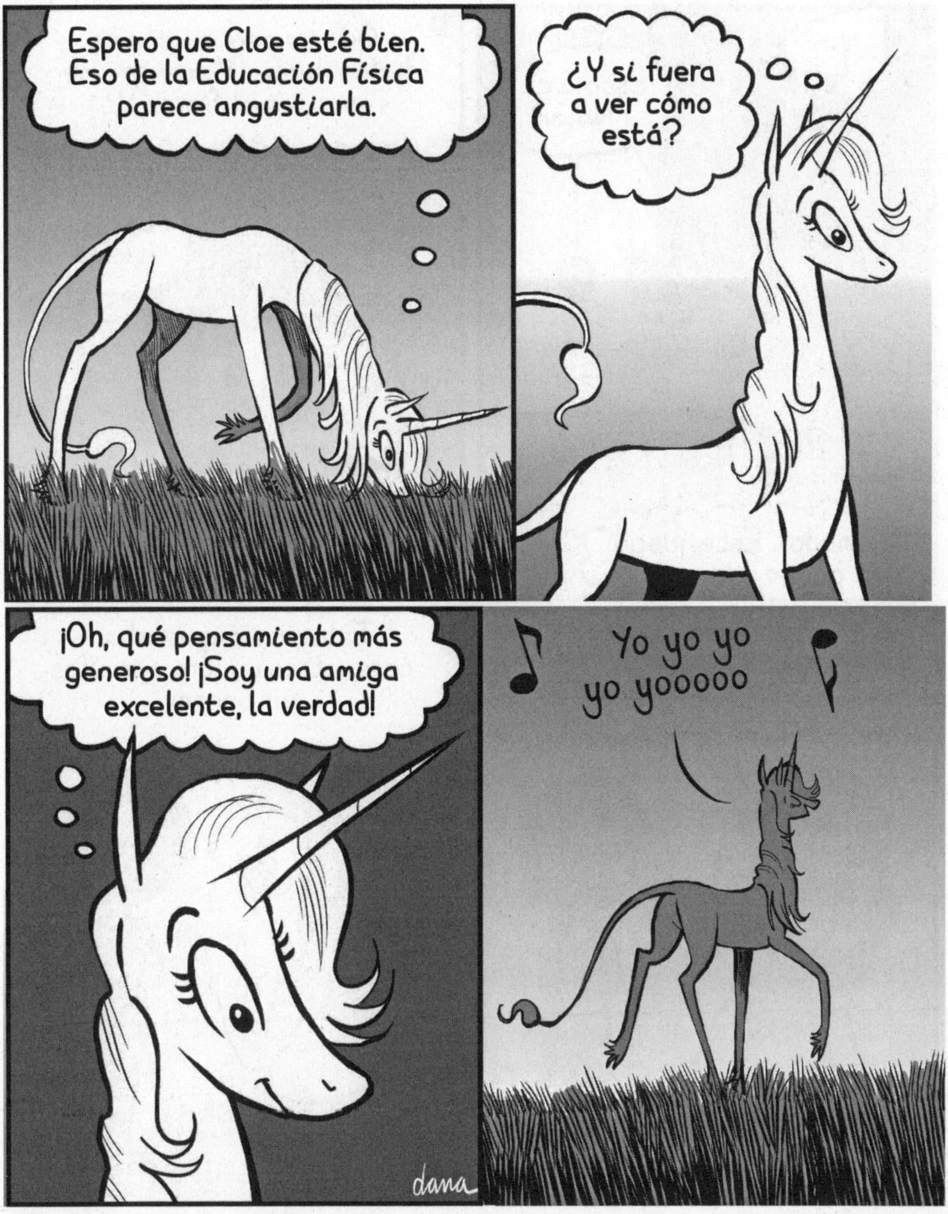
Espero que Cloe esté bien. Eso de la Educación Física parece angustiarla.
¿Y si fuera a ver cómo está?
¡Oh, qué pensamiento más generoso! ¡Soy una amiga excelente, la verdad!
Yo yo yo yo yooooo
dana

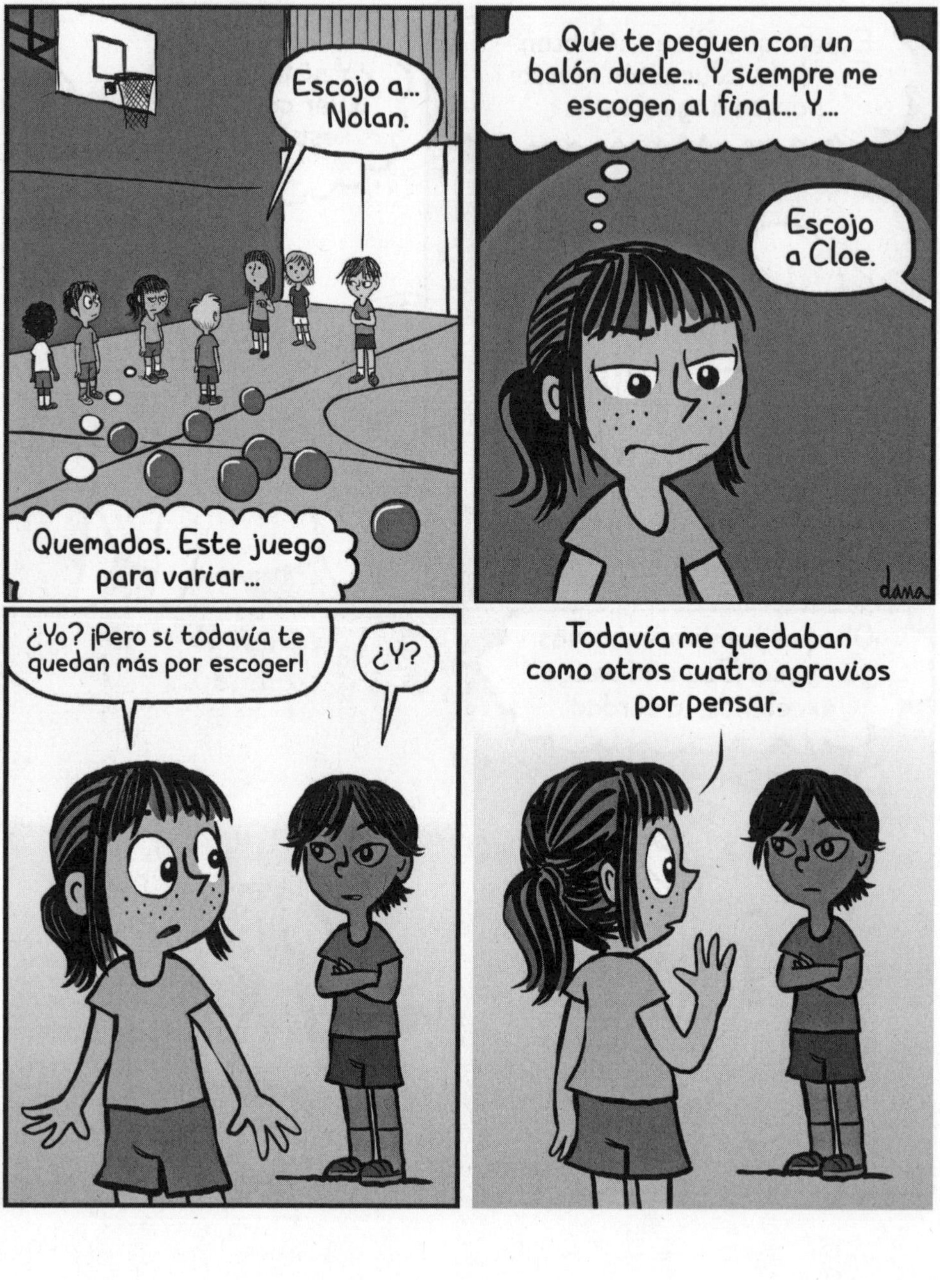
Escojo a... Nolan.
Quemados. Este juego para variar...
Que te peguen con un balón duele... Y siempre me escogen al final... Y...
Escojo a Cloe.
dana
¿Yo? ¡Pero si todavía te quedan más por escoger!
¿Y?
Todavía me quedaban como otros cuatro agravios por pensar.

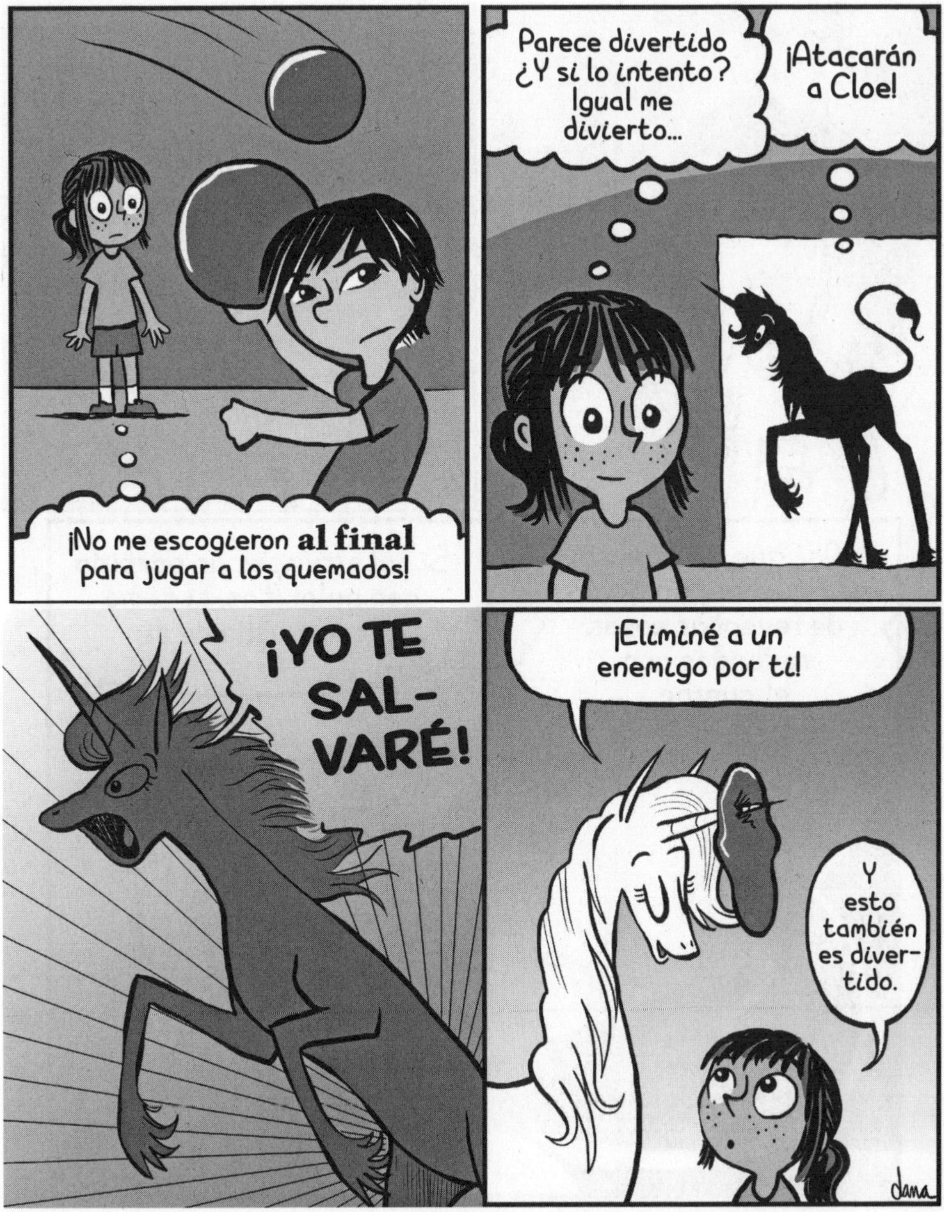
¡No me escogieron **al final** para jugar a los quemados!
Parece divertido ¿Y si lo intento? Igual me divierto...
¡Atacarán a Cloe!
¡YO TE SAL-VARÉ!
¡Eliminé a un enemigo por ti!
Y esto también es diver-tido.
dana

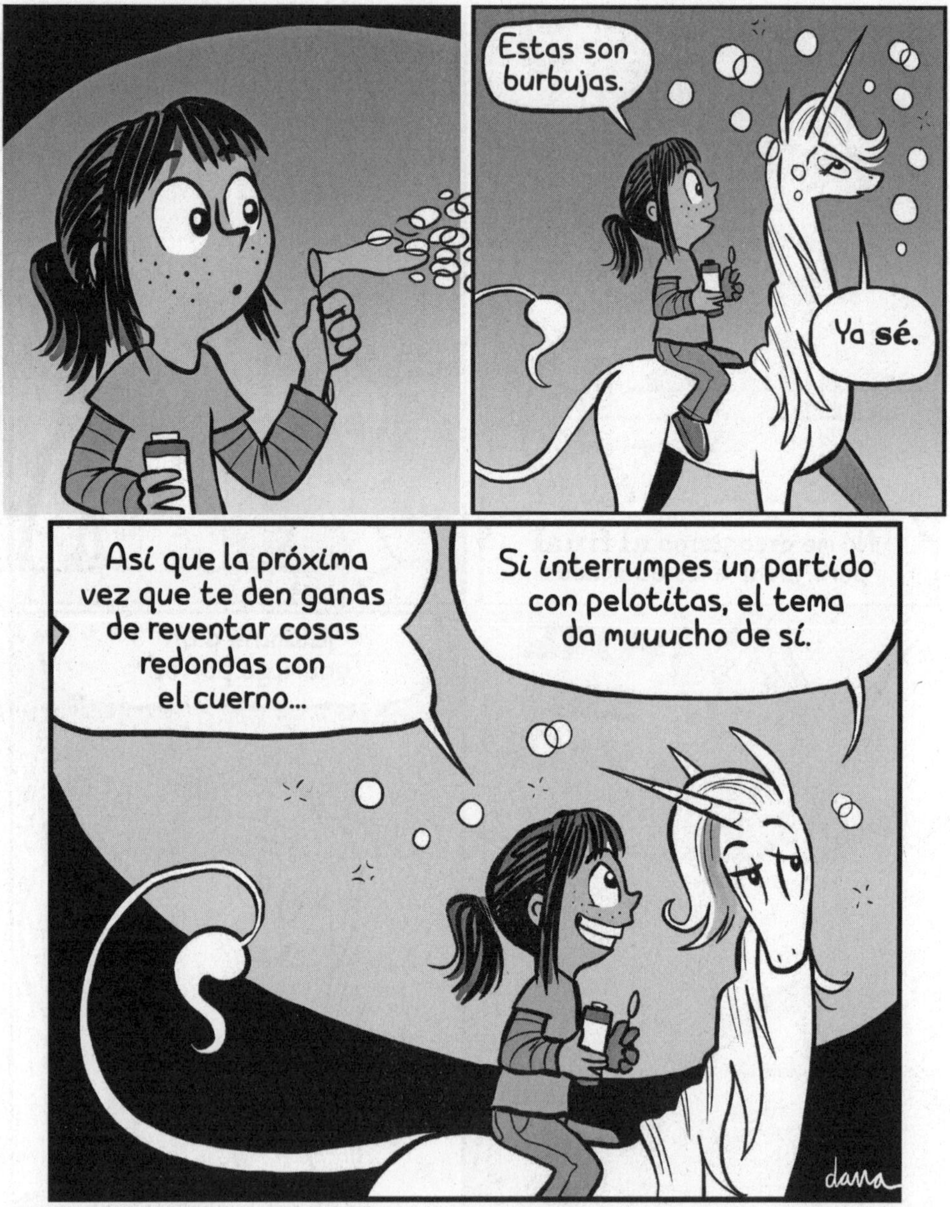
Estas son burbujas.
Ya sé.
Así que la próxima vez que te den ganas de reventar cosas redondas con el cuerno...
Si interrumpes un partido con pelotitas, el tema da muuucho de sí.
dana

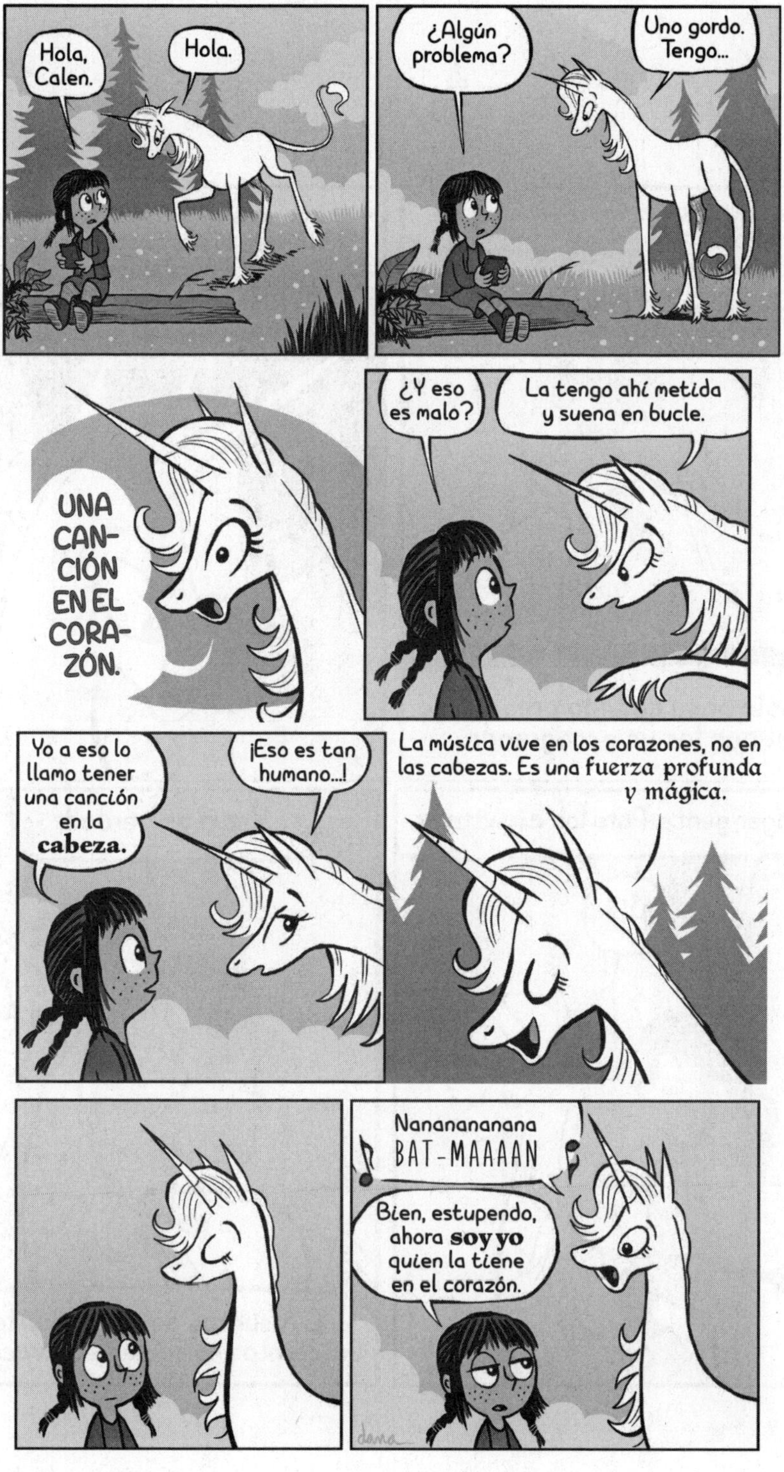
Hola, Calen.
Hola.
¿Algún problema?
Uno gordo. Tengo...
UNA CANCIÓN EN EL CORAZÓN.
¿Y eso es malo?
La tengo ahí metida y suena en bucle.
Yo a eso lo llamo tener una canción en la cabeza.
¡Eso es tan humano...!
La música vive en los corazones, no en las cabezas. Es una fuerza profunda y mágica.
Nanananananana BAT-MAAAAN
Bien, estupendo, ahora soy yo quien la tiene en el corazón.
dana

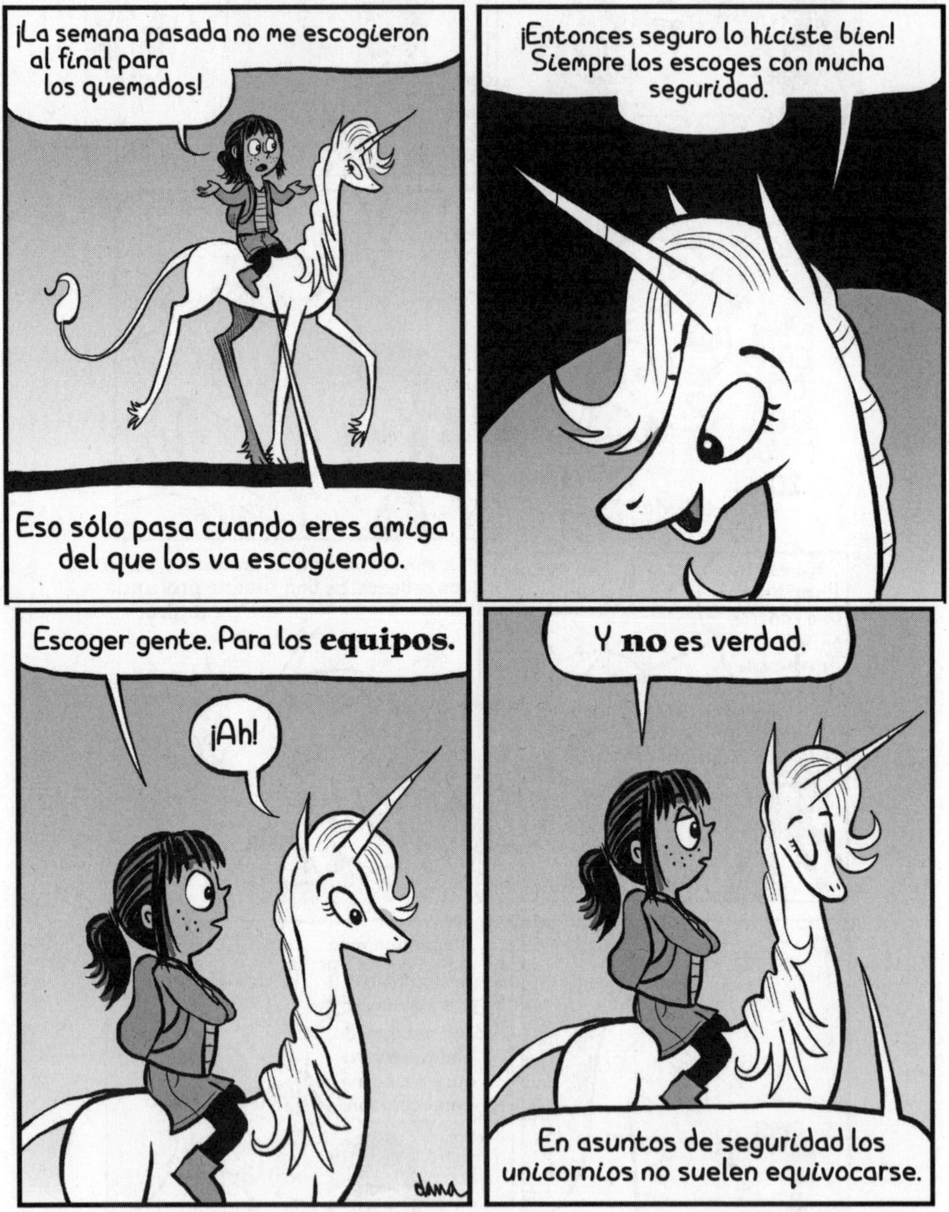

¡La semana pasada no me escogieron al final para los quemados!
Eso sólo pasa cuando eres amiga del que los va escogiendo.
¡Entonces seguro lo hiciste bien! Siempre los escoges con mucha seguridad.
Escoger gente. Para los **equipos.**
¡Ah!
Y **no** es verdad.
En asuntos de seguridad los unicornios no suelen equivocarse.
dana

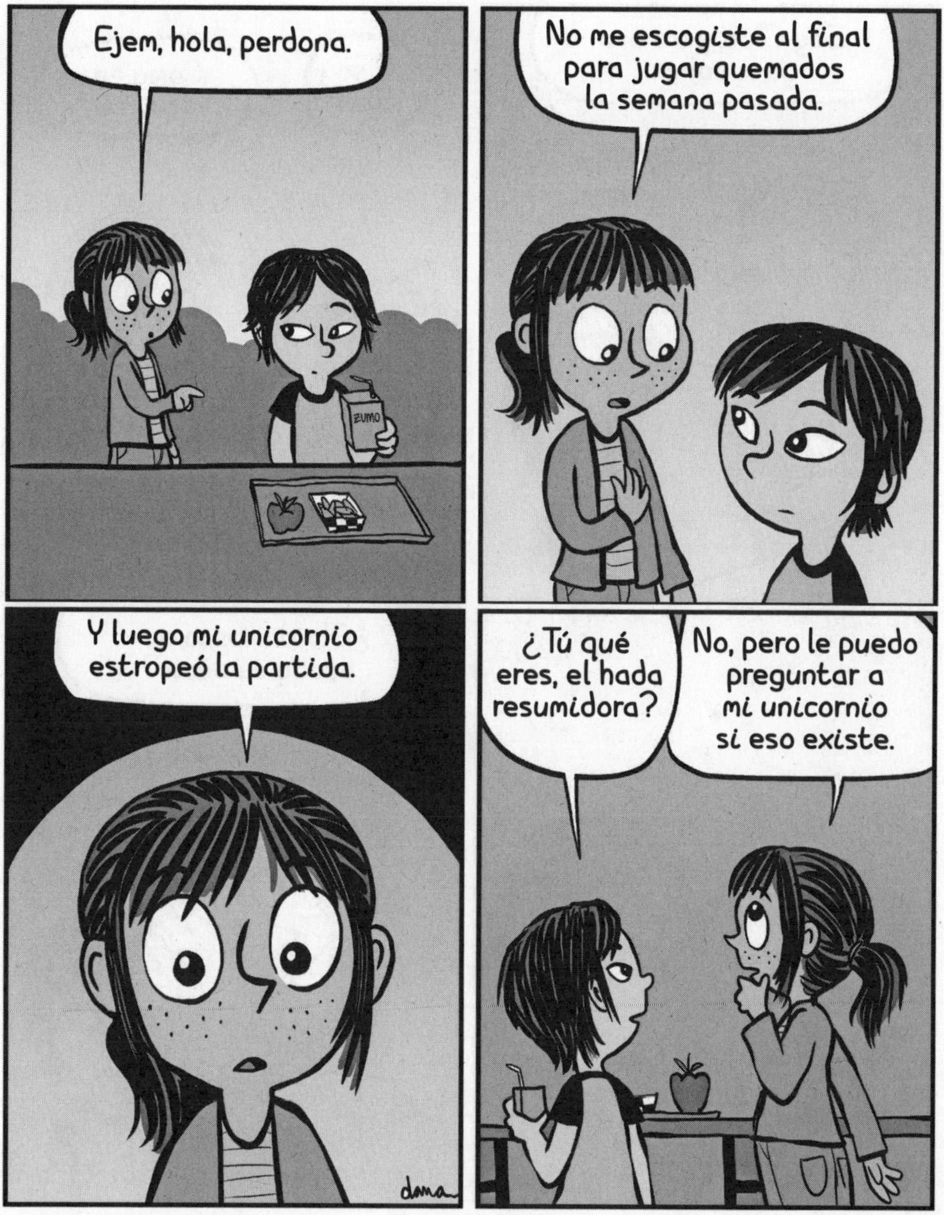
Ejem, hola, perdona.
No me escogiste al final para jugar quemados la semana pasada.
ZUMO
Y luego mi unicornio estropeó la partida.
¿Tú qué eres, el hada resumidora?
No, pero le puedo preguntar a mi unicornio si eso existe.
dana

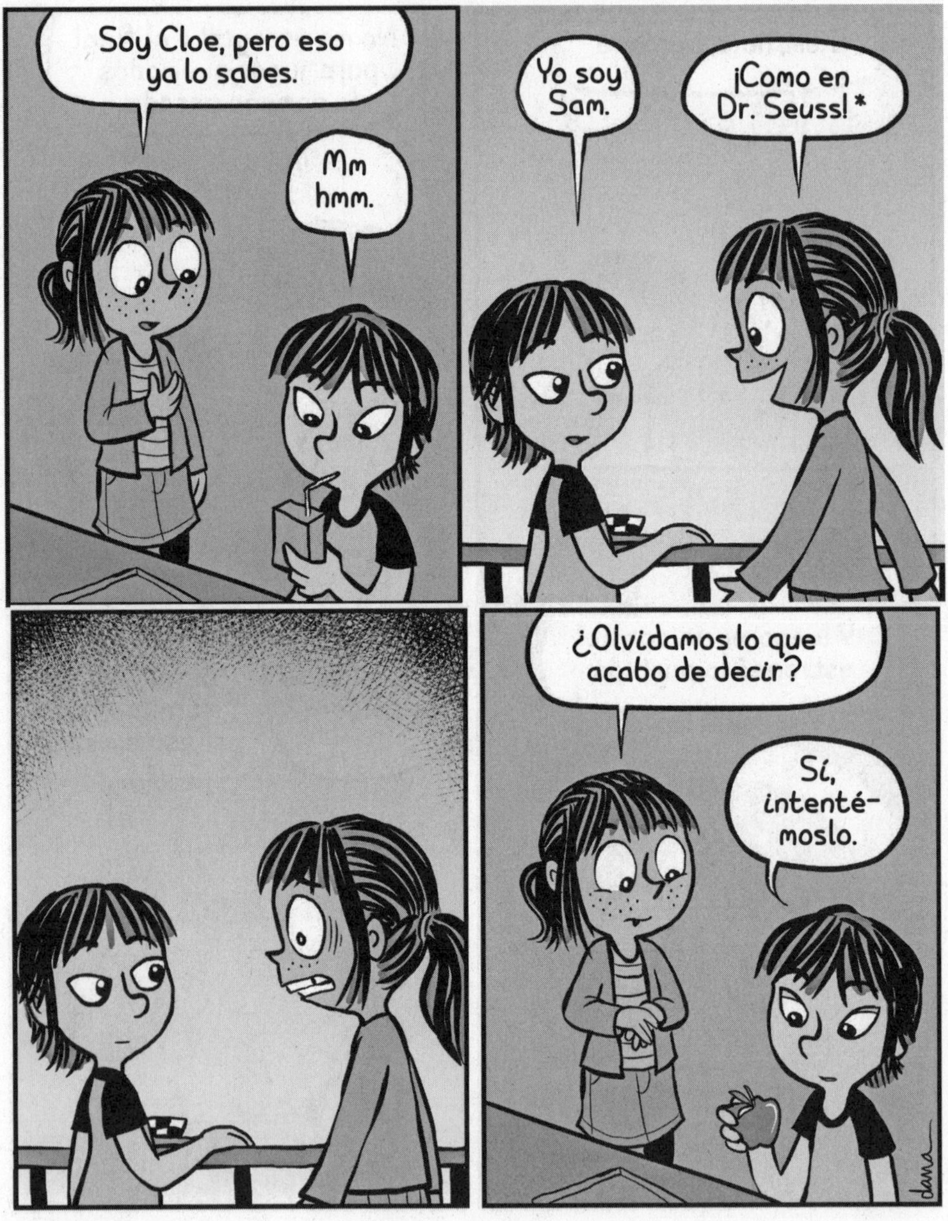
Soy Cloe, pero eso ya lo sabes.
Mm hmm.
Yo soy Sam.
¡Como en Dr. Seuss! *
¿Olvidamos lo que acabo de decir?
Sí, intenté-moslo.
dana

* Sam I Am es protagonista de uno de los libros más famosos de la serie del Dr. Seuss: *Green Eggs and Ham*, un bestseller de la literatura infantil que sigue reeditándose y que también se adaptó para la televisión.

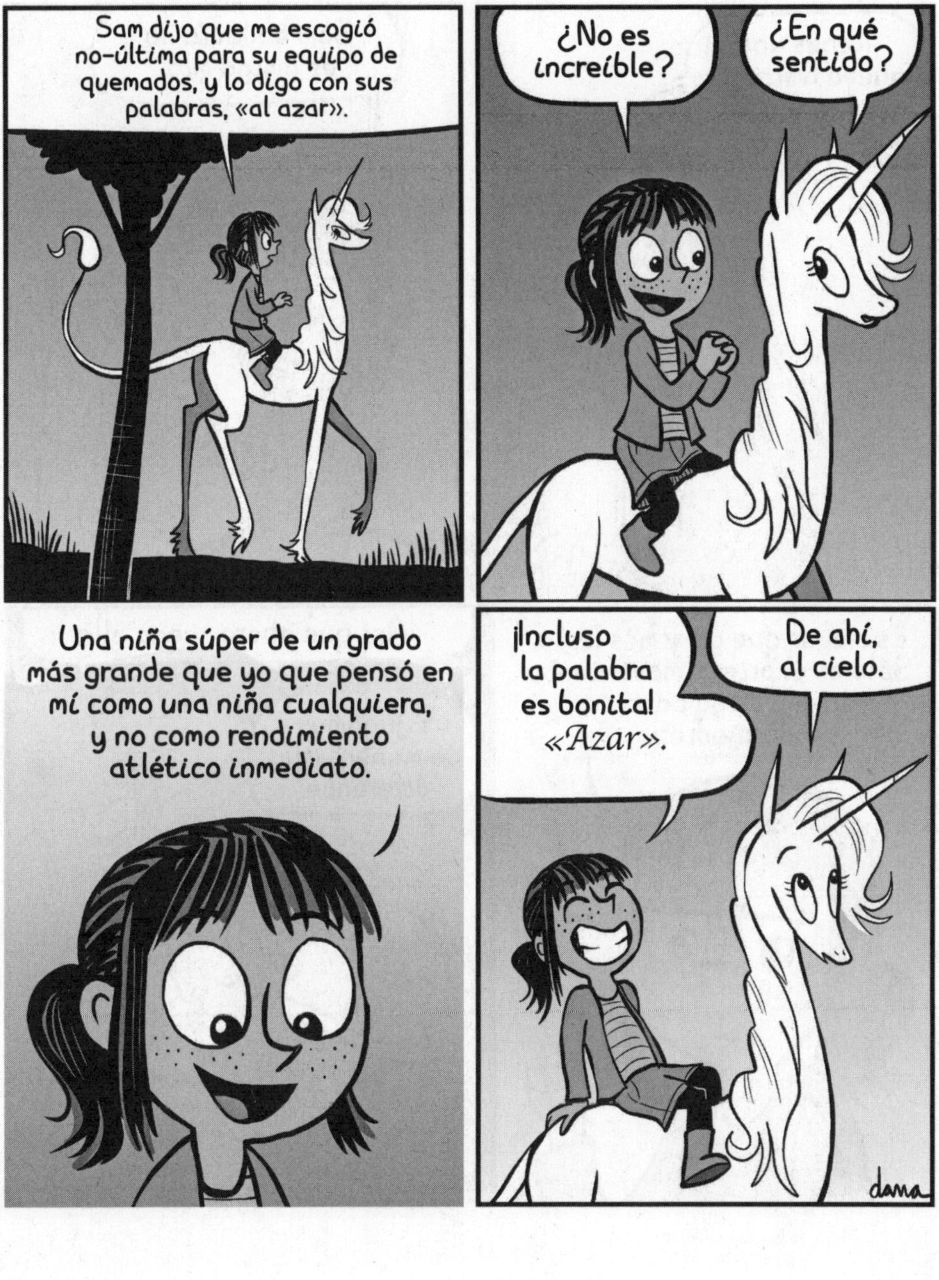
Sam dijo que me escogió no-última para su equipo de quemados, y lo digo con sus palabras, «al azar».
¿No es increíble?
¿En qué sentido?
Una niña súper de un grado más grande que yo que pensó en mí como una niña cualquiera, y no como rendimiento atlético inmediato.
¡Incluso la palabra es bonita! «Azar».
De ahí, al cielo.
dana

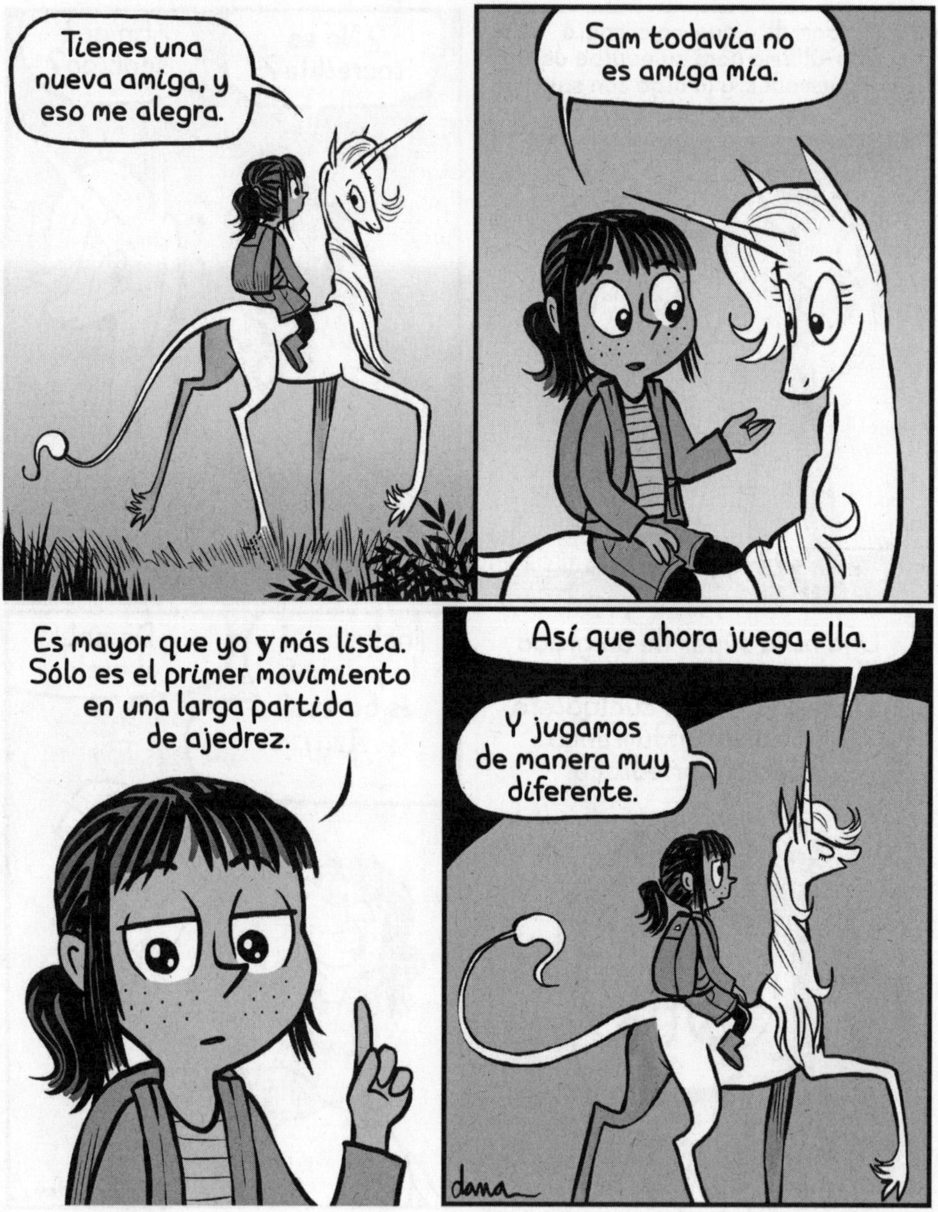
Tienes una nueva amiga, y eso me alegra.
Sam todavía no es amiga mía.
Es mayor que yo y más lista. Sólo es el primer movimiento en una larga partida de ajedrez.
Así que ahora juega ella.
Y jugamos de manera muy diferente.
dana

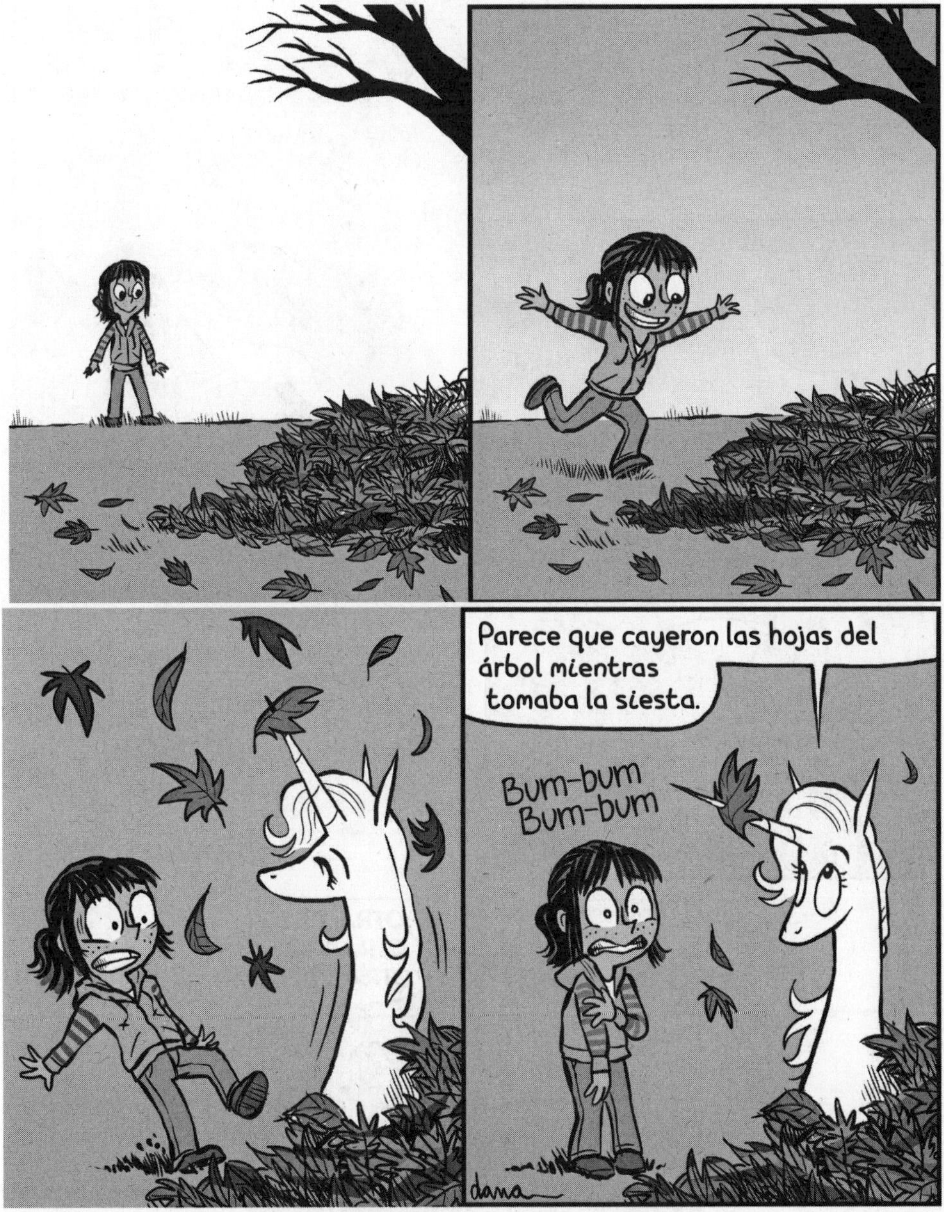
Parece que cayeron las hojas del árbol mientras tomaba la siesta.
Bum-bum Bum-bum
dana

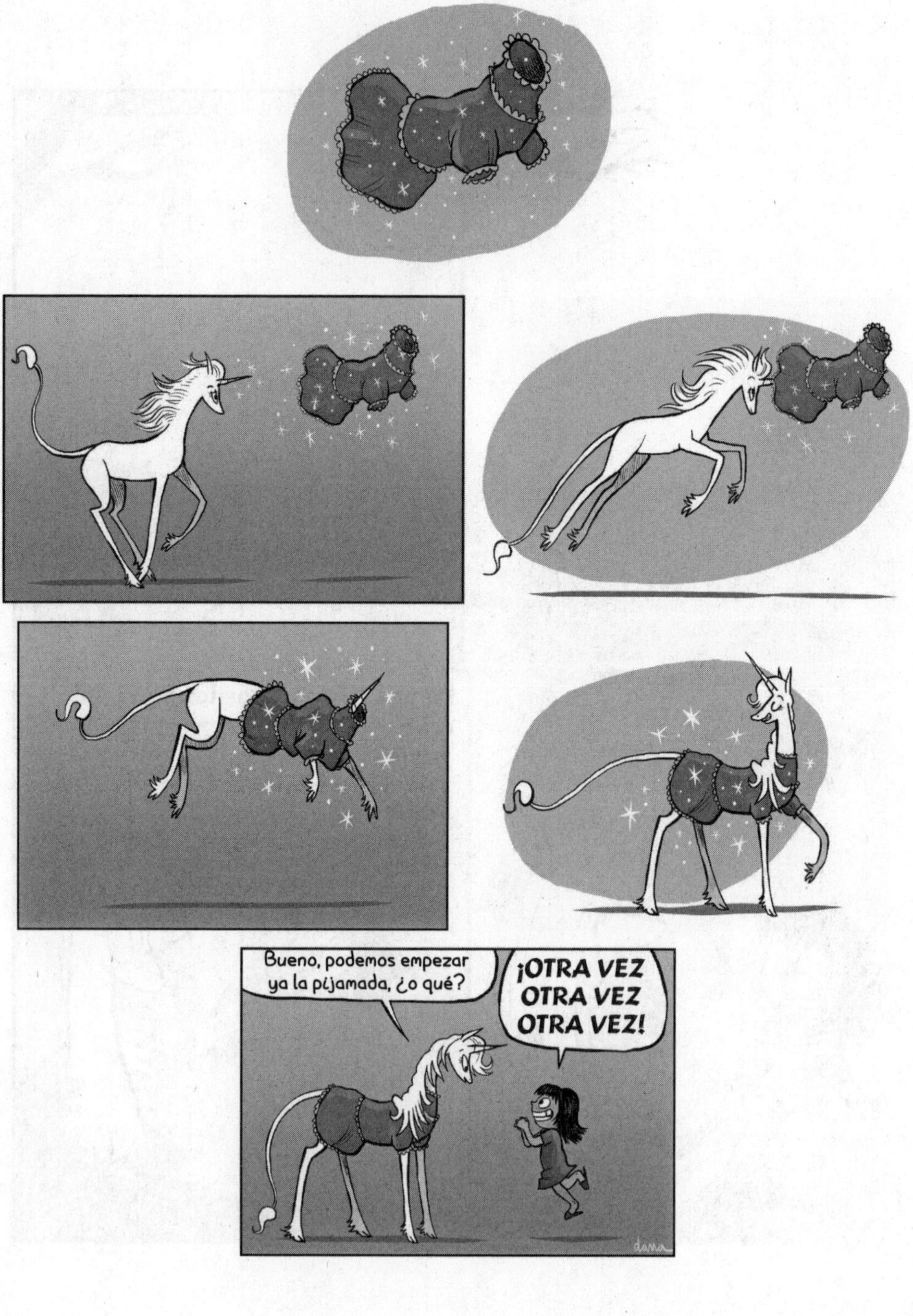
Bueno, podemos empezar ya la pijamada, ¿o qué?
¡OTRA VEZ OTRA VEZ OTRA VEZ!

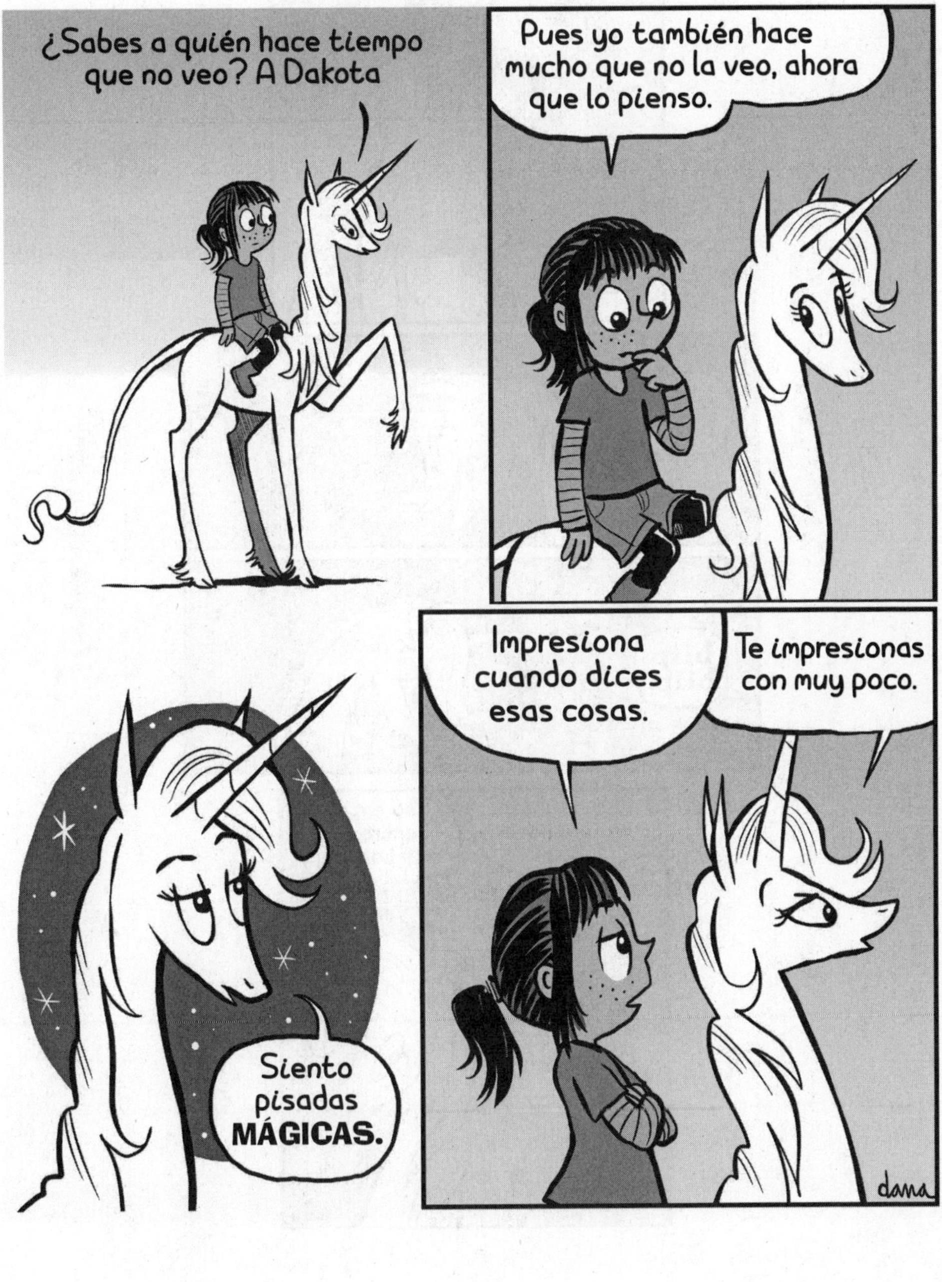
¿Sabes a quién hace tiempo que no veo? A Dakota
Pues yo también hace mucho que no la veo, ahora que lo pienso.
Siento pisadas MÁGICAS.
Impresiona cuando dices esas cosas.
Te impresionas con muy poco.
dana

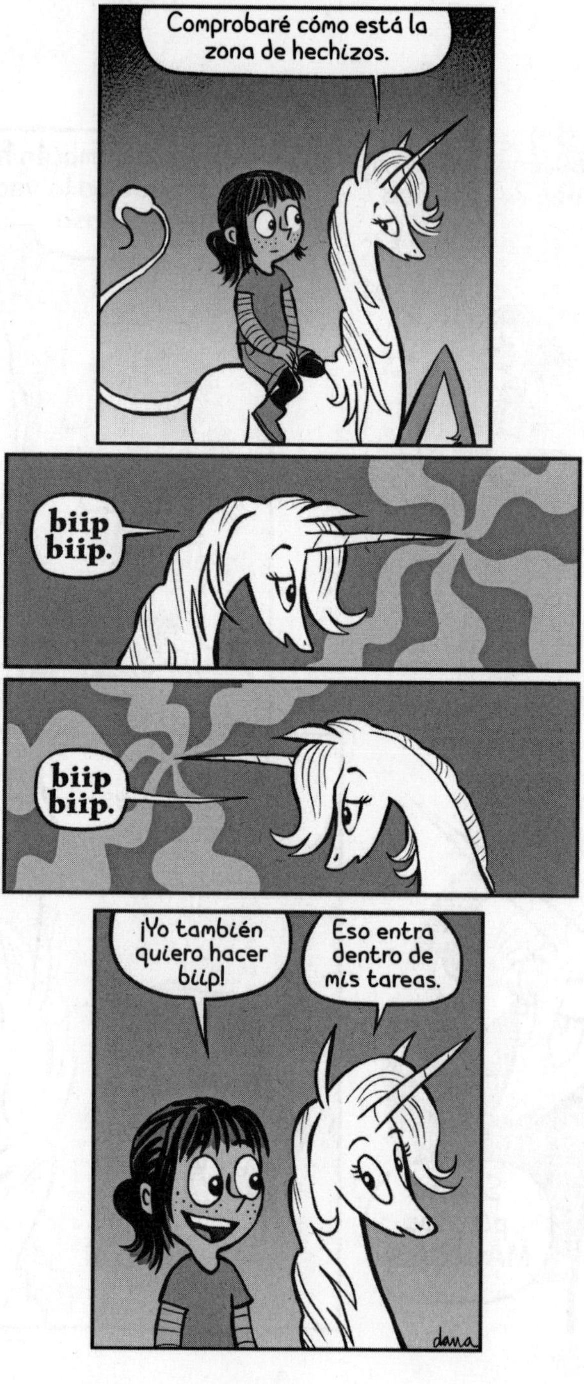
Comprobaré cómo está la zona de hechizos.
biip biip.
biip biip.
¡Yo también quiero hacer biip!
Eso entra dentro de mis tareas.
dana

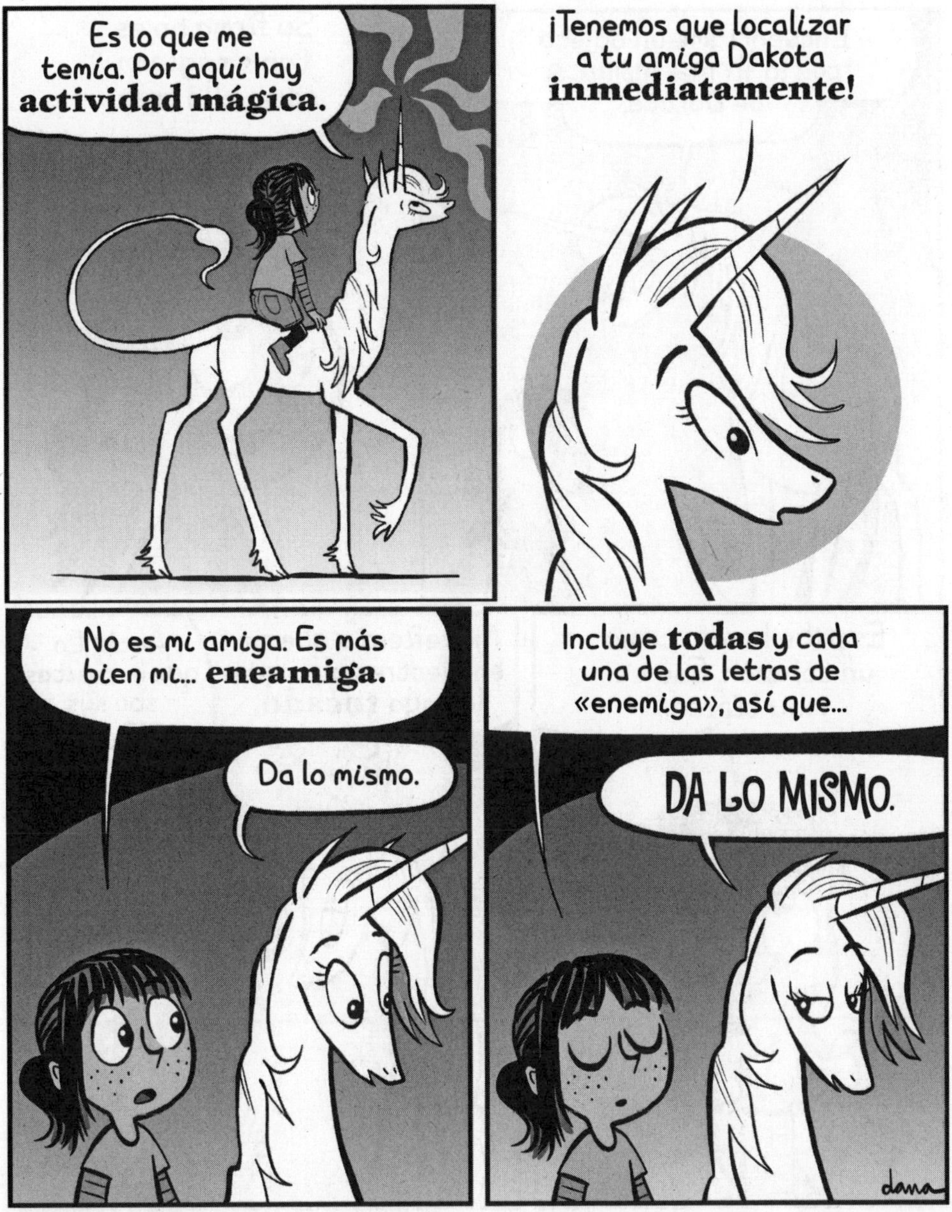
Es lo que me temía. Por aquí hay **actividad mágica.**
¡Tenemos que localizar a tu amiga Dakota **inmediatamente!**
No es mi amiga. Es más bien mi... **eneamiga.**
Da lo mismo.
Incluye **todas** y cada una de las letras de «enemiga», así que...
DA LO MISMO.
dana

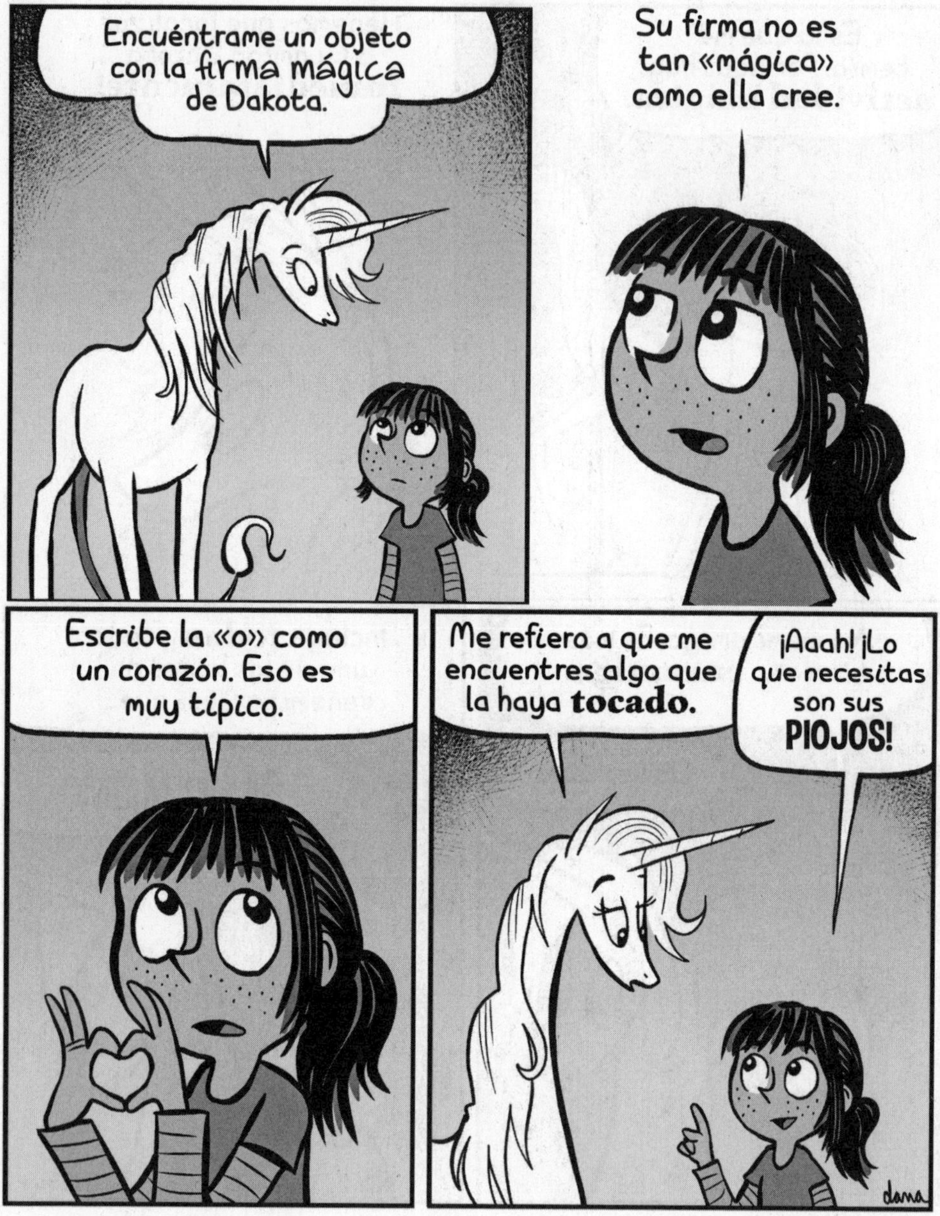
Encuéntrame un objeto con la firma mágica de Dakota.
Su firma no es tan «mágica» como ella cree.
Escribe la «o» como un corazón. Eso es muy típico.
Me refiero a que me encuentres algo que la haya **tocado.**
¡Aaah! ¡Lo que necesitas son sus **PIOJOS!**
dana

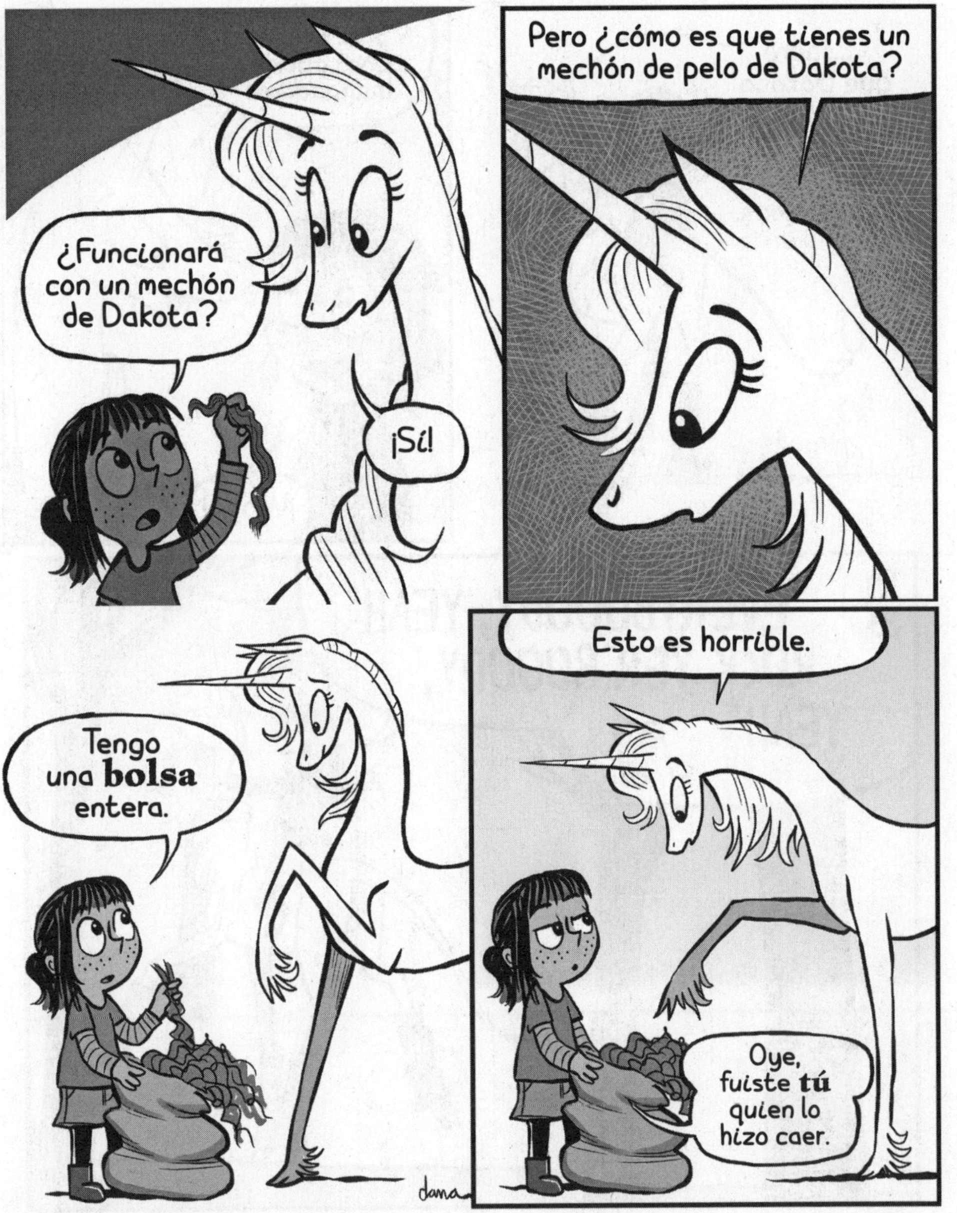
¿Funcionará con un mechón de Dakota?
¡Sí!
Pero ¿cómo es que tienes un mechón de pelo de Dakota?
Tengo una **bolsa** entera.
Esto es horrible.
Oye, fuiste **tú** quien lo hizo caer.
dana

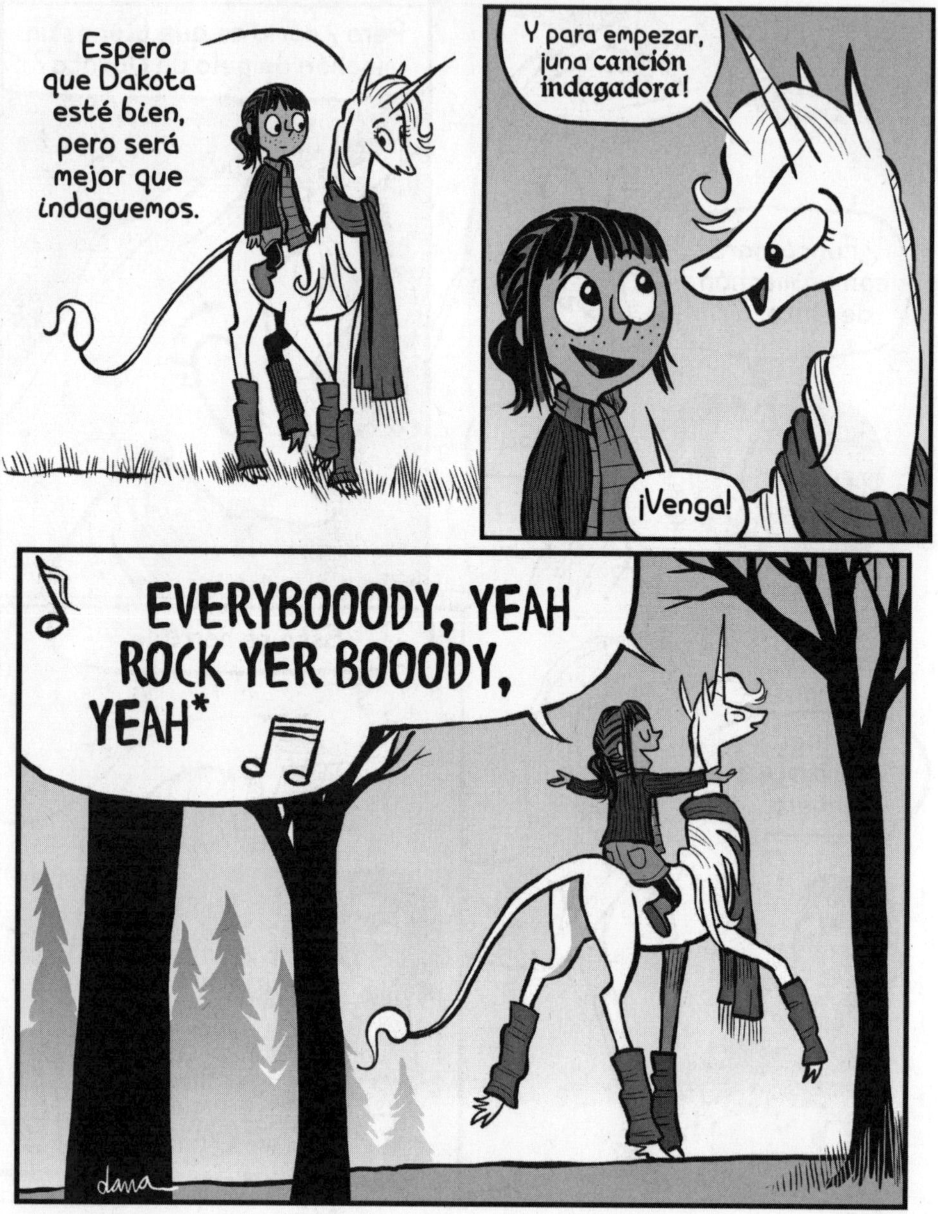
Espero que Dakota esté bien, pero será mejor que indaguemos.
Y para empezar, ¡una canción indagadora!
¡Venga!
EVERYBOOODY, YEAH ROCK YER BOOODY, YEAH*

* Canción de los Backstreet Boys.

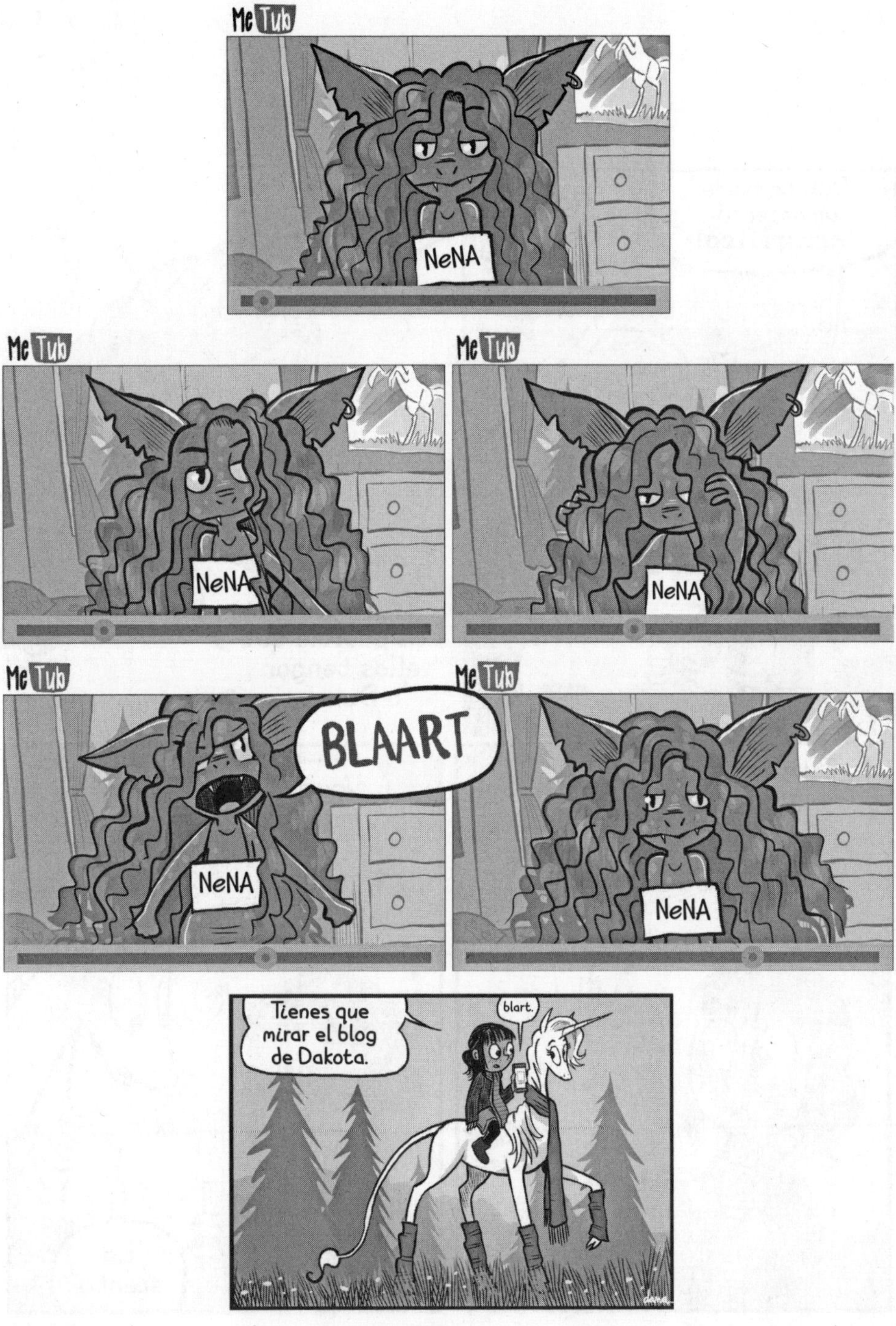
MeTub
NeNA
MeTub
NeNA
MeTub
NeNA
MeTub
BLAART
NeNA
MeTub
NeNA
Tienes que mirar el blog de Dakota.
blart.

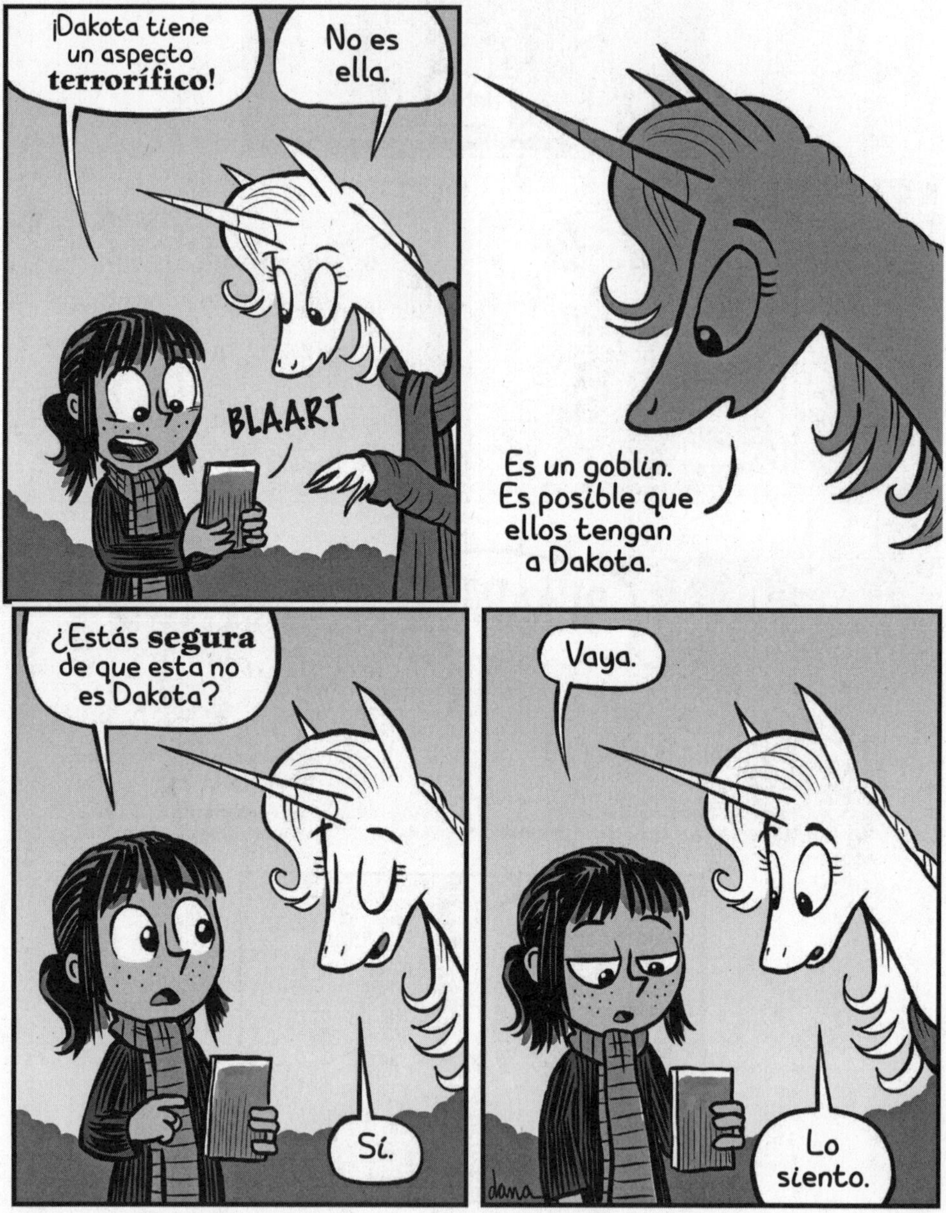
¡Dakota tiene un aspecto **terrorífico**!
No es ella.
BLAART
Es un goblin. Es posible que ellos tengan a Dakota.
¿Estás **segura** de que esta no es Dakota?
Sí.
Vaya.
Lo siento.
dana

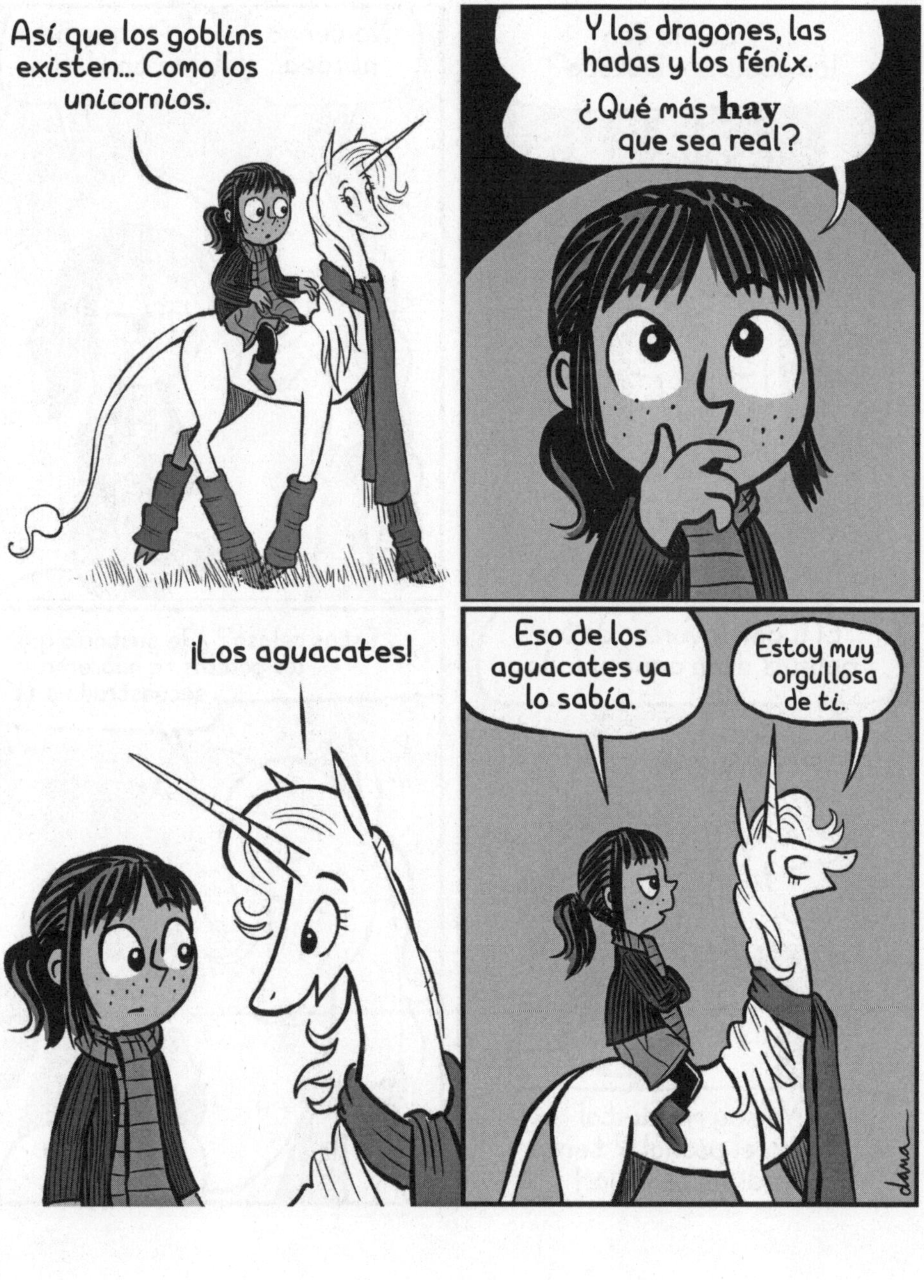
Así que los goblins existen... Como los unicornios.
Y los dragones, las hadas y los fénix.
¿Qué más **hay** que sea real?
¡Los aguacates!
Eso de los aguacates ya lo sabía.
Estoy muy orgullosa de *ti*.
dana

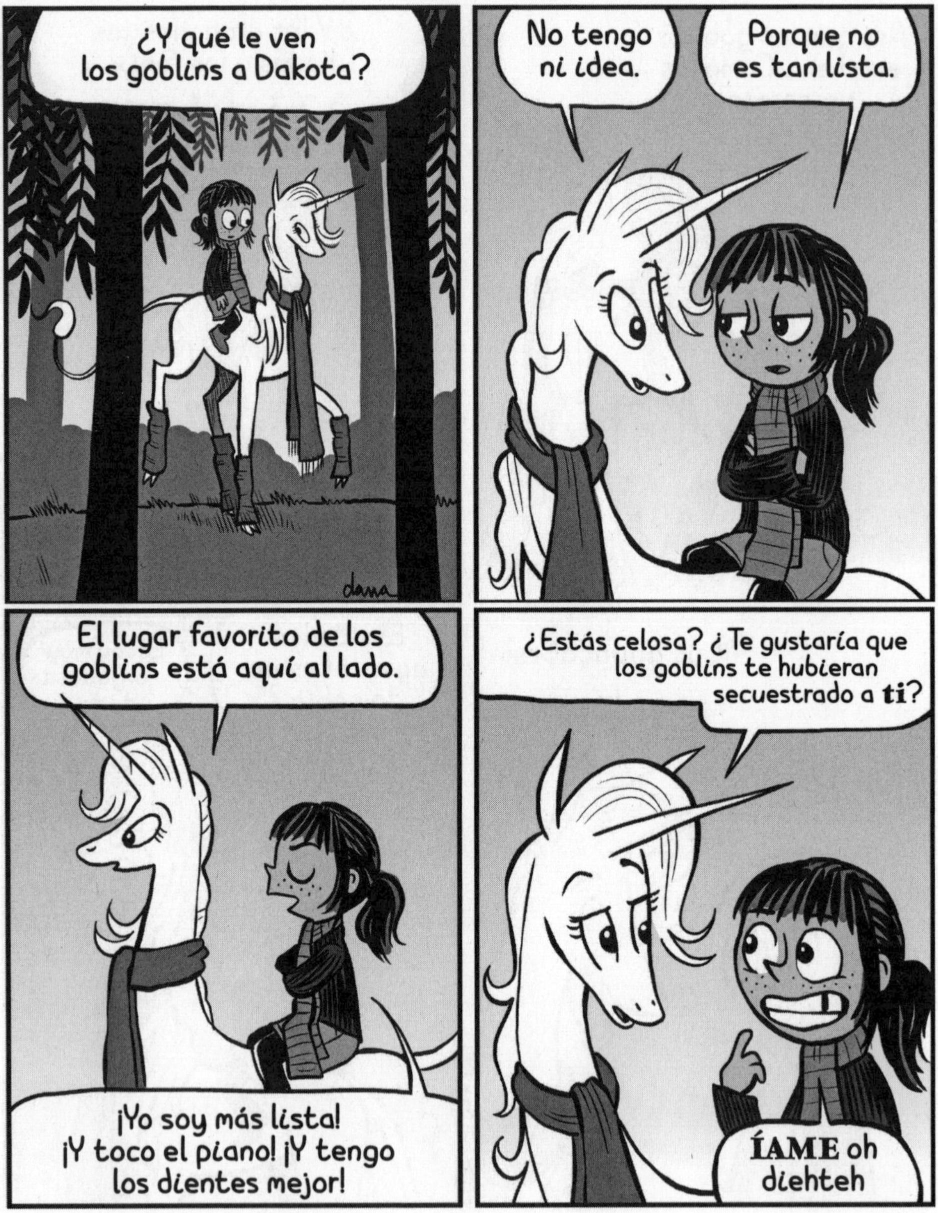
¿Y qué le ven los goblins a Dakota?
dana
No tengo ni idea.
Porque no es tan lista.
El lugar favorito de los goblins está aquí al lado.
¡Yo soy más lista! ¡Y toco el piano! ¡Y tengo los dientes mejor!
¿Estás celosa? ¿Te gustaría que los goblins te hubieran secuestrado a **ti**?
ÍAME oh diehteh

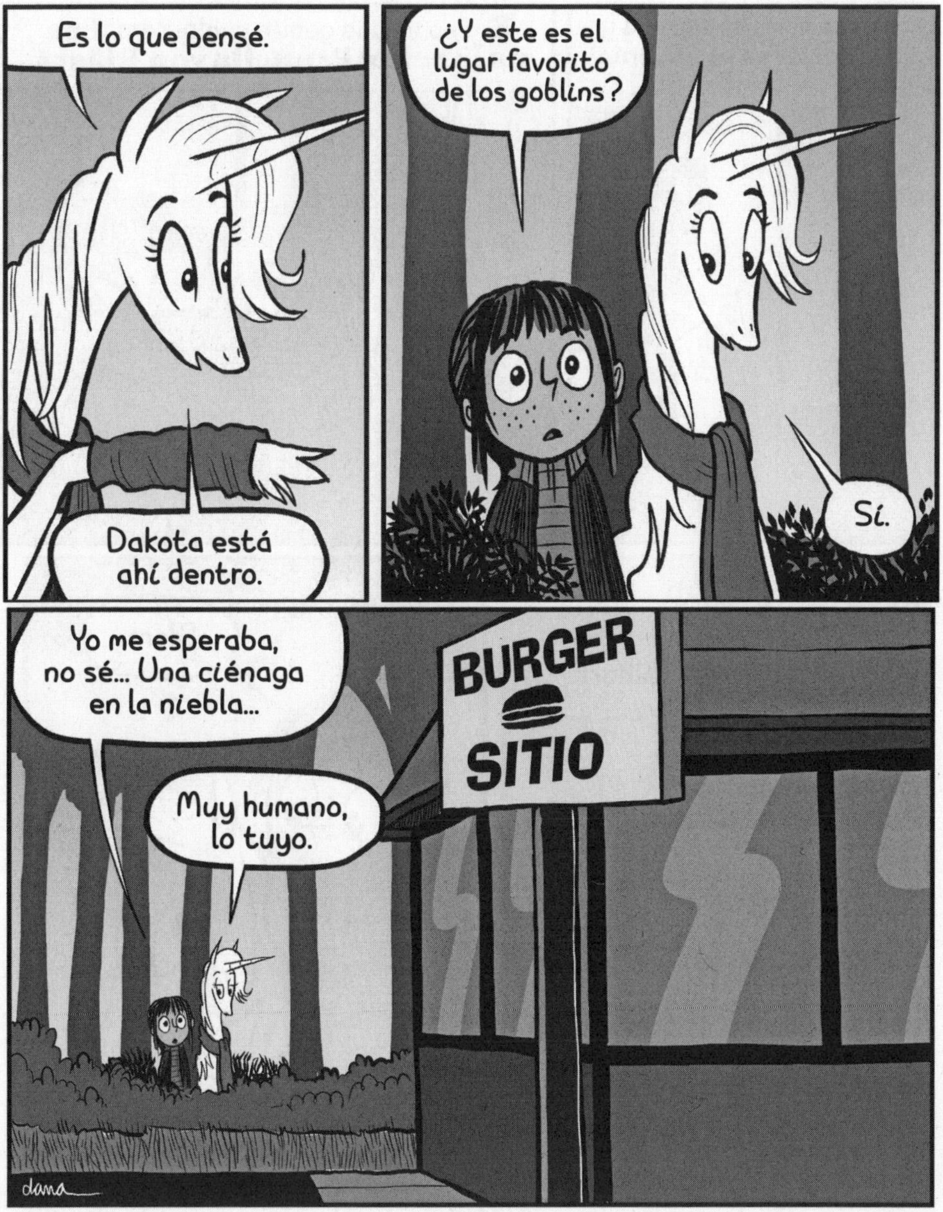
Es lo que pensé.
Dakota está ahí dentro.
¿Y este es el lugar favorito de los goblins?
Sí.
Yo me esperaba, no sé... Una ciénaga en la niebla...
Muy humano, lo tuyo.
BURGER SITIO
dana

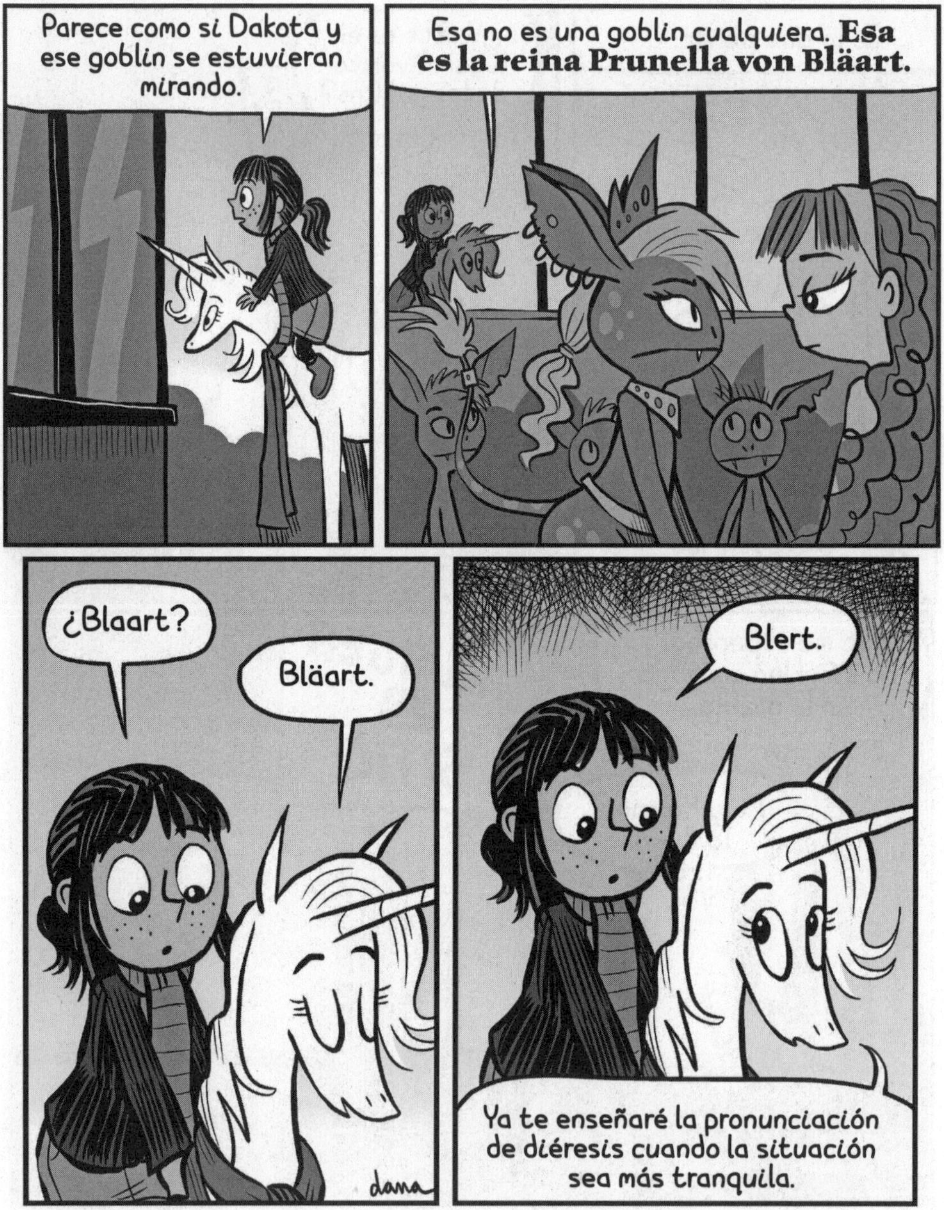
Parece como si Dakota y ese goblin se estuvieran mirando.
Esa no es una goblin cualquiera. **Esa es la reina Prunella von Bläart.**
¿Blaart?
Bläart.
dana
Blert.
Ya te enseñaré la pronunciación de diéresis cuando la situación sea más tranquila.

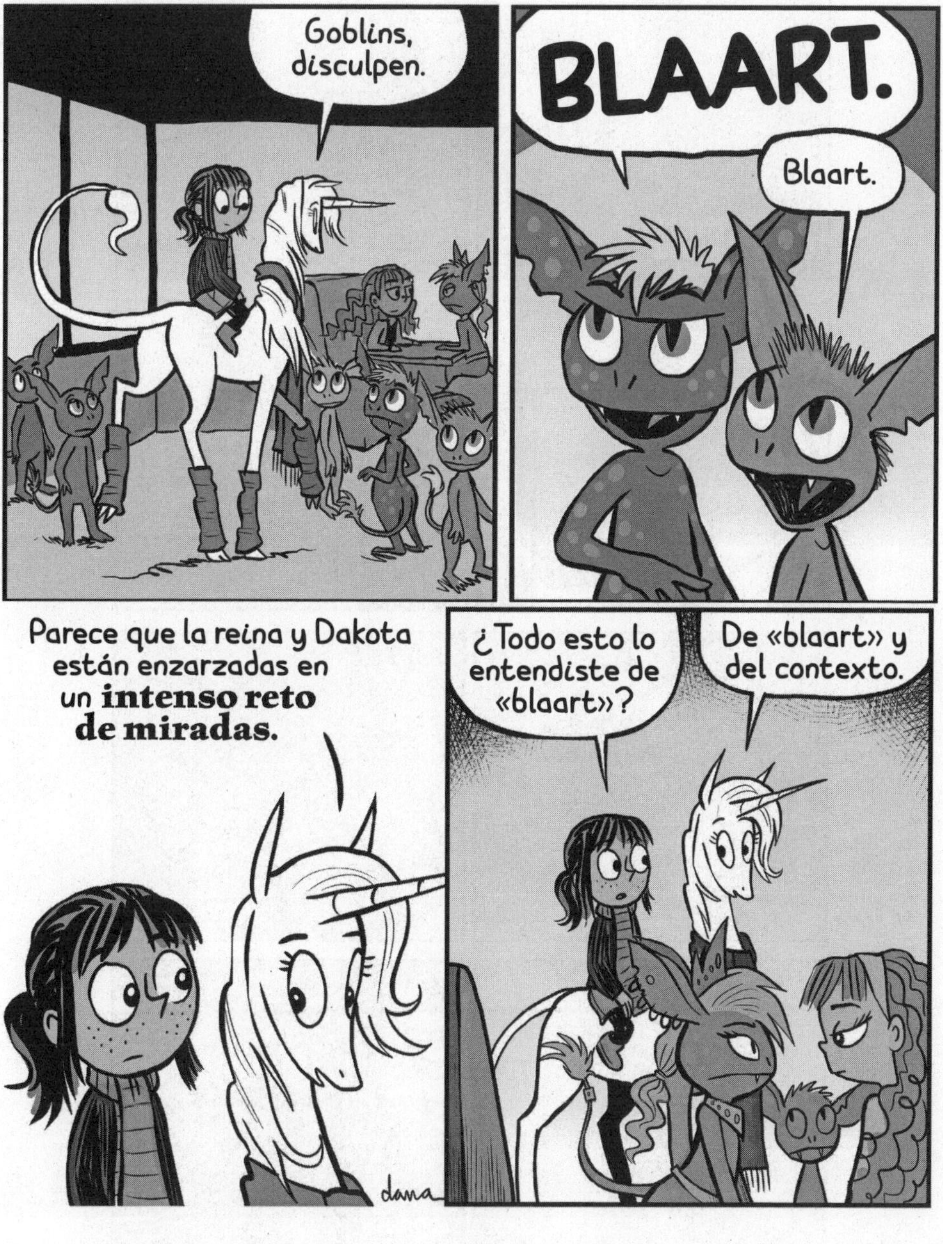
Goblins, disculpen.
BLAART.
Blaart.
Parece que la reina y Dakota están enzarzadas en un **intenso reto de miradas.**
¿Todo esto lo entendiste de «blaart»?
De «blaart» y del contexto.
dana

UN DÍA EN LA VIDA DE UN GLOBLIN QUE SE HACE PASAR POR UN NIÑO

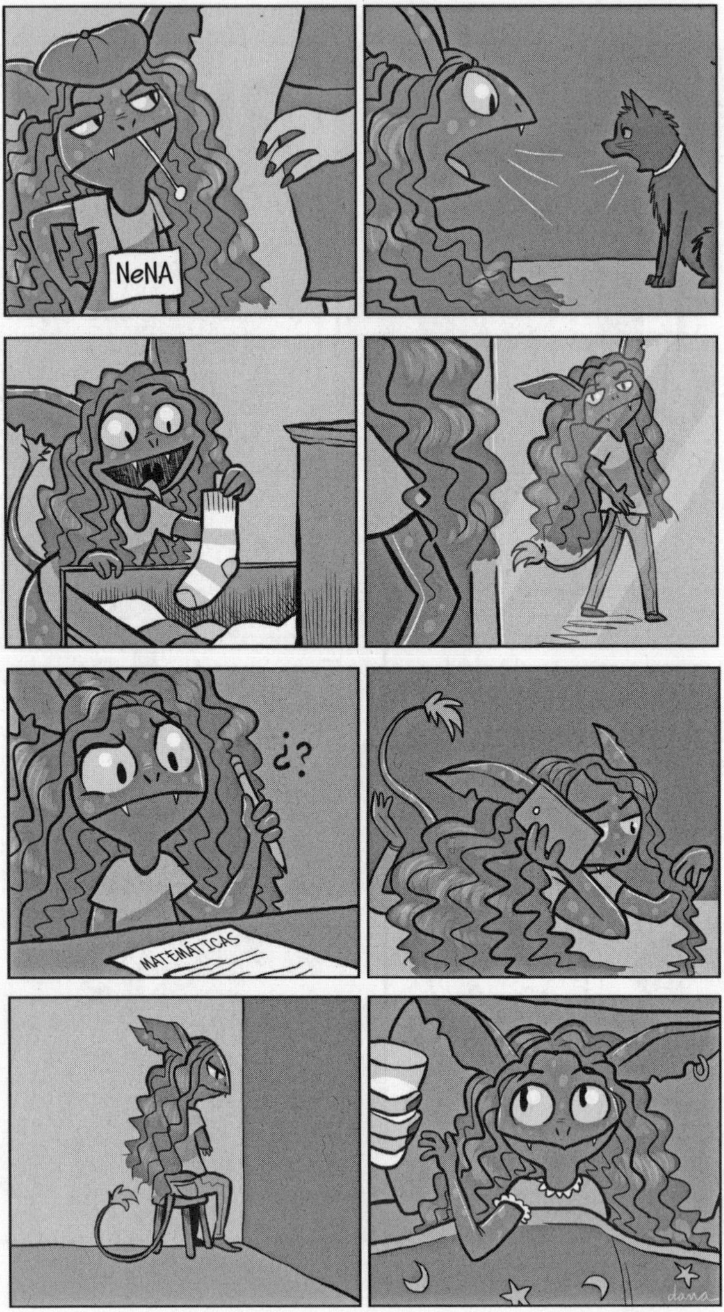
NeNA
¿?
MATEMÁTICAS
dana

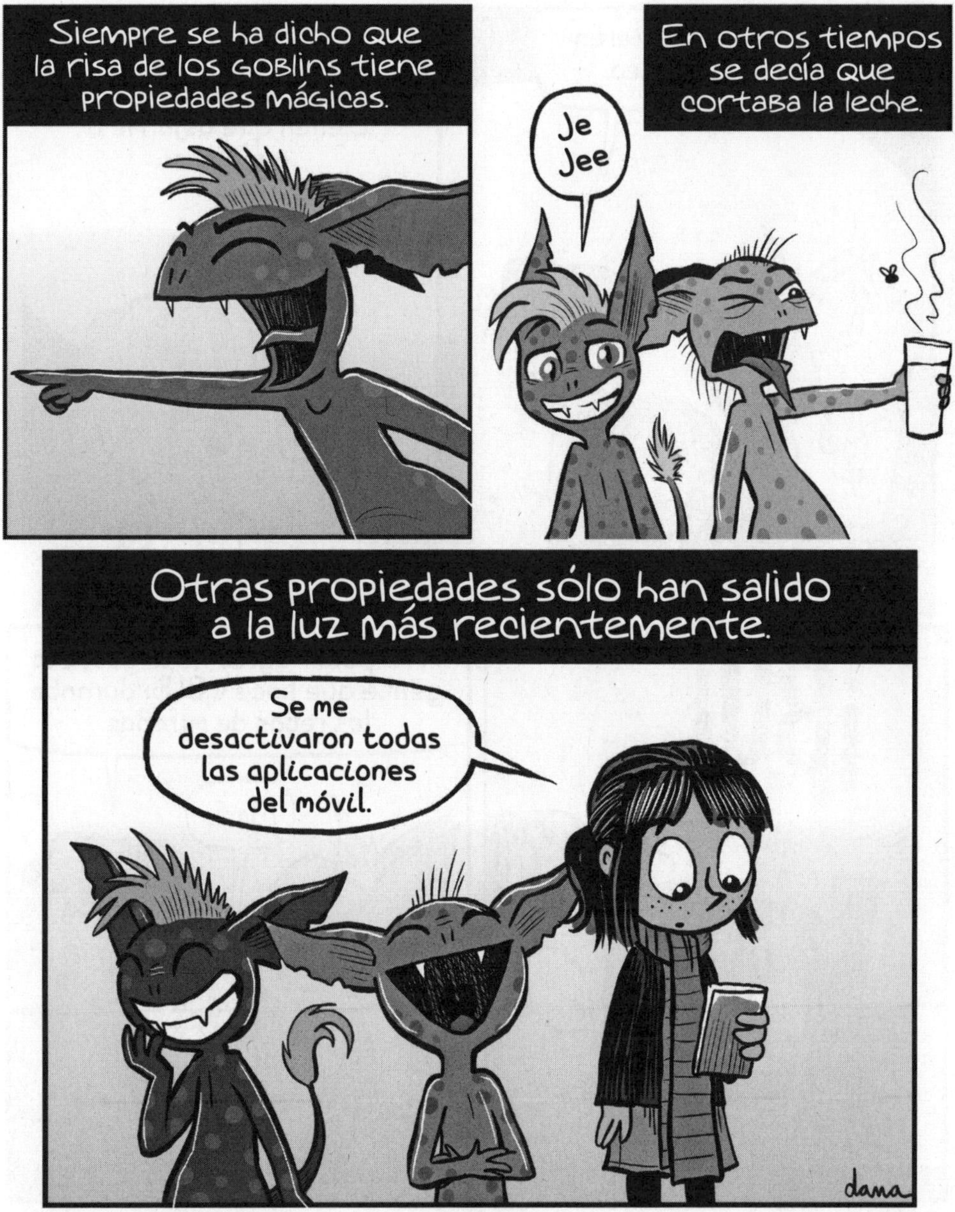
Siempre se ha dicho que la risa de los goblins tiene propiedades mágicas.
En otros tiempos se decía que cortaba la leche.
Je Jee
Otras propiedades sólo han salido a la luz más recientemente.
Se me desactivaron todas las aplicaciones del móvil.
dana

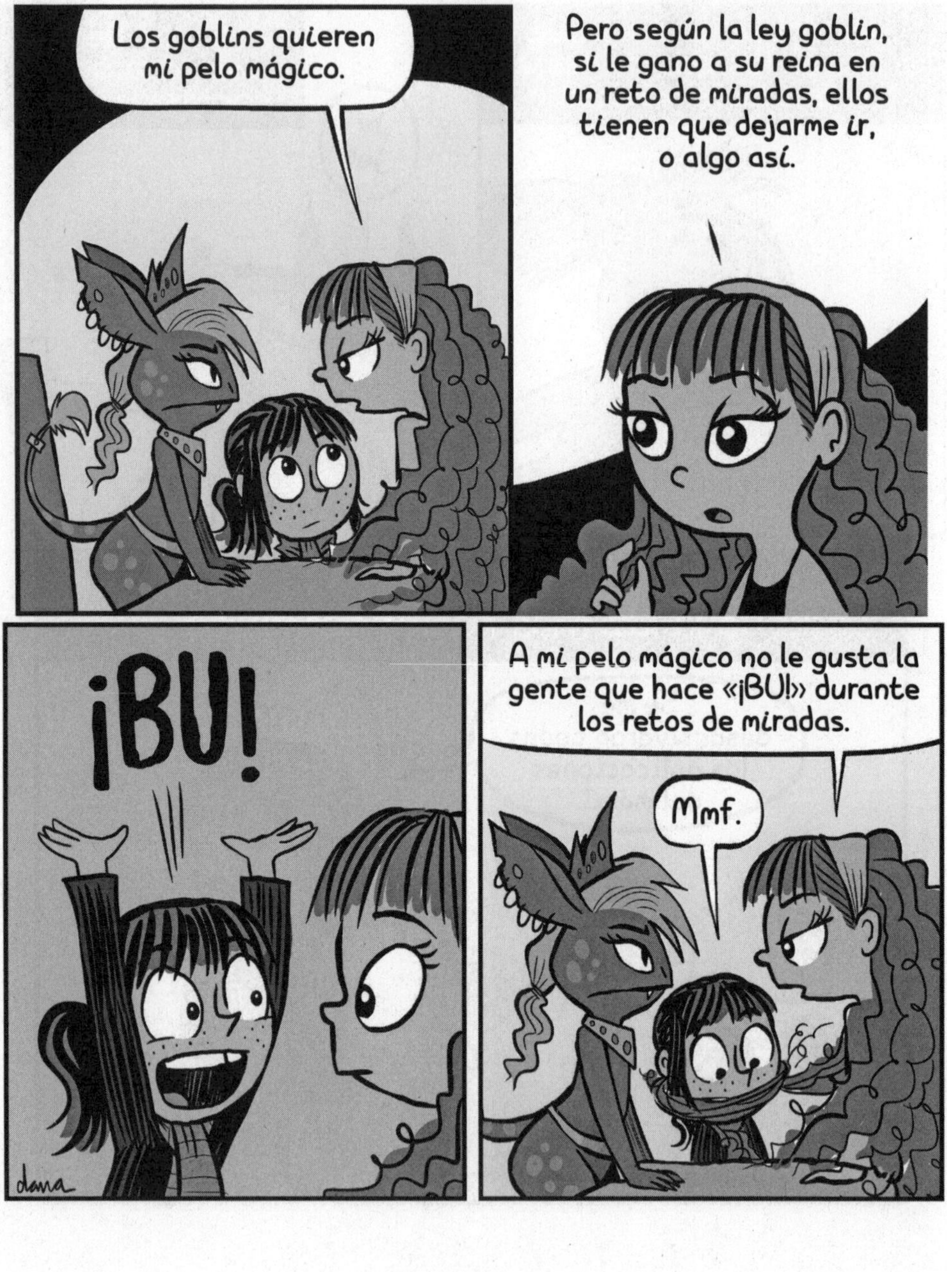
Los goblins quieren mi pelo mágico.
Pero según la ley goblin, si le gano a su reina en un reto de miradas, ellos tienen que dejarme ir, o algo así.
¡BU!
A mi pelo mágico no le gusta la gente que hace «¡BU!» durante los retos de miradas.
Mmf.

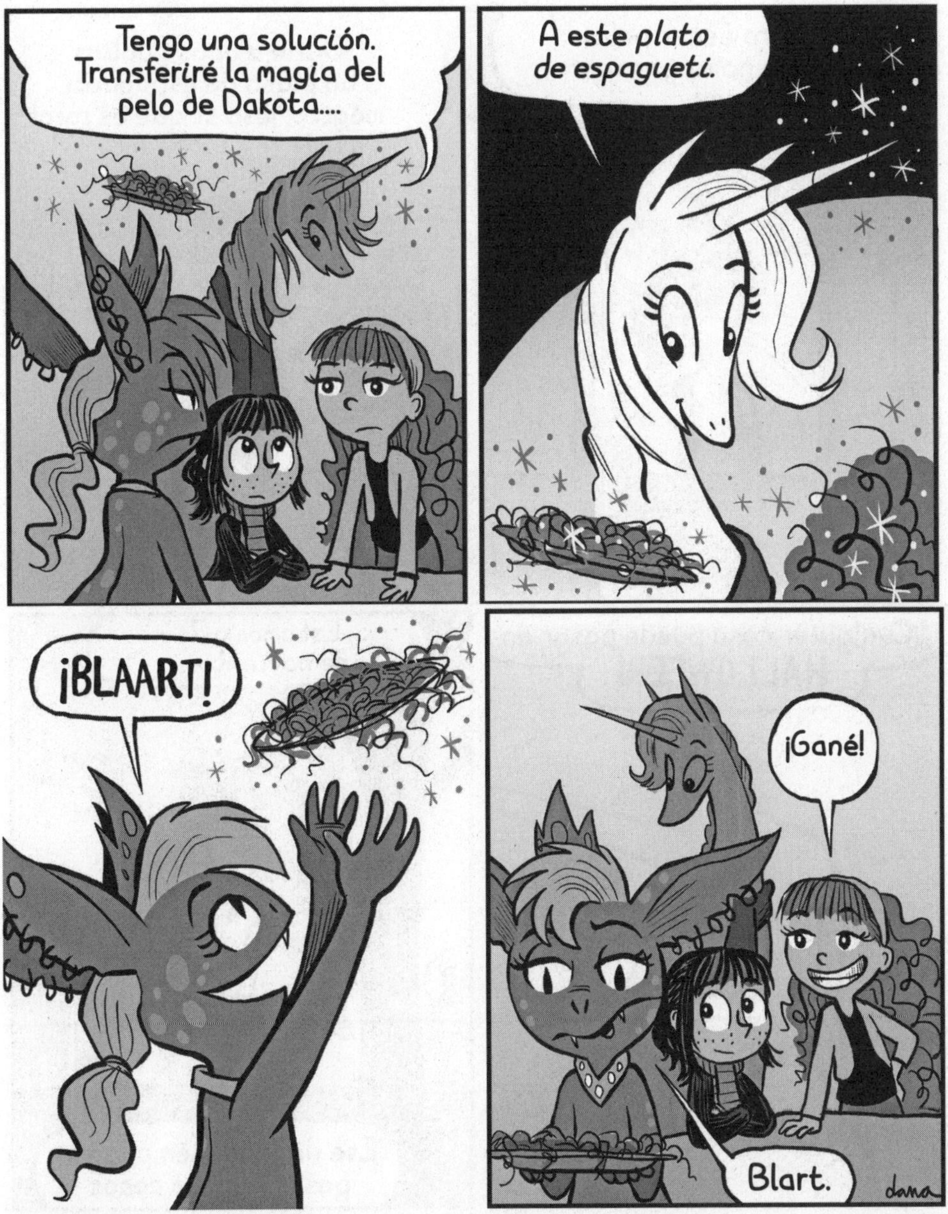
Tengo una solución. Transferiré la magia del pelo de Dakota....
A este *plato de espagueti.*
¡BLAART!
¡Gané!
Blart.
dana

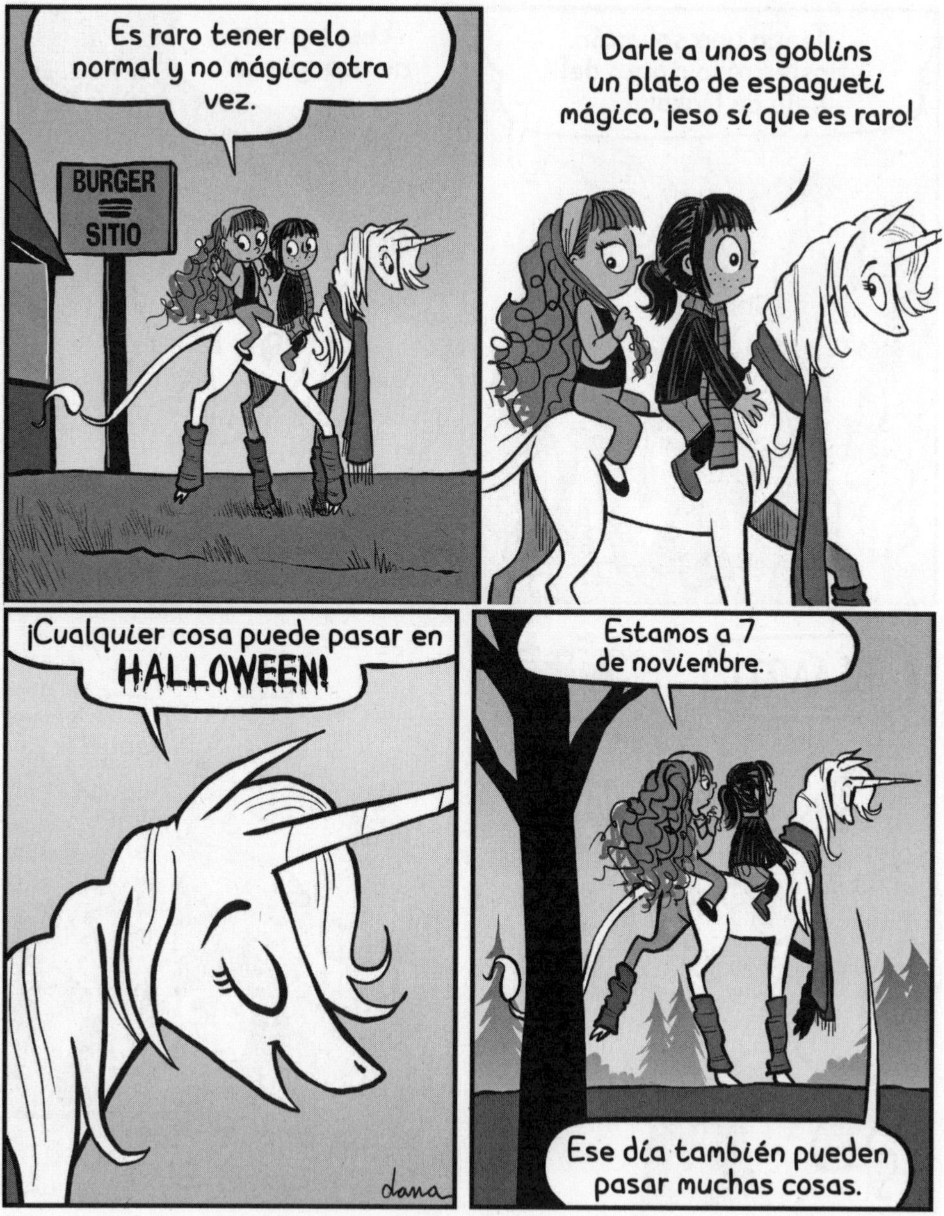
Es raro tener pelo normal y no mágico otra vez.
BURGER SITIO
Darle a unos goblins un plato de espagueti mágico, ¡eso sí que es raro!
¡Cualquier cosa puede pasar en HALLOWEEN!
Estamos a 7 de noviembre.
Ese día también pueden pasar muchas cosas.
dana

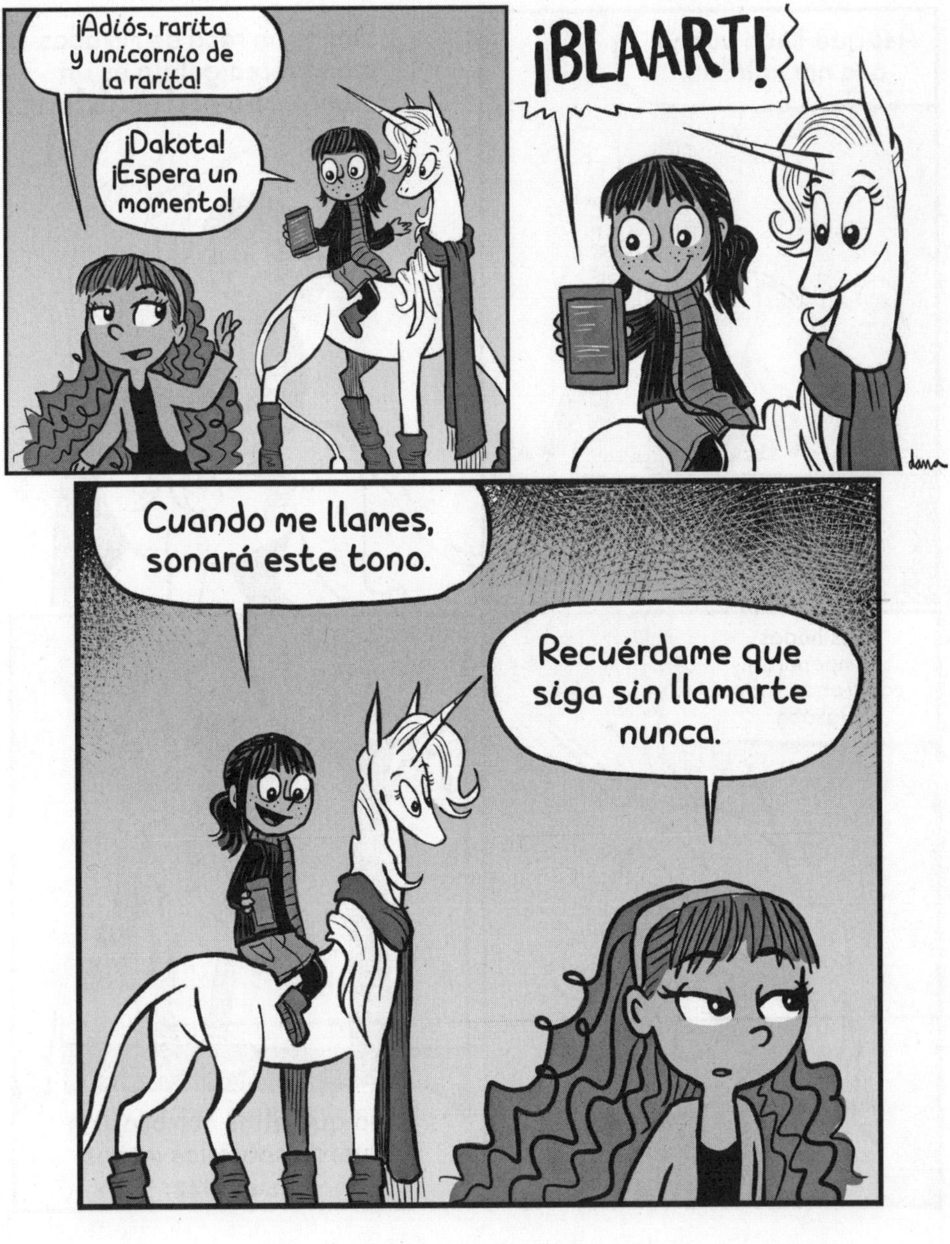
¡Adiós, rarita y unicornio de la rarita!
¡Dakota! ¡Espera un momento!
¡BLAART!
dana
Cuando me llames, sonará este tono.
Recuérdame que siga sin llamarte nunca.

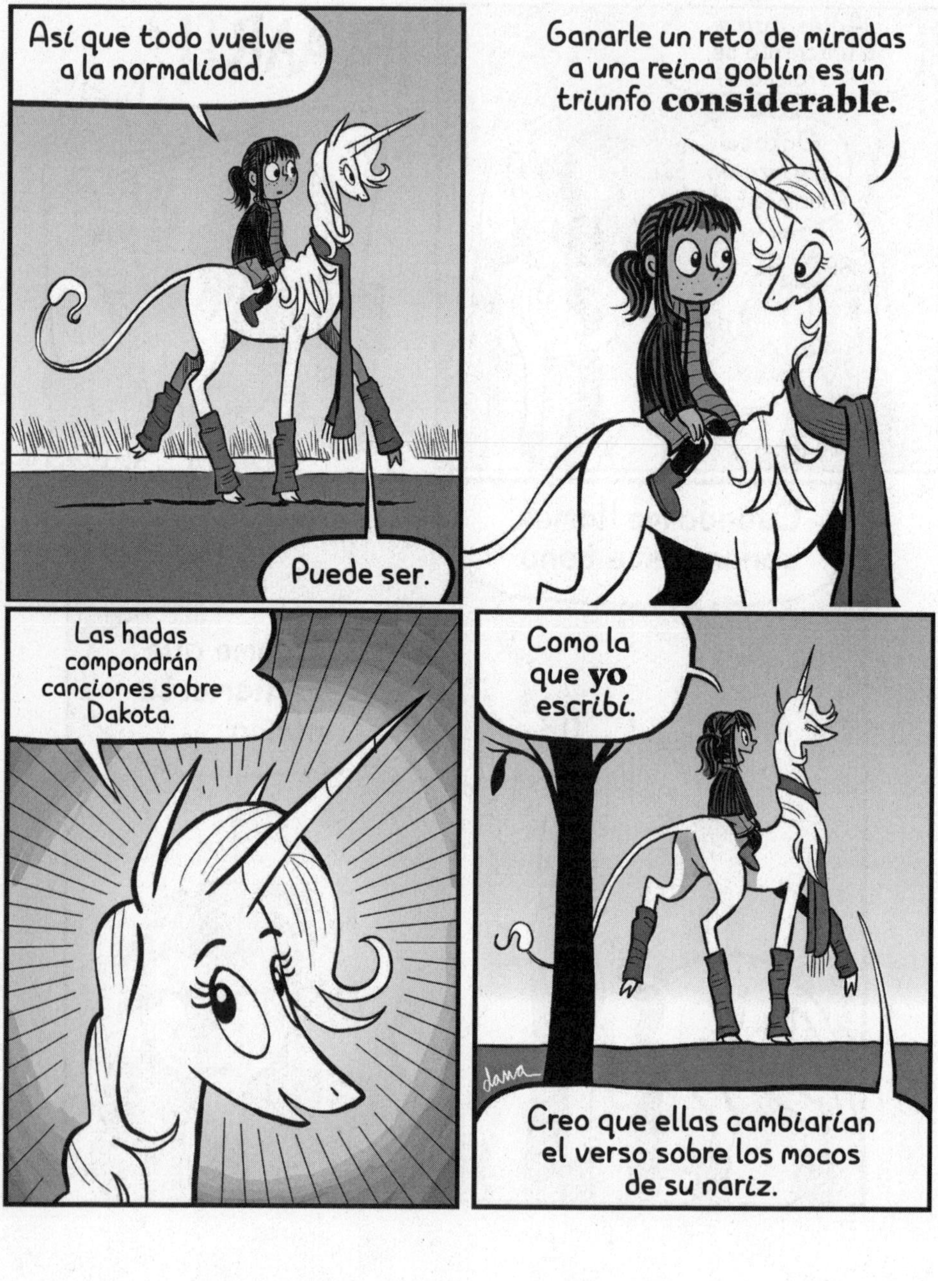

Así que todo vuelve a la normalidad.
Puede ser.
Ganarle un reto de miradas a una reina goblin es un triunfo **considerable.**
Las hadas compondrán canciones sobre Dakota.
Como la que **yo** escribí.
Creo que ellas cambiarían el verso sobre los mocos de su nariz.

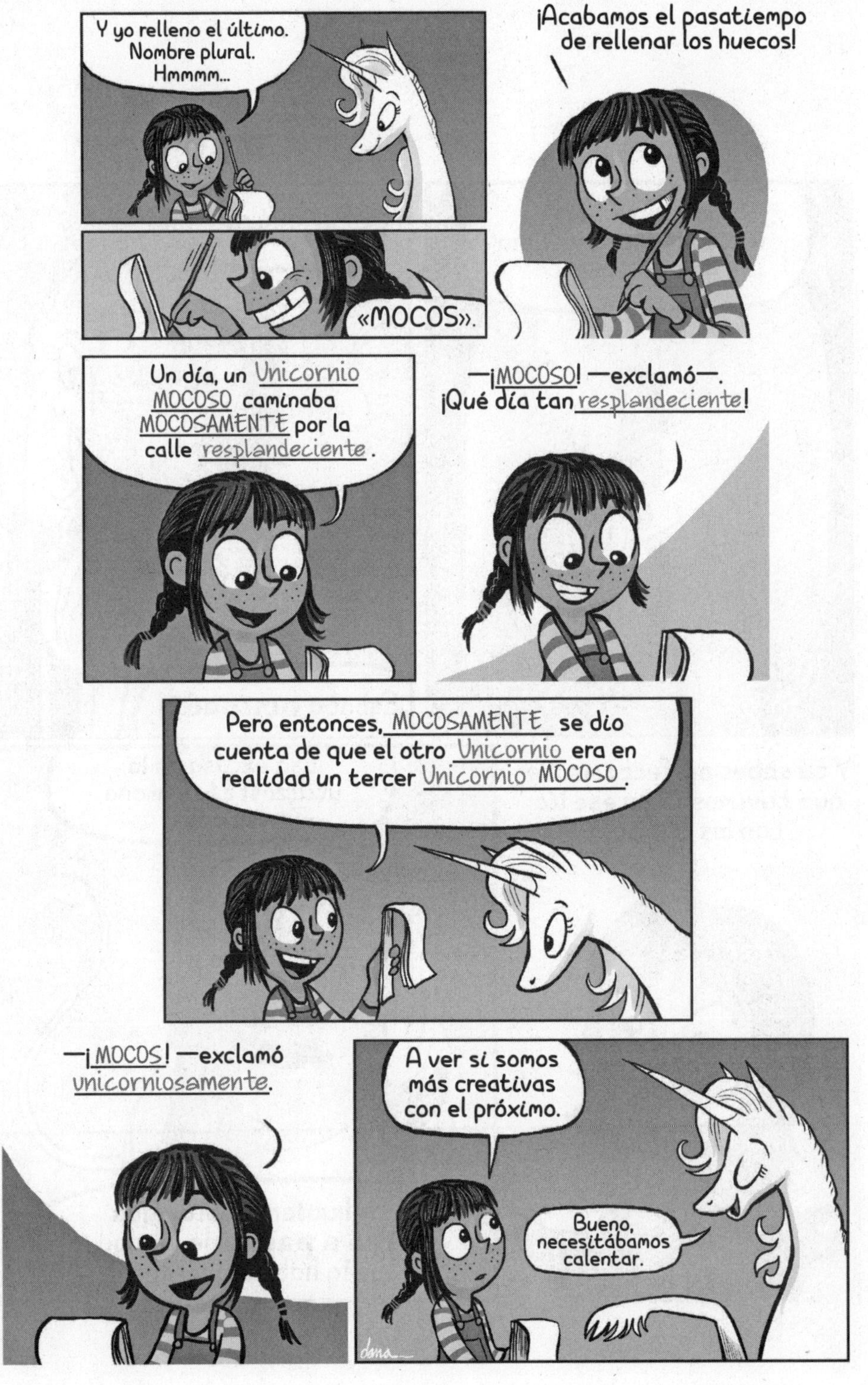
Y yo relleno el último. Nombre plural. Hmmmm...
«MOCOS».
¡Acabamos el pasatiempo de rellenar los huecos!
Un día, un Unicornio MOCOSO caminaba MOCOSAMENTE por la calle resplandeciente.
—¡MOCOSO! —exclamó—. ¡Qué día tan resplandeciente!
Pero entonces, MOCOSAMENTE se dio cuenta de que el otro Unicornio era en realidad un tercer Unicornio MOCOSO.
—¡MOCOS! —exclamó unicorniosamente.
A ver si somos más creativas con el próximo.
Bueno, necesitábamos calentar.

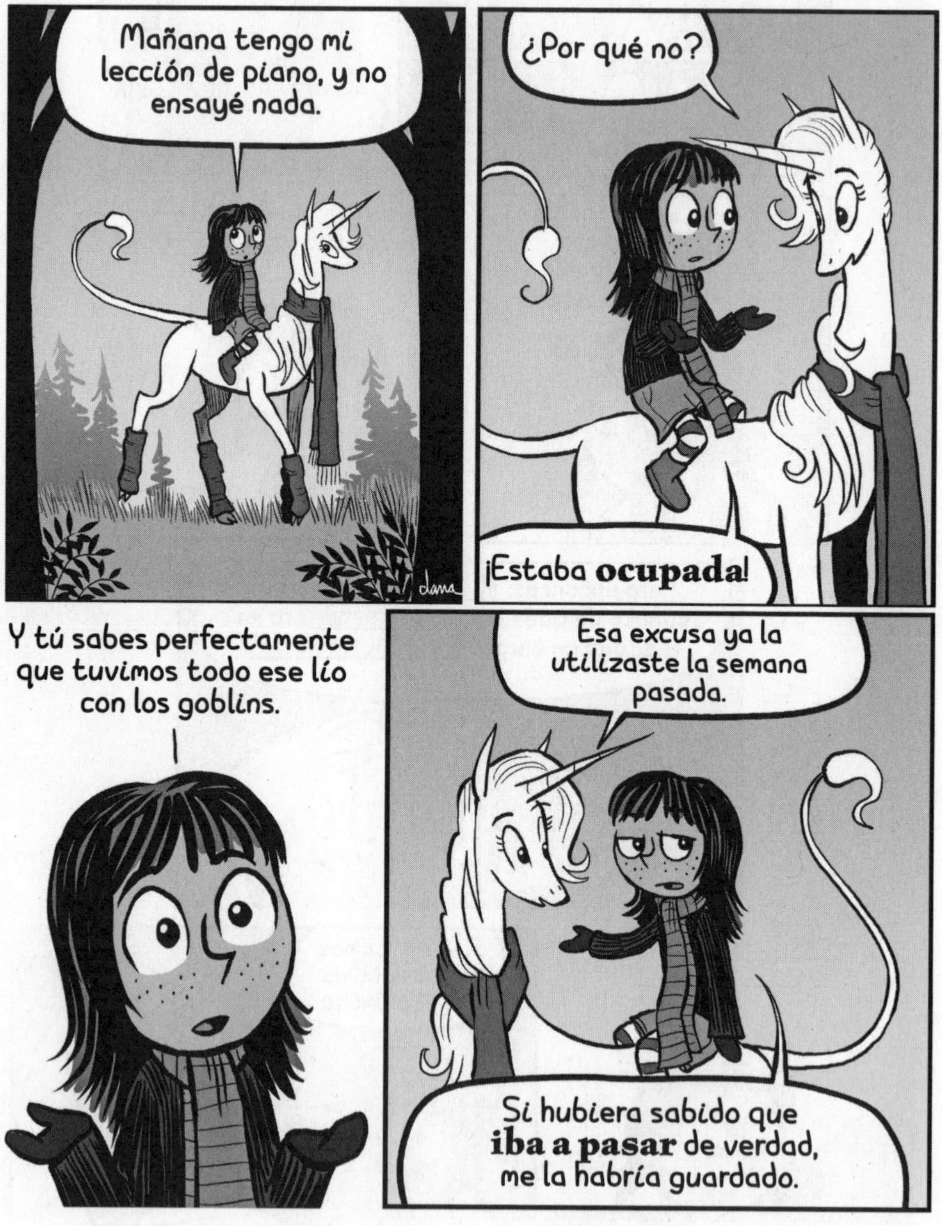
Mañana tengo mi lección de piano, y no ensayé nada.
¿Por qué no?
¡Estaba **ocupada**!
Y tú sabes perfectamente que tuvimos todo ese lío con los goblins.
Esa excusa ya la utilizaste la semana pasada.
Si hubiera sabido que **iba a pasar** de verdad, me la habría guardado.

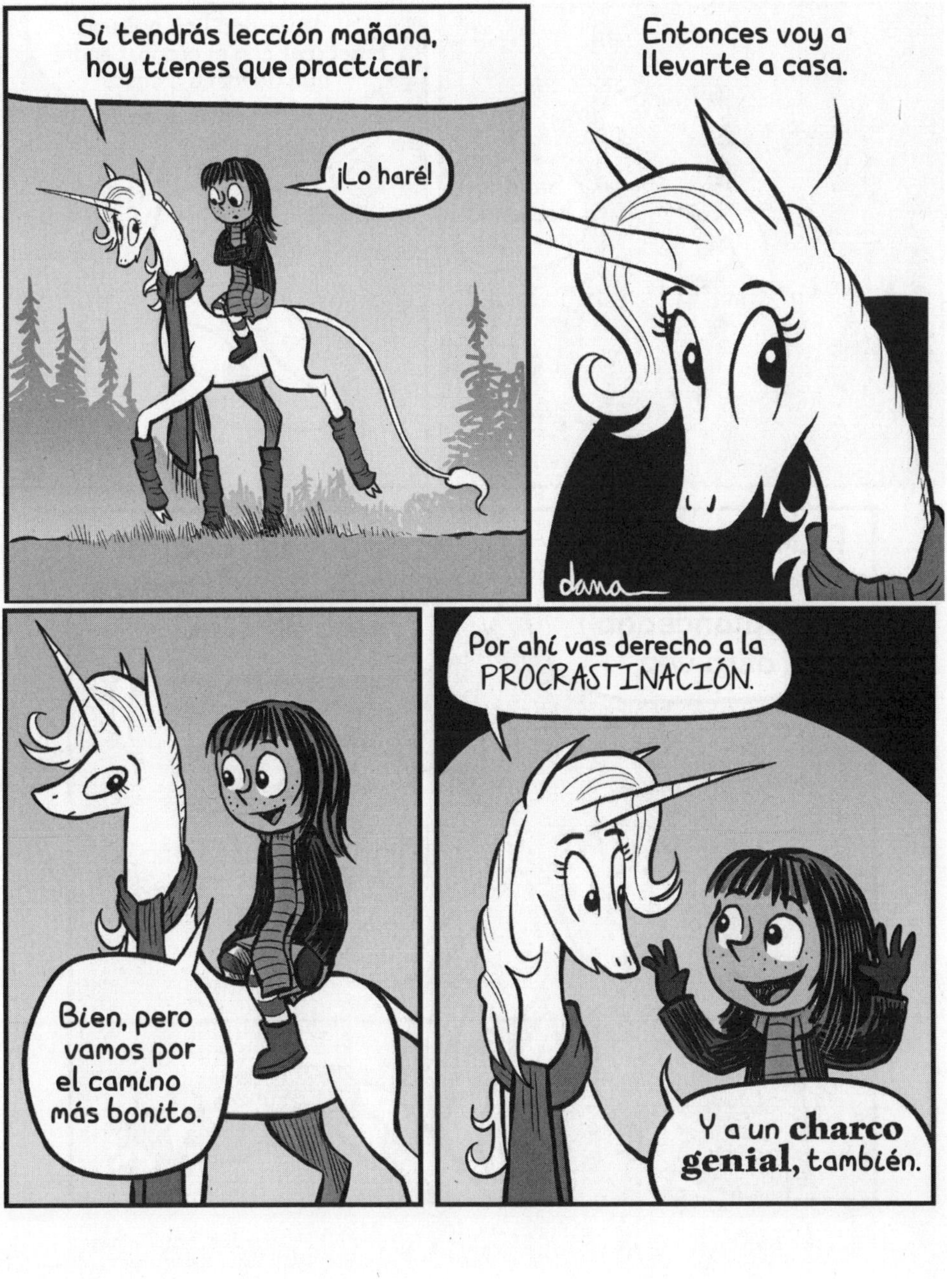
Si tendrás lección mañana, hoy tienes que practicar.
¡Lo haré!
Entonces voy a llevarte a casa.
dana
Bien, pero vamos por el camino más bonito.
Por ahí vas derecho a la PROCRASTINACIÓN.
Y a un **charco genial**, también.

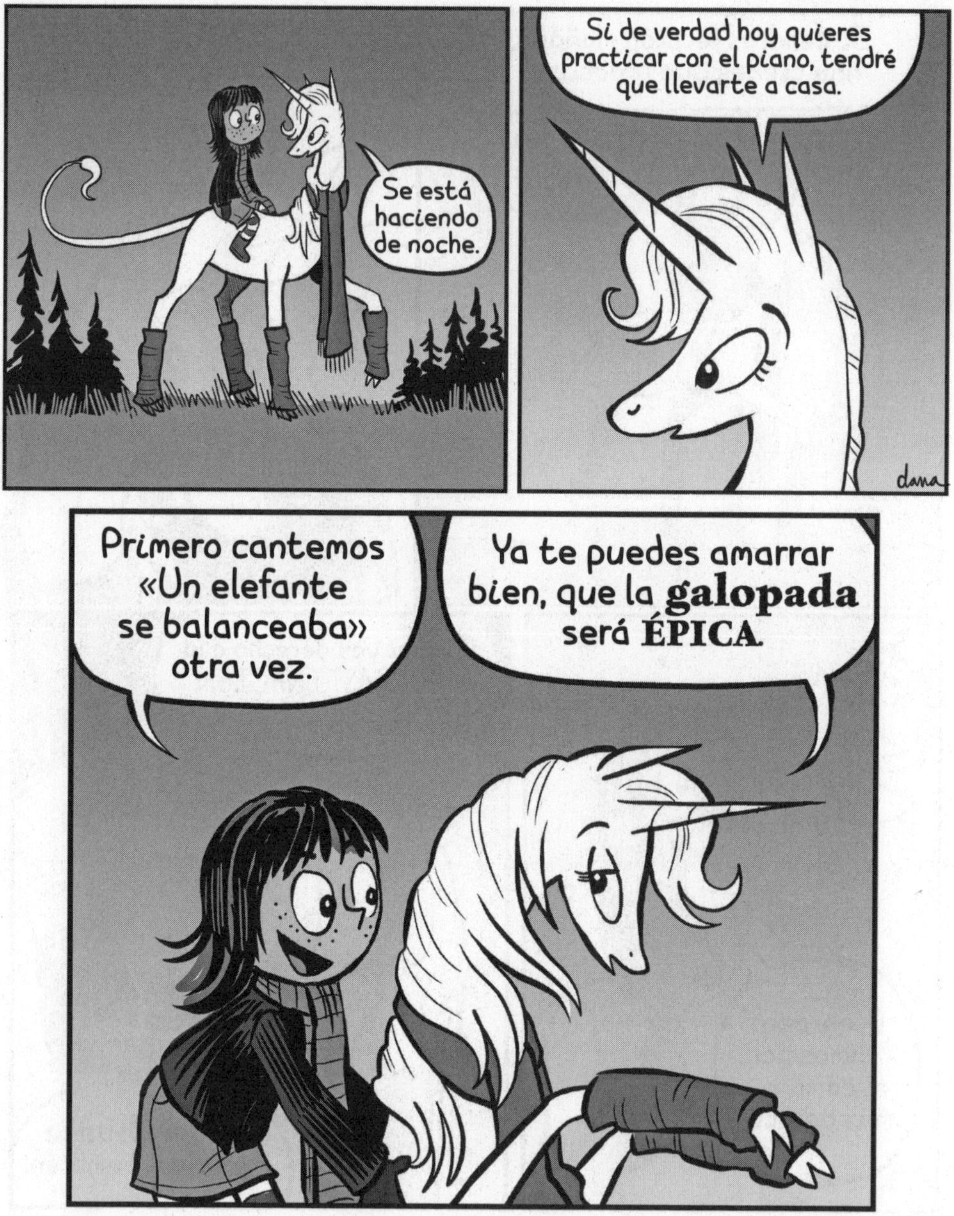
Se está haciendo de noche.
Si de verdad hoy quieres practicar con el piano, tendré que llevarte a casa.
dana
Primero cantemos «Un elefante se balanceaba» otra vez.
Ya te puedes amarrar bien, que la **galopada** será **ÉPICA**.

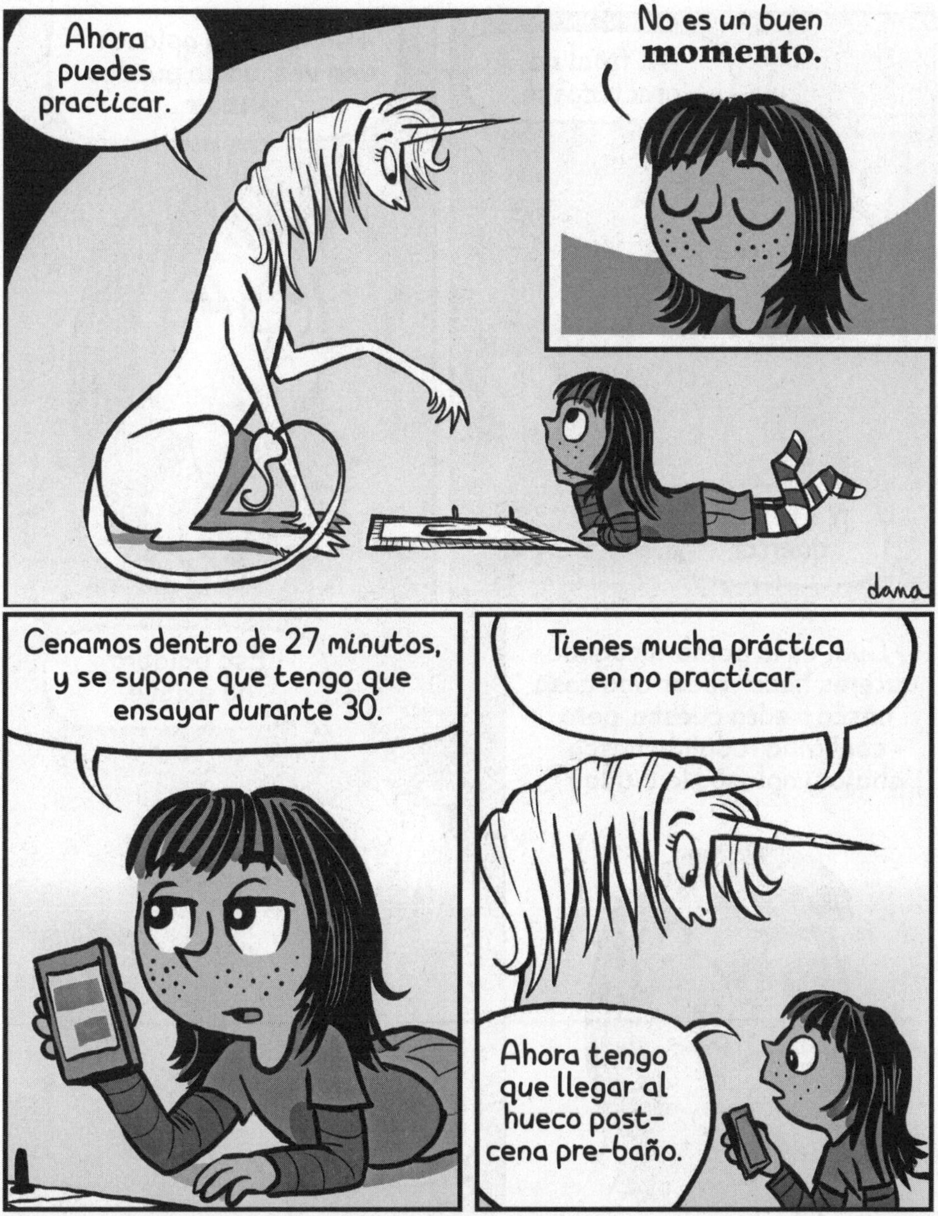
Ahora puedes practicar.
No es un buen **momento.**
dana
Cenamos dentro de 27 minutos, y se supone que tengo que ensayar durante 30.
Tienes mucha práctica en no practicar.
Ahora tengo que llegar al hueco post-cena pre-baño.

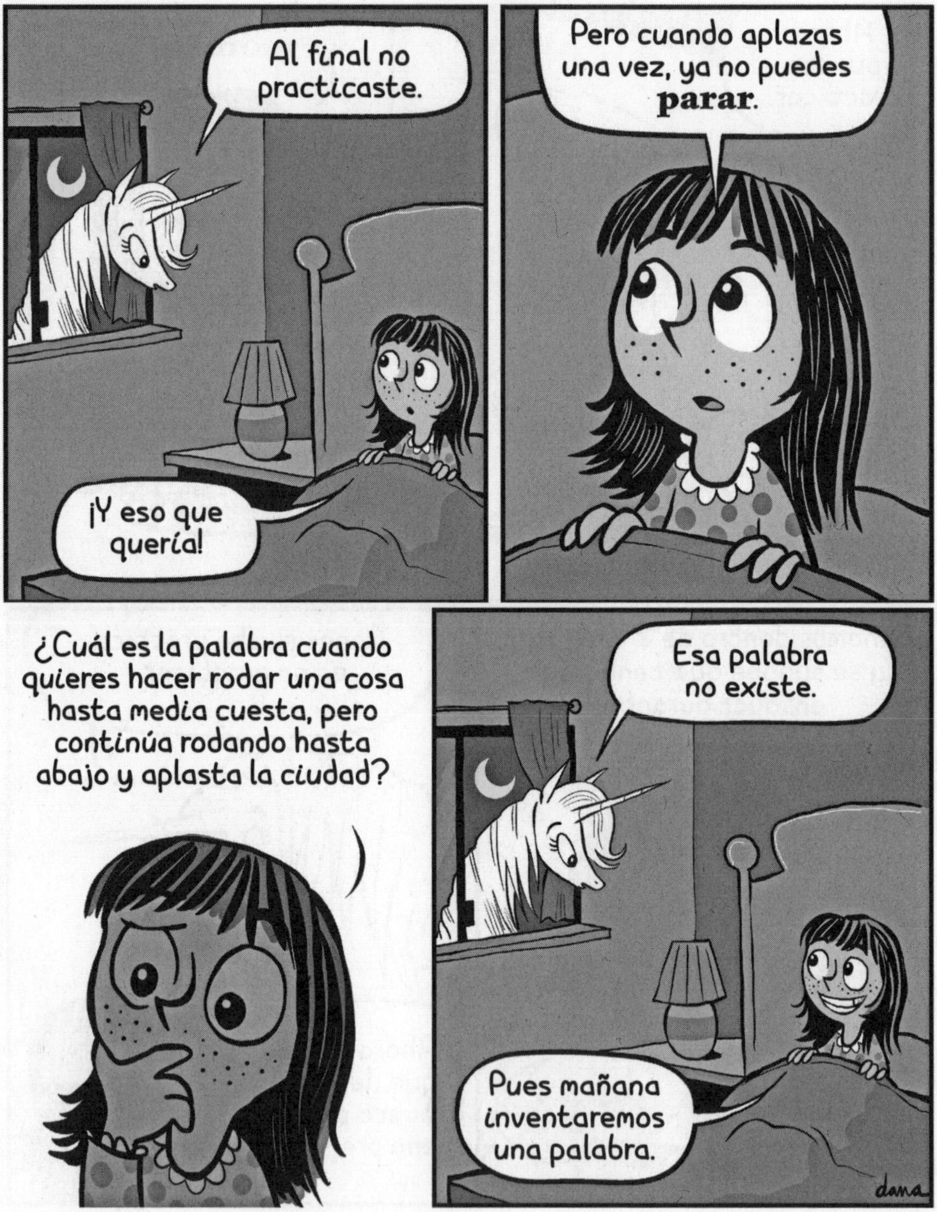
Al final no practicaste.
¡Y eso que quería!
Pero cuando aplazas una vez, ya no puedes **parar**.
¿Cuál es la palabra cuando quieres hacer rodar una cosa hasta media cuesta, pero continúa rodando hasta abajo y aplasta la ciudad?
Esa palabra no existe.
Pues mañana inventaremos una palabra.
dana

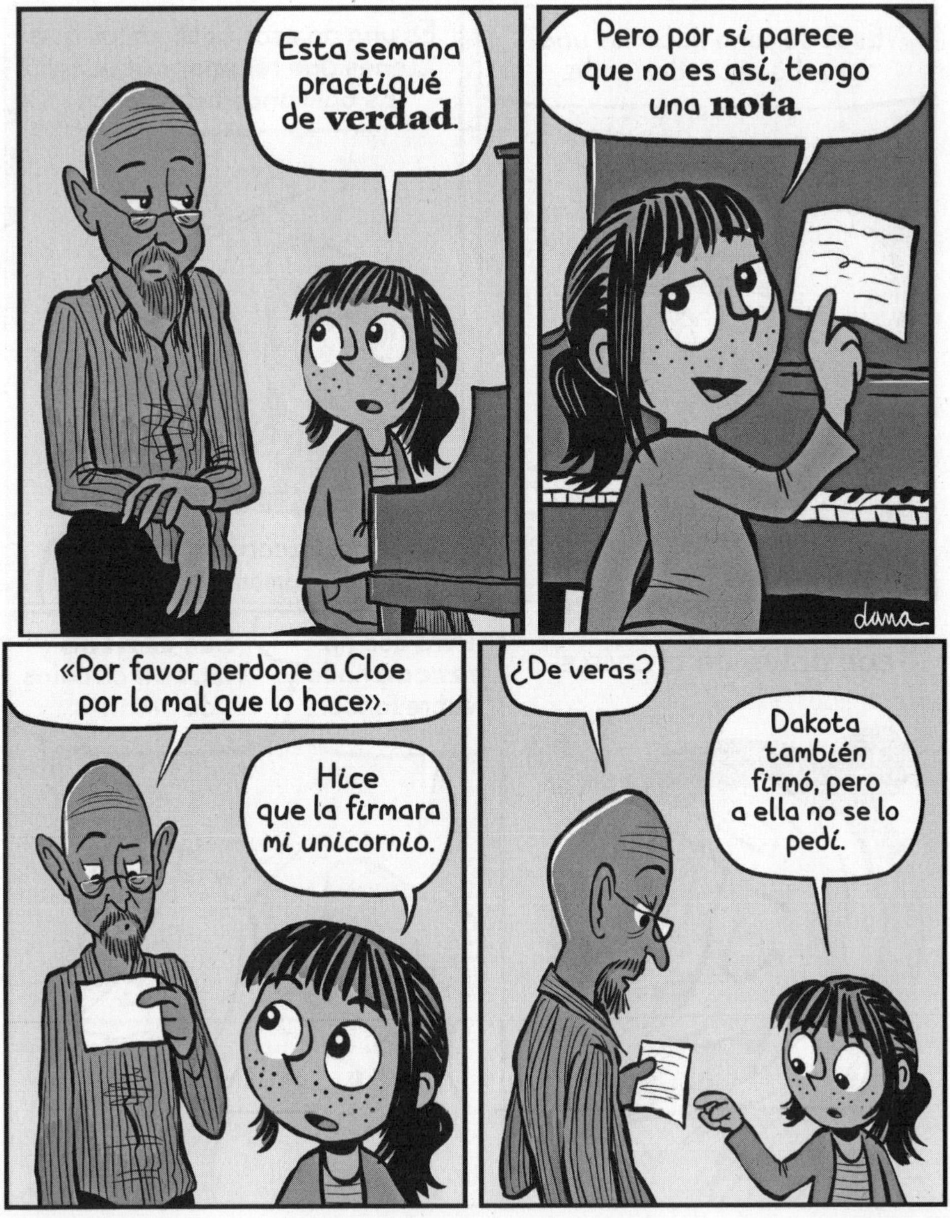
Esta semana practiqué de **verdad**.
Pero por si parece que no es así, tengo una **nota**.
dana
«Por favor perdone a Cloe por lo mal que lo hace».
Hice que la firmara mi unicornio.
¿De veras?
Dakota también firmó, pero a ella no se lo pedí.

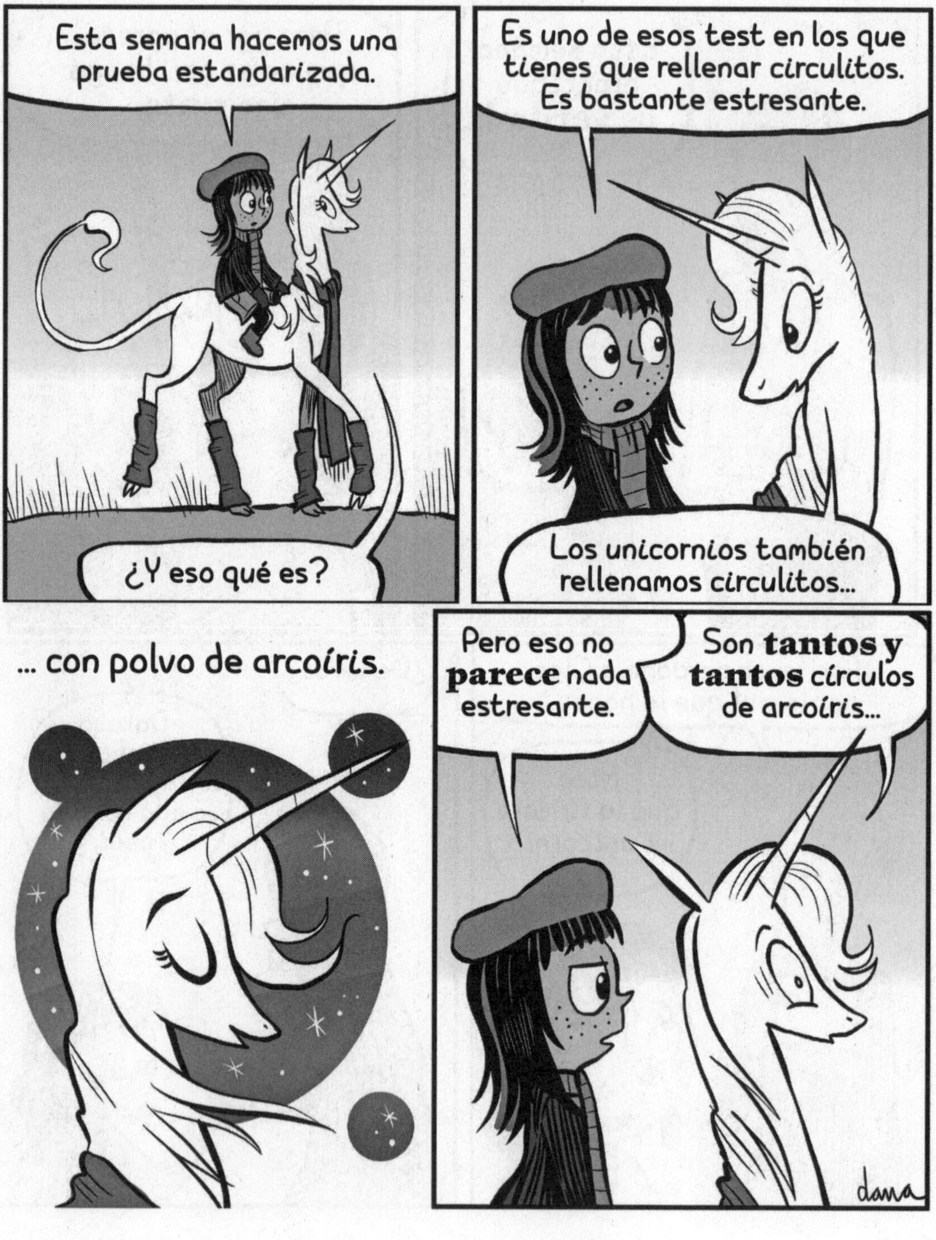
Esta semana hacemos una prueba estandarizada.
¿Y eso qué es?
Es uno de esos test en los que tienes que rellenar circulitos. Es bastante estresante.
Los unicornios también rellenamos circulitos...
... con polvo de arcoíris.
Pero eso no **parece** nada estresante.
Son **tantos y tantos** círculos de arcoíris...
dana

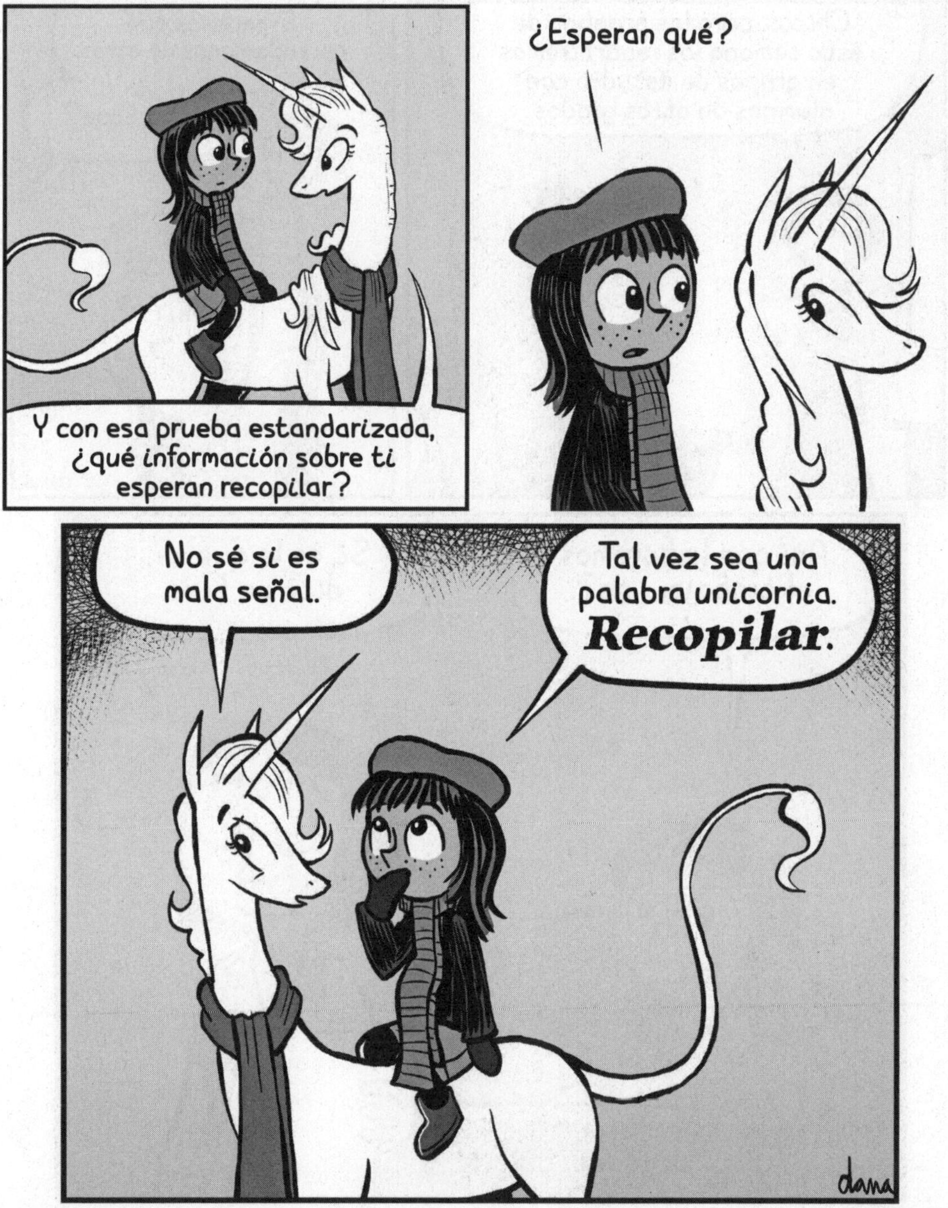
Y con esa prueba estandarizada, ¿qué información sobre ti esperan recopilar?
¿Esperan qué?
No sé si es mala señal.
Tal vez sea una palabra unicornia. Recopilar.
dana

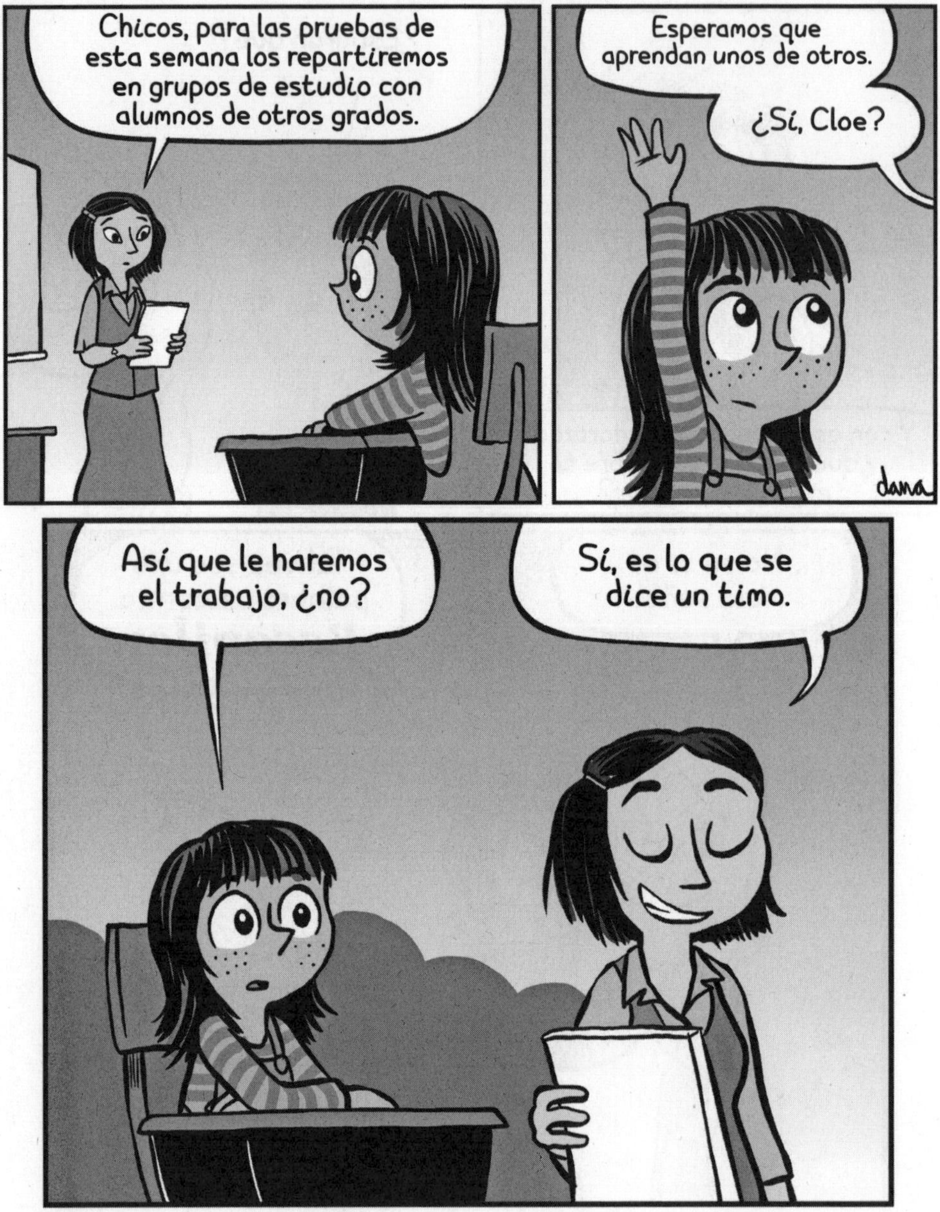

Chicos, para las pruebas de esta semana los repartiremos en grupos de estudio con alumnos de otros grados.
Esperamos que aprendan unos de otros.
¿Sí, Cloe?
dana
Así que le haremos el trabajo, ¿no?
Sí, es lo que se dice un timo.

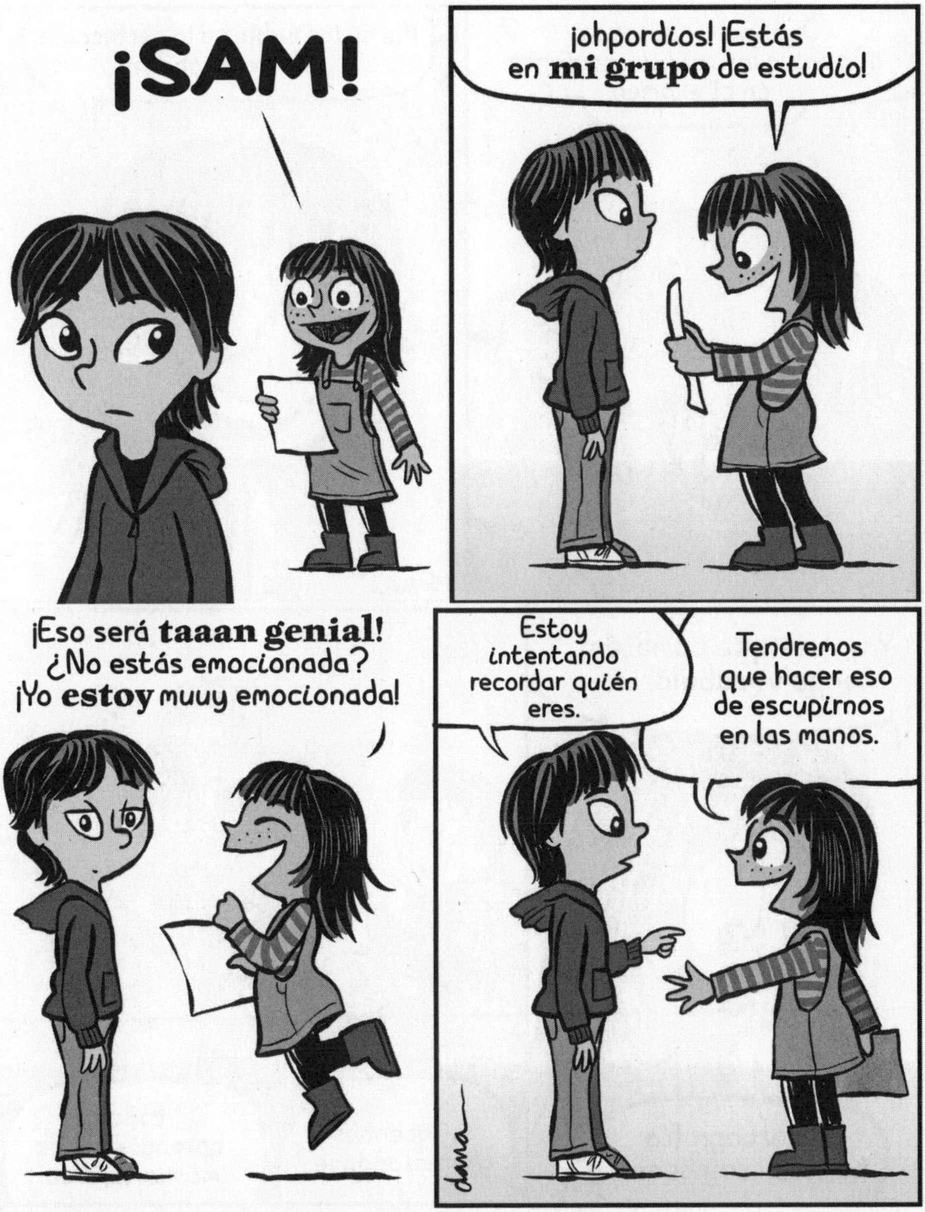
¡SAM!
¡ohpordios! ¡Estás en **mi grupo** de estudio!
¡Eso será **taaan genial**! ¿No estás emocionada? ¡Yo **estoy** muuy emocionada!
Estoy intentando recordar quién eres.
Tendremos que hacer eso de escupirnos en las manos.
dana

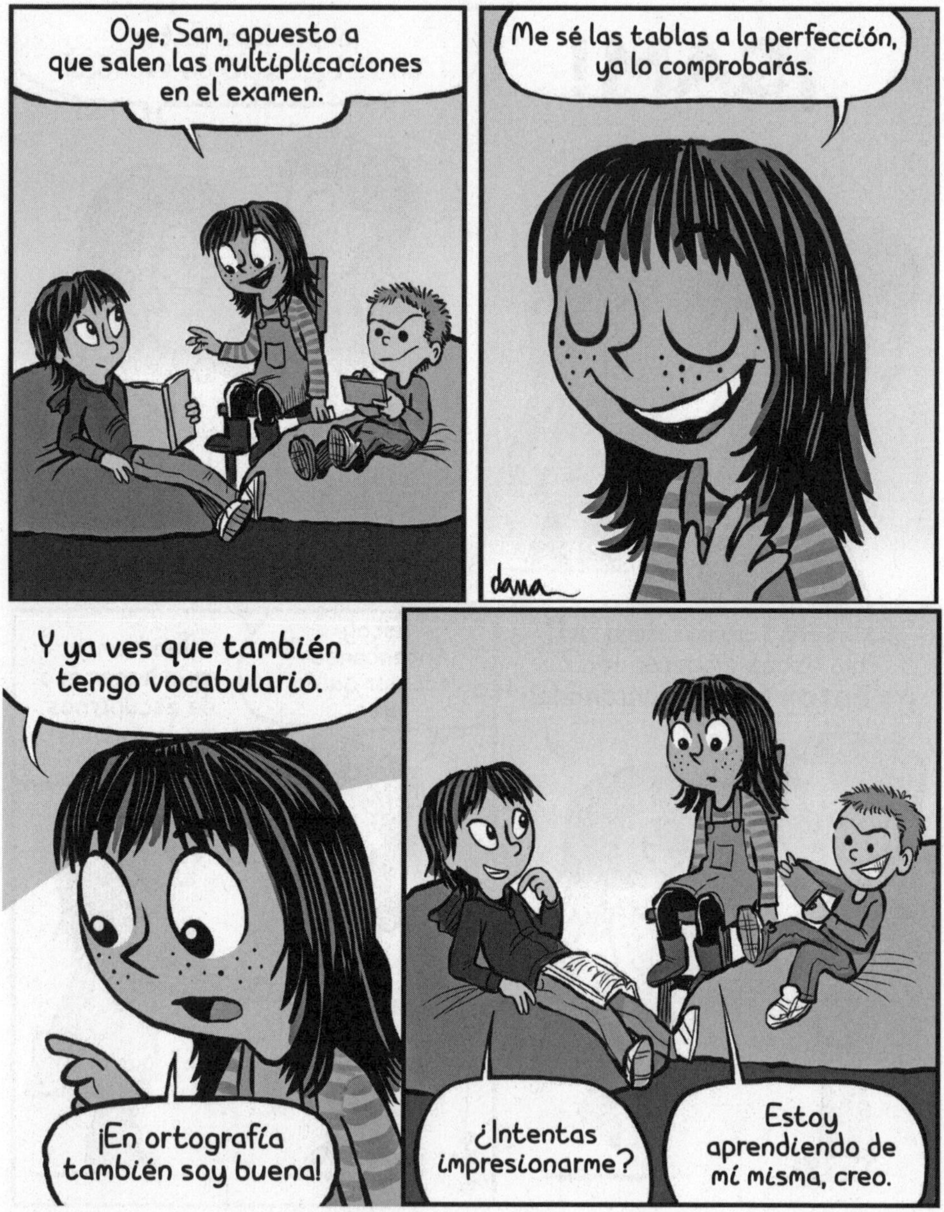
Oye, Sam, apuesto a que salen las multiplicaciones en el examen.
Me sé las tablas a la perfección, ya lo comprobarás.
dana
Y ya ves que también tengo vocabulario.
¡En ortografía también soy buena!
¿Intentas impresionarme?
Estoy aprendiendo de mí misma, creo.

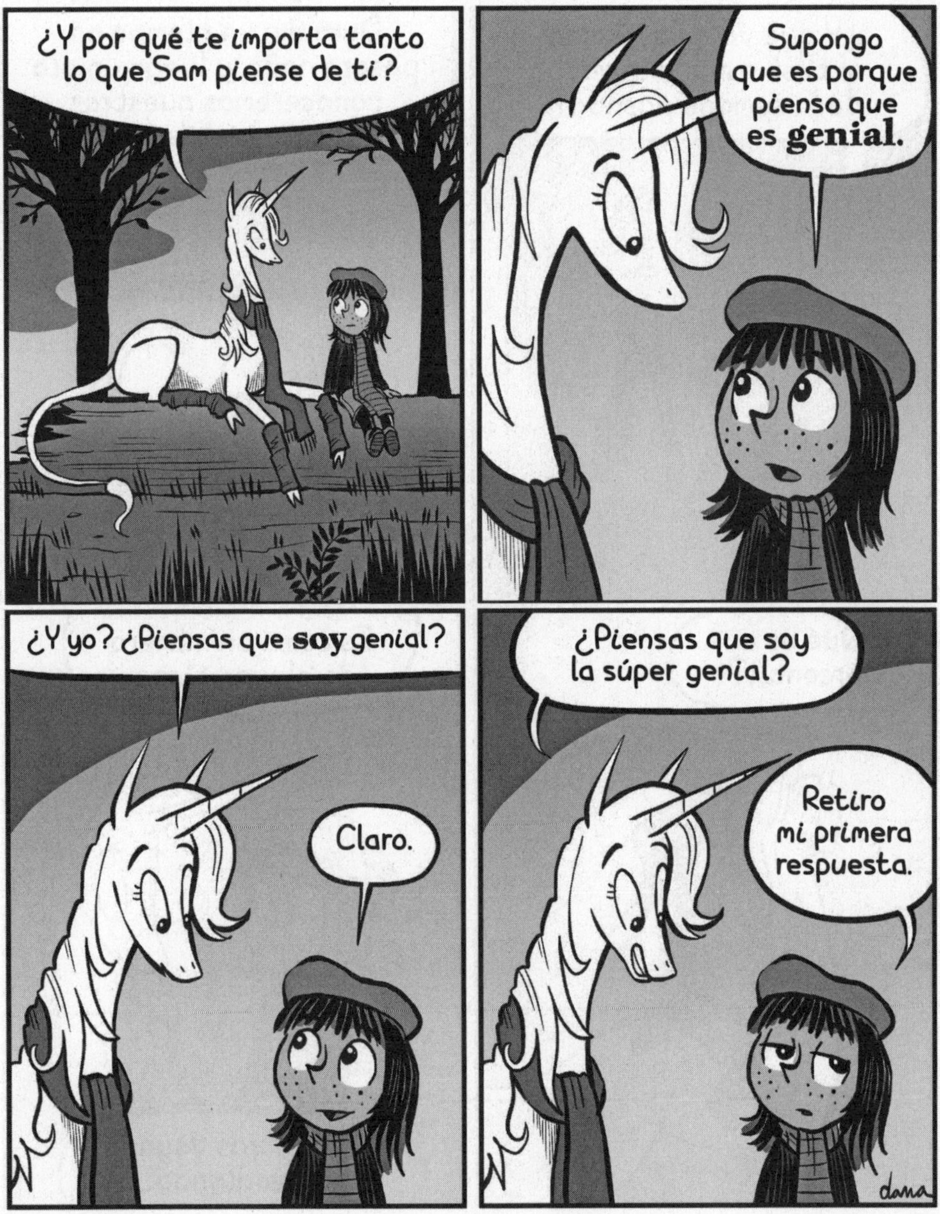
¿Y por qué te importa tanto lo que Sam piense de ti?
Supongo que es porque pienso que es **genial.**
¿Y yo? ¿Piensas que **soy** genial?
Claro.
¿Piensas que soy la súper genial?
Retiro mi primera respuesta.
dana

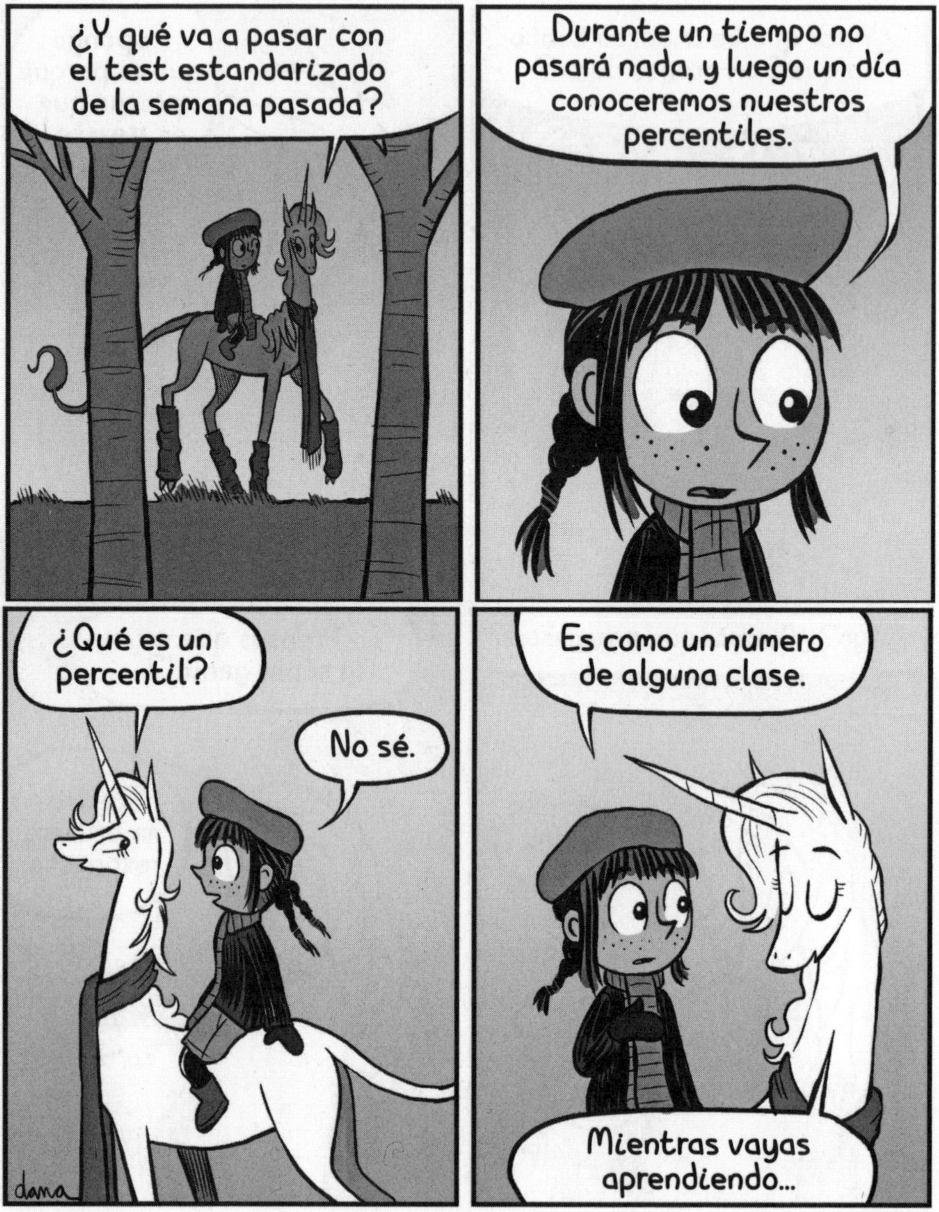
¿Y qué va a pasar con el test estandarizado de la semana pasada?
Durante un tiempo no pasará nada, y luego un día conoceremos nuestros percentiles.
¿Qué es un percentil?
No sé.
dana
Es como un número de alguna clase.
Mientras vayas aprendiendo...

Cómo dibujar algunos personajes más

¡Hay más personajes además de Cloe y Caléndula!
Así es como dibujo a algunos de ellos.

Dakota y Max

Como en el caso de Cloe, la cabeza de Dakota se basa en un círculo.

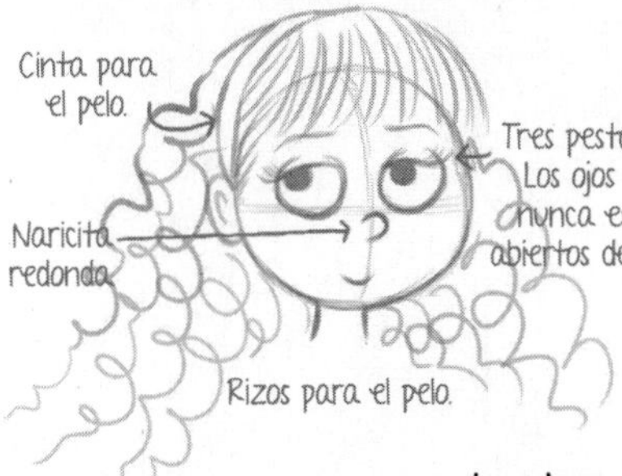
Cinta para el pelo.
Tres pestañas... Los ojos casi nunca están abiertos del todo.
Naricita redonda.
Rizos para el pelo.

Max es más bien un óvalo

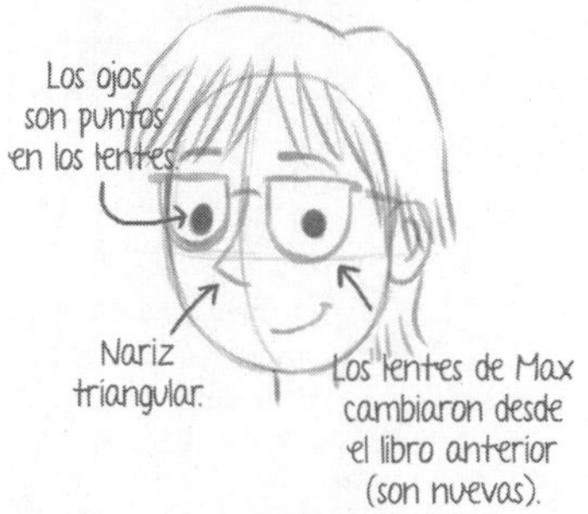
Los ojos son puntos en los lentes.
Nariz triangular.
Los lentes de Max cambiaron desde el libro anterior (son nuevos).

Los dos son un poco más altos y delgados que Cloe.

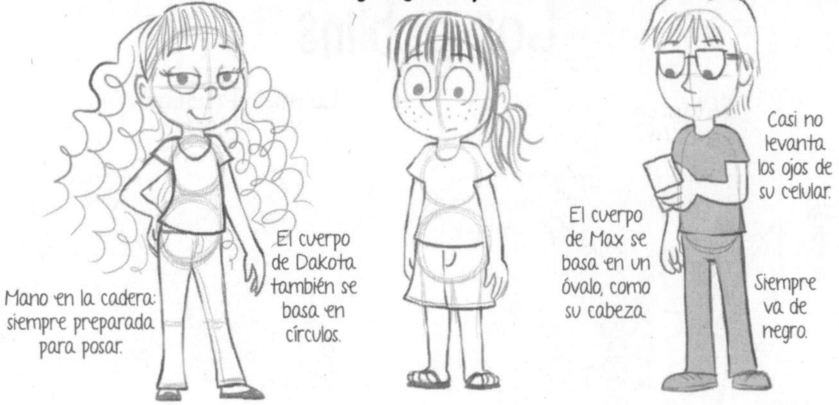
Mano en la cadera: siempre preparada para posar.
El cuerpo de Dakota también se basa en círculos.
El cuerpo de Max se basa en un óvalo, como su cabeza.
Casi no levanta los ojos de su celular.
Siempre va de negro.

Todd, el dragón de los dulces

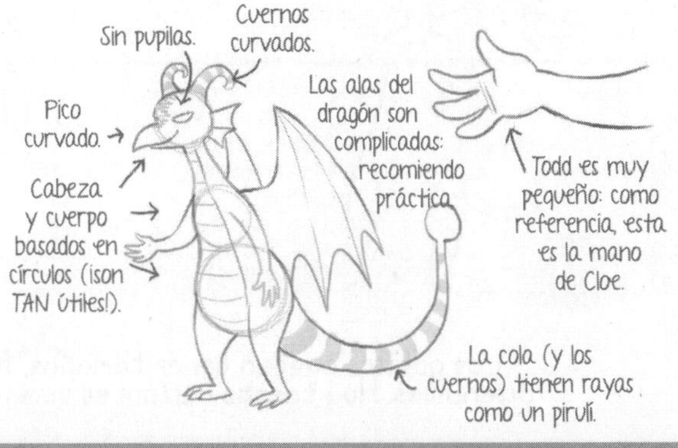
Sin pupilas.
Cuernos curvados.
Pico curvado.
Cabeza y cuerpo basados en círculos (¡son TAN útiles!).
Las alas del dragón son complicadas: recomiendo práctica.
Todd es muy pequeño: como referencia, esta es la mano de Cloe.
La cola (y los cuernos) tienen rayas como un pirulí.

Florencia Nariz Desdichada

Florencia se parece mucho a su hermana Caléndula Nariz Celestial en muchos aspectos, pero también son muy diferentes.

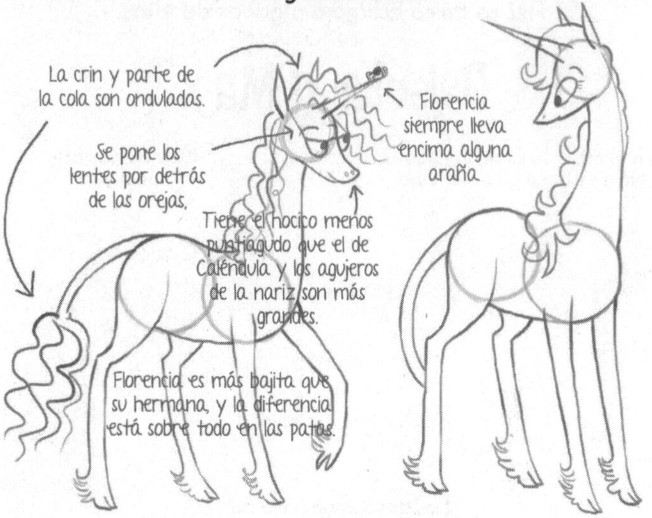

La crin y parte de la cola son onduladas.
Se pone los lentes por detrás de las orejas.
Florencia siempre lleva encima alguna araña.
Tiene el hocico menos puntiagudo que el de Caléndula y los agujeros de la nariz son más grandes.
Florencia es más bajita que su hermana, y la diferencia está sobre todo en las patas.

Los goblins

El típico goblin

La reina Prunella von Bläart

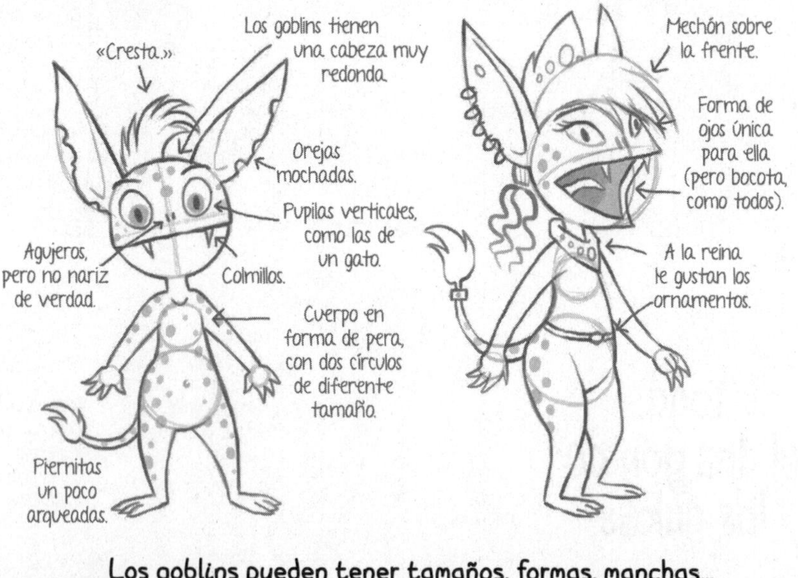

«Cresta.»
Los goblins tienen una cabeza muy redonda.
Orejas mochadas.
Pupilas verticales, como las de un gato.
Agujeros, pero no nariz de verdad.
Colmillos.
Cuerpo en forma de pera, con dos círculos de diferente tamaño.
Piernitas un poco arqueadas.
Mechón sobre la frente.
Forma de ojos única para ella (pero bocota, como todos).
A la reina le gustan los ornamentos.

Los goblins pueden tener tamaños, formas, manchas... diferentes. Hay tantas variantes como entre los humanos.

Mezcla indagadora

Caléndula puede sobrevivir comiendo hierba cuando investiga con su mejor amiga sobre el paradero de Dakota para salvarla de los goblins... Pero Cloe necesitará algo de comida, ¡y tú seguro también! Esta mezcla indagadora especial es fácil de llevar o de compartir con los amigos.

INGREDIENTES:

1/2 taza de cacahuates o de otros frutos secos.

1/2 taza de mini pretzels.

1/2 taza de chispas de chocolate (con poca azúcar).

1/2 taza de cerezas o arándanos deshidratados.

1/4 de taza de pececitos salados.

1/4 de taza de pasas.

1/4 de taza de semillas de girasol.

INSTRUCCIONES:

En un bowl grande, combina todos los ingredientes y mézclalos bien.

La mezcla indagadora se mantendrá en condiciones dentro de un recipiente hermético a temperatura ambiente por lo menos 2 semanas.

Da para 8 raciones, unas 3 tazas.

Alicia y el unicornio

No es de sorprender que el unicornio haga su aparición en las obras de Lewis Carroll, creador del humor más delicioso de la era victoriana. En *A través del espejo y lo que Alicia encontró allí*, Alicia se cruza con un unicornio en un pasaje que capta la paradoja esencial de la bestia legendaria:

«... e iba a continuar hablando cuando su vista se topó con Alicia; se volvió en el acto y se quedó ahí pasmado durante algún rato, mirándola con un aire de profunda repugnancia.

—¿Qué es... esto? —dijo al fin.

—Esto es una niña —explicó Haigha de muy buena gana [...]—. Acabamos de encontrarla hoy. Es de tamaño natural y ¡el doble de espontánea!

—¡Siempre creí que se trataba de un monstruo fabuloso! —exclamó el unicornio—. ¿Está viva?

—Puede hablar —declaró solemnemente Haigha.

El unicornio contempló a Alicia con una mirada soñadora y le dijo:

—Habla, niña.

Alicia no pudo impedir que los labios se le curvaran en una sonrisa mientras rompía a hablar, diciendo:

—¿Sabe una cosa? Yo también creí siempre que los unicornios eran unos monstruos fabulosos. ¡Nunca había visto uno de verdad!

—Bueno, pues ahora que los dos nos hemos visto el uno al otro —repuso el unicornio—, si tú crees en mí, yo creeré en ti, ¿trato hecho?».

Penguin
Random House
Grupo Editorial

Cloe y su unicornio. Unicornios contra goblins

Título original: *Unicorn vs. Goblins*

Primera edición en España: febrero, 2019
Primera edición en México: abril, 2020

© 2016, Dana Simpson

© 2019, Penguin Random House Grupo Editorial, S. A. U.
Travessera de Gràcia, 47-49, 08021, Barcelona
© 2020, derechos de edición mundiales en lengua castellana:
Penguin Random House Grupo Editorial, S. A. de C. V.
Blvd. Miguel de Cervantes Saavedra núm. 301, 1er piso,
colonia Granada, alcaldía Miguel Hidalgo, C. P. 11520,
Ciudad de México
© 2021, Penguin Random House Grupo Editorial USA, LLC
8950 SW 74th Court, Suite 2010
Miami, FL 33156

© 2019, Francesc Reyes Camps, por la traducción

ISBN: 978-607-319-094-7

Impreso en México – *Printed in Mexico*

21 22 23 24 25   10 9 8 7 6 5 4 3

Títulos anteriores de Cloe y su unicornio

Cloe y su
Unicornio
Una amiga muy especial
Dana Simpson

Cloe y su
Unicornio
Amigas sobre ruedas
Dana Simpson

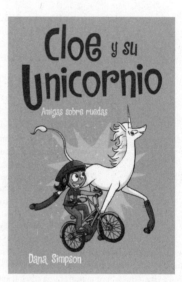